Michelle Rowen est née à Toronto, Ontario. Quand elle était enfant, elle rêvait de devenir hôtesse de l'air, voleuse de bijoux et écrivaine. Un sur trois, ce n'est déjà pas si mal ! Elle avoue être bibliophile, posséder un chat maléfique appelé Nikita, être accro à la téléréalité et entretenir une relation malsaine avec tout ce qui touche à la série *Buffy contre les vampires*.

Du même auteur, chez Milady :

Sarah Dearly :
1. *Mordue*
2. *Accro*
3. *À cran*
4. *D'enfer*
5. *A plus*

Belladone :
1. *Nuit de sang*

www.milady.fr

Michelle Rowen

Nuit de sang

Belladone – 1

Traduit de l'anglais (États-Unis) par Virginie Paitrault

Milady

Milady est un label des éditions Bragelonne

Publié en accord avec Berkley Publishing Group, une division de Penguin Group (U.S.A.) Inc.

Titre original : *Nightshade*

Suivi d'un extrait de : *Bloodlust*

ISBN : 978-2-8112-0844-8

Bragelonne – Milady
60-62, rue d'Hauteville – 75010 Paris

E-mail : info@milady.fr
Site Internet : www.milady.fr

Remerciements

Un immense merci à ma brillante éditrice, Cindy Hwang, et à mon fabuleux agent, Jim McCarthy, qui m'ont donné la chance d'exprimer mon amour éternel pour les vampires dans ce livre.

Merci à mes intrépides bêta-lectrices :

Eve Silver, ma compagne d'écriture dans les bons et les mauvais moments, qui me persuade bien trop souvent de dévorer des mini-donuts au sucre glace pour oublier mon stress.

Bonnie Staring, ma fantastique amie, amoureuse des chats, pom-pom girl, rock star. Bon, ce n'est pas tout à fait une rock star, mais elle est passée à la télé. Et elle a vraiment des pompons. Ce qui fait toute la différence.

Et merci à mes merveilleux lecteurs, qui ont ri avec mes vampires par le passé… J'espère que ceux de ce livre vous feront frémir, mais que vous les aimerez tout autant !

Chapitre premier

La vie telle que je l'avais toujours connue prit fin à onze heures et demie un mardi matin.

Il ne restait que trente minutes avant que tout bascule.

— Je te rapporte quelque chose ? demandai-je à Stacy, ma collègue et amie, tandis que je m'apprêtais à sortir du bureau pour ma pause-café.

Elle me regarda par-dessus la feuille de calcul affichée à l'écran de son ordinateur ; elle louchait presque d'avoir additionné des chiffres toute la matinée.

— Tu me sauves la vie, Jill, tu en es consciente ?

— Je sais, je sais.

Je lui adressai un grand sourire, puis changeai mon sac à main d'épaule et pris le billet de cinq dollars qu'elle me tendait.

— Je voudrais un *latte* avec beaucoup de mousse. Et un de ces cookies aux pépites de chocolat blanc. Mon ventre gargouille de plaisir rien que d'y penser.

En général, Stacy s'abstenait de craquer pour des sucreries.

— Pas de régime aujourd'hui ?

— Aux chiottes, le régime !

— C'est ta position officielle ?

Elle rit.

— Je vais me faire imprimer un tee-shirt. Hé, Steve ! Jill descend chercher des cafés. Tu veux quelque chose ?

Je gémis intérieurement. Je n'avais pas voulu me faire remarquer, car je détestais devoir rendre sa monnaie à chacun. Contrairement à Stacy, je n'avais pas la bosse des maths.

Le temps que je sorte enfin du bureau, je serrais dans mon poing un Post-it sur lequel quatre commandes de cafés différentes avaient été griffonnées à la hâte.

Plus que vingt minutes.

Comme d'habitude, la file du *Starbucks* était d'une longueur absurde. J'attendis. Je commandai. J'attendis encore, puis je ressortis enfin, essayant de ne rien laisser tomber entre mon portefeuille, mon sac à main, le sachet de pâtisseries et le plateau garni de gobelets fumants.

Sur le chemin du retour, je passai devant un magasin d'électronique. Dans la vitrine, une rangée de téléviseurs réglés sur CNN montraient un avion en flammes à la suite d'un crash, quelque part en Europe. Aucun survivant. Malgré la chaleur, je frissonnai, puis continuai ma route.

Plus que cinq minutes.

Je regagnai l'immeuble qui abritait non seulement Lambert Capital, la société d'analyse financière et d'investissement dans laquelle je travaillais actuellement en intérim, mais aussi une agence de marketing, une petite entreprise de recherche pharmaceutique et une agence de mannequins.

— Retenez l'ascenseur, criai-je tandis que je traversais l'entrée.

Mes talons cliquetèrent sur le sol de marbre noir brillant. Malgré ma demande, l'ascenseur partit sans moi. Les portes se refermèrent alors que je n'étais plus qu'à quelques enjambées, me laissant entrevoir le visage perplexe de l'unique occupant qui ne m'avait pas fait l'honneur de patienter.

Plus qu'une minute.

J'appuyai sur le bouton avec mon coude et attendis, regardant les numéros des étages défiler tandis que l'ascenseur montait au dixième, chez les Laboratoires ISB, s'arrêtait pendant ce qui me parut une éternité, puis redescendait lentement vers le rez-de-chaussée. Le second ascenseur semblait bloqué au niveau du quinzième. J'aurais pu me diriger vers d'autres cabines situées un peu plus loin, mais je décidai de rester où j'étais et tâchai de prendre mon mal en patience.

Les portes s'ouvrirent enfin, révélant un homme portant une blouse blanche et un badge à son nom : Carl Anderson. Ses yeux étaient fuyants, et son front luisait de sueur. Je remarquai sa main droite, crispée sur une seringue dont l'aiguille pointue n'était pas protégée.

Pas question que je m'approche d'un truc aussi dangereux. À quoi pensait-il donc, à se balader avec un objet pareil à la main ?

Je lui lançai un regard furieux et attendis qu'il sorte de l'ascenseur pour y monter, mais il ne bougea pas.

Derrière ses épais verres de lunettes, ses yeux écarquillés par la peur restaient rivés sur quelque chose dans mon dos. Curieuse de savoir ce qui lui inspirait une réaction aussi vive, je me tournai, et vis un homme entrer dans l'immeuble. Il était grand, portait un bandeau sur l'œil gauche et ne souriait pas. Je remarquai également l'arme qu'il brandissait : un gros pistolet. Avec lequel il tenait à présent en joue l'occupant de l'ascenseur.

— Vous partez déjà, Anderson ? Pourquoi ne suis-je pas surpris ? gronda le nouveau venu. Allez, on arrête les conneries, maintenant. Donnez-le-moi.

Je hoquetai quand Carl Anderson referma son bras autour de mon cou. Le plateau de cafés voltigea tandis que je luttais pour me dégager, mais l'homme ne desserra pas sa prise. Je ne pouvais même pas crier : il me tenait si étroitement que j'en avais la respiration coupée.

— Que faites-vous ici ? demanda-t-il. C'est *moi* qui devais prendre contact avec vous.

Le nouveau venu ne cilla pas.

— Lâchez-la.

Mes yeux se remplirent de larmes. Je ne parvenais pas à respirer. L'homme m'écrasait le larynx.

— Sûrement pas. C'est la seule chose qui vous empêche d'obéir aux ordres qu'on vous a donnés, n'est-ce pas ?

— Vous pensez vraiment que ça change quelque chose pour moi, un quelconque otage ? gronda le truand.

Un quelconque otage ?

La panique m'envahit encore davantage. Je parcourus l'entrée du regard et vis que l'altercation n'était pas passée inaperçue. Plusieurs personnes étaient en train de téléphoner, un air choqué sur le visage. Appelaient-ils la police ? Où étaient les agents de sécurité ? Personne ne déboula arme à la main.

J'étais tétanisée par la peur. Ma gorge était nouée, et mes mains crispées sur le bras de mon assaillant tremblotaient.

— On peut discuter, reprit Anderson.

— C'est trop tard pour essayer de négocier. Il y a bien plus en jeu que la vie d'une civile.

— Je croyais que nous étions censés travailler ensemble.

— C'était le cas. Jusqu'à ce que vous décidiez de traiter avec un autre acheteur. Donnez-moi le sérum.

— Il ne reste qu'un prototype, chevrota Anderson. J'ai détruit tout le reste.

— C'était une erreur.

Le ton de l'homme était glacial.

— C'était une erreur de le créer. C'est trop dangereux.

— N'est-ce pas le but ?

— Vous justifieriez vraiment l'existence de quelque chose qui pourrait très bien vous tuer aussi, Declan ? Même si vous pouvez sortir à la lumière du soleil, vous n'êtes pas beaucoup mieux que les autres suceurs de sang.

L'homme qui me retenait prisonnière paraissait dégoûté. Et terrifié – presque autant que moi.

Suceurs de sang ? Bon sang, mais de quoi il parlait ? Comment m'étais-je retrouvée au milieu de ce merdier ?

J'étais juste sortie chercher du café – café qui maculait à présent le sol impeccable de l'entrée. C'était un jour de semaine comme les autres. Rien qu'un mardi ordinaire.

Les personnes présentes dans le hall avaient commencé à reculer le long des murs en direction de la porte, à distance de cette confrontation imprévue. Beaucoup se couvraient la bouche de leurs mains, choqués par ce dont ils étaient témoins. J'aperçus quelqu'un qui sortait du bureau sur ma gauche et passait devant les ascenseurs situés un peu plus loin : Stacy, les bras pleins de dossiers, qui écarquilla les yeux grands comme des soucoupes en me voyant. Elle avança d'un pas et murmura mon prénom.

Non, ne t'approche pas, je t'en prie, pensai-je désespérément. *Ne prends pas de risques.*

Bon sang, où étaient les vigiles ?

Je hurlai en sentant une piqûre à mon cou.

— Ne faites pas ça, aboya Declan.

— Vous savez ce qui se passera si je lui injecte le produit, n'est-ce pas ?

La voix d'Anderson trahissait une émotion que je ne parvenais pas à identifier : panique, peur, désespoir. Pas besoin d'être un otage sans défense pour comprendre à quel point la situation était dangereuse.

Il tenait la seringue contre ma gorge, et la pointe acérée de l'aiguille s'enfonçait dans ma chair. Je cessai de lutter et tâchai de ne plus remuer, de ne plus respirer. Envahie par les larmes, ma vision se troubla tandis que j'attendais que l'homme au pistolet tente quelque chose pour me sauver. Il était mon seul espoir.

— Je me fous pas mal d'elle, répliqua mon seul espoir sans broncher. Tout ce qui m'intéresse, c'est le sérum. Maintenant, donnez-le-moi, et je vous laisserai peut-être vivre.

Malgré la situation, il paraissait étonnamment détaché. Il était vêtu d'un jean noir, et son tee-shirt dévoilait ses bras musclés. Son visage était complètement dépourvu d'humanité. Une immense cicatrice s'étirait, telle une toile d'araignée, tout autour du bandeau noir qu'il portait sur l'œil, de son front jusqu'à son cou. Il était aussi terrifiant que repoussant.

— Je savais qu'ils vous enverraient récupérer le sérum, Declan. Qui d'autre ?

La voix chevrotante d'Anderson avait quelque chose de moqueur. Il était si proche de moi que je sentais son souffle brûlant sur mon oreille.

— Je vous donne cinq secondes pour relâcher la femme et me remettre cette seringue avec son contenu intact, ou je vous tuerai tous les deux, lança Declan. Cinq… quatre…

— Réfléchissez, je vous en prie ! (Anderson enfonça davantage l'aiguille dans ma chair, et je lâchai un nouveau cri étranglé.) Vous devez ouvrir les yeux et voir la vérité avant qu'il ne soit trop tard. J'essaie de stopper les choses, et c'est tout ce que je peux faire. C'est une erreur. Tout ce projet n'est qu'une monstrueuse erreur. Mais vous êtes aussi endoctriné que les autres, hein ?

Il avait le torse plaqué contre mon dos, et je sentais son pouls erratique. Il avait peur pour sa vie. Des souvenirs de ma famille et de mes amis défilèrent devant mes yeux. Je ne voulais pas mourir… pas aujourd'hui, s'il vous plaît, pas comme ça.

— Trois… deux…, poursuivit Declan, imperturbable.

Le viseur laser de son arme s'arrêta sur ma poitrine.

Des cris retentirent, et plusieurs témoins se précipitèrent en direction de la porte d'entrée.

— Vous voulez à ce point l'abomination que j'ai créée ? hurla Anderson. La voilà ! Elle est toute à vous !

Un instant plus tard, je ressentis une douleur cuisante, comme si on me brûlait, tandis qu'il m'injectait le contenu de la seringue dans le cou. La sensation causée par le liquide parcourant mes veines était encore plus douloureuse que la piqûre en elle-même. Puis il arracha l'objet d'une main tremblante et me repoussa, suffisamment violemment pour que je m'étale par terre. Je refermai un poing sur le côté de mon cou et commençai à hurler.

Un coup de feu, plus bruyant encore que mes cris, me perça les tympans. Je me tournai vers l'homme qui venait de me planter une aiguille dans la gorge : il était affaissé sur le sol, les yeux vitreux. Son front comportait désormais un grand trou rouge et dégoulinant. C'était tout simplement écœurant. Sa main gauche serrait un pistolet, qu'il avait dû sortir de sa blouse lorsqu'il m'avait lâchée, et la seringue vide était tombée à ses pieds.

Declan se dirigea droit sur lui, son arme toujours pointée sur le corps. Puis il la rangea, s'accroupit et commença à fouiller méthodiquement les poches d'Anderson sans dire un mot de plus.

Je tremblais des pieds à la tête, mais étais bien incapable de bouger. D'autres cris s'élevaient de la foule qui venait d'assister à la fusillade et s'éparpillait à présent dans toutes les directions.

Declan jura à mi-voix, puis se tourna pour m'observer pour la toute première fois. L'iris gris pâle de son œil droit était absolument inhumain, et le regard qu'il me lança me glaça le sang.

J'avais l'impression qu'on m'avait tranché la gorge, mais je respirais toujours. Je raisonnais toujours. Une inspection rapide du hall me permit de repérer l'endroit où j'avais lâché mon sac à main ainsi que les cafés et pâtisseries, deux mètres sur ma droite. La plupart des personnes présentes se précipitaient maintenant vers les portes afin de fuir dans la rue. Une alarme retentit enfin, ajoutant encore à la confusion.

— Vous…, m'interpella Declan tandis qu'il se relevait avec fluidité. (Avec son mètre quatre-vingt-quinze, il mesurait trente bons centimètres de plus que moi.) Venez ici.

Alors là, il pouvait toujours courir.

Sur ma gauche, les portes d'un ascenseur s'ouvrirent et un homme en sortit, poussant un chariot de courrier vide. L'attention du meurtrier fut distraite un instant. Songeant que ce serait peut-être ma seule chance, je me levai précipitamment et commençai à courir.

—Jill!

J'entendis Stacy m'appeler, mais ne ralentis pas. Je devais fuir le plus loin possible de cet immeuble. Mon cerveau avait enclenché le mode « survie ». Stacy ne devait en aucun cas s'approcher de moi; cela ne servirait qu'à la mettre en danger, elle aussi.

J'abandonnai mon sac à main; tous les objets qui constituaient mon quotidien restèrent éparpillés sur le sol, à côté du café renversé et de la mare de sang qui s'étalait sur le marbre glacé. Je poussai les portes vitrées, m'attendant que Declan me tire dans le dos à tout instant, mais il n'en fit rien.

Retirant la main de mon cou meurtri, je vis qu'elle était couverte de sang. J'eus un haut-le-cœur. Qu'y avait-il dans cette seringue? Le liquide me brûlait, comme si de la lave me parcourait les veines.

J'étais gravement blessée. Mon Dieu, un parfait inconnu venait de me planter une aiguille dans la gorge. Si la douleur n'avait pas été aussi atroce, j'aurais pu croire à un cauchemar.

Il s'agissait bien d'un cauchemar; mais un cauchemar éveillé.

Un coup d'œil en arrière me confirma que ce type, « Declan », était sorti de l'immeuble. Il balaya la rue du regard avant de se diriger droit sur moi.

À mesure que j'avançais en trébuchant, je m'accrochais aux bras de quelques passants. Tous reculèrent, des étrangers sans visage refusant d'aider une femme avec une plaie ouverte au cou.

Mon cœur battait contre ma cage thoracique. J'essayais de courir, mais parvenais tout juste à rester debout. J'avais envie de m'évanouir. Autour de moi, le monde était flou, et le sol tanguait.

La douleur cuisante commença à se répandre lentement de mon cou à ma poitrine, puis le long de mes bras et jambes. Je la sentais s'enfoncer toujours plus profond en moi, tel un être vivant.

Quelques secondes plus tard, la main de Declan se referma sur mon épaule. Il me souleva presque de terre tandis qu'il m'entraînait dans une allée.

— Lâchez-moi, grondai-je en essayant de le frapper.

Il attrapa mon autre bras sans effort. Je clignai des yeux pour chasser mes larmes.

— Ne bougez pas.

— Allez au diable.

À cet instant, la douleur m'interrompit et je fus secouée de convulsions. Seule l'étreinte de Declan m'empêcha de m'effondrer au sol. Il me poussa contre le mur et tint ma tête fermement en place tout en me regardant dans les yeux. De près, ses cicatrices étaient encore plus affreuses. Un frisson de dégoût me parcourut à l'idée que j'étais si proche de lui.

Il me tourna la tête vers la gauche et écarta sans ménagement mes longs cheveux blonds afin d'inspecter ma blessure. Son expression n'avait pas changé. Son regard ne contenait ni pitié, ni colère, ni mépris. Son œil gris était parfaitement vide alors qu'il m'examinait rapidement.

Tout en me tenant d'une main à la gorge, si étroitement que je pouvais à peine respirer, il porta un téléphone à son oreille.

— C'est moi, dit-il. Il y a eu un problème.

Une pause.

— J'ai descendu Anderson, mais, avant d'essayer de me tirer dessus pour s'échapper, il a administré le prototype à un civil. (Un nouveau silence.) Une femme. Je l'élimine aussi ?

Je tâchai de lutter contre les mains qui enserraient mon cou, mais cela n'eut aucun effet. L'homme paraissait complètement blasé, détaché, comme s'il était en train de proposer de rapporter une pizza en rentrant du travail, et non de solliciter la permission de m'abattre.

Il fronça les sourcils. Depuis le début de la conversation, il me regardait fixement.

— Je sais qu'on m'a suivi. Je n'ai pas beaucoup de temps.

Puis, après une autre pause :

— Compris.

Il raccrocha.

Il relâcha légèrement sa prise, juste assez pour que je puisse demander entre mes râles :

— Qu'allez-vous… faire… de moi ?

— Ce n'est pas à moi d'en décider.

Declan desserra encore un peu sa poigne de fer tandis qu'il glissait le téléphone dans la poche de son jean noir. Cela me suffit ; je lui plantai mes dents dans le bras. Il me repoussa si violemment que ma tête heurta le mur, et je m'effondrai. J'avais quand même réussi à faire saigner son avant-bras déjà couturé de cicatrices.

Je me relevai d'un bond, l'adrénaline affluant dans mes veines. J'étais prête à défendre ma vie chèrement, mais je fus de nouveau terrassée par une douleur atroce.

— Qu'est-ce qui m'arrive ? parvins-je à articuler entre mes dents serrées. Qu'est-ce qu'il y avait dans cette seringue, bon sang ?

Declan m'empoigna par le devant de mon chemisier et me tint à quelques centimètres de son visage balafré.

— Du poison.

J'écarquillai les yeux.

— Oh, mon Dieu. Quel genre de poison ?

— Le genre qui va vous tuer, répondit-il calmement. Voilà pourquoi vous devez venir avec moi.

Je secouai la tête avec frénésie.

— Je dois me rendre à l'hôpital.

— Non. (Il resserra son étreinte.) Vous pouvez mourir maintenant, ou plus tard. C'est votre seul choix.

Je n'avais pas envie de faire ce choix… et je n'en eus pas besoin. Une douleur fulgurante embrasa mon corps, et les ténèbres s'abattirent sur le monde.

Chapitre 2

J'ignorais combien de temps j'étais restée dans les vapes. La bonne nouvelle – si je devais vraiment en trouver une – était que même si j'avais l'impression d'avoir le cerveau en compote, la douleur s'était calmée. Cependant, je sentais à présent chacune de mes veines palpiter sous ma peau.

Le poison se répandait impitoyablement dans chaque centimètre carré de mon corps.

Le poison. Mais si on m'avait réellement injecté du poison, pourquoi n'étais-je pas encore morte ?

Et où étais-je ?

J'entendais un bruit, un ronronnement régulier contre mon oreille. J'étais étendue sur une surface souple, bien que peu confortable. Et je bougeais. Bon, je ne bougeais pas, mais j'étais dans quelque chose qui bougeait.

Une voiture.

J'ouvris très légèrement les yeux, soucieuse de ne pas montrer que j'avais repris connaissance.

Oui. Je me trouvais bien dans une voiture ; sur la banquette arrière, pour être précise. En levant juste un peu le regard, je vis que Declan était assis au volant.

Pas de radio. On n'entendait que le bruit des pneus sur l'asphalte. À en juger par la chaleur, le véhicule ne disposait pas de la climatisation.

Donc il m'avait traînée hors de cette allée, évanouie, m'avait jetée dans une voiture, et avait mis les voiles. Et personne n'avait essayé de l'en empêcher ?

Bon sang, il m'avait enlevée en plein centre-ville de San Diego, pas au milieu de nulle part.

Mis à part la mort de mes parents cinq ans plus tôt, j'avais peu l'habitude des situations de crise. En dehors de cette tragédie, le reste de ma vie se déroulait conformément au plan, ou, plus exactement, à l'absence de plan. Je prenais les jours comme ils venaient.

Je me levais le matin, allais travailler, essayais de m'entendre avec tout le monde. Je rentrais chez moi, ou sortais dîner avec un ami. Je me couchais. Je rêvais d'une vie plus intéressante, dans laquelle je passais d'une aventure à l'autre, puis me réveillais, prenais une douche et recommençais depuis le début. Une existence banale et sans surprises, évidemment. Mais, au moins, je ne m'étais jamais demandé si j'aurais la chance de voir de nouveau le soleil se lever.

À présent, je me posais la question.

J'avais entendu dire un jour qu'une vie était constituée de sept moments critiques en moyenne : des moments où vous preniez une décision qui affectait le cours de votre existence. Votre réaction à la perte d'un être aimé, par exemple, ou à un autre événement traumatique qui vous entraînait sur un chemin imprévu. Et en général, lorsqu'ils se produisaient, ces moments passaient complètement inaperçus. Bien sûr, avec du recul, vous pouviez les identifier et comprendre que oui, c'était là que les choses avaient changé à jamais. Lorsque vous aviez choisi votre université. Dit oui à une offre d'emploi dans une autre ville. Accepté un rencart avec le prince charmant… ou son jumeau maléfique. Décidé de traverser n'importe où sans regarder des deux côtés de la rue.

Bam ! Que votre vie ait changé en bien ou en mal, vous ne pouviez pas revenir en arrière.

Quant à moi, étendue immobile à l'arrière de la voiture de Declan, je savais que ma vie venait de changer. Pas besoin d'être un génie pour le comprendre.

— Si vous êtes maligne, lança Declan sans se retourner, vous arrêterez de me compliquer la vie.

Moi, je lui compliquais la vie ?

Je ne répondis pas. Je refermai bien les yeux et tâchai de ne pas remuer.

— Je sais que vous avez repris connaissance. (Sa voix grave était légèrement éraillée, comme s'il fumait plusieurs paquets par jour, mais je ne distinguais aucune odeur de tabac.) Votre respiration a changé.

Nous roulions vite, mais je pouvais peut-être sauter en marche quand même ? Atterrir sur la chaussée à 130 kilomètres-heure me paraissait moins dangereux que rester en compagnie de cet homme. En cet instant précis, je n'avais pas grand-chose à perdre. Sauf peut-être du temps.

Avant que j'aie pu déverrouiller la portière, Declan tendit le bras en arrière et saisit le devant de mon chemisier. Il me tira entre les sièges comme si je n'étais qu'une poupée de chiffon, me tordant douloureusement les jambes au passage, et me projeta sur le siège à côté de lui.

Tout ça sans lâcher la route du regard.

— Tenez-vous tranquille, ou je vous promets que vous passerez le reste du voyage à dormir, annonça-t-il calmement.

— Ne me touchez pas.

Je lui donnai une tape sur la main, qui ne sembla pas avoir d'effet. Il finit cependant par la reposer sur le volant.

Il n'ajouta rien de plus. Il ne me demanda pas si j'allais bien, comment je m'appelais ou ce que je faisais dans le hall de cet immeuble. Dire que je m'étais trouvée au mauvais endroit au mauvais moment était un euphémisme.

Stacy avait été témoin de la scène. Était-elle sauve ? J'aurais voulu le savoir.

— Vous ne pouvez pas faire ça, plaidai-je.

Il ne répondit pas. On aurait cru que j'étais soudain devenue invisible.

— Où m'emmenez-vous ?

J'avais la gorge à vif.

— Taisez-vous.

— Vous ne pouvez pas m'enlever comme ça. Je suis blessée. J'ai besoin d'aide.

Je touchai mon cou de nouveau, et grimaçai. Je m'attendais à sentir une profonde entaille, mais heureusement la plaie semblait superficielle. L'essentiel du sang avait séché. Cependant, tout le côté droit de ma gorge était douloureux. Je n'avais pas besoin d'un miroir pour savoir qu'il était tout meurtri.

J'avais laissé mon sac à main derrière moi, aussi n'avais-je pas mon téléphone portable. Pas de pièce d'identité. Pas d'argent. Rien.

Declan continuait à fixer la route, comme s'il voulait remporter le concours du regard le plus inflexible. En me tournant vers la fenêtre, j'aperçus une autre voiture qui nous dépassait. Je tambourinai sur la vitre pour essayer d'attirer l'attention du conducteur, puis tentai de baisser ma glace lorsque je vis que l'homme n'avait rien remarqué.

Je m'arrêtai quand je sentis la main de Declan se refermer sur mon bras.

— Vous voulez mourir ? gronda-t-il. Je commence à être à bout de patience. Restez assise en silence, sinon…

— J'ai besoin d'aller à l'hôpital. Vous avez dit que la seringue contenait du poison. Je le sens en moi.

Il me jeta enfin un bref regard.

— Vous le sentez ? Qu'est-ce que ça fait ?

— Un mal de chien.

— Oui, j'imagine.

— La douleur m'a fait m'évanouir.

— Non, vous vous êtes évanouie parce que vous avez paniqué.

J'essayai de respirer normalement, mais c'était difficile. Malgré tout, pour l'instant, ce cinglé n'avait pas été horriblement violent envers moi. En tout cas, pas comparé à ce qu'il avait fait à ce type, Anderson. Pensais-je qu'il ne me ferait aucun mal ? Qu'il ne me tuerait pas ? Non, sûrement pas. Je n'étais pas stupide. Mais peut-être que je pouvais tenter de le raisonner.

— Je m'appelle Jillian, dis-je. Jillian Conrad. Mes amis m'appellent Jill.

Peut-être que si je me présentais, il verrait que je n'étais pas qu'un otage anonyme. Que j'étais quelqu'un de normal, avec une vie normale, et que je ne méritais pas ce qui était en train de m'arriver.

Il pinça les lèvres.

— Jillian ?

Je hochai la tête, pleine d'espoir.

— Oui.

— Fermez-la, Jillian.

Je tressaillis. D'accord, ça n'avait pas fonctionné aussi bien que prévu.

Il serra les dents. Il ne me prêtait déjà plus attention, ce qui me convenait tout à fait. Je n'avais pas besoin qu'il tourne de nouveau vers moi son affreux visage tout balafré. J'étais suffisamment terrifiée comme ça. Je devais simplement rester calme, et attendre la première occasion de m'enfuir.

Et merde. Je repensai aux avertissements que j'avais entendus toute ma vie : « *ne jamais monter dans une voiture avec un inconnu.* » Ce n'était pas valable que pour les enfants que l'on mettait en garde contre les étrangers leur proposant des bonbons à la sortie de l'école. Ça s'appliquait à tout le monde. Dès que vous vous faisiez embarquer dans une voiture, l'agresseur prenait le contrôle de la situation. Ce type pouvait m'emmener n'importe où.

« Je l'élimine ? »

C'était un tueur, et il ne s'en cachait pas. Un sociopathe. Mis à part dans des films ou aux infos, je n'avais encore jamais rencontré de meurtrier, et n'en avais certainement jamais eu envie.

C'était complètement fou. Pourquoi moi ?

Peut-être qu'il avait menti. Peut-être que ce n'était pas du poison. Quand je pensais à du poison, c'était le cyanure qui me venait à l'esprit. Une substance capable de vous tuer en quelques instants. Je n'étais pas morte. Je respirais toujours.

— Vous vous appelez Declan.

Ce n'était pas une question. Mon intuition me disait qu'il ne confirmerait pas plus qu'il ne réfuterait, aussi ne fus-je pas surprise de son mutisme.

— Très bien, Declan. On va trouver une solution.

— Vous croyez ?

— Bien sûr. Mais vous devez vraiment m'expliquer ce qui se passe.

— Je conduis.

— Oui, je vois ça.

Je déglutis, et m'aperçus que je serrais les bras si fort contre mon corps que mes ongles s'enfonçaient douloureusement dans ma chair.

— Vous avez un mouchoir ?

— Pourquoi ?

— Mon cou continue à saigner un peu, je crois.

— Sans blague. Ouais, vous devriez éponger ça. Ça me déconcentre.

Étonnant… Je le trouvais tout sauf distrait.

Il continua à conduire en silence pendant un petit moment. Puis il tendit la main, si brusquement que je fis un bond et me plaquai contre la portière. Mais il ne s'intéressait pas à moi. Il ouvrit la boîte à gants et fouilla à l'intérieur, puis en sortit un paquet de mouchoirs. Sans me regarder, il le lança dans ma direction. J'en pris un et commençai à me tamponner le cou avec précaution.

Bon, donc, malgré son look et ce qu'il avait fait à ce type, il n'était pas complètement inhumain. Il m'avait donné des mouchoirs quand j'en avais eu besoin. C'était… légèrement encourageant.

Oui, je me raccrochais à ce que je pouvais. J'en étais bien consciente.

— Vous connaissiez ce type ? Ce… Anderson ?

Il soupira.

— Vous n'allez pas la fermer, hein ?

— Peut-être que parler me permet de ne pas péter les plombs.

Il serra les dents.

— Y a-t-il un moyen de vous faire taire autrement qu'en vous assommant ?

— Oui : laissez-moi descendre de la voiture.

— D'autres options ?

Je me mordillai la lèvre.

— Répondez à mes questions.

— Et vous vous tairez jusqu'à ce qu'on arrive ?

Tout dépendait de l'endroit où ce monstre avait prévu de m'emmener. Cependant, je ne répondis pas cela à voix haute.

— Oui.

J'utilisai un nouveau mouchoir pour m'essuyer le visage, sous mes yeux humides. Le mascara que j'avais mis le matin y laissa une longue traînée noire.

— Je n'avais jamais rencontré Anderson avant aujourd'hui, mais je savais qui il était. Un chimiste. Il était spécialiste du développement des sérums et toxines.

— Vous l'avez tué.

Une poussée de bile me monta dans la gorge en repensant à ses yeux vitreux, sa blessure béante, et à la mare de sang au sol.

— Vous êtes très observatrice, railla-t-il. Il a braqué un revolver sur moi ; j'ai réagi.

— Vous auriez pu vous contenter de le blesser.

— Je ne tire pas pour blesser. Je tire pour tuer. Comme ça, la situation a moins de chances de dérailler.

Cela signifiait que ce n'était pas une première. Declan avait l'habitude de faire ce genre de choses. Partout où il passait, il laissait des morts dans son sillage. En même temps, rien qu'en le regardant – avec ses cicatrices, son bandeau sur l'œil et tout le reste –, je ne l'aurais pas imaginé en bon père de famille. Je songeai que le mot « assassin » lui allait comme un gant.

— J'aurais dû le blesser, poursuivit Declan à mi-voix. J'ai merdé. Il n'avait noté la formule du sérum nulle part, et il a fallu que je lui fasse sauter la cervelle. Tant pis. C'est fait. On ne peut pas revenir en arrière. Mais maintenant, je n'ai plus des masses de possibilités.

J'avais bien l'impression que ses paroles ne m'étaient pas destinées. Il semblait réfléchir à voix haute.

Je touchai de nouveau mon cou et appuyai légèrement à l'endroit où Anderson m'avait injecté le poison. Quand je repensais à tout ce qui s'était passé, je me sentais prête à défaillir.

— Il a dit qu'il avait détruit le reste.

— En effet. Il ne reste qu'un échantillon : le prototype. Et c'est vous qui l'avez. C'est la seule raison de votre présence dans cette voiture.

— C'est pour ça que vous m'avez enlevée : à cause du produit qu'on m'a injecté ?

— Oui.

— Il est important, n'est-ce pas ?

— Vital, répondit-il simplement.

J'étais importante à cause du liquide qui courait dans mes veines. Quelle ironie ! Le poison mortel allait peut-être me permettre de me sortir de ce cauchemar vivante.

— Donc vous n'allez pas me tuer ?

— Pas pour l'instant.

— Mais vous étiez prêt à m'abattre dans l'allée. Vous l'auriez fait si on vous l'avait ordonné, n'est-ce pas ?

Il me jeta un regard en biais.

— Vous posez trop de questions. Vous êtes journaliste, ou quoi ?

— Non. Je suis… je travaille en intérim, dans des bureaux. Je fais tout ce qu'on me demande, et je reste tant qu'on a besoin de moi.

— Et on vous réprimande parce que vous parlez trop, je parie.

— Entre autres choses. En fait, ma dernière évaluation disait que j'étais une employée « problématique ».

J'étais collée à la portière, aussi loin que possible de Declan. J'avais mal à la cheville depuis que ce monstre m'avait empoignée brutalement pour me faire passer à l'avant de la voiture. Je remarquai un petit accroc au genou de mon pantalon noir.

— Que vous a-t-on ordonné de faire de moi ?

— Exactement ce que je suis en train de faire. J'ai récupéré le sérum, et je le rapporte à l'endroit prévu.

— Et où est-ce donc ?

— Dans un laboratoire. On nous attend.

— Qui ? insistai-je.

Je n'étais pas tellement plus vaillante qu'avant, mais plus je posais de questions, mieux je me sentais. Parler empêchait mon esprit de vagabonder et d'imaginer toutes sortes d'issues épouvantables.

— Mon père. Il a aidé à organiser le développement du sérum. À l'époque où celui-ci se trouvait dans une fiole de verre, et non dans un être humain bien vivant.

Pourquoi son père voudrait-il créer un tel sérum ? Qui était-il, bon sang ? Le docteur Frankenstein ?

— Et combien de temps serai-je un être humain bien vivant avec ce poison coulant dans mes veines ? demandai-je doucement.

— Je ne sais pas.

Il ne cherchait pas à noyer le poisson ; il disait les choses exactement comme elles étaient.

— Même pas une petite estimation ? Des semaines ? Des jours ? (Je déglutis.) Des heures ?

— J'ai répondu que je ne savais pas.

— D'accord. Mais qu'est-ce que…

Je fus interrompue par un bip : trois notes cristallines qui me firent sursauter, trahissant mes nerfs à vif. Declan porta la main à son poignet gauche et pressa un bouton sur sa montre.

— Qu'est-ce que c'est ? demandai-je.

— Une alarme.

— Pour quoi ?

Son œil gris pâle se posa sur moi, exprimant le peu d'intérêt que Declan portait à mon flux ininterrompu de questions.

— Je dois faire quelque chose. Ça ne prendra qu'une minute. Si vous bougez de ce siège, vous vous en mordrez les doigts. Vous êtes prévenue.

Il arrêta la voiture sur le bas-côté et sortit un objet de sa poche : une trousse noire, qu'il ouvrit. Je me raidis en voyant qu'elle contenait une autre seringue. Cependant, celle-ci ne ressemblait pas à celle qu'Anderson avait utilisée ; elle me rappelait davantage un stylo injecteur d'insuline.

— Du calme, lâcha-t-il. C'est pas pour vous.

Tandis qu'il manipulait l'une des six petites fioles de verre que contenait l'étui renforcé de la taille de sa paume, j'hésitai à profiter de l'occasion pour m'échapper.

Je lançai un autre coup d'œil à Declan et le vis planter l'aiguille dans son estomac. Il avait relevé le bas de son tee-shirt noir, révélant un ventre plat et musclé, barré d'une profonde cicatrice oblique qui lui traversait le nombril.

Mon Dieu. Qu'était-il arrivé à ce sale type pour que tout son corps soit ainsi mutilé ? La pensée me souleva le cœur.

— C'est quoi ? demandai-je en montrant la seringue.

Honnêtement, en temps normal, je ne posais pas autant de questions. Je comprenais que cela puisse lui taper sur le système, mais pour l'heure c'était le cadet de mes soucis.

— Mon sérum.

Il continuait à répondre à mes questions, même s'il restait évasif et abrupt. C'était toujours mieux que le silence du début du trajet. J'étais à peu près sûre qu'il n'essaierait pas de me tuer. Du moins, pas pour l'instant. Il avait besoin de moi. Ou plutôt du poison en moi. Peut-être que son père pourrait l'extraire de mon sang et m'aider à me rétablir. Me faire une transfusion. Sinon, pourquoi s'embêter avec ce *road trip* en direction d'une destination inconnue ?

— Vous êtes diabétique ?

J'avais une amie qui possédait une trousse identique, dans laquelle elle conservait les doses d'insuline qu'elle avait besoin de s'injecter à intervalles réguliers. Cependant, elle effectuait ses piqûres avant les repas en fonction de sa glycémie du moment, pas lorsqu'une alarme se déclenchait.

— Non.

— Alors à quoi vous sert ce sérum ?

— Il m'aide à contrôler mon appétit.

— Vous êtes au régime ?

— On pourrait dire ça.

Quel genre de régime pouvait bien suivre un assassin baraqué comme lui ? Peut-être qu'il prenait des stéroïdes pour faire ressortir ses muscles, comme Schwarzy à l'époque où il remportait des concours de body-building. Pourtant, Declan n'était pas si massif. Il ne ressemblait pas à un haltérophile. Non, son corps souple était idéal pour accomplir les pires méfaits sans se faire remarquer. Comme se glisser derrière une victime et lui trancher la gorge, puis entraîner le corps loin des regards.

Je portai automatiquement la main à mon cou, comme pour le protéger d'une lame invisible.

— Écoutez, Declan… on peut se débrouiller entre nous. Trouver un arrangement pour que vous me laissiez partir.

— Pas question. Vous êtes porteuse d'une chose dont j'ai besoin. C'est tout. Considérez-vous comme une livreuse à qui on n'a pas donné le choix.

Mon cerveau déjà épuisé essaya de réfléchir à sa réponse.

— Et votre père – qui qu'il soit – pourra extraire ce poison de mon sang ?

— Ce serait la solution idéale pour régler ce malheureux problème, pas vrai ?

Pourquoi ne pouvait-il pas répondre simplement par oui ou par non ? Je me forçai à le regarder. De ma place, je ne voyais que la lanière de son bandeau. La cicatrice s'étalait sur le côté gauche de son visage ; le côté droit était relativement intact. J'observai ensuite ses mains sur le volant. La trace de mes dents était toujours visible sur son avant-bras gauche déjà couturé de cicatrices, même si elle était moins marquée que ce à quoi je m'attendais. Il avait tout de même dû le sentir passer.

Cela m'emplit momentanément de confiance en moi. Bien. Cet enfoiré le méritait.

Il rangea la petite trousse.

— Je dois appeler mes collègues, repris-je. Et ma coloc. Ils vont s'inquiéter. Des témoins ont assisté à la scène, et il y avait aussi des caméras de surveillance.

— Je me fous de tout ça.

— Si je peux les appeler, leur dire que je vais bien…

— Vous n'allez pas bien. (Il remit le contact, et les pneus crissèrent quand la voiture revint sur la chaussée.) Loin de là. Ce poison va vous tuer. Ce n'est qu'une question de temps. Quelle partie vous ne comprenez pas ?

Chapitre 3

Je voulais lui crier dessus, le frapper. Peut-être même saisir le volant et nous planter dans le prochain platane. Mais je ne bougeai pas.

Je pouvais encore trouver une issue. Je m'accrochai à cette pensée comme au dernier gilet de sauvetage sur un navire en perdition. Je luttai pour ne pas la laisser s'échapper alors que la panique et le désespoir menaçaient de me submerger.

Je ne voulais pas mourir.

Par le passé, j'avais connu des moments difficiles. Je ne voyais pas toujours la vie en rose. Cinq ans plus tôt, quand mes parents étaient décédés, la dépression m'avait fait remettre en cause ma propre existence. Mais cela était désormais loin derrière moi.

Le savoir, c'était le pouvoir. Plus j'en saurais sur la situation, meilleures seraient mes chances de m'en sortir. Ou, du moins, je l'espérais.

Malgré ma tendance à parler sans arrêt et à demander d'incessantes explications, Declan ne m'avait pas assommée. C'était bon signe. Il avait répondu à la plupart de mes questions, même si j'étais encore très perdue.

Anderson avait développé un genre de poison pour le père de Declan. Apparemment, il avait changé d'avis au moment de le lui remettre, et Declan avait été envoyé pour le prendre malgré tout. Qu'avait expliqué Anderson ? Que c'était dangereux. Une abomination. Quelque chose qui pouvait détruire Declan aussi facilement que les autres… avait-il employé les mots « *suceurs de sang* » ?

Ça pouvait signifier quantité de choses. Avocats, inspecteurs des impôts, moustiques, sangsues, vampires…

— Que voulait dire Anderson quand il a lancé que vous n'étiez pas mieux que les autres suceurs de sang ?

À peine eus-je posé la question que Declan me jeta un regard furieux. Génial. C'était la première fois qu'il manifestait une émotion quelconque, et il fallait que ce soit de la colère.

L'avais-je insulté ? Je me retins pour ne pas me recroqueviller contre la portière.

— J'ai déjà répondu à vos questions.

— Pourquoi votre père développerait-il un poison destiné à ces… suceurs de sang ? Je ne comprends pas.

— Vous n'avez pas besoin de comprendre. Et c'est mieux comme ça, croyez-moi.

À ces mots, une bouffée de colère monta en moi, tel un petit phénix furibond.

— Bien sûr que ce serait mieux. Je préférerais ne pas comprendre. Mais tout ça, c'était avant qu'on me plante une seringue pleine de poison dans la jugulaire et qu'un homme soit abattu devant moi. Et maintenant, vous me dites que si je me rends à l'hôpital, je vais mourir. Putain, je ne sais pas où on va ou combien de temps vous prévoyez de conduire, mais si vous voulez que j'arrête de poser des questions, vous allez devoir m'assommer et me jeter dans le coffre.

Et voilà. Je venais de lui donner ma bénédiction pour me faire taire de force.

Mais je ne mentais pas : je préférais être dans les vapes plutôt que rester assise à attendre indéfiniment en me demandant ce qui allait se passer ensuite. C'était une vraie torture.

— Je ne frappe pas les femmes, répondit-il après un long silence. En tout cas, pas les femmes humaines.

— Non, mais vous les tuez si on vous en donne l'ordre, n'est-ce pas ?

Il serra les dents.

— Seulement si je n'ai pas d'autre choix.

Je réfléchis à ce qu'il venait d'expliquer.

— Attendez. Vous avez dit que vous ne frappiez pas les femmes humaines. Humaines ? C'est quelque chose que vous avez vraiment besoin de préciser ?

— Parfois.

Il regardait de nouveau la route.

Je passai la langue sur mes lèvres desséchées. J'avais terriblement soif.

— Quelles femmes ne sont pas humaines ?

— Les suceuses de sang dont parlait Anderson.

Il pinça les lèvres.

Je le contemplai bouche bée et touchai ma blessure au cou, grimaçant alors que je passais le doigt à l'endroit où l'aiguille s'était enfoncée.

— Êtes-vous en train de me dire qu'il s'agit de… vampires ?

Après tout, ils avaient fait partie de ma liste de suceurs de sang potentiels.

Il hocha la tête.

— La plupart des humains ignorent qu'ils existent vraiment. Ils se tiennent à l'écart depuis très longtemps.

Je déglutis avec peine. Une bouteille d'eau aurait vraiment été la bienvenue.

— Les vampires ne sont qu'une invention.

Il me gratifia d'un autre de ses rictus sinistres.

— Désolé de vous l'annoncer, mais ils sont tout ce qu'il y a de plus réel.

J'attendis la chute mais, bien sûr, elle n'arriva pas.

— Je ne vous crois pas.

— C'est pas très grave. Moi, je m'en fous.

J'eus un haut-le-cœur.

— Eh bien tant mieux, parce que c'est la chose la plus grotesque que j'aie jamais entendue.

— Ah oui ?

— Si les vampires existaient réellement, tout le monde le saurait. On ne parlerait que de ça aux infos.

— Le monde qui vous entoure n'a pas de secrets pour vous, hein ?

Il se moquait de nouveau de moi. J'avais l'habitude que certains de mes amis me taquinent, et il m'arrivait d'être sarcastique aussi, mais nos railleries étaient toujours accompagnées d'une bonne dose d'humour. Chez Declan, ce n'était pas aussi agréable. C'était plus narquois. Cruel, presque.

Je le vis diriger son regard vers le rétroviseur, et les vagues traces d'amusement que j'avais cru observer sur son visage disparurent.

— La plupart des vampires choisissent de rester sous la surface. Parfois, des rebelles quittent le monde souterrain, entrent dans les grandes villes et assassinent tous ceux qui leur tombent sous la main. Mais on s'en occupe.

— On s'en occupe, répétai-je.

— En général, on doit les combattre au corps à corps. C'est le moyen le plus simple de les exterminer, car les balles de revolver standard ne sont pas très efficaces. Les tueurs ont une fâcheuse tendance à s'en prendre plein la tronche. La plupart n'ont pas une très longue espérance de vie, si vous voyez ce que je veux dire.

Ses cicatrices. Celles qui couvraient la moitié gauche de son visage. Qui s'étalaient sur ses bras et le dos de ses mains. La grande sur son ventre.

— Vous êtes l'un d'eux ? demandai-je, incrédule.

— Waouh, comment vous avez deviné ?

— On dirait que vous êtes passé sous un rouleau compresseur à plusieurs reprises.

— C'était une question rhétorique. (Il toucha son bandeau.) J'ai descendu ma part de rebelles. Malheureusement, même si mes blessures guérissent vite, mes cicatrices sont encore pires que celles d'un humain.

C'était une drôle de formulation : « *pires que celles d'un humain* ».

— Vous n'êtes… pas humain ?

Il m'adressa un sourire ironique.

— Pas complètement.

On m'avait empoisonnée, enlevée et j'avais été témoin d'un meurtre, mais je n'étais pas prête à avaler n'importe quoi pour autant. Je n'étais pas d'humeur à laisser Declan me balader avec des non-réponses alors que ma vie était en jeu.

— Laissez-moi deviner : vous êtes un vampire ?

— Si j'étais un vampire, je ne sortirais pas pendant la journée comme ça. C'est l'une des raisons pour lesquelles la plupart d'entre eux choisissent de vivre sous terre.

— Parce que la lumière du soleil les réduit en poussière.

— Non. Parce qu'elle leur grille la rétine, ce qui les rend bien plus faciles à éliminer. C'est pour cette raison qu'ils restent cachés pendant la journée. Les plus malins ne sortent pas du tout.

Il était midi, et le soleil à son zénith tapait à travers les fenêtres. Un filet de transpiration me coulait dans le dos. Pourtant, malgré la chaleur, je frissonnai.

— Alors, vous êtes quoi ?

Sa mâchoire était crispée, et son visage balafré dépourvu de toute trace d'humour.

— Ce n'est pas important.

— Vous êtes quoi ? insistai-je.

Soit il m'avait menti d'un bout à l'autre, soit il était dangereusement perturbé. Je penchais pour la seconde hypothèse.

— Vous avez dit que vous n'étiez pas humain. Pas complètement humain.

Il ne répondit pas, ce qui me rendit encore plus furieuse.

— Je n'ai rien demandé. Si vous voulez que je me tienne tranquille pour pouvoir m'emmener voir votre père je ne sais où pour qu'il extraie ce poison de mes veines, vous devez me parler.

Il me lança un regard agacé.

— J'aurais dû vous ligoter et vous bâillonner quand j'en avais la possibilité.

— Alors pourquoi vous vous êtes abstenu ?

— Je n'ai pas l'habitude de m'occuper d'humains en état de parler. (Il jeta un coup d'œil dans le rétroviseur, puis tendit la main pour l'ajuster un peu.) Nous avons encore beaucoup de route à faire.

Cela ne répondait pas exactement à ma question.

— Combien de temps encore ?

— Cinq heures.

Je consultai l'horloge du tableau de bord. Si elle était réglée correctement, j'étais restée sans connaissance pendant environ une heure. Un trajet de six heures à partir de San Diego… Les possibilités de destination étaient nombreuses.

— Alors, vous allez me dire ce que vous êtes ?

Pouvais-je être suffisamment pénible pour lui faire perdre son calme et sa concentration ? Ce visage fermé semblait être son expression naturelle. Peut-être qu'à agiter ainsi ma main devant la gueule d'un lion, je risquais une morsure, mais peut-être aussi que la distraction suffirait pour me permettre de m'enfuir. J'avais réussi à le blesser légèrement tout à l'heure ; je savais qu'il n'était pas une machine. J'ignorais comment lui échapper et trouver un téléphone, mais je suivais mon instinct. Et mon instinct me soufflait de ne pas relâcher la pression.

Il prétendait s'abstenir de frapper les humaines. J'espérais qu'il disait la vérité.

— Alors ? repris-je.

Il resta silencieux un moment.

— Je n'ai pas l'habitude d'être celui qui répond aux questions.

— Habituellement, vous êtes celui qui exige des réponses, un flingue posé sur la tempe de votre victime ?

— Vous êtes très perspicace.

— Vous n'êtes pas un vampire, et vous n'êtes pas entièrement humain. Alors vous êtes quoi ?

Il garda le silence pendant une bonne minute, puis lâcha, d'une voix si basse que j'eus du mal à l'entendre :

— Je suis un dhampire.

— Un temps pire ? (Je secouai la tête.) Qu'est-ce que c'est ?

— Un dhampire, répéta-t-il. Ma mère était humaine, mais mon père… mon vrai père… (sa bouche était crispée) était un vampire.

Je clignai des yeux.

— Donc vous êtes à moitié vampire.

Il était de nouveau concentré sur la route.

— Oui.

Un silence pesant plana pendant quelques minutes dans la voiture. Ma bouche était plus desséchée que jamais.

— Vos canines ont l'air normales.

— En effet.

De ce que j'avais pu voir pendant qu'il parlait, ses dents étaient parfaitement ordinaires : blanches, et pas plus pointues que celles de n'importe quel humain.

— Vous êtes dehors en pleine journée. Vous ne portez même pas de lunettes de soleil.

— L'injection que je me suis administré tout à l'heure permet d'atténuer mon côté vampire : appétit, émotions incontrôlables, etc. Mon père a développé ce sérum pour moi lorsque j'étais enfant, et…

— Votre père, le vampire ?

Il serra davantage les dents.

— Non. Mon père humain, qui m'a élevé. Il a trouvé ma mère alors qu'on l'avait violée et qu'on avait bu presque tout son sang, la laissant pour morte. Elle est restée dans le coma jusqu'à ma naissance. On a dû lui ouvrir le ventre pour m'en sortir. Elle est décédée peu après.

Ma gorge se noua alors que j'écoutais ce récit court mais affreux.

— On l'a violée…

— Les vampires sont des monstres qui manifestent un goût prononcé pour le sordide : le sexe, le sang, la mort. Et la moitié d'un de ces monstres vit en moi. Mon père – mon père adoptif – a fait développer ce sérum pour moi. Il me permet de sortir en journée. Il permet aussi de contenir ma soif de sang… et d'autres choses qui pourraient blesser des innocents.

Je croisai les bras pour les empêcher de trembler.

— Êtes-vous en train de me dire que vous buvez du sang ?

— Non. Je bois et je mange comme les humains. Tant que je m'injecte bien le sérum toutes les trois heures, mon côté vampire reste entièrement sous contrôle. Mon père travaille sur un nouveau produit qui fera effet bien plus longtemps, mais pour l'instant je dois me contenter de ce que j'ai.

S'il cessait ses injections, il se transformerait en monstre. Plutôt ironique, vu que je pensais déjà qu'il en était un.

— Mon père m'a élevé pour que je combatte les vampires et que je les élimine, poursuivit Declan d'un air sinistre. Et je le fais pour sauver les humains, qui ne soupçonnent même pas le danger qui les entoure. C'est pour ça que nous avons créé ce poison : il nous permettra de les tuer plus aisément qu'avec n'importe quelle autre arme.

— C'est à ça qu'il est destiné ?

Je me touchai le cou et tentai de faire ralentir les battements effrénés de mon cœur. L'idée que ça accélérait la diffusion du poison dans mes veines suffisait à me donner la nausée.

— Cette seringue contenait le moyen d'éliminer les vampires une fois pour toutes. Comprenez-vous pourquoi il est si important que je vous amène à mon père avant qu'il ne soit trop tard ? Et pourquoi vous ne pouvez pas vous rendre à l'hôpital ? Dès qu'ils découvriront que c'est ce qu'on vous a injecté, ils voudront le détruire. Vous détruire.

Avant que le poison ne s'en charge, oubliait-il de dire.

Il m'observa.

— Vous ne me croyez pas.

Je secouai la tête.

— Non. Je ne vous crois pas.

— Alors pourquoi je m'emmerde à tout vous expliquer ? (Il jeta un nouveau coup d'œil dans le rétroviseur.) Les voilà. Je me demandais combien de temps ils mettraient à nous rattraper.

Je regardai derrière nous, à travers la vitre sale du pare-brise arrière. Une berline gris métallisé nous suivait à bonne distance.

— Qui est-ce ?

— La preuve que tout ce que je vous ai raconté est vrai.

Je jetai un autre coup d'œil par-dessus mon épaule.

— Je ne comprends pas.

— De toute évidence. (Il secoua la tête, puis poursuivit à voix basse.) J'ai l'habitude de tuer, pas de protéger. Ça promet d'être intéressant.

— Protéger ? Qu'est-ce que vous protégez ? Et qui sont ces gens ?

— Je dois protéger le sérum qui coule dans vos veines. Et comme je protège le sérum, ça signifie que je dois vous protéger également.

Je lui lançai un regard noir.

— Je n'ai besoin de protection que contre une seule chose : vous.

— Eh bien, vous allez devoir ajouter quelques personnes à cette liste.

Il attrapa son téléphone, appuya sur un bouton et le porta à son oreille. Au bout d'un moment, il dit :

— Ils nous ont trouvés. (Il se tut, laissant parler son correspondant.) Deux. Peut-être trois. Je ne vois pas bien. Je viens de m'injecter le sérum, alors ma vue n'est pas aussi perçante que d'habitude. Je vais essayer de les semer, mais si je n'y arrive pas je vais devoir les éliminer.

La réponse qu'il reçut lui suffit : il raccrocha sans un mot de plus et replaça le portable dans la poche de son jean. Je notai mentalement l'endroit où il l'avait rangé. Si je pouvais m'en emparer assez longtemps pour passer un appel, alors…

Declan prit la sortie suivante si brusquement que je me vautrai sur lui. Je n'avais pas mis la ceinture de sécurité. Je m'écartai immédiatement et reculai de mon côté de la voiture, loin du dhampire.

— Qu'est-ce que vous faites ? m'écriai-je.

— Je vérifie que mon intuition est la bonne.

— Qui nous suit ?

Je bouclai ma ceinture. Je n'avais pas la moindre envie de traverser le pare-brise la tête la première.

— Des serfs de sang : des humains qui effectuent diverses tâches pour les vampires. Je savais déjà que quelqu'un les avait avertis de nos recherches. Anderson s'apprêtait à vendre le sérum aux vampires pour qu'ils puissent le détruire. C'est pour ça qu'on m'a envoyé le récupérer avant qu'il ne soit trop tard.

— Le vendre aux vampires ? Pourquoi aurait-il fait une chose pareille ?

— L'argent. Malgré ses grands discours humanitaires, Carl Anderson se souciait avant tout de son compte en banque. Mais ce n'était pas un bon calcul. Si je ne lui avais pas logé une balle dans la tête, il aurait servi de petit déjeuner à un vampire.

— Pourquoi sont-ils à nos trousses ?

— Ils doivent savoir que j'ai le sérum en ma possession. Ça veut dire qu'ils savent aussi qu'Anderson est mort. Ça devrait être intéressant.

— Pourquoi êtes-vous sorti de l'autoroute ?

— Ce sera plus facile de les semer sur des petites routes.

— Et si vous n'y arrivez pas ? m'inquiétai-je en repensant à ce qu'il avait dit au téléphone, à ce qu'il avait demandé la permission de faire. Vous allez les tuer ?

— C'est l'idée, oui.

Je ne voulais pas que quelqu'un d'autre soit blessé aujourd'hui. Les occupants de la voiture n'avaient peut-être rien à voir avec toutes ces histoires, mais si Declan pensait que c'étaient des ennemis, ils mourraient. Je l'avais déjà vu tuer. Il n'avait pas hésité. Il était resté sourd aux prières de sa victime.

Il n'avait pas besoin d'être un demi-vampire pour être un tueur de sang-froid.

À présent que nous étions sortis de l'autoroute, Declan conduisait encore plus vite qu'avant. Un regard par-dessus mon épaule confirma que la berline grise nous suivait toujours.

Declan m'observa, et lut probablement l'angoisse sur mon visage.

— Un mardi bien mouvementé pour une petite intérimaire comme vous, hein ?

— Arrêtez cette voiture tout de suite, ordonnai-je.

— Je crois que vous n'avez pas compris que vous n'étiez pas en position de formuler des exigences.

— Oh, si, je comprends bien. Vous avez le flingue, donc vous commandez. Mais vous allez aussi avoir notre mort à tous les deux sur la conscience.

— Alors, vous me croyez, maintenant, quand je dis que nous avons des serfs de sang à nos basques ?

— Non : je crois que vous allez nous tuer dans un accident de la route.

— Je suis un excellent conducteur, faites-moi confiance. (Il consulta de nouveau le rétroviseur de son bon œil.) Si ça vous permet de vous sentir mieux, je vais répondre à quelques questions supplémentaires. Pour vous changer les idées.

Il prit le tournant suivant si vite que si je n'avais pas mis ma ceinture de sécurité, j'aurais terminé sur ses genoux. J'empoignai le ruban de tissu devant ma poitrine et le serrai de toutes mes forces.

Dès que j'en aurais l'occasion, je m'échapperais. Avec ou sans ce téléphone. Je voulais simplement fuir le plus loin possible.

Des questions. J'en avais tellement, mais par où commencer ? Je tâchai d'ordonner le chaos dans ma tête, et m'accrochai à la première pensée qui se présenta à moi.

—Comment avez-vous perdu votre œil ?

—Ah, vous avez remarqué ?

—Oui, le bandeau m'a mise sur la piste.

—Je m'en doutais. (Il le toucha avec désinvolture, comme si nous ne roulions pas à 160 kilomètres-heure.) C'est un rebelle qui me l'a arraché avec les ongles. Je l'avais entraîné au soleil. Il hurlait de douleur pendant que ses globes oculaires se liquéfiaient et coulaient sur son visage, et il a décidé de partager un peu de sa misère avec moi. C'était ma faute, j'aurais dû m'assurer qu'il était bien hors d'état de nuire. Sa compagne m'avait déjà bien amoché le visage avec un couteau avant que je la tue. Le sang dans mes yeux m'empêchait de bien voir. (Il fit glisser ses doigts le long de ses cicatrices, qui évoquaient une toile d'araignée, puis me lança un bref coup d'œil.) Contente de m'avoir demandé de vous raconter cette charmante petite anecdote ?

Il s'exprimait avec tant de détachement. L'expérience qu'il avait vécue était tout simplement atroce, et il en parlait comme s'il s'agissait d'une journée de travail ordinaire. Je ne savais pas si je devais être désolée pour lui, ou écœurée.

Je choisis écœurée. C'était l'option la plus simple. J'essuyai mes paumes moites sur mes cuisses avant de lui répondre.

— Ravie. J'imagine que vous allez devoir être plus prudent, maintenant. Vous n'avez plus qu'un œil.

— Merci du conseil. Encore deux questions, et ensuite vous tiendrez parole et fermerez votre jolie petite bouche durant le reste de notre trajet.

Il prit un autre tournant sur les chapeaux de roues, et des gravillons volèrent tandis que la voiture passait de l'asphalte à une route de terre. Je crispai ma main sur la vitre.

— On les a semés ?

Je ne voyais plus la voiture grise dans le rétroviseur droit.

— C'est possible. Il ne vous reste plus qu'une question.

Je lui lançai un regard furieux.

— Ce n'était pas une question. Je me renseignais simplement.

— Plus qu'une question, répéta-t-il.

Je clignai des yeux et sentis le picotement des larmes. La frustration et la peur commençaient à être difficiles à supporter. J'essayais de garder mon sang-froid, mais je trouvais cela de plus en plus dur.

— Vous m'auriez tuée dans cette allée, si on vous l'avait ordonné ?

— Oui, répondit-il sans hésiter.

Même si je m'étais attendue à cette réponse, je ne pus retenir un frisson en l'entendant parler ainsi.

— Vous faites toujours tout ce qu'on vous dit ?

— Vous n'avez plus de questions, c'est terminé.

Il freina brusquement et, après quelques embardées, la voiture s'arrêta derrière un bâtiment dont la peinture blanche s'écaillait – probablement une station-service abandonnée. Nous nous trouvions dans une zone inhabitée à quelques kilomètres de l'autoroute. Declan fit avancer un peu la voiture jusqu'à ce que nous puissions voir un petit bout de la route.

— Declan…

Il leva la main.

— Chut.

Je pinçai les lèvres et attendis. Une sensation de bouillonnement dans mon ventre m'alarma ; je touchai mon front et le trouvai couvert de sueur. Mes paumes aussi étaient moites.

— Je ne me sens pas très bien, balbutiai-je.

Je ne mentais pas. On aurait dit qu'une vague se dirigeait au ralenti vers moi : je la voyais au loin, et savais ce que cela signifiait, mais je ne pouvais pas m'enfuir à temps.

Quand mon estomac se contracta, j'eus l'impression qu'un couteau me lacérait les entrailles.

Je tentai de reprendre ma respiration et cherchai la poignée.

— Laissez-moi sortir.

— Sûrement pas. Nous allons attendre que les serfs de sang nous dépassent. Encore cinq minutes.

Mon cœur battait deux fois plus rapidement que la normale. J'essayais toujours de sortir, mais la portière était verrouillée, et je ne parvenais pas à trouver la force de l'ouvrir.

— Je vous en prie.

Ma voix était si faible qu'elle en était déchirante. Je ne pouvais plus bouger. J'étais totalement impuissante devant la douleur atroce qui transperçait mon corps. On aurait dit que j'avais avalé le poison : il se concentrait sur mon estomac, déployant ses griffes tranchantes comme des rasoirs dans toutes les directions.

— Qu'est-ce que vous avez, bon sang ? s'exclama impatiemment Declan.

Il m'attrapa le menton et leva mon visage pour m'examiner. En voyant que je ne simulais pas, il fronça les sourcils.

— Merde.

La douleur s'estompa un moment, assez pour me laisser reprendre ma respiration.

— Je vais… vomir.

Sans plus discuter, il tendit le bras et tâtonna pour déverrouiller ma portière, qu'il ouvrit. Puis il détacha ma ceinture de sécurité. J'étais toujours incapable de remuer. Même si ma vie en avait dépendu – ce qui était le cas, d'ailleurs –, je n'aurais pas pu courir.

Il descendit immédiatement de voiture et vint me porter jusqu'à une petite étendue d'herbe jaunie.

— Eh ben, allez-y, dit-il.

Je n'eus pas besoin d'autres encouragements : je rendis le contenu de mon estomac. J'eus l'impression de régurgiter des couteaux qui m'auraient déchiqueté tout l'œsophage. Dans ma bouche, le goût rance, aigre, évoquait de l'acide. Je frissonnai et sentis que mes joues étaient couvertes de larmes.

J'entendis un bruit de tissu qu'on déchirait, et un instant plus tard Declan me tendit un bout de son tee-shirt noir : il en avait arraché une pièce pour que je puisse essuyer le vomi qui souillait mes lèvres.

Putain, quel gentleman.

Ce fut ma dernière pensée cohérente avant que mes yeux se ferment et que le monde disparaisse.

La douleur cuisante d'une gifle sur mon visage me fit reprendre connaissance, haletante. J'étais toujours agenouillée sur l'herbe, et Declan se tenait à côté de moi. Combien de temps s'était écoulé ? Quelques secondes ?

— Pas le temps de se laisser aller. On doit bouger.

Il m'avait frappée. L'enfoiré. Alors qu'il avait dit qu'il ne battait pas les femmes. Qu'il les tuait si on le lui ordonnait, mais qu'il ne levait pas la main sur elles.

J'essayai de lui donner un coup de poing, mais il l'évita avec facilité.

— Vraiment ? Ne soyez pas ridicule.

— Tuez-moi, le suppliai-je. La douleur… c'est insupportable.

— La vie est douleur, princesse. Si c'est le pire que vous ayez jamais connu, vous devriez vous estimer heureuse.

Sympa.

Avant que j'aie pu commenter cette philosophie très réjouissante, il m'attrapa par la taille et me releva. Cependant, au lieu de se diriger vers notre véhicule, il m'entraîna dans la direction opposée, vers une maison délabrée à une quarantaine de mètres de la station-service.

— La voiture ? demandai-je faiblement, un goût de mort se mélangeant dans ma bouche avec celui du bagel au fromage que j'avais mangé au petit déjeuner.

— Changement de plan. Les serfs de sang sont là. Ils nous ont trouvés. Nous n'avons plus le temps de leur échapper.

À présent, la douleur qui me rongeait l'estomac était assortie d'une fraîche dose de panique.

— Quoi ?

Il me lança un regard noir.

— Comme je vous l'ai déjà dit, vous nuisez fortement à ma concentration. Et cette faiblesse va finir par nous coûter la vie.

Chapitre 4

Je tâchai de me ressaisir. J'avais vomi et je m'étais évanouie, mais la douleur se calmait enfin. Si je devais être reconnaissante de quelque chose aujourd'hui, ce serait de cela. Rien de tel qu'éprouver un calvaire pareil pour mesurer la chance qu'on a lorsqu'on se sent bien.

Je n'avais pas besoin qu'on m'explique que nous étions suivis. D'ailleurs, le terme « poursuivis » aurait été plus approprié. À la maison, qui était aussi abandonnée que la station-service, avec ses fenêtres crasseuses aux carreaux cassés et ses marches croulantes menant à la porte d'entrée, Declan me lâcha. Il tenait son arme le long de son corps, mais je vis que les muscles de son bras droit étaient bandés, prêts à entrer en action.

Deux hommes et une femme passèrent à côté de la voiture de Declan ; l'un d'eux sortit un couteau et creva les pneus. Declan jura à voix basse.

Mon cœur se serra. Nous ne risquions pas d'aller bien loin avec quatre pneus à plat, hein ?

Les serfs de sang s'approchèrent lentement de nous. L'homme qui menait la marche, un chauve avec un bouc, ne semblait pas armé. Il leva les mains devant lui.

— Nous ne cherchons pas les ennuis, déclara-t-il.

— Ah oui ? (Declan brandit son pistolet.) Alors remontez dans votre voiture et partez.

— Declan, c'est ça ? Declan Reyes ? Comment va papa, Declan ?

Il s'immobilisa à environ trois mètres de nous, encadré par ses partenaires. La femme était presque aussi blonde que moi et, malgré la chaleur qui devait avoisiner les 40 °C, elle était vêtue d'un manteau de cuir noir qui lui arrivait aux genoux. L'autre homme, un roux aux cheveux coupés très court, portait un tee-shirt gris délavé arborant le logo d'un groupe de rock dont je n'avais jamais entendu parler.

— Il va très bien, répliqua Declan.

— Qui est ton amie ? demanda l'homme en me lançant un coup d'œil.

— Ce n'est pas une amie.

— Elle n'a pas l'air très en forme.

— Elle a probablement chopé la grippe.

— Nous voulons le sérum.

Les complices de l'homme gardaient le silence, mais ils ne quittaient pas Declan des yeux. Ils ne semblaient pas perturbés le moins du monde par l'arme que celui-ci braquait à présent sur la tête de leur chef.

— Quel sérum ? demanda Declan avec calme.

Son ton ne contenait ni ironie ni défi. Il se contentait de poser la question.

— Tu n'étais pas obligé de tuer Anderson, tu sais. Pour toi, il avait plus de valeur vivant que mort.

— Quand on essaie de me tirer dessus, j'ai tendance à avoir la détente facile. C'est tout ce que je peux dire pour ma défense.

— On sait, pour le sérum. Anderson nous en a parlé. On est allés à son labo aujourd'hui pour le détruire, mais au lieu de ça on a trouvé une scène de crime. Ton père ne va pas être très content d'apprendre ce qui s'est passé.

— Que savez-vous de mon père ?

— On sait qu'il apprécie le travail net et sans bavures. Et coller une balle dans la tête d'Anderson était précisément une bavure. Grossière erreur, Declan.

— Je me fous de ce que vous pensez.

— Donne-nous le sérum et on vous laissera tranquilles, toi et ta copine.

— J'ai tué Anderson, en effet, mais il n'avait rien sur lui. Il voulait quitter la ville ; il a parlé de serfs de sang décérébrés à ses trousses. Je vous ai peut-être bien rendu un service : il n'était pas très fiable.

Un sourire goguenard aux lèvres, l'homme se tourna vers moi.

— Tu es sûre de vouloir t'associer avec ce type, ma jolie ? Il ne t'attirera que des ennuis.

— Je ne veux rien avoir à faire avec vos histoires. (Je déglutis péniblement.) Je veux juste m'en aller.

— Tu entends ça, Declan ? C'est vexant, hein ? Un visage comme le tien ne retient pas l'attention d'une jolie fille comme elle. J'imagine que sa grippe ne l'empêche pas de voir à quel point tu es repoussant.

Declan se tourna vers moi et gronda à mi-voix :

— La grippe qui va vous tuer si mon père ne vous soigne pas. Tâchez de vous souvenir de ça.

L'avertissement n'aurait pu être plus clair. Et j'avais beau détester cela, je le croyais.

Il m'avait dit que les médecins ne pourraient pas m'aider. Que me rendre à l'hôpital serait synonyme d'une mort assurée, et que d'autres serfs de sang comme ceux-là risquaient de venir me chercher lorsqu'ils comprendraient que le poison coulait dans mes veines.

Une seule chose m'empêchait de supplier cet étranger de me ramener en ville : il avait mentionné qu'ils comptaient détruire le sérum. Sachant que celui-ci était à présent en moi, je n'étais pas exactement convaincue que le trio m'amènerait à l'hôpital le plus proche.

Et même si Declan avait tort et qu'ils m'aidaient, mon ravisseur avait raison sur au moins un point : dans un hôpital normal, les médecins risquaient de ne pas savoir comment me traiter. Ce n'était pas comme si je m'étais enfilé du liquide vaisselle et qu'il fallait me faire un lavage d'estomac. On m'avait injecté le prototype d'un poison développé dans le plus grand secret pour tuer des soi-disant vampires. Bon sang, si j'avouais une chose pareille, on me transférerait directement au service psychiatrique.

Son père avait contribué à l'élaboration du produit. Il pourrait peut-être m'aider.

Peut-être.

Je tremblais et une sueur froide dégoulinait le long de ma colonne vertébrale, mais, au moins, la sensation de nausée et la douleur avaient presque entièrement disparu, et je me sentais suffisamment bien pour me tenir debout.

— Restez derrière moi, gronda Declan.

Je lui obéis. Pour le moment. Après tout, c'était nettement mieux d'être derrière le flingue que devant.

— Pourquoi tu ne me donnerais pas les clés de votre voiture ? suggéra Declan au chauve. Et je vous laisserai vivre.

— Oh, c'est vrai ? C'est très gentil de ta part.

— Tu as dix secondes pour obéir, ou mes trois prochaines balles viendront se loger dans vos petits crânes de piafs. Dix… neuf… huit…

— Matthias veut ce sérum. Et il n'en démordra pas.

La voix de Declan se brisa presque imperceptiblement.

— Matthias…

Le serf de sang hocha la tête.

— Tu comprends pourquoi nous ne pouvons pas rentrer les mains vides.

— Bien sûr, répliqua Declan d'un ton sec. Tu ne voudrais pas contrarier votre chef tout-puissant, n'est-ce pas ?

L'homme sourit.

— Tu l'as rencontré ?

— Je n'ai jamais eu ce plaisir. S'il avait croisé ma route, il ne serait plus de ce monde.

À ces mots, les trois serfs s'esclaffèrent. Je n'avais pourtant pas eu l'impression que Declan essayait d'être drôle.

—Si tu te crois capable de vaincre Matthias, tu es un idiot. Il n'est pas roi sans raison, tu sais.

Je m'étais déplacée suffisamment pour voir l'expression dégoûtée de Declan.

—J'ai entendu dire qu'il n'est sur le trône que parce qu'il garde le vrai roi prisonnier dans un cercueil quelque part.

Les rires s'éteignirent.

—C'est ce qu'on t'a dit ?

—Oui.

—Où donc ?

—Vous n'êtes pas les seuls à disposer d'informateurs.

—Nos sources sont fiables.

—Les miennes aussi. Et si tu me donnais vos clés de voiture, maintenant ? Vous avez crevé mes pneus. Vous me devez bien ça.

—On dirait qu'on se trouve dans une impasse. Tu veux mes clés, et nous voulons savoir où tu as planqué ce sérum.

—Je ne l'ai pas.

L'homme haussa les épaules.

—Le problème, c'est que je ne te crois pas.

Ces gens savaient-ils que Declan était un dhampire ? Cela changeait-il quelque chose pour eux ? Et que racontaient-ils à propos de ce Matthias… Que c'était un roi vampire ?

En me levant ce matin, je n'aurais vraiment pas imaginé qu'une banale pause-café me ferait basculer dans la quatrième dimension.

—Declan…

Je ne savais même pas ce que je voulais lui demander. Peut-être la confirmation que tout irait bien. Ma journée avait vraiment dérapé, pour que je cherche à présent à être rassurée par un type comme lui…

—Les clés, lança de nouveau Declan sans me prêter attention. Ou vous repartirez d'ici les pieds devant.

—La mort ne me fait pas peur, répliqua le chauve, une expression résolue sur le visage. Là où d'autres hésiteraient, je suis loyal envers mon roi. Je suis prêt à donner ma vie pour l'aider à détruire le poison que toi et tes amis ignorants avez développé pour annihiler une espèce entière…

— Cette espèce ne mérite pas de vivre, cracha Declan entre ses dents. Ce ne sont que des sangsues malfaisantes qui aspirent la vie de leurs victimes et laissent des morts dans leur sillage partout où ils passent.

— Cette description me fait plutôt penser à un tueur de vampires.

— Je ne tue que ce qui doit l'être.

— Tout le monde mérite une chance, qu'il soit prédateur ou proie. (L'homme avança d'un pas.) Et d'où tu te permets de dire le contraire ? Tu te prends pour Dieu, ou quoi ? C'est ton père qui t'a appris ça ? J'ai entendu des choses sur lui et les gens pour qui il travaille. C'était pas joli joli.

— C'est facile de critiquer.

— Declan, appelai-je de nouveau, plus fort cette fois.

Il ne me prêtait toujours pas attention. J'avais un très mauvais pressentiment.

— Je choisis de donner ma vie pour Matthias, proclama l'homme en s'approchant encore. Pour qu'il puisse vivre à jamais.

Un instant plus tard, il se jeta sur Declan.

Le coup de feu me fit sursauter. La balle atteignit l'homme à la poitrine, et il trébucha en arrière, contemplant la blessure avec surprise avant de lever sur nous un regard féroce, de montrer les dents et de se précipiter de nouveau en avant.

Declan n'hésita pas. Il tira encore, et lui logea une autre balle dans le torse et une dans la tête. Cette fois, l'homme eut son compte. Il tomba lourdement à genoux, puis s'abattit face contre terre aux pieds de Declan.

— Grossière erreur, lança Declan au mort.

Je lâchai un cri étranglé, et il se tourna vers moi.

— Retournez à la voiture et enfermez-vous, ordonna-t-il. Maintenant.

La suite se déroula si rapidement que j'eus du mal à suivre.

D'un air déterminé, la femme s'approcha de Declan et le désarma d'un coup de pied. Sans baisser la jambe, elle lui décocha un autre coup encore plus haut, lui plantant son talon pointu dans l'épaule avant qu'il ait pu reculer.

Du sang se mit à ruisseler sur son biceps. Il arracha le talon argenté de son épaule blessée, saisit la jambe de son assaillante et la tordit violemment, faisant chuter celle-ci lourdement au sol.

Puis il se tourna et envoya un crochet dans la mâchoire de l'autre serf, qui tenait à la main le couteau qu'il avait utilisé pour crever les pneus de la voiture. La bouche pleine de sang, celui-ci recula, chancelant.

La blonde se releva d'un bond, les yeux flamboyants. Elle employait des techniques d'arts martiaux, comme dans un film. Cette fois, elle lança son talon mortel en direction de la jugulaire de Declan. Il évita le coup, mais reçut son poing dans la figure. Il referma le bras sur sa gorge, mais elle parvint à se libérer, tournant sur elle-même avant de lancer une nouvelle attaque.

Je n'avais jamais vu une femme se battre ainsi dans la vraie vie. Elle n'était pas plus grande que moi, mais elle était mortelle.

Declan avait affirmé qu'il ne frappait pas les femmes humaines. Pour l'instant, il tenait parole, se contentant de parer les coups reçus.

J'aperçus l'arme qu'il avait lâchée quelques mètres plus loin, et me baissai pour la ramasser.

— Pas si vite.

Le second homme se tenait devant moi. Avant que j'aie pu viser, il me gifla, et la douleur explosa dans mon visage. Il récupéra immédiatement le pistolet que j'avais laissé tomber.

Je pensais qu'il allait me tirer dessus, mais au lieu de cela il se tourna et fit feu dans le dos de Declan.

Je hurlai et portai les mains à ma bouche, horrifiée.

Declan se courba en avant, puis s'effondra au sol, face contre terre. L'homme marcha jusqu'à lui et appuya son pied à l'endroit où la balle l'avait blessé. Le visage dans les graviers, Declan poussa un gémissement de douleur rauque. Ce n'était ni une plainte ni une prière ; on aurait plutôt dit l'avertissement d'un fauve blessé.

— Le type que tu viens de descendre, il s'appelait Smith, cracha le serf de sang. Et sa vie valait plus qu'un stupide sérum. Et sûrement bien plus qu'un connard de tueur et sa pouffiasse blonde. (Il pesa encore plus lourdement sur la blessure de Declan.) Maintenant, réponds : où est le sérum ?

— Va te faire foutre, ahana Declan.

— Ce n'est pas très poli, ça.

— Va te faire foutre, je te prie.

— On va peut-être voir ce que ta copine a à nous raconter. La torture donne généralement de bons résultats avec les femmes. Elles se mettent à pleurnicher bien plus vite qu'un zombie dans ton genre.

— Laisse-la tranquille, ou tu vas le regretter.

— Je ne crois pas, non.

L'homme retira enfin son pied de la blessure de Declan, mais ce ne fut que pour mieux lui assener des coups furieux à la tête – avec suffisamment de violence pour le tuer, d'après moi. La femme s'approcha et le frappa également au ventre, puis à la tête.

À présent, Declan ne remuait plus du tout.

Puis ils se tournèrent vers moi.

L'avaient-ils tué ? Je ne pensais pas qu'on puisse survivre à de telles violences. Je détestais Declan et haïssais la situation dans laquelle il m'avait entraînée, mais l'idée qu'il était peut-être mort me terrifiait. Après tout, il avait été le dernier rempart entre moi et… ces deux-là.

La femme me sourit. Lorsqu'elle n'avait pas cette expression féroce sur le visage, elle était bien plus séduisante.

— Désolée que tu aies dû assister à ça, me dit-elle. Mais quand on s'associe avec un tueur, et surtout un qui travaille pour Carson Reyes et les siens, il faut s'attendre à des ennuis.

Carson Reyes. Il devait s'agir du père de Declan.

L'homme s'approcha et me saisit les cheveux pour m'empêcher de m'enfuir.

— Alors, quand as-tu rencontré notre ami Joe la Balafre ? me demanda affablement sa partenaire.

Le contraste n'aurait pu être plus saisissant entre son attitude et celle du type qui venait de m'empoigner avec brutalité. Celui-ci me regardait à présent comme si j'étais un problème de maths insoluble.

— Au… aujourd'hui, bégayai-je. Il m'a attrapée… enlevée… après avoir tué cet homme.

Je n'avais pas besoin de leur fournir tous les détails – juste assez pour qu'ils pensent que j'étais prête à leur parler et à les aider. Ce qui était le cas. J'étais ravie de tout leur dire, à l'exception de ce qui était arrivé au sérum.

L'homme contemplait avec intérêt ma blessure au cou, mais rien dans son expression n'indiquait qu'il avait compris ce qui s'était passé. Heureusement, les serfs de sang n'étaient pas des enquêteurs venus résoudre un mystère, mais des gros bras prêts à en découdre pour obtenir ce qu'ils recherchaient.

Ce n'était pas si rassurant, en fait.

— Je n'aurais pas pensé que tu étais son genre, reprit la femme. Je pensais que le tueur préférait les pouffes. Des filles pas difficiles, prêtes à lui tailler une pipe en échange d'un petit billet sans trop se plaindre de son look, tu vois ce que je veux dire ? (Elle glissa une main sur mon épaule et saisit l'arrière de mon chemisier à manches longues pour en regarder l'étiquette.) Calvin Klein. Je me disais bien que j'avais affaire à une nana friquée.

— Je ne suis pas riche. C'était un cadeau.

— De qui ?

— Ma colocataire. Elle n'en voulait plus, et s'apprêtait à en faire don à une association caritative, car elle est très sensible aux inégalités sociales… Mais elle a pensé qu'il m'irait bien, et me l'a donné à moi.

Elle sourit.

— Cela signifie-t-il que tu es un cas social ?

Je regardai Declan, espérant le voir se relever comme si de rien n'était et venir à mon secours, tel un preux chevalier blessé au combat. De toute évidence, j'attendais encore un miracle alors que le vent avait tourné depuis bien longtemps.

Declan ne bougea pas.

Après une balle qui lui avait peut-être sectionné la moelle épinière, un talon pointu planté dans l'épaule et trente secondes d'un match de foot pendant lequel sa tête avait tenu le rôle du ballon, pas étonnant qu'il ne se relève pas frais comme un gardon. Il n'était pas dit qu'il se relèverait du tout.

À présent, je ne pouvais plus compter que sur moi-même.

Il ne m'emmènerait pas voir son père, Carson, pour que celui-ci élimine le poison de mon sang. Declan m'avait assuré qu'un hôpital normal ne pourrait pas m'aider et que c'était ma seule chance de m'en sortir vivante.

Mais s'il était mort, cela n'arriverait pas. J'ignorais totalement où trouver son père.

En même temps, ces serfs risquaient de me réserver le même sort qu'à Declan. Voire pire.

À l'heure actuelle, le poison qui parcourait mes veines était le cadet de mes soucis.

Mon chemisier. Nous parlions de mon chemisier bleu en soie.

— Quand on ne gagne pas beaucoup d'argent, le troc est un bon moyen d'obtenir ce qu'on veut à moindre coût, expliquai-je. Mes amies et moi, on échange tout le temps nos affaires.

— Nous aussi : on peut sûrement trouver le moyen de s'arranger.

De sa main libre, celle qui n'était pas entortillée douloureusement dans mes cheveux, l'homme caressa les boutons du chemisier de marque hérité de ma colocataire. Puis il effleura mon sein gauche du bout des doigts. Je réprimai un frisson.

Je me tournai vers sa complice, espérant qu'elle me défendrait dans un élan de solidarité féminine, mais son visage ne montrait que de l'indulgence mêlée d'ennui alors qu'elle regardait son ami me toucher.

Elle sortit un couteau au manche d'ivoire de sa veste en cuir et en promena la pointe sur ma gorge.

— Parle-nous du sérum.

— Je sais où il se trouve, bredouillai-je en tâchant de refouler des larmes de panique.

La main de l'homme s'immobilisa.

— C'est vrai ?

— Oui.

Ils échangèrent un regard.

— Où ? demanda la femme.

— Si je vous le donne, vous me laisserez partir. Vous ne me toucherez pas. Et vous direz à votre pote d'enlever ses sales pattes de moi.

Elle parut réfléchir à ma proposition.

— Tu as tué notre ami.

— Je n'ai rien fait. Et puis, vous avez tué mon… (Je contemplai Declan, et sentis mon cœur se serrer en voyant qu'il était à présent couvert de sang.) Vous l'avez tué. Donc nous sommes quittes, non ?

— Il respire encore. (Elle jeta un regard en direction du corps immobile.) Mais ça m'étonnerait qu'il se réveille.

Je grimaçai.

— Donc nous sommes quittes.

— Prouve-nous que tu sais où le sérum se trouve, reprit la femme en remettant en place une de mes mèches blondes, et je promets que nous te laisserons vivre.

— Sans me torturer. Ni me blesser.

— Nul besoin de porter la main sur toi si tu as ce que nous cherchons. Nous ne sommes pas des sauvages.

Elle semblait sincère. Ou peut-être que je prenais mes rêves pour des réalités.

— Lâche-la, Davis, ordonna-t-elle en reculant. Il est temps d'arrêter les frais et d'obtenir ce que nous sommes venus chercher.

Il la regarda d'un air furieux.

— Matthias se foutra pas mal que Smith ait donné sa vie pour récupérer le sérum.

Elle plissa les yeux.

— Lâche-la. Maintenant.

Davis continua à me reluquer pendant un moment avant de desserrer enfin sa prise.

— Très bien. Fais comme tu veux.

— Vous allez le détruire ? demandai-je. Le sérum ?

— En effet.

Je les regardai avec méfiance, m'attendant qu'ils me brutalisent de nouveau, mais ils ne bougèrent pas. Cependant, la femme tenait le couteau d'une manière qui suggérait qu'elle savait s'en servir. Debout à côté d'elle, les bras croisés, l'homme ne me quittait pas des yeux.

Je me dirigeai vers le corps immobile de Declan et m'agenouillai à côté de lui. Son visage était plein de sang et son bandeau avait glissé, me laissant voir son orbite vide et sa chair martyrisée. Étrangement, plutôt que d'éprouver du dégoût, je fus parcourue d'un élan de compassion. Je remis le tissu en place à l'endroit où son œil aurait dû se trouver.

Ensuite, je palpai son jean et localisai la petite trousse qui contenait son sérum dans la poche gauche. Il n'avait pas beaucoup d'autres endroits où la cacher. Je l'examinai, et constatai qu'elle ne portait aucune étiquette : rien ne risquait de révéler qu'il ne s'agissait pas de ce que nos assaillants recherchaient.

J'appuyai un doigt contre le côté de la gorge de Declan, et fus surprise de sentir un faible pouls. Après ce qu'on lui avait fait subir, il aurait dû être mort, mais il ne l'était pas. Pas encore, du moins.

Je me relevai et me tournai vers les serfs avant de leur tendre le mince étui noir.

— Voilà.

— Il l'avait sur lui tout ce temps ? demanda la femme, incrédule.

— Il l'a pris à Anderson avant de le tuer, mais il n'a pas eu le temps de le cacher.

Elle adressa un signe de tête à l'homme, et celui-ci m'arracha l'objet des mains, l'ouvrant pour inspecter la seringue et les fioles non étiquetées qui renfermaient un liquide pâle.

Je tâchai de conserver une expression neutre. J'étais sûre que j'avais l'air terrifiée, mais il ne fallait pas qu'ils s'aperçoivent que je leur mentais.

— Alors ? interrogea-t-elle.

— Cinq échantillons. Anderson a dit que c'était tout ce qui lui restait.

— Laisse-moi voir.

La femme tendit la main et l'homme lui remit la trousse. Elle en observa longuement le contenu avant de la refermer et de la glisser dans la poche de sa veste. Puis elle jeta un coup d'œil vers Declan.

— Il t'a enlevée pour sortir de San Diego, pas vrai ?

Je hochai la tête en tremblant. Ils croyaient que le sérum de Declan était le produit qu'ils étaient venus récupérer. Je retins mon souffle.

— Les tueurs suivent leurs propres règles. Celui-ci, poursuivit-elle en indiquant Declan d'un mouvement du menton, j'ai entendu parler de lui. Il est sans pitié, plus encore que les autres. Certains pensent qu'il est invincible. On dirait bien qu'ils se trompent. Peut-être qu'il s'était bâti cette réputation pour inspirer la peur aux vampires et à leur clan.

— Est-ce pour eux que vous travaillez ? Le… clan des vampires ?

— Je fais partie du clan de Matthias. Il me protège. Et en échange, je le protège en éliminant les menaces comme ce poison.

Sa mine s'assombrit.

— Mais… mais vous êtes humaine, balbutiai-je.

— C'est exact.

— Vous n'êtes pas une vampire.

— Pas encore. Matthias n'accorde pas la vie éternelle à n'importe qui. Nous gagnons ce privilège en choisissant de remettre nos existences humaines entre ses mains sans poser de questions. (Elle sourit et me caressa la joue.) Tu ne comprends pas, bien sûr. Mais si tu le rencontrais, toi aussi, tu souhaiterais lui donner tout ce que tu possèdes : ton corps, ton sang, et même ta vie.

J'en doutais fortement.

— Je ne veux pas le rencontrer.

— Prie pour que ça n'arrive pas. Il dévorerait une petite chose comme toi en quelques minutes.

Je luttai pour ne pas me détourner.

— Vous avez promis que vous me laisseriez vivre si je vous remettais le sérum. Eh bien, j'ai tenu parole.

— En effet. Merci. (Elle jeta un coup d'œil à Declan avant de se tourner de nouveau vers moi.) À une époque, je te ressemblais beaucoup.

— Que voulez-vous dire ?

— J'étais une femme ordinaire, incapable de se défendre toute seule. J'avais besoin de me réfugier derrière un homme fort pour qu'on ne me fasse pas de mal. (Elle se pencha vers moi.) La force des hommes humains n'est qu'un mythe. Ils sont tous faibles, égoïstes et faciles à manipuler. Ainsi qu'à tuer.

Je sentis quelque chose de froid contre ma main : c'était son couteau au manche en ivoire.

— Prends ça, me dit-elle.

— Pourquoi me le donnez-vous ?

— Cet homme t'a enlevée. (Elle toucha mon cou et fit glisser ses doigts sur ma peau meurtrie.) Il t'a blessée. C'est impardonnable. Quand tu te réveilleras, utilise cette arme. Tu peux le tuer et reprendre le pouvoir en répandant son sang. Un geste symbolique. Cela te rendrait digne d'être en la présence de Matthias, si un jour tu décides que tu le souhaites.

Les yeux écarquillés, je la dévisageais.

— Quand je me réveillerai ? Comment ça ?

Elle s'écarta pour laisser passer Davis, qui me regarda de bas en haut, un sourire lubrique aux lèvres. Je rassemblai mes forces et me préparai à me défendre contre son attaque, resserrant mon poing sur le manche du couteau.

Malgré tout, le pistolet arriva si vite que je ne pus l'éviter. Le choc de l'acier glacé contre ma tempe m'assomma net.

Chapitre 5

Oh, putain.

Des gravillons s'enfonçaient douloureusement dans ma joue. Ce fut la première chose que je remarquai quand je repris connaissance. J'avais l'impression que ma tête venait de passer du temps dans un étau… voire entre une enclume et un marteau.

On ne m'avait jamais frappée ainsi. Jamais. Et la gifle que le serf m'avait assenée un peu plus tôt avait été la première fois de ma vie qu'un homme avait levé la main sur moi. Deux coups à quelques minutes d'intervalle, de la part du même connard, sans compter que Declan m'avait déjà malmenée avant cela… J'avais eu ma dose de mauvais traitements pour la journée.

Je portai la main à ma bouche, m'attendant à trouver des dents ébréchées ou branlantes, mais elles paraissaient toutes intactes. Je palpai le reste de mon visage : tout avait l'air normal. Après m'être redressée, lentement car j'avais la nausée, je protégeai mes yeux et regardai vers le ciel. Le soleil semblait aussi haut et brillant qu'avant mon évanouissement. Cependant, il s'était écoulé suffisamment de temps pour que les serfs de sang aient disparu.

Ils ne m'avaient pas tuée. Non, mais ils m'avaient assommée. À cette pensée, une bouffée de colère m'envahit. Ce n'était vraiment pas la peine. Je n'aurais pas couru après leur voiture tel un labrador surexcité.

Je regardai autour de moi. Je me trouvais toujours à côté de la maison abandonnée, à une quinzaine de mètres de notre voiture noire, désormais complètement inutile avec ses pneus crevés. Le chemin de terre passait derrière la station-service, même si je ne le voyais pas de ma position actuelle. Sur ma droite, j'aperçus le corps de l'homme chauve que les serfs avaient appelé Smith : ils l'avaient laissé sur place. Si j'en croyais le trou béant dans son crâne, qui ressemblait de manière étonnante à la blessure d'Anderson le matin même, il n'était pas près de se relever.

Le corps inanimé de Declan gisait toujours sur ma gauche. Il n'avait pas repris connaissance.

Serrant dans ma main le couteau que Cruella d'Enfer m'avait donné, je me traînai jusqu'à lui et vérifiai de nouveau son pouls. Celui-ci semblait plus fort qu'avant. Son épaule était couverte de sang à l'endroit où Cruella avait enfoncé son talon. Je tâtai ses poches pour essayer de trouver son téléphone. Son jean était trempé de sang, et je m'aperçus qu'il avait une profonde blessure à la hanche. Quand, malgré mon cerveau embrumé, je finis par trouver l'appareil, je le sortis, mais découvris immédiatement qu'il était cassé.

— Et merde ! criai-je en jetant l'objet inutile au loin.

Pas de téléphone. Comment allais-je appeler la cavalerie à la rescousse ?

À cet instant, je voulais le tuer : faire exactement ce que Cruella m'avait conseillé, et lui planter ce couteau en plein cœur.

Soudain, Declan referma la main autour de mon poignet, et je poussai un hurlement. Je le regardai, choquée. Son œil gris injecté de sang était à peine ouvert, mais il était fixé sur moi. Ses lèvres remuaient légèrement. Pendant un moment, je n'entendis rien.

— Mon… sérum…

J'essayai de me dégager, mais il me tenait solidement. Son sang rendait ma main poisseuse.

— Qu'est-ce qu'il y a ?

— J'ai besoin de plus de temps… pour récupérer. Vous allez devoir m'injecter mon sérum quand… mon alarme… se déclenchera. Vous… devez le faire.

— Je ne dois rien faire du tout.

Je serrai mon nouveau couteau encore plus fort.

— Vous devez m'aider à me mettre à l'abri du soleil.

— Ou bien quoi ? Vous allez fondre ?

— Non. Le soleil… m'empêche de guérir. Il m'affaiblit. Et… et j'ai besoin d'eau. Beaucoup d'eau. Maintenant.

C'est qu'il était exigeant, l'enfoiré.

J'avais envie de lui rétorquer que son sérum n'était plus qu'un lointain souvenir, étant à présent en chemin vers Matthias, le foutu roi vampire de Californie, mais son œil se referma et il relâcha sa prise suffisamment pour que je puisse reculer à la hâte et me relever.

J'inspectai rapidement les alentours, et fus peu satisfaite : c'était vraiment le désert. Je m'attendais presque à entendre le vent gémir, comme dans les villes fantômes qu'on voyait dans les westerns. Étions-nous vraiment à quelques kilomètres seulement de l'autoroute ? Je pourrais faire signe à une voiture de s'arrêter. Nous n'étions pas si loin que ça de la civilisation. Ma cheville était douloureuse depuis que Declan m'avait tirée sans ménagement à l'avant de sa voiture, mais ce n'était pas trop grave. J'étais en état de marcher.

Sans plus le regarder, je commençai à m'éloigner de lui et de l'homme qu'il avait tué.

— Vous ne pouvez pas me laisser ici, me lança-t-il d'une voix rauque et affligée. Vous ne pouvez pas aller à l'hôpital. Vous avez besoin de moi si vous voulez vivre.

Je ne l'écoutai pas. Ma tête paraissait sur le point d'exploser, mon cou me faisait mal et la sensation dans mes veines dilatées et ultrasensibles était toujours aussi étrange. Mais je respirais toujours. Mon cœur battait toujours. Et, malgré les avertissements de Declan, aller à l'hôpital me semblait une idée merveilleuse.

Je leur dirais que j'avais été empoisonnée. Que je ne savais pas avec quoi – pas la peine de mentionner la guerre ultrasecrète pour éliminer les vampires –, mais que ma vie était en danger.

« Aidez-moi, je vous en prie. »

Et ils m'aideraient. Bien sûr. C'était la fonction même d'un hôpital.

Declan mentait sûrement, lorsqu'il disait que les médecins ne sauraient pas me soigner.

J'avais une bonne mutuelle. Autant m'en servir.

Je marchai jusqu'à la route. Par où étions-nous arrivés ? La station-service s'était trouvée sur notre droite. À présent que j'avais l'occasion de la regarder plus attentivement, je voyais qu'elle devait être fermée depuis un bon demi-siècle. Je tournai à gauche sous la chaleur écrasante du soleil.

Declan allait se vider de son sang et mourir. Bien. C'était tout ce qu'il méritait.

Je ne pouvais pas me permettre de ressentir la moindre culpabilité parce que je l'avais abandonné. Pourtant, le sentiment indésirable me rongeait de l'intérieur.

Qu'étais-je censée faire ? Il était responsable de son propre malheur. S'il leur avait donné le sérum quand ils le lui avaient demandé, ils ne l'auraient pas tabassé comme ça.

Une minute.

Je cessai de marcher. Non, je me trompais. Je confondais son sérum avec le poison. Ce n'était pas la même chose.

Declan ne leur avait pas avoué la vérité, à savoir que le poison était en moi. Il m'avait ordonné de me placer derrière lui, puis de partir me mettre à l'abri juste avant que la situation ne dérape. Il avait dit qu'il allait me protéger.

Me protéger. Bien sûr. Sauf que, sans lui, je ne me serais jamais retrouvée dans cette position.

J'ignorais totalement combien de temps il me restait à vivre. Des semaines, des jours, des heures ?

Bon sang, je ne savais même pas si le poison me tuerait réellement. Peut-être même que ce n'était pas du poison. Peut-être que Declan avait simplement dit ça pour que je me tienne tranquille et que j'obéisse à ses ordres.

Je m'arrêtai pour y réfléchir. Jusque-là, je lui avais fait confiance, mais en était-il vraiment digne ?

Un dhampire tueur de vampires. Mais bien sûr. Tout ce que j'avais vu, c'était un allumé tout balafré qui dégainait plus vite que son ombre, et trois autres barjots qui croyaient aussi en des créatures mythiques buvant du sang et évitant la lumière du soleil. Mis à part qu'ils étaient tous cinglés, je ne savais pas trop quelles conclusions tirer.

J'allongeai le pas. Je pensais pouvoir rejoindre l'autoroute en une demi-heure. Peut-être croiserais-je une voiture en chemin – même si j'avais bien l'impression que peu de gens s'étaient aventurés par ici depuis la fermeture de la station-service.

L'espoir fut de courte durée.

Cinq minutes plus tard, la douleur réapparut, me stoppant net. Je m'effondrai sur le bas-côté et vomis.

J'aurais cru qu'après avoir été malade plus tôt, mon estomac était vide, mais quand je rouvris mes yeux larmoyants, je vis que j'avais rendu un liquide aussi noir que de l'encre et dont la consistance ressemblait à celle de la mélasse. La substance répugnante formait une flaque sur le sol desséché. Je m'essuyai la bouche, et constatai que ma main était elle aussi couverte de cette chose noire.

— Oh, mon Dieu, murmurai-je.

Puis je criai lorsqu'une nouvelle vague de douleur s'abattit sur moi.

Declan n'avait pas menti ; je ne pouvais plus le nier. Ce sérum m'avait complètement empoisonnée, et mon état ne s'améliorait pas. Il empirait.

« *Vous avez besoin de moi si vous voulez vivre.* »

Le père de Declan… Il avait dit qu'il pourrait m'aider. Ce poison avait été développé pour tuer des vampires. Un hôpital normal ne me serait d'aucun secours. Son père connaissait la composition du poison, et il y attachait suffisamment d'importance pour envoyer son mercenaire de fils adoptif en mission suicide pour le récupérer.

Si je me rendais à l'hôpital, d'autres serfs de sang comme ceux-là viendraient me chercher pour me tuer. Pour éliminer la menace pesant sur leur précieux roi vampire et ses semblables.

Si je devais miser sur mes chances de survie, j'aurais parié que Carson Reyes était l'homme qui détenait les réponses dont j'avais besoin.

Ma vie dépendait de quelqu'un que je n'avais jamais rencontré.

Et si je laissais Declan mourir – ou si je le tuais –, je ne pourrais jamais le rencontrer.

Quand la douleur et la nausée disparurent, au bout de dix minutes d'un véritable calvaire, je me forçai à retourner à l'endroit où Declan était étendu.

Une partie de mon cerveau – la partie saine et rationnelle – refusait de se résoudre à l'aider. Mais je savais que je devais le faire si je le pouvais. Declan Reyes était responsable de mon état actuel, et il allait régler le problème, bon sang. Lui et son mystérieux père en guerre contre les vampires.

Je secouai son épaule, que la sueur et le sang avaient rendue toute poisseuse.

— Réveillez-vous.

Une minute s'écoula, mais ses cils battirent enfin et il entrouvrit son œil de quelques millimètres.

— Vous avez dit que vous ne pouviez pas rester au soleil. Ça veut dire que je dois vous emmener à l'intérieur.

La souffrance était visible sur son visage lorsqu'il souleva la tête pour regarder dans la direction que je lui indiquais, vers la maison abandonnée.

— D'accord.

Ce simple mot lui arracha une grimace.

— Vous avez aussi dit que vous aviez besoin d'eau ?

Il hocha faiblement la tête.

— Oui.

En y pensant, j'avais extrêmement soif moi-même, et j'avais un goût horrible dans la bouche depuis que j'avais vomi.

Il remua les jambes, ce qui signifiait que la balle qu'il avait reçue dans le dos ne l'avait pas paralysé. Il parvint à se mettre à genoux sans mon aide, mais resta en appui sur ses mains, le souffle court. Il était parfaitement silencieux. J'étais certaine que bouger lui faisait un mal de chien, mais il ne gémit pas une seule fois.

Sacré lascar, hein ?

Je l'aidai à se relever. Je ne débordais pas d'enthousiasme à l'idée de me trouver aussi proche de quelqu'un que j'avais voulu si ardemment fuir au cours des dernières heures, mais je n'avais pas d'autre choix.

Declan devait mesurer un mètre quatre-vingt-quinze et peser pas loin de cent kilos de muscle pur. Et tout ce poids s'appuyait contre moi tandis que nous montions les quatre marches menant à l'entrée. Je tâtonnai pour trouver la poignée, et fus peu surprise de découvrir que la porte était fermée à clé. Cependant, elle ne semblait pas très solide.

Je positionnai Declan contre le mur et commençai à donner des coups d'épaule dans la porte. Même les bons jours, je n'étais pas Madame Muscle, mais la porte était vieille, et quelques coups suffirent pour faire sauter le verrou et l'ouvrir en grand.

À peine étions-nous entrés que les jambes de Declan cédèrent, et il s'effondra sur le parquet. Je n'aurais pas pu le retenir même si j'avais essayé… ce qui n'était pas vraiment le cas.

Son teint était terreux, et je songeai qu'il avait déjà l'air à moitié mort.

Et un peu d'eau allait l'aider à récupérer ? Je le croirais quand je le verrais.

Nous nous trouvions dans une pièce vide, poussiéreuse mais dépourvue de moisissures, d'odeurs étranges ou d'insectes. Je repérai une cuisine sur notre gauche. Laissant Declan étendu par terre, j'y entrai et examinai l'évier. Il me rappelait celui de la maison où ma grand-mère avait passé toute sa vie : démodé et purement utilitaire. De toute évidence, il ne sortait pas du catalogue d'un fabricant de meubles design. Je tournai le robinet ; rien ne se produisit.

Je n'avais pas vraiment espéré de miracle. La maison semblait abandonnée depuis plusieurs décennies.

De l'eau. Où étais-je censée en trouver ?

— Où vais-je trouver de l'eau ? demandai-je à voix haute.

— Il y a… une pompe… sur le côté de la maison. Je l'ai remarquée à notre arrivée.

Je me tournai vers lui.

— Vous avez soif ?

— J'ai besoin d'eau pour nettoyer mes blessures de l'argent qu'ils ont utilisé contre moi. Les vrais vampires guérissent rapidement, et sans garder de cicatrices. Je bénéficie du premier avantage… mais pas du second, comme vous pouvez le deviner. Et le processus est bien plus pénible dans mon cas. L'eau permet d'accélérer les choses. (Il contempla le couteau que je tenais à la main.) Où avez-vous déniché ça ?

— Les serfs me l'ont donné en échange de votre pistolet, avant de m'assommer avec et de s'envoler. J'ai pensé que c'était équitable.

Sans un mot de plus, je ressortis et contournai la maison. Effectivement, je trouvai une pompe rouillée. Après quelques recherches, je mis aussi la main sur un seau en bois crasseux. Je le positionnai sous le bec et commençai à pomper.

Il me fallut un moment pour dégripper la poignée. Des ampoules commencèrent à se former sur mes paumes, mais je serrai les dents et poursuivis ma tâche. Quelques ampoules contre la chance de vivre une longue vie en bonne santé ? Je pouvais bien faire ce sacrifice.

Après un moment qui me parut une éternité, mais qui ne dura sans doute pas plus de cinq minutes, une eau sale se mit à couler. Je continuai à pomper, laissant le liquide sombre pénétrer dans le sol. Quelques minutes plus tard, l'eau devint claire. J'avais l'impression que je venais de découvrir un puits de pétrole.

— Enfin un truc qui va bien, marmonnai-je.

Je rinçai le seau avant de le remplir et de le porter à l'intérieur de la maison.

Dans un placard de la cuisine, je trouvai de vieilles tasses à thé. À l'aide de mon chemisier, j'enlevai la poussière de celle qui n'était pas ébréchée, puis la plongeai dans le seau afin de la remplir d'eau.

— Voilà. Buvez.

Je portai la tasse aux lèvres de Declan, une main derrière sa nuque pour lui soulever un peu la tête.

Il but. L'encre noire que j'avais vomie avait laissé un goût épouvantable dans ma bouche desséchée, mais je pouvais attendre quelques minutes de plus.

— Comment l'eau aide-t-elle à soigner vos blessures ? demandai-je.

— Les talons des chaussures de cette femme étaient en argent. Ils faisaient partie de ses armes. Cette matière a autant d'effet sur moi que sur les vrais vampires. Elle laisse un… résidu qui empêche les plaies de cicatriser normalement. La balle aussi était en argent. Versez de l'eau sur mes blessures pour éliminer tout ça.

Il fut parcouru d'un violent frisson.

— Je croyais que les balles en argent étaient destinées aux loups-garous, dis-je avec hésitation.

Il ne répondit pas. Il avait de nouveau perdu connaissance.

De l'argent... Je me demandai si le couteau que Cruella m'avait donné était aussi en argent. Pour l'heure, je l'avais posé sur le plan de travail de la cuisine.

Je laissai échapper un long soupir mal assuré. Je n'étais toujours pas convaincue que ça allait fonctionner. Declan avait besoin d'une ambulance, pas d'un bain. Il avait au moins deux blessures graves sur le haut du corps.

Je serrai les dents et tirai sur son tee-shirt noir jusqu'à ce que j'aie réussi à le lui enlever. Même avec tout le sang, les cicatrices qui s'enchevêtraient sur son torse, mélange de grandes estafilades et de petites entailles, étaient bien visibles. Je trouvais que certaines ressemblaient à des plaies par balle, mais mon expertise se limitait au visionnage de quelques séries médicales.

Je n'aimais pas le sang.

En fait, je serais même allée jusqu'à dire que je détestais ça.

Il en coulait de la blessure à vif sur le haut de sa poitrine, près de son épaule. Je n'apercevais aucun résidu d'argent. Depuis quand l'argent laissait-il un résidu, de toute manière ?

Et si les vampires craignaient l'argent, pourquoi des serfs travaillant pour eux en étaient-ils armés ?

Je remplis de nouveau la tasse et versai le liquide précisément sur l'endroit où le talon s'était enfoncé dans la chair de Declan. Son corps inconscient se contracta violemment. Je sursautai. Un nuage de vapeur monta de la blessure sanguinolente, et j'entendis un son semblable à celui d'un steak grésillant sur le gril.

J'eus un haut-le-cœur. Declan saignait de nouveau en abondance, aussi me forçai-je à plonger la tasse de nouveau dans le seau avant de la renverser sur la blessure. Cette fois, il ne remua pas. Le bruit fut également moins perceptible.

L'hémorragie parut se calmer. Je répétai l'opération encore deux fois, stupéfaite de ce que je voyais : la plaie à vif semblait se refermer et cicatriser sous mes yeux, en quelques minutes à peine. Mais elle n'était pas remplacée par une peau lisse et nette. Au bout d'un moment, une marque rougeâtre et irrégulière, du diamètre d'un talon aiguille, apparut. Avec un peu d'eau, je nettoyai le sang qui restait, puis essuyai la zone à l'aide du tee-shirt de Declan avant de toucher sa peau. Je sentis le contour d'une cicatrice saillante. Comme s'il s'agissait une blessure remontant à plusieurs semaines, et non à quelques heures seulement.

— Nom de Dieu, lâchai-je à mi-voix.

Un coup d'œil sur son torse musclé, désormais un peu plus propre grâce à mes soins, me confirma que c'était loin d'être une première. Comme sur son visage, il restait de grandes zones de peau intacte, mais elles étaient plutôt rares.

Je n'avais pas le temps de réfléchir davantage à tout cela. Je fis rouler Declan sur le ventre et grimaçai en voyant la blessure par balle sous son omoplate, juste à gauche de sa colonne vertébrale. De nouveau, j'eus envie de vomir. Le seau était encore à moitié plein, et je recommençai à verser de l'eau sur Declan. Son corps se contracta encore plus violemment que la première fois, et je dus retenir un cri.

J'étais vraiment soulagée qu'il soit évanoui. Même si je le détestais, je ne supportais pas de voir quelqu'un souffrir.

Cette fois, même après avoir versé de nombreuses tasses sur la blessure, rien ne se produisit. Je n'entendais même pas de grésillement. Je dus sortir reremplir mon seau. Sous l'évier de la cuisine, je trouvai un tas de vieux chiffons sales, que j'utilisai pour essuyer le sol autour du corps de Declan. Puis je fis couler de l'eau sur sa blessure et tamponnai la zone avec son tee-shirt afin de voir ce que je faisais.

Le vieux parquet était tout taché de son sang, et il en avait déjà perdu beaucoup alors qu'il était allongé dans les gravillons à l'extérieur… J'avais du mal à croire qu'il ait survécu aussi longtemps.

La blessure dans son dos ne guérissait pas comme celle à son épaule, et j'ignorais que faire de plus. Cependant, après quelques tasses supplémentaires, sa chair se mit enfin à grésiller et à fumer, tellement que j'eus peur qu'elle finisse par s'enflammer ; mais elle ne cicatrisait toujours pas. Puis, alors que j'utilisais son tee-shirt pour essuyer le sang qui coulait à présent à flots, j'aperçus quelque chose d'étrange.

De l'argent. Juste une lueur sous la chair à vif.

Je versai lentement un peu d'eau pour mieux voir, et écarquillai les yeux.

C'était la balle. Était-elle… remontée jusqu'à la surface ?

Je continuai à verser de l'eau et parvins à la déplacer jusqu'à pouvoir la saisir du bout des doigts et l'extraire de la plaie. Je la contemplai un long moment, stupéfaite. Puis je la jetai et repris ma besogne. À présent que la blessure ne contenait plus d'argent, elle commençait à guérir. Dix minutes plus tard, il ne resta plus qu'une cicatrice rouge.

Je poussai un soupir, épuisée. Fini.

Non, une minute. Je n'avais pas terminé, si ?

J'avais remarqué une autre blessure lorsque j'avais cherché son téléphone, avant de m'apercevoir que celui-ci était hors d'usage. Une plaie profonde sous sa hanche, près de l'aine.

Génial. J'observai son visage, qui était tourné vers moi, mais son œil était toujours fermé. Le bandeau était bien en place, camouflant les vestiges de son œil gauche.

Je le fis rouler sur le dos et inspectai la zone de la blessure.

Si je n'avais pas été aussi mortifiée, j'aurais presque pu trouver la situation comique.

— Vous avez intérêt à rester dans les vapes, grondai-je.

Puis, sans plus attendre, je déboutonnai son jean, défis sa fermeture Éclair et baissai le côté de son pantalon le plus bas possible. Malheureusement, cela ne suffisait pas pour voir la blessure en entier.

En revanche, j'en voyais assez pour comprendre que Declan Reyes ne portait pas de caleçon.

Mamma mia.

— Bon, c'est pas le moment de jouer les vierges effarouchées, me raisonnai-je.

Je tirai son jean par-dessus ses hanches, puis ses fesses, jusqu'à ce que j'aie une vue dégagée de la plaie. Et… de tout le reste, d'ailleurs.

Je le trouvais plutôt bien membré pour un assassin dhampire borgne couvert de cicatrices. Cela dit, il était le premier que je rencontrais. Mes yeux passèrent de son sexe à son visage, et je me demandai s'il s'était souvent trouvé dans une situation comme celle-ci. Sans doute pas.

Malgré la tournure qu'avaient prise mes pensées, j'étais loin de m'amuser. Vomir des litres d'encre toxique tel un calamar à l'agonie m'avait lessivée. Et, de toute manière, je détestais l'homme que je venais de déshabiller après l'avoir arrosé comme une plante en pot ; alors je me foutais bien de la taille de son outillage. Tout ce qui m'intéressait, c'était les soins que son père pourrait me prodiguer. Si j'avais pu m'en sortir vivante en le laissant se vider de son sang, je n'aurais pas hésité.

Ce n'était pas égoïste ou froid. Simplement pragmatique.

L'argent était la kryptonite de Declan Reyes. Je saurais m'en souvenir.

Après avoir versé lentement six tasses d'eau sur la blessure à dix centimètres de son entrejambe afin de chasser les résidus d'argent invisibles à l'œil nu, celle-ci se referma et fut remplacée par une nouvelle cicatrice.

Puis j'essuyai sa peau à l'aide des chiffons avant d'essayer de remonter son pantalon, non sans une petite complication : je devais tout remettre à sa place. J'utilisai son tee-shirt comme une barrière entre mes mains et son sexe, heureusement au repos.

— Je suis vraiment sympa, maugréai-je entre mes dents lorsque j'eus terminé. Vous avez intérêt à vous en souvenir.

Il ne répondit pas. Un peu plus tôt, j'avais fait semblant de dormir dans la voiture, mais lui ne simulait pas. Il était parfaitement immobile et, sous le sang, son visage était si pâle que je me demandai un instant s'il n'avait pas claqué pendant que j'étais en train de manipuler ses bijoux de famille.

Cependant, en plaçant une main devant son nez, je constatai qu'il respirait encore. Comme je ne supportais plus la vue du sang, je pris une minute pour essuyer son visage autant que possible. Puis je palpai son cuir chevelu à la recherche de la bosse que les coups de pied du serf roux avaient dû lui donner. La blessure était plus petite que je m'y attendais après avoir vu l'homme s'acharner sur lui. Encore ses pouvoirs de guérison dhampires, certainement. Au moins, les bosses ne laissaient pas de cicatrices.

Je reculai jusqu'à être adossée contre le mur, puis jetai son tee-shirt dégoulinant d'eau et de sang. Celui-ci atterrit sur son ventre.

Je pris enfin le temps de me rincer la bouche avec l'eau qui restait, jusqu'à me sentir mieux. Puis j'attendis avec impatience que Declan se réveille ; mais celui-ci ne semblait pas pressé.

Deux heures plus tard, l'alarme de sa montre se déclencha, brisant le silence dans la maison. Je faillis avoir une attaque.

La sonnerie signifiait que trois heures s'étaient écoulées depuis sa dernière injection de sérum. Ce fameux sérum qu'il souhaitait que je lui administre, puisqu'il était évanoui pour une durée indéterminée. Le sérum qui empêchait son sinistre côté vampire de se manifester et lui évitait de ressentir cette soif de sang ou… d'autres choses, comme il l'avait dit.

Son père avait été un violeur. Un meurtrier. Un vampire qui buvait du sang et tuait sans aucun remords.

Selon Declan, la seule chose qui l'empêchait de lui ressembler était la prise régulière de son sérum toutes les trois heures.

Ce sérum qu'il n'avait plus.

Grâce à moi.

Chapitre 6

Quatre heures supplémentaires s'écoulèrent avant que Declan se réveille. Il avait officiellement raté deux doses de sérum. Les deux fois où l'alarme s'était déclenchée, je m'étais précipitée vers lui et l'avais éteinte aussi vite que possible en essayant de toutes mes forces de ne pas penser aux conséquences.

Comme je n'avais rien d'autre à faire, je pris le temps d'étudier mon ravisseur des pieds à la tête. Je le scrutai suffisamment longtemps pour pouvoir l'imaginer sans ses cicatrices, son bandeau ou cette expression indifférente. Quand on oubliait tout cela, Declan Reyes n'était pas si monstrueux.

Je tentai de deviner son âge. Lorsqu'il était éveillé, j'aurais pensé qu'il avait la quarantaine bien sonnée, mais à présent que son visage était serein je ne lui donnais pas plus de trente ans.

Un bon âge pour combattre dans une guerre dont personne n'avait entendu parler et en porter toutes les cicatrices dans sa chair.

Je détournai les yeux, refusant de ressentir autre chose que de la haine et du dégoût pour lui. Il m'avait causé tant de souffrance que je n'allais sûrement pas laisser la sienne m'inspirer de la pitié.

J'essayai de penser à autre chose, n'importe quoi. Quelques heures à peine s'étaient écoulées, mais j'avais l'impression que ma vie d'avant – avant que je rencontre la Belle au bois dormant, naturellement – remontait à une éternité.

Quand Declan finit par se réveiller, je me raidis et empoignai mon couteau. J'ignorais ce qui allait se passer ensuite. Il était déjà dangereux en temps normal, mais à présent que son sérum n'était plus là pour entraver ses pulsions…

Je devais attendre ; je n'avais pas d'autre choix. Si je partais, je mourrais à coup sûr. Dans l'immédiat, j'étais simplement heureuse de ne pas avoir eu d'autre « incident calamar » depuis que j'étais revenue soigner les blessures de Declan.

Il grogna, mais le son évoquait davantage un dormeur se réveillant qu'un gémissement de souffrance. Puis il arqua le dos et étira les bras vers le plafond. Je l'observai avec méfiance. Il était toujours torse nu. Quelques heures plus tôt, j'avais enlevé le tee-shirt trempé et taché de sang qui avait atterri sur son ventre et l'avais essoré avant de le suspendre sur la rampe de l'escalier, quelques mètres sur ma droite. Il était sale, mais à présent il devait être à peu près sec.

Declan porta une main à son visage, touchant son bandeau comme pour vérifier qu'il était toujours là. Ensuite, il tourna la tête vers le coin de la pièce où je me tenais dans l'ombre.

S'il m'attaquait, je n'hésiterais pas. Je le poignarderais.

Je me préparai en silence.

— Combien de temps…, commença-t-il.

Puis il inclina le bras pour consulter sa montre.

C'était le crépuscule. On y voyait encore, mais plus très bien.

— Ah ouais, quand même, lâcha-t-il.

— Vous êtes resté sans connaissance un moment.

— C'est l'argent. Et le processus de guérison accapare toute mon énergie. Plus mes blessures sont graves, plus ma perte de connaissance dure longtemps.

Son ventre musclé se contracta lorsqu'il s'assit. Puis il toucha son épaule, effleurant la cicatrice toute fraîche du bout des doigts.

— Vous vous êtes occupée de moi.

— Vous avez grésillé comme un steak.

— Ça n'a pas dû être très agréable pour vous.

Il posa le regard sur le couteau que je serrais de toutes mes forces, comme si j'espérais qu'il serait suffisant pour retenir tous les démons de l'enfer.

— C'est le moins qu'on puisse dire.

Je guettais tout signe indiquant qu'il ne se maîtrisait plus, qu'il s'était transformé en monstre prêt à boire mon sang et à me faire subir mille autres supplices.

Il tendit le bras en arrière et toucha la cicatrice de la blessure par balle, puis hocha la tête, comme s'il était satisfait de ce qu'il sentait sous ses doigts. Ensuite, il fronça les sourcils tandis qu'il glissait la main le long de son aine, là où la troisième plaie s'était trouvée. Il me lança un regard acéré.

Je sentis mes joues s'embraser.

— Que ça ne se reproduise pas, d'accord ? Je n'ai pas l'âme d'une infirmière.

— Merci, articula-t-il au bout d'un moment. Je n'ai pas l'habitude de me faire tabasser par des serfs de sang.

Le mot me surprit. Declan ne semblait pas du genre reconnaissant.

Je déglutis avec peine.

— Ne me remerciez pas. Contentez-vous de me mener à votre père. C'est l'unique raison pour laquelle je vous ai soigné. Vous me conduisez jusqu'à lui, il m'aide à me débarrasser du poison, et on sera tous très heureux.

Sa main passa de sa hanche à son ventre, juste en dessous de la vieille cicatrice.

— Vous avez respecté les intervalles ?

Je mis un instant à comprendre de quoi il parlait. Il me demandait si je lui avais bien injecté son sérum, et touchait l'endroit où j'aurais dû le piquer si tout s'était déroulé comme prévu.

— Oui. Et j'ai rangé votre trousse en lieu sûr.

Je ne rentrai pas davantage dans les détails. Il serait toujours temps de lui expliquer ce que j'avais fait plus tard.

Il hocha la tête.

— Bien.

Il me croyait. En même temps, pourquoi aurait-il douté de mes paroles ? Il m'avait suffisamment effrayée en parlant de son « côté vampire » pour que je ne cherche pas à réveiller cet aspect de sa personnalité. Quelle femme saine d'esprit aurait voulu courir le risque d'être violée et assassinée ?

S'il pensait avoir reçu ses injections, cette conviction agirait peut-être comme un placebo, suffisant à empêcher ses appétits vampires de se manifester.

Non, ça n'avait aucun sens. Il ne s'agissait pas d'une pilule amaigrissante qui renforçait la volonté des patients. Le sérum semblait être un genre d'agent stabilisateur de l'humeur. Et lorsqu'il aurait « faim », Declan ne se contenterait pas d'une part de pizza.

Peut-être qu'il prenait le sérum toutes les trois heures par simple précaution. Le produit était certainement encore actif dans son organisme. Rater quelques doses ne changerait sans doute pas grand-chose.

Je me raccrochai désespérément à cet espoir.

— Je suis simplement surpris qu'ils ne m'aient pas abattu, s'étonna Declan. Ou vous. Qu'est-ce qui s'est passé ?

— Ils ne voulaient pas nous tuer. Ils voulaient juste le sérum. Quand ils ont compris qu'on ne l'avait pas, ils ont fini par partir. (Je frottai ma tempe douloureuse.) Le gars n'y est pas allé de main morte avec moi non plus, cela dit. Il m'a assommée.

Il grimaça.

— Ce trou du cul mérite de mourir.

— Je ne compte pas l'inviter à dîner, ça, c'est sûr.

— Et c'est tout ? Ils sont juste partis ?

— Vous les voyez quelque part ?

Il serra les dents.

— Non. Et nous allons disparaître aussi. J'ai perdu assez de temps à récupérer. Nous devons reprendre la route. Allez.

Il se releva avec une telle souplesse qu'on n'aurait jamais dit qu'il s'était fait tirer dessus, poignarder ou qu'il était resté évanoui pendant des heures. Encore un rappel de sa taille, sa force et surtout sa dangerosité. Après avoir remis son tee-shirt, il m'empoigna par le bras et m'entraîna sans ménagement hors de la maison.

— Pas la peine de me brutaliser.

Je tentai de me dégager.

— Très bien. Mais essayez de suivre.

Il me lâcha si brusquement que je faillis perdre l'équilibre et s'éloigna à grandes enjambées, sans un regard pour le corps de l'homme qu'il avait abattu. Je dus courir pour le rattraper. Arrivé à la station-service, il se tourna vers moi.

— Nous devons rejoindre la route principale et arrêter une voiture.

— Ça me convient.

— Comment vous vous sentez ?

— Comme si j'avais été empoisonnée.

— Vous pouvez marcher ?

Je hochai la tête.

— Je n'ai pas eu mal depuis plusieurs heures.

Il contempla le couteau que je tenais toujours à la main.

— Vous devriez ranger ça. Vous risquez de vous couper.

— Je vais le garder, merci.

— Vous pensez vraiment qu'il va suffire à me retenir ?

— Je pense que c'est mieux que rien.

— C'est de l'argent.

— C'est ce que je me suis dit. Alors vous avez intérêt à faire gaffe, ou…

Avant que j'aie pu prononcer un mot de plus, il se déplaça vers moi, si vite que j'eus à peine le temps de le voir, et me poussa contre le mur de la station-service abandonnée avec une force qui me coupa le souffle. Ensuite, il me serra le poignet, et je lâchai le couteau.

— Ou quoi ? demanda-t-il d'un ton calme.

Mon cœur tambourinait dans ma poitrine. Ce n'était pas beau à voir. Et ça ne me rassurait pas quant à ma capacité à me défendre. C'était pathétique, vraiment.

— Ou vous le regretterez, terminai-je.

— C'est ça.

Il ne me lâcha pas immédiatement. Peut-être qu'il en avait assez de moi. Qu'il voulait en finir une fois pour toutes, pour ne plus avoir à me traîner comme un boulet. Ils pouvaient sûrement trouver un autre chimiste pour préparer à nouveau du poison. Peut-être que je n'étais pas aussi importante que je le croyais.

— C'est étrange, murmura-t-il.

— Quoi ?

— Votre odeur. (Il fronçait les sourcils, comme s'il essayait de se concentrer intensément.) Elle a changé.

— J'ai sans doute besoin de prendre une douche.

— Non, ce n'est pas ça.

Il approcha son visage du mien, puis du côté de mon cou, si près que je sentis son souffle chaud sur ma peau. Quand je compris qu'il humait mon odeur, je cessai de respirer.

La panique m'envahit.

Oh, Seigneur. Il voulait me déchiqueter la gorge. Boire mon sang. Sans le sérum, il ne se maîtrisait plus. Et s'il ne se maîtrisait plus, tout pouvait arriver… surtout le pire.

Mais il ne me mordit pas. Au lieu de cela, il recula et secoua la tête en se caressant le menton d'un air pensif.

— Plutôt étrange, dit-il.

Oui. Pour moi aussi.

Je ne bougeai pas. J'attendis de voir ce qui se passerait ensuite. Je détestais me sentir dans la peau d'une souris acculée par un serpent potentiellement affamé.

Mon expression lui inspira un grognement.

— Je sais que j'ai l'air d'un monstre, mais je n'ai aucune intention de vous faire du mal. Soyons bien clairs.

Je m'éclaircis la voix.

— Vous savez que vous avez l'air d'un monstre ?

— Bien sûr. Je ne suis pas stupide.

Il se pencha en avant et ramassa le couteau que j'avais laissé tomber. Je le regardai avec méfiance tandis qu'il le soupesait.

— Ce sont eux qui vous l'ont donné ?

Je me contentai de hocher la tête.

— Pourquoi ils feraient une chose pareille ?

— La femme, elle a suggéré que je...

Je m'interrompis, songeant que je devrais probablement m'abstenir de discuter de ce sujet avec lui.

— Elle vous a suggéré de me tuer pendant que j'étais inconscient ?

Il esquissa un petit rictus.

Avant de s'évanouir, il n'avait pas souri une seule fois – pas sincèrement, en tout cas. À présent, il semblait étrangement à l'aise, et plus expansif. Plus amical, même.

Était-ce à cause du sérum – ou plutôt, de son absence ? Les injections régulières stabilisaient son humeur et lui permettaient de garder la maîtrise de ses émotions. À présent qu'il avait passé quelques heures sans une dose, il agissait davantage comme quelqu'un de normal, et pas seulement comme un tueur sans pitié.

— Il se peut qu'elle ait mentionné quelque chose de ce genre, marmonnai-je.

— Mais vous ne m'avez pas poignardé. À la place, vous m'avez soigné.

— Comme je vous l'ai déjà expliqué, j'ai besoin que vous me conduisiez à votre père.

— Et si vous n'aviez pas eu besoin de moi pour guérir, auriez-vous été capable de me tuer ? Après tout, vous saviez ce que j'étais prêt à faire ce matin.

M'abattre dans l'allée si on lui en donnait l'ordre, sans hésiter et sans une once de remords. Je ne m'en souvenais que trop bien.

Je le dévisageai un long moment sans ouvrir la bouche, étudiant son visage balafré comme si j'essayais d'y trouver une réponse. Aurais-je été capable de le tuer ? S'il m'avait simplement enlevée, menacée et amenée ici ? Si je n'avais pas eu besoin de son aide car j'étais empoisonnée ? Assassiner un homme évanoui avec un couteau ?

Oui, j'en aurais été capable.

Cette pensée seule me fit venir les larmes aux yeux, mais je les ravalai. Je n'avais pas le temps pour ça. Je pourrais m'effondrer quand tout serait terminé.

Il cessa enfin de me dévisager.

— Oubliez que j'ai posé la question. Contentez-vous de ranger ça en lieu sûr.

Je m'apprêtais à lui demander de quoi il parlait lorsqu'il me tendit l'arme, manche en avant.

Je grimaçai.

— Vous…

— Prenez-le.

Je m'exécutai. Puis il se détourna et recommença à marcher.

Je lui emboîtai le pas en silence. Sans surprise, aucune voiture ne passa sur le chemin de terre. La nuit tomba rapidement. Heureusement, la lune était assez pleine pour m'éviter de trébucher. Je portais mes chaussures à talons à la main, car elles étaient trop inconfortables pour que je puisse couvrir de longues distances. Ce n'était pas l'idéal, mais la route comportait peu de cailloux, donc je ne risquais pas trop de me couper les pieds.

Après quarante minutes d'une marche rapide, je ne pus m'empêcher de poser la question :

— Pourquoi vous m'avez rendu le couteau ?

Il ne ralentit pas.

— Parce que vous en avez plus besoin que moi.

— J'en ai besoin, selon vous ?

— Il vous rassure. Comme si vous contrôliez au moins un peu la situation.

— Et ce n'est pas le cas ?

— J'ai bien peur que non.

La colère était un bon remède contre l'angoisse.

— Vous ne craignez pas que j'essaie de vous tuer ?

— Pas vraiment. (J'entendais à présent comme un sourire dans sa voix.) Ne le prenez pas personnellement. Vous n'avez aucune expérience du combat. Vous auriez besoin de beaucoup d'entraînement avant de pouvoir ne serait-ce que rêver de me blesser.

— Pourtant, à vous regarder, je ne serais pas la première.

— Certes… (Le sourire avait disparu.) Chaque fois que je suis blessé, j'ai une nouvelle cicatrice. Certaines de ces blessures n'étaient même pas graves, au départ.

— Elles ont l'air graves.

Il me lança un coup d'œil par-dessus son épaule.

— Heureusement, il fait noir maintenant, donc vous n'avez pas besoin de me regarder. En général, les gens ne supportent pas de me voir. Je les terrifie.

— Ce n'est pas ce que je voulais dire.

— C'est sans importance.

— De toute manière, j'ai du mal à croire que tout le monde réagit comme ça. (J'ignorais pourquoi je ressentais le besoin d'argumenter ainsi, mais je poursuivis.) Certaines personnes sont superficielles, bien sûr, mais il ne faut pas généraliser.

— Comme je l'ai dit, ça n'a pas d'importance. Ça ne change rien pour moi.

— Qu'est-ce qui ne change rien ?

J'avais de nouveau perdu le fil. Ça devenait une habitude.

— Je ne…

Mais il ne termina pas sa phrase.

— Vous ne… ?

Mon insistance me valut un regard exaspéré. À présent, je l'avais rattrapé et je marchais à sa gauche.

— En plus de supprimer ma soif de sang, le sérum aide à atténuer tous mes autres… désirs. Donc ce que les gens pensent de mon apparence importe peu.

— Êtes-vous en train de me dire que vous…

— Je vous dis que je m'injecte ce sérum parce que je refuse de ressembler à mon vrai père. Il a détruit la vie de ma mère. Je ne courrai pas le risque de blesser quelqu'un comme ça. Jamais.

J'y réfléchis un moment. Le produit ne se contentait pas d'endormir ses émotions ; il gommait aussi tous les désirs naturels qu'il aurait pu ressentir. Pas d'émotions, pas de passion, pas de… sexe ? Même s'il était fait de chair et d'os, ce type était bien une machine.

— Depuis combien de temps vous prenez le sérum ? questionnai-je.

— Longtemps.

— Toutes les trois heures ?

— Oui.

— Vous avez déjà essayé de repousser cette limite ? D'attendre quelques heures de plus avant l'injection suivante ?

— Non.

— Mais la nuit…

— Mon alarme me réveille.

Il était tellement discipliné qu'il ne dormait jamais plus de quelques heures à la fois. Le fait qu'il semble complètement obsédé par ses piqûres ne m'aidait pas à me détendre.

— Et depuis combien de temps vous faites ça ? Combattre… euh, les vampires ?

Il me lança un regard amusé. Je le harcelais de nouveau de questions.

— Vous continuez à dire ça comme si vous ne me croyiez pas. Vous refusez toujours d'accepter la réalité ?

— Plus ou moins, admis-je.

— Ça vous passera.

— Je ne suis pas certaine de le souhaiter.

— J'ai commencé à m'entraîner à l'adolescence, et je traque les vampires depuis mes dix-huit ans. Ça fait dix ans.

— Vous avez vingt-huit ans… comme moi.

Il avait traversé beaucoup d'épreuves pour son âge, alors que, de mon côté, j'avais l'impression de n'avoir presque rien vécu. Nos existences n'auraient pu être plus différentes. Il chassait et exterminait des vampires, et avait les cicatrices qui le prouvaient. Je travaillais en intérim, car je n'avais jamais été suffisamment intéressée par un boulot pour essayer de le garder. Si je ne m'étais pas trouvée au mauvais endroit au mauvais moment, nos chemins ne se seraient jamais croisés.

Soudain, je sentis un tiraillement dans mon estomac et cessai de marcher.

— Oh, non.

— Quoi ?

Je tombai lourdement à genoux et mon front se couvrit de sueur tandis que la douleur me terrassait. Je ne possédais pas la force nécessaire pour supporter un tel supplice. Je m'étais habituée si rapidement à me sentir bien de nouveau que j'avais presque réussi à me persuader que tout cela était derrière moi.

Mais cela aurait été trop beau.

— Respirez, m'encouragea Declan en me posant une main sur le dos.

Je ne voulais plus vomir. C'était pire que tout. Cette substance noire me révulsait, et le fait d'ignorer ce que c'était et d'où elle venait, tout en soupçonnant qu'elle indiquait que mes organes étaient en train de se dissoudre, me terrifiait…

J'empoignai quelque chose, n'importe quoi, pour ne pas perdre la tête alors que la douleur me torturait. Heureusement, celle-ci finit par passer. Cette fois, elle avait duré moins de cinq minutes. Et je n'avais pas vomi.

Il y avait du progrès.

Ce ne fut que quand je repris mes esprits et que j'ouvris mes yeux pleins de larmes que je m'aperçus de ce que j'avais saisi : je me cramponnais à Declan, qui s'était agenouillé devant moi. Mes doigts s'enfonçaient dans ses épaules.

— Ça va ?

À présent, l'inquiétude avait remplacé l'indifférence dans sa voix.

Je hochai la tête, et constatai que je ne le lâchai pas aussi rapidement que j'aurais dû. Il était si fort. Si solide. Comme une ancre capable de m'empêcher d'être emportée par ce raz-de-marée.

Il recula et, prenant mon visage entre les mains, essuya mes larmes avec ses pouces.

— Tout va bien, Jill. Tout va bien.

Son ton m'évoquait celui d'un parent cherchant à calmer une petite fille qui se serait écorché le genou en tombant et cherchant à la consoler pour qu'elle cesse de pleurer.

Le souffle court, je retrouvai petit à petit la maîtrise de mon corps à mesure que la douleur et la peur disparaissaient.

Declan continuait à sécher délicatement mes larmes. Je me raidis lorsqu'il caressa lentement ma lèvre inférieure de son pouce, le regard fixe.

Soudain, on aurait dit qu'il ne se contentait plus de me réconforter.

Sa pomme d'Adam fit un bond lorsqu'il déglutit. Ensuite, il secoua la tête, puis se releva si rapidement qu'il faillit me renverser.

— Qu'est-ce que j'ai, putain ? s'exclama-t-il.

— Comment ça ?

— Je ne… (Il semblait tendu et désorienté.) C'est comme si…

Il porta la main à son ventre, puis la plongea dans la poche de son jean avant de grimacer.

— Vous avez dit que vous aviez ma trousse. J'en ai besoin.

Ma bouche se dessécha instantanément.

— Quoi ?

— La trousse contenant mon sérum. Rendez-la-moi, maintenant.

Merde.

Je me relevai avec effort. Cette fois, Declan n'esquissa pas un geste pour m'aider.

— Je ne l'ai pas, annonçai-je.

Il laissa échapper une bordée de jurons.

— Vous l'avez oubliée dans la maison ?

— Non.

— Alors elle est où ? Vous m'avez dit que vous l'aviez.

À présent, il serrait les poings.

Je n'avais pas préparé de réponse pour cette conversation ; à vrai dire, j'avais espéré qu'elle interviendrait le plus tard possible. J'étais fatiguée et découragée, sans compter la douleur qui irradiait de ma tempe et mon humeur massacrante. Aucun mensonge ne me vint.

— Je la leur ai donnée. Aux serfs de sang. Ils cherchaient un sérum, donc je leur ai filé celui que vous aviez. Et ils sont repartis sans nous tuer.

Il me regarda bouche bée.

— Vous la leur avez donnée. Carrément.

— Oui.

— Alors quand mon alarme s'est déclenchée, quand j'étais évanoui et que vous étiez censée m'injecter le sérum…

— Vous n'avez rien reçu.

J'attendis sa réaction avec angoisse, mais ne bougeai pas.

Il consulta sa montre pour voir combien de doses il avait ratées : deux. Puis il se détourna et recommença à marcher.

— Je le savais. Je sentais que quelque chose n'allait pas, mais je n'arrivais pas à mettre le doigt dessus. Vous auriez dû me le dire immédiatement.

Je ramassai mes chaussures et mon couteau, que j'avais lâchés lorsque la douleur s'était emparée de moi.

— Vous allez bien, assurai-je.

— Vous n'avez pas la moindre idée de ce que vous racontez.

— Je vous observe depuis que vous vous êtes réveillé, et vous êtes tout à fait bien. En fait, je dirais même que vous avez l'air mieux qu'avant.

— Vraiment ?

— Oui. Avant, vous étiez glacial, horrible. On aurait dit que vous n'étiez même pas là. Maintenant...

— Maintenant, je commence à perdre le contrôle. Et croyez-moi, vous n'avez pas envie d'être présente quand ça va se produire.

Je dus courir pour le rattraper.

— Vous avez l'air parfaitement normal.

Il s'arrêta et m'empoigna par les épaules, si brutalement que je ne pus retenir un petit cri.

— Vous ne me connaissez pas. Vous ne connaissez pas mon état normal, et vous êtes incapable de soupçonner à quel point j'en suis loin. (Il s'aperçut qu'il me faisait mal et me lâcha.) Bon sang. Ce n'est même pas votre faute. Je ne peux rien vous reprocher. C'était malin, ce que vous avez improvisé, mais putain, ça ne m'arrange pas. Et j'aurais dû deviner ce qui n'allait pas dès que je vous ai sentie en me réveillant. (Il me jeta un rapide coup d'œil.) Votre odeur était bien trop appétissante... comme de la nourriture. Vous m'avez donné l'eau à la bouche. Alors, jusqu'à notre arrivée, vous allez devoir garder vos distances, compris ?

Je hochai la tête avec raideur.

— Compris.

— Bien. Et s'il se passe quoi que ce soit, vous prenez votre couteau et vous essayez de me poignarder. L'argent me ralentira, et vous pourrez tenter de vous enfuir.

— Je ne vais pas tenter de m'enfuir.

Il me lança un regard qui me fit froid dans le dos.

— Vous voulez mourir ?

— Non. Bien sûr que non. Et c'est exactement pour ça que je vais rester avec vous jusqu'à ce que nous ayons rejoint votre père.

— Très bien. C'est vous qui voyez. Mais je n'assume aucune responsabilité quant à ce qui pourrait vous arriver à partir de maintenant.

Et sur ces mots, il se détourna et s'éloigna.

Chapitre 7

— Vous devez héler une voiture, me dit Declan.

Nous avions enfin rejoint la route asphaltée qui menait à l'autoroute. Pour les vingt dernières minutes de notre marche, Declan avait maintenu une distance d'au moins trois mètres entre nous.

— Si les conducteurs me voient, reprit-il, ils ne s'arrêteront pas. Rien de tel qu'une jolie fille pour réveiller le bon Samaritain qui sommeille en eux.

Même avec un gros effort, je n'aurais pas pu me sentir moins jolie. Malgré tout, je hochai la tête et remis mes chaussures à talons tandis que Declan disparaissait dans les ténèbres.

J'avais fait du stop une fois pendant mon adolescence, principalement parce que je traversais une phase de rébellion et que je voulais juste tenter le sort. En fait de frisson, j'étais tombée sur un couple de retraités en camping-car, qui m'avaient conduite à la maison de mon amie quatre-vingts kilomètres plus loin tout en me parlant de leurs petits-enfants.

Cette fois, les choses étaient bien différentes. Je me plaçai sur le côté de la route et déposai le couteau à mes pieds pour pouvoir faire signe à une voiture qui arrivait. Elle ne ralentit même pas, et mes cheveux s'envolèrent lorsqu'elle me dépassa à toute vitesse. Je réessayai : toujours pas. Le troisième véhicule à passer, un pick-up rouge, s'arrêta à une dizaine de mètres, et les pneus gémirent quand il recula.

Deux types dans la vingtaine m'adressèrent un sourire par la vitre baissée.

— Salut, dit l'un d'eux. Qu'est-ce que vous faites toute seule par ici ?

— Ma voiture est tombée en panne, répondis-je en tâchant de paraître sympathique et naturelle. Vous pouvez m'emmener ?

— Avec plaisir, ma jolie. (Ils échangèrent un regard.) Qu'est-ce que vous seriez prête à offrir de votre côté ?

— Comment ça ?

Le type assis sur le siège passager haussa les épaules.

— Si on vous rend service, vous pouvez peut-être nous rendre service aussi.

L'insinuation était plutôt claire, mais nous n'étions pas dans un bar et je n'étais pas soûle.

— Allez vous faire foutre. Je trouverai quelqu'un d'autre.

Ils s'esclaffèrent.

— Allez, ma poulette, dit le conducteur. On te ramène à la civilisation et on te demande juste une petite pipe. C'est pas la mer à boire, si ?

Il tourna brusquement la tête quand sa portière s'ouvrit et qu'une main couturée de cicatrices l'empoigna à la gorge avant de le jeter sur la chaussée. Puis Declan attrapa son ami et lui fit subir le même sort.

Il s'assit au volant avant de tendre le bras pour m'ouvrir la portière du côté passager.

Je ne protestai pas, ramassai mon couteau et montai dans le pick-up. Declan écrasa l'accélérateur. Dans le rétroviseur, je vis les deux crétins se relever et nous courir après en agitant le poing.

— C'était votre plan dès le départ ? demandai-je.

— De voler leur voiture ? Oui. Mais je m'y serais peut-être pris de manière un peu plus polie si je n'avais pas eu envie de voir leur sang couler. (Il me lança un coup d'œil.) Lorsque je suis privé de mon sérum, je contrôle plus difficilement mes pulsions violentes.

— Vous ne les avez pas tués. Ni même fait saigner.

— J'imagine que c'est une bonne chose que les serfs de sang se soient emparés de mon arme.

Je ne ressentais aucune compassion pour ces types. Peut-être que s'ils avaient été sympas, j'aurais été désolée pour eux, mais vu les trous du cul que c'étaient, j'espérais que personne ne s'arrêterait pour les prendre et qu'ils devraient marcher jusqu'à la ville.

— Mais n'avez-vous pas un penchant pour la violence, même avec votre sérum ? demandai-je. Après tout, vous passez vos journées à tuer des vampires, pas à faire du point de croix.

— Vous en parlez comme si vous doutiez encore de leur existence.

— Je ne crois que ce que je vois. Et je n'ai vu personne avec des dents plus pointues que la normale. (Je me tournai vers lui.) Ils ressemblent à quoi ?

— Les vampires ? Ils sont rapides. Et forts. Et souvent rusés. Du moins quand ils sont bien nourris. Ceux-là sont les plus difficiles à éliminer. Lorsqu'ils sont affamés, ils ne sont pas aussi malins, mais ils deviennent plus teigneux.

— Et ils ressemblent vraiment aux humains ? Comme dans les films ?

Il hocha la tête.

— Ils sont pâles. Plus ils sont vieux, plus leur teint est blafard, et lorsqu'ils ont soif, on peut distinguer leurs veines à travers la peau. Leurs yeux aussi sont pâles et sans éclat. Comme les miens, mais encore moins colorés. Du coup, ils sont extrêmement sensibles à la lumière. Des lunettes de soleil ou des vitres teintées ne leur sont d'aucun secours.

— Et ils sont immortels ? Cette femme qui travaillait pour eux m'a donné l'impression qu'elle essayait d'entrer dans les bonnes grâces de ce roi… ce Matthias… pour pouvoir être transformée en vampire et devenir immortelle.

Il haussa les épaules.

— Peut-être. Mais il est toujours possible de les tuer.

— Avec de l'argent. Ou est-ce qu'un pieu en bois suffirait ?

— Il faut de l'argent. Le bois est trop fragile, je n'en ai jamais utilisé ; mais peut-être que ça fonctionnerait, je n'en sais rien.

— Et les croix ? Et l'eau bénite ?

— Ce ne sont que des légendes. De toute manière, je ne crois pas en tout ça. J'imagine que si on voulait se servir d'une croix pour combattre un être diabolique, ça ne marcherait que si on y croyait réellement.

— Vous ne croyez pas en Dieu ?

— Non.

Il ne chercha pas à développer. On aurait dit qu'il était de nouveau sous l'emprise de son sérum.

— Et vous ? demanda-t-il.

— Je… (Je me mordillai les lèvres.) Je ne sais pas. J'aimerais bien. J'allais à l'église quand j'étais enfant.

— Vous n'y allez plus ?

— J'ai arrêté après la mort de mes parents il y a cinq ans. J'ai fait une sorte de dépression. Pendant toute une période, j'en ai voulu à tout le monde, et en particulier à Dieu.

Il resta silencieux un petit moment.

— Ils sont morts comment ?

— Dans un accident d'avion, expliquai-je. Une fois à la retraite, mon père a passé son brevet de pilote amateur. Un après-midi, il a emmené ma mère. C'était la première fois qu'elle partait avec lui. J'imagine qu'il a été distrait par sa présence. Un accident stupide, vraiment.

Ma gorge se serra et des larmes me piquèrent les yeux.

Je m'aperçus que je n'aimais pas tellement répondre aux questions. Je préférais largement les poser.

Declan ne dit rien de plus. Il ne m'offrit pas ses condoléances et ne chercha pas à me réconforter. J'en fus soulagée.

— Comment vous vous sentez ? demanda-t-il.

— Mal.

— Plus précisément : vous croyez que vous allez avoir un autre épisode ?

« *Un autre épisode* ». C'était une manière charmante de présenter les choses. Comme si j'étais une héroïne de série télé !

Je palpai mon ventre à l'endroit où la douleur était apparue les fois précédentes. Je ne voulais pas réfléchir à ce que le poison me faisait. Nous avions perdu un temps épouvantable à la station-service. Sans cela, nous serions déjà arrivés.

— Vous m'emmenez où ? demandai-je.

— Vous n'avez pas répondu à ma question.

— Est-ce que je crois que je vais avoir une autre crise ? Non. Pas tout de suite, en tout cas. Mais en général elles débarquent sans prévenir, donc tenez-vous prêt à vous arrêter n'importe quand.

— Compris. Et je vous emmène à Silver Ridge. C'est une petite ville aux portes de la vallée de la Mort.

— « Silver Ridge » ? *Silver*, comme de l'argent ?

— Je pense que ce n'est qu'une coïncidence. Au siècle dernier, on trouvait des mines d'argent dans la région.

La vallée de la Mort… J'allais chercher mon salut dans un lieu baptisé du nom le plus macabre qui soit. C'était plutôt ironique.

Declan prit la bretelle de sortie, et je me raidis.

— On nous suit de nouveau ? demandai-je.

— Non.

— Alors pourquoi vous avez quitté l'autoroute ?

— Ravitaillement.

— Je n'ai pas faim.

— Moi si. Et il faut que vous mangiez, même si vous devez vous faire violence. Pour garder vos forces.

Je lui jetai un coup d'œil.

— Vous vous souciez de mon bien-être ?

— Si vous mourez avant que nous arrivions à bon port, mon père ne va pas être content. J'ai déjà assez merdé pour aujourd'hui. Je dois au moins faire en sorte que vous continuiez à respirer.

C'était rassurant de savoir qu'il tenait vraiment à moi.

Mais il avait raison. Malgré la douleur et l'angoisse de ne pas savoir quand surviendrait le prochain « épisode », je sentais au creux de mon estomac un tiraillement qui n'avait rien à voir avec mon empoisonnement. Je n'avais rien mangé depuis le petit déjeuner.

Le premier restaurant que nous croisâmes le long de la route était un petit établissement où seules quelques voitures étaient garées. Declan s'engagea sur le parking et coupa le moteur.

— On ne restera pas longtemps, m'avertit-il.

Je hochai la tête avant d'ouvrir ma portière. Je m'attendais à moitié à ce qu'il m'empêche de sortir, mais il ne bougea pas. Après m'être laissée glisser au sol, je commençai à passer une main dans mes cheveux pour les arranger. Un instant plus tard, Declan se tenait à côté de moi et m'empoignait.

— Ne tentez rien, c'est bien compris ?

Je me dégageai brusquement.

— Je vous ai déjà dit que je n'allais pas essayer de m'enfuir.

— Peut-être que je ne suis pas entièrement convaincu.

Il était un peu paranoïaque… mais à raison. Après tout, il m'avait enlevée. Peu importait que j'aie à présent décidé de le suivre.

En entrant dans le restaurant, j'eus presque envie de crier pour attirer l'attention des clients. Après tout, je rêvais depuis des heures d'échapper à Declan. Je dus me faire violence pour rester silencieuse. Je sentais sa main sur le bas de mon dos, presque trop bas pour la bienséance ; elle me rappelait qu'il était là et que j'avais intérêt à me tenir à carreau.

Au mur, un téléviseur était allumé avec le son coupé. Je me demandai si les événements du début de journée avaient été mentionnés aux infos. Ce n'était pas la première fusillade en pleine ville, mais cela ne se produisait tout de même pas tous les jours.

Quelqu'un était-il au courant de ce qui m'était arrivé ? Ou mes collègues avaient-ils simplement supposé que j'étais traumatisée et que j'avais décidé de rentrer chez moi ? Quelqu'un avait sûrement essayé de me joindre. Stacy avait assisté à la scène. Et Donna, ma colocataire, allait remarquer mon absence. Elle allait s'inquiéter. Appeler ma sœur. Et ensuite, ma sœur s'inquiéterait.

Peut-être que tout le monde me croyait morte. Cette pensée ne fit que raviver mon sentiment de culpabilité. Je devais les contacter le plus rapidement possible.

Mais pour leur dire quoi ? Je ne savais pas trop, mais je devais au moins les informer que j'étais en vie.

Je suivis Declan jusqu'au comptoir. Au passage, je ne pus m'empêcher de remarquer que plusieurs clients l'observaient d'un air méfiant. Bien sûr, j'ignorais si c'était parce qu'ils le reconnaissaient après l'avoir aperçu au journal télévisé ou simplement parce qu'il avait l'air d'un « monstre », comme il disait. Heureusement que les taches de sang ne se voyaient pas trop sur ses vêtements noirs.

La serveuse nous lança à son tour un regard troublé.

—Asseyez-vous. J'arrive tout de suite.

—On ne reste pas, annonça Declan. On va commander à emporter.

—Oh, euh, d'accord. Qu'est-ce que vous voulez ?

Il fronça les sourcils.

—Je ne sais pas. Qu'est-ce que vous avez ?

Je saisis un menu sur le comptoir et le parcourus rapidement.

—Deux hamburgers, des frites, des sodas. Et deux parts de tarte au citron meringuée. Le plus vite possible, s'il vous plaît.

—Pas de problème. (Elle jeta de nouveau un regard inquiet vers Declan avant de griffonner notre commande et de la transmettre en cuisine.) Ce ne sera pas long. Asseyez-vous, je vous en prie.

Je me tournai vers Declan, dont la main était toujours posée sur mon dos.

— Vous pouvez me lâcher, maintenant.

Il croisa les bras.

— Vous avez commandé pour moi.

— Vous n'aviez pas l'air de savoir ce que vous vouliez.

— De la tarte au citron meringuée ?

— Mon dessert préféré.

— Je n'en ai jamais mangé.

— Ça ne m'étonne pas. Vous ne semblez pas du genre à aimer la meringue.

Soudain, je ressentis une petite douleur au ventre.

— Oh, non… Pas ici !

— Asseyez-vous.

Je secouai la tête.

— Je dois aller aux toilettes.

— Je vous accompagne.

— Non, restez à attendre la nourriture.

L'espace d'un instant, il parut hésiter.

— Mais, et si vous…

— Si j'essaie de m'échapper ? raillai-je à voix basse.

— Si vous avez besoin de mon aide, acheva-t-il.

— Je crierai.

Il m'observa un moment.

— Très bien. Allez-y, dans ce cas.

Je me dirigeai droit vers le petit couloir au fond du restaurant. Entre les toilettes des hommes et celles des femmes, je remarquai un téléphone public, et tâtai mes poches avant de me souvenir que je n'avais rien sur moi. Pas d'argent. Rien qu'un couteau dont j'avais protégé la lame à l'aide d'un mouchoir écossais que j'avais trouvé sur le tableau de bord de notre pick-up, histoire de ne pas me couper par accident.

Après être entrée dans les toilettes, je m'arrêtai devant les lavabos et restai à me contempler dans le miroir. Je n'avais pas si mauvaise mine que cela, après tout ce que j'avais traversé et vu l'état dans lequel je me sentais. Mon front luisait de sueur, bien sûr, mais mis à part quelques petits accrocs, mon chemisier et mon pantalon étaient curieusement intacts. Ma peau était nette – pâle, mais sans bleus –, et tout le maquillage que j'avais mis avec application le matin était parti. En revanche, mes cheveux étaient tout décoiffés. Je tâchai de les peigner avec mes mains avant de les glisser derrière mes oreilles ; j'aurais voulu avoir un élastique pour éviter qu'ils me reviennent dans le visage.

Je me cramponnai au rebord du lavabo, prête à être emportée par la prochaine vague de douleur, mais rien ne se produisit, et la sensation diminua jusqu'à disparaître. Il devait s'agir d'une fausse alerte. Cela ne me réconforta pas beaucoup. Je savais que le poison était toujours là, et qu'il attendait le bon moment pour frapper. Il semblait privilégier les attaques-surprises. Si j'avais dû le décrire, j'aurais dit qu'il était vicieux… voire sadique.

Je retroussai les manches de mon chemisier et m'aspergeai le visage, puis m'enfermai dans une cabine, même si je n'avais pas vraiment envie de faire pipi. Après la journée que je venais de vivre, j'étais plutôt déshydratée. Mis à part quelques verres d'eau à la station-service, je n'avais rien bu, et même là, j'avais presque tout recraché pour me rincer la bouche de la substance noirâtre que j'avais vomie. Mais j'ignorais quand j'aurais de nouveau la possibilité de me soulager.

Lorsque je ressortis, une femme se tenait devant les lavabos. Je n'avais même pas entendu la porte s'ouvrir.

— Je sais qui vous êtes, chuchota-t-elle sur un ton de conspiratrice. Je vous ai vue à la télé tout à l'heure. Ce type… avec le bandeau, il a tué un homme aujourd'hui. Il lui a tiré dessus. Vous étiez son otage, et vous lui avez échappé, mais il vous a rattrapée.

Quelqu'un m'avait reconnue. Mais ça n'allait pas. Ça ne devait pas se produire. Même si je souhaitais désespérément me confier à cette inconnue, c'était impossible. De toute manière, elle ne pouvait pas m'aider. Personne ne le pouvait.

— Je pense que vous me confondez avec quelqu'un d'autre, dis-je sans conviction

Je savais qu'elle ne me croirait pas. Après tout, le visage de Declan était loin d'être banal.

Je me dirigeai vers la sortie, mais elle se mit en travers de mon chemin.

— Oubliez que vous m'avez vue, d'accord ? demandai-je. Pour votre propre bien.

— Mon Dieu. Vous êtes quoi ?

Soudain, sa voix avait changé. Elle reflétait à présent un mélange d'admiration et de peur.

Je grimaçai et la dévisageai. C'était une drôle de question.

— Comment ça ?

— Eh bien… cette odeur. Votre odeur. Elle est incroyablement forte.

Mince. J'avais vraiment besoin d'une douche, alors.

— Je ne devrais même pas être ici. C'est trop dangereux, avec le tueur juste à côté, murmura-t-elle. Mais je ne peux pas résister.

Comment savait-elle que Declan était un tueur de vampires ? En avaient-ils parlé aussi aux infos ?

Mais ensuite, le brouillard se dissipa, et je remarquai à quel point la peau de la femme était blanche. Puis je vis des veines bleu foncé apparaître sous la surface, autour de ses orbites et jusqu'à sa mâchoire, et je m'étranglai.

Dans ses yeux gris pâle, les pupilles se dilatèrent soudain jusqu'à envahir tout l'iris. Ses joues se creusèrent, donnant à son visage l'aspect d'un crâne.

J'étais légèrement plus grande qu'elle, mais lorsque je tentai de la dépasser, elle m'empoigna avec fermeté.

Son regard de désir était presque lubrique. Elle ouvrit la bouche, et je découvris ses canines pointues. On aurait dit un accessoire de Halloween, surréaliste, presque drôle. Sauf qu'elles étaient tout ce qu'il y avait de plus réel.

C'était une vampire. Lorsque je le compris, j'eus l'impression que je venais de recevoir un coup de poing. Je ne parvenais plus à respirer. Declan avait expliqué que mis à part les rebelles, les vampires restaient généralement sous la surface. Je conclus que cette femme faisait partie de ces rebelles.

Elle me tenait devant elle, et je sentais son souffle froid alors qu'elle s'approchait de ma gorge. Elle gémit, un son plaintif qui me donna la chair de poule. Ensuite, sa langue surgit hors de sa bouche, telle celle d'un serpent, et elle me lécha à l'endroit où le sang battait à ma veine, comme pour me goûter. Je sentis ses dents affûtées comme des lames de rasoir contre ma peau, et luttai pour tenter de briser son étreinte, mais elle était trop forte.

Je ne me rappelais pas avoir crié, mais j'avais dû laisser échapper un son suffisamment fort pour attirer l'attention. Après tout, j'avais dit à Declan que je l'appellerais au secours si j'avais besoin d'aide.

La porte des toilettes s'ouvrit à la volée, et Declan empoigna la vampire par ses longs cheveux bruns et la saisit à la gorge pour éloigner sa bouche de moi, lui tordant le dos avec une telle violence que si elle avait été humaine, cela lui aurait certainement brisé la nuque. Il me jeta un rapide coup d'œil avant de se concentrer de nouveau sur elle.

— Vilaine fille. Tu aurais dû rester bien sagement dans ton trou.

Elle gronda, mais au lieu de l'attaquer, elle tourna les talons et s'enfuit. Il la rattrapa dans le couloir, lui empoignant de nouveau les cheveux pour l'arrêter. Elle le griffa, et j'aperçus une traînée rouge à l'endroit où ses ongles avaient labouré le côté droit du cou de Declan.

— Je vais te tuer ! hurla-t-elle.

— Le couteau, gronda Declan.

Je mis un moment à comprendre qu'il me parlait. Ensuite, je fouillai dans ma poche à la recherche de l'arme, et la sortis du mouchoir d'une main tremblante avant de la tendre à Declan

Les lèvres retroussées sur ses dents acérées, la vampire se rua sur lui et lui attrapa le bras.

Sans hésiter, il lui trancha la gorge. Je plaquai mes mains contre ma bouche pour ne pas crier.

Les yeux écarquillés, elle émit un petit bruit de surprise et esquissa un geste pour contenir l'hémorragie. Elle tenta de nouveau d'empoigner Declan, mais il réussit à lui enfoncer la lame dans la poitrine.

La femme contempla le manche en ivoire avec étonnement. Un instant plus tard, le couteau s'enflamma, et elle hurla – un son horrible, aigu et déchirant.

Non, ce n'était pas le couteau qui avait pris feu. C'était la blessure elle-même. Un cercle de feu prit forme, qui consuma la vampire en quelques secondes. Puis, dans une explosion de cendres ardentes, elle disparut.

Declan se pencha pour ramasser l'arme à l'endroit où la femme s'était tenue quelques secondes plus tôt, et qui ne montrait plus trace de son existence.

Le souffle coupé, je restai complètement immobile. J'étais sous le choc. Je ne parvenais pas à croire ce que je venais de voir. Elle avait essayé de me mordre. De me tuer. Et Declan l'avait supprimée. Et lorsqu'ils mouraient, les vampires prenaient feu avant de se transformer en un tas de cendres.

Je tremblais, mais je sentis sa main se poser de nouveau sur mon dos.

— On doit se tirer, lança-t-il. Maintenant.

Notre altercation avec la vampire n'était pas passée inaperçue, ce qui n'avait rien d'étonnant puisque Declan l'avait liquidée devant tout le monde. Les quatre clients nous contemplèrent bouche bée tandis que Declan me poussait en direction de la sortie. La serveuse recula, ses yeux aussi écarquillés que les miens l'étaient certainement, les mains serrées à hauteur de poitrine.

— Prenez la bouffe, aboya Declan.

Notre commande nous attendait sur le comptoir. Declan y jeta quelques billets pendant que je m'emparais du sac en papier et des boissons.

Personne n'essaya de nous empêcher de partir. Je ne pouvais guère le leur reprocher.

Chapitre 8

Des larmes coulaient sans interruption sur mes joues alors que Declan démarrait sur les chapeaux de roues et reprenait la direction de l'autoroute.

— Pourquoi vous pleurez, putain ? cria-t-il.

— J'ai tendance à pleurer quand je suis terrifiée.

— Je n'aurais jamais dû vous laisser vous éloigner. Bon sang. Cette conne aurait pu vous tuer.

Je brûlais d'envie de lui balancer une vacherie de mon cru, mais je me souvins qu'il venait de me sauver la vie. Même si l'expérience avait été atroce, s'il n'était pas intervenu, je serais morte.

Je m'essuyai le visage.

— Merci.

— Pourquoi vous me remerciez ?

— Vous l'avez arrêtée.

— Alors, vous croyez aux vampires maintenant ? demanda-t-il en me lançant un regard oblique.

— Oui. (Je m'étranglai.) Hélas.

— Laissez-moi voir.

Il tendit le bras et écarta mes cheveux. Je lui donnai une tape sur la main.

— Qu'est-ce que vous fichez ?

— J'examine votre gorge pour voir si elle vous a mordue. (Il passa rapidement son index sur ma peau intacte.) Ça a l'air d'aller.

— C'est l'autre côté de mon cou qui est amoché. Mais ça date de ce matin. La vampire n'a pas eu le temps de me faire du mal.

Je l'observai : son cou saignait.

— Elle vous a blessé, commentai-je.

— Ce n'est rien.

— Je n'ai pas d'eau pour vous arroser. Vous allez guérir si je vous jette du soda, vous croyez ?

Il grimaça.

— Non. Ce n'est pas grave. Ça va se résorber rapidement.

— Je plaisantais.

— Vous pouvez plaisanter après ce qui vient de se passer ?

— Soit ça, soit je continue à pleurer. (Je sortis une serviette de notre sac de nourriture et l'utilisai pour lui tamponner la gorge.) Tenez.

Il saisit l'objet, et je sentis la chaleur de ses doigts contre les miens. L'intensité de la sensation me surprit. Je fermai le poing et replaçai mes mains sagement sur mes genoux.

— Je suis désolé que vous ayez dû assister à cela, déclara Declan après un moment. La mort d'un vampire n'est pas un joli spectacle. Heureusement, elle était seule.

— Vous n'avez pas hésité. Vous l'avez juste… tuée.

— Elle aurait pu vous ouvrir la gorge.

Je n'en doutais pas. Et ce n'était même pas un reproche, bien qu'il semble le prendre ainsi. Avais-je apprécié de voir quelqu'un – une femme, qui plus est – maîtrisé puis tué sous mes yeux ? Bien sûr que non. Mais il ne s'agissait pas d'une innocente, et elle n'était pas humaine. Elle n'avait pas hésité à m'attaquer. Qui sait combien de gens elle avait blessés par le passé ?

— Elle a mentionné quelque chose, repris-je. La même chose que vous. Sur mon odeur. Avant ça, elle avait paru cohérente. Elle m'a dit qu'elle m'avait vue aux infos, et elle avait l'air de vouloir m'aider. Mais dès qu'elle m'a sentie, c'était terminé.

Il hocha la tête.

— Les humains ont un parfum qui les distingue des autres espèces. Les vampires y sont ultrasensibles. Cela leur permet de repérer la source de nourriture la plus proche. Mais votre odeur semble… plus prononcée.

— Et les dhampires ?

— Pareil. Le désir est présent…

Je sentis qu'il me regardait. Quelque chose dans sa voix fit s'emballer mon cœur, mais je gardai les yeux rivés sur la chaussée devant nous.

— Mais mon côté humain m'aide à me contrôler, termina-t-il.

— Alors pourquoi prendre le sérum ?

— Ça aide, mais ce n'est pas suffisant. On n'est jamais à l'abri d'une erreur.

— Donc, si vous en aviez la possibilité, vous boiriez mon sang ?

La question semblait simple, mais elle ne rencontra que le silence.

Lorsque j'eus enfin le courage de le regarder, je remarquai que les jointures de ses doigts étaient blanches tant il serrait le volant. Son expression était si crispée que je m'attendais à le voir éclater à tout instant. Il avait presque l'air malade.

Je tendis le bras et lui touchai l'épaule.

— Ça va ?

— Vous ne devriez vraiment pas me toucher en ce moment.

Je retirai ma main comme si je m'étais brûlée.

— Pourquoi ça ?

— Je sais que vous êtes blonde, mais je préférerais penser que vous n'êtes pas idiote. Je n'ai pas pris mon sérum depuis bien trop longtemps. Je n'ai jamais passé aussi longtemps sans injection. Je me sens… (il serra les dents) un peu à cran à l'heure actuelle.

Un frisson me parcourut.

— Ce qui signifie que vous voulez mon sang.

— Non. Pas spécialement votre sang. Mais votre proximité éveille des désirs inappropriés.

Il m'examina de haut en bas, et je remarquai que son œil avait quelque chose de vorace. Je commençai à avoir très chaud, et la chaleur se répandit dans mes joues, le long de ma nuque, dans mes seins, mon ventre, mon entrejambe, mes cuisses. Partout où il promenait son regard, en somme.

Des désirs. Ce genre de désirs.

D'accord.

Je fouillai dans le sac en papier.

— Vous allez devoir vous contenter d'un hamburger.

J'entendis un rire étranglé.

— Je vais faire de mon mieux.

Il saisit la nourriture que je lui tendais. Cette fois, je pris soin de ne pas toucher sa peau.

— Mauvaise nouvelle, annonçai-je. La serveuse a oublié de nous donner la tarte. Par contre, on dirait qu'on a des frites en plus.

— Un vrai festin.

En effet. Je ne découvris à quel point j'avais faim que lorsque je commençai à manger. Ce restaurant avait une cliente vampire, ce qui baissait sa note d'au moins deux étoiles, mais leur chef préparait d'excellents hamburgers. La nourriture calma un peu mes crampes d'estomac. J'espérais vraiment que je n'allais pas rendre mon repas à peine avalé ; cela aurait été du gâchis.

Je n'oubliais pas pour autant le problème de Declan. Sans son sérum, sa moitié vampire n'était plus inhibée. J'aurais été idiote de ne pas m'en inquiéter. J'ignorais tout de ce monde. Je venais à peine de découvrir que les vampires existaient… et ils étaient encore plus terrifiants que dans mes pires cauchemars.

Les pouvoirs de guérison de Declan suffisaient à me prouver qu'il n'était pas entièrement humain. J'avais aussi pu observer comment le sérum l'affectait, car j'avais rencontré deux Declan aujourd'hui : le premier, une machine à tuer sans émotions, qui n'aurait pas hésité à m'abattre si on le lui avait ordonné. Et l'autre Declan, un peu plus sympathique – si tant est qu'un assassin pût l'être –, déterminé à me protéger, y compris de lui-même et de ses… désirs.

J'avais mille bonnes raisons d'avoir peur de lui. Mais il y avait aussi un côté de Declan Reyes – l'homme qui m'avait brutalisée, avait menacé de me tuer et surtout m'avait enlevée et trimballée sans ménagement dans ce monde dangereux, mais qui m'avait aussi sauvé la vie et qui s'était occupé de moi lorsque j'avais été malade – sur lequel je m'étais mise progressivement à compter et même que j'avais commencé à… apprécier. Et cette idée était tout aussi terrifiante que ce que j'avais déjà eu à affronter aujourd'hui.

Le silence me rendit de plus en plus mal à l'aise, et je ressentis le besoin impérieux de dire quelque chose. N'importe quoi.

— Je vais pouvoir contacter ma sœur une fois que nous serons arrivés à Silver Ridge ?

— Non.

Je posai mon soda et jetai un regard noir à mon ravisseur.

— Pourquoi ?

Il soupira.

— Vous avez vraiment besoin de tout savoir tout le temps ?

— Oui. Pourquoi je ne pourrais pas appeler ma sœur ? Ou mes amis ? Si les événements de ce matin ont été évoqués au journal télévisé, ils doivent être paniqués. Je dois au moins les informer que je vais bien.

— L'existence de Silver Ridge n'est pas connue du grand public. Si nos travaux s'ébruitent, le sanctuaire sera compromis.

— Ce qui se passe à Silver Ridge reste à Silver Ridge, hein ?

— C'est ça.

— Et il s'y passe quoi, alors ?

— C'est un secret.

Je me contentai de le regarder.

Il me lança un coup d'œil avant de rouler en boule le papier alu de son hamburger et de le jeter dans le sac vide.

— Disons qu'il s'agit d'une petite communauté de personnes qui partagent la même vision du monde et ont mis leurs ressources en commun pour trouver le moyen de lutter contre les créatures qui se cachent dans le noir.

— Une ville de tueurs de vampires.

— Non, pas exactement. (Il serra les dents.) Il y a des tueurs, mais surtout des chercheurs. Le gouvernement nous finance…

— Le gouvernement finance la ville ultrasecrète qui dirige la guerre contre les vampires ?

— Ils financent le programme de recherche auquel participe mon père. Comme nous, ils souhaitent éliminer tout ce qui menace la vie des humains, et les canines pointues des prédateurs en question ne changent rien à l'affaire.

— Et à quand remonte le début de ces recherches ?

— Un peu moins de trente ans. À peu près à l'époque où Carson a trouvé ma mère et découvert l'existence des vampires.

Chaque fois qu'il mentionnait sa mère, je lisais la souffrance sur son visage.

— Declan, je sais que vous allez me répondre que je ne vous connais pas. Et c'est vrai. Je ne prétends pas savoir quoi que ce soit de révolutionnaire à votre sujet, mais mon instinct me dit que l'identité de votre père biologique importe peu. Je suis sûre que cela n'a aucune influence sur votre personnalité. Vos actes vous définissent, pas une connexion magique à un patrimoine génétique ultraviolent.

— Vous le croyez réellement, ou vous essayez de vous en persuader ? demanda-t-il avec raideur. Que je ne représente pas réellement une menace pour vous ?

— Ça doit jouer, bien sûr. Mais… mais comment vous vous sentez ? À cet instant ?

— Vaseux. Comme si un milliard d'idées se bousculaient dans ma tête. Mais même si mon esprit est embrouillé, mes sens sont plus aiguisés. Ma vue est plus perçante. J'entends mieux. Mon palais… Disons juste que je n'ai pas souvenir d'avoir jamais mangé un truc aussi bon que ce hamburger. Normalement, la nourriture n'a pas de goût pour moi. Je trouve tout fade. Je mange parce qu'il le faut, mais je me fous de ce que j'avale. Et quant à mon odorat… (il serra le volant encore plus fort) il me déconcentre.

J'ignorais quoi répondre. Il voulait dire que mon odeur retenait son attention. Et pour une raison inconnue, malgré mon état repoussant, il me trouvait appétissante de diverses manières.

— Eh bien… Peut-être que vous êtes censé être aussi réceptif à ce qui vous entoure. Peut-être qu'anesthésier toutes vos sensations avec ce sérum vous fait plus de mal que de bien.

— C'est votre opinion professionnelle, docteur ?

Il se moquait de nouveau de moi.

— Je vous donne juste mon avis. (Je m'enfonçai dans mon fauteuil et tâchai de paraître détendue, même si c'était tout le contraire.) Il y a quelques années, je prenais des médicaments qui émoussaient mes sens comme ça. Ils endormaient mes émotions.

— Des médicaments contre quoi ?

— Contre… contre la dépression.

Je n'aimais pas prononcer ce mot. Il me rappelait trop de mauvais souvenirs.

— Pourquoi vous étiez déprimée ?

— La mort de mes parents m'a entraînée dans une sorte de spirale. Je n'étais pas satisfaite de ma vie ; les contrariétés ont commencé à s'accumuler, grandes et petites, et je suis tombée au fond d'un abîme dont je ne parvenais plus à me sortir. C'est un problème héréditaire, donc la maladie me guettait depuis toujours.

— Et votre médecin vous a prescrit un traitement ?

— En réalité, c'est même la seule chose qu'elle m'ait suggérée. Je connais plein de gens pour qui ça a fonctionné à merveille, mais dans mon cas… Je n'ai jamais cru que c'était la solution. Les médicaments me rendaient… (Je repensai aux cinq années que j'avais passées à essayer les molécules les unes après les autres.) C'était comme si je flottais sur une rivière sans pouvoir orienter ma barque. J'ai fini par arrêter de les prendre il y a quelques mois. Les premières semaines, j'avais l'impression de perdre à moitié la boule, mais ensuite mes idées ont commencé à s'éclaircir.

— Et vous êtes toujours déprimée ?

— J'ai des hauts et des bas, mais je me débrouille autrement. Un traitement médicamenteux ne me convenait pas. Évidemment, ça dépend des gens. Même si, de nos jours, on dirait que c'est la réponse systématique à tous les problèmes.

Je palpai mon cou à la recherche de l'endroit où l'aiguille avait percé ma peau – encore un produit créé dans un labo pour essayer de venir à bout d'un problème.

— Nous nous reposons sur nos petites pilules pour supprimer toutes les douleurs que nous ressentons. C'est plus facile, mais ça ne signifie pas que ce soit mieux. Pas tout le temps, en tout cas.

— Mais vous n'avez pas fait du mal à ceux qui vous entouraient à cause de votre dépression, insista-t-il.

— Non. En revanche, j'ai envisagé de me faire du mal à moi-même. Une fois. Heureusement, l'envie est passée. J'ai compté toutes les choses qui me retenaient ici. Toutes les choses qui me donnent encore envie de me battre pour rester en vie, même si je suis devenue un bouillon de culture ambulant grâce à la petite expérience de votre père.

Declan garda le silence pendant ce qui me parut durer une éternité.

— Ma situation est différente de la vôtre.

— Je n'ai jamais dit le contraire.

— Et parler ne me fait pas oublier mon problème.

— Ce n'est pas le but.

— Je crois que si.

Je pinçai les lèvres.

— Peut-être un peu. Mais estimez-vous heureux que je vous confie tout ça. Je ne discute pas de mes troubles psychologiques avec n'importe qui. Juste avec les amis proches et avec les hommes qui m'enlèvent contre ma volonté.

Il lâcha un petit rire.

— J'imagine que je remplis les critères, alors.

— Vous pouvez me rendre mon couteau ?

Après une hésitation, il me le tendit.

— Gardez-le à portée de main, juste au cas où.

Juste au cas où j'aurais besoin de m'en servir contre lui, voulait-il dire.

M'attendant à y trouver le sang de la vampire, j'examinai l'arme en argent, mais elle était parfaitement propre et brillait au clair de lune. J'enroulai de nouveau mon mouchoir autour de la lame aiguisée.

— Vous croyez vraiment que votre père va pouvoir m'aider ? repris-je quelques minutes plus tard alors que le silence s'était installé. Ou est-ce que vous pensez que je vais mourir ?

— Je crois qu'il peut vous aider.

Je fus surprise de cet avis tranché. Il l'avait déjà sous-entendu, suffisamment pour me convaincre que je devais le suivre afin de rencontrer cet homme mystérieux, mais il n'avait pas affirmé catégoriquement que me rendre à Silver Ridge serait synonyme d'un avenir radieux.

Comme sa réponse me plaisait, je n'insistai pas pour obtenir des détails, de peur de crever ma jolie bulle d'optimisme.

Je remarquai que Declan regardait ma main. Ou, plus précisément, mon poignet. Il n'était pas le seul à avoir des cicatrices.

— Vous vous êtes contentée d'y penser, hein ? demanda-t-il doucement.

Je bougeai pour cacher la marque, mais il attrapa mon poignet et le tourna pour mieux voir. Du pouce, il effleura la vieille cicatrice.

— C'était il y a longtemps, expliquai-je.

— Et maintenant vous n'êtes plus la même.

Luttant pour retenir mes larmes, je hochai la tête en silence. Parfois, j'oubliais la marque longue de cinq centimètres qui s'étirait sur mon poignet. Elle n'était plus très visible, et en général je la couvrais à l'aide de bracelets ou je portais une montre. En début de journée, les manches de mon chemisier l'avaient cachée, mais je les avais retroussées dans les toilettes du restaurant. Et puis, cela ne concernait que mon poignet gauche. La douleur avait été si insupportable que j'étais revenue à la raison et m'étais arrêtée avant qu'il ne soit trop tard.

Après tout, je détestais vraiment la vue du sang. Et encore plus quand c'était le mien.

— Que ça ne se reproduise pas, lança Declan.

Il paraissait en colère. Il pressa mon poignet, et je sentis la chaleur de sa peau contre la mienne.

— Ne vous inquiétez pas, ça ne risque pas.

— Bien. Parce que si vous n'aviez pas envie de vous battre pour rester en vie, je ne vois pas pourquoi je me prendrais la tête avec ce qui vous arrive.

Son ton enflammé me surprit autant que la question en elle-même.

— Vous vous en faites pour moi ?

— C'est ma faute si vous vous retrouvez dans cette situation. Jusqu'à ce que j'aie réglé le problème, votre vie repose entre mes mains.

— Même si vous étiez prêt à me tuer en début de journée.

Il resta silencieux un moment avant de répondre :

— Les choses changent.

Je me mordillai la lèvre.

— Sauf que maintenant vous voulez boire mon sang, pas vrai ?

— Je ne veux pas boire votre sang, Jill, répliqua-t-il en se concentrant de nouveau sur la route devant nous. Je veux arracher tous vos vêtements et vous prendre pendant que vous hurlez mon prénom. Ça fait une grosse différence.

J'en eus le souffle coupé. Il avait laissé entendre que ses désirs étaient de nature sexuelle, mais ses paroles étaient si crues que je ne savais vraiment plus comment réagir.

La déclaration aurait dû me terroriser, surtout après qu'il m'eut parlé de son père, le vampire. Mais ce n'était pas le cas. J'avais peur de lui, mais sans doute pas pour les raisons auxquelles il pensait. Et, alors qu'il continuait à caresser mon poignet de son pouce, je ne retirai pas ma main.

Je récapitulai la situation dans ma tête : je me trouvais dans un pick-up volé lancé à 160 kilomètres-heure sur l'autoroute, en chemin vers une ville de chercheurs engagés dans une guerre ultrasecrète pour exterminer les vampires, en compagnie d'un dhampire à la mine patibulaire qui, malgré ses difficultés pour se contrôler, me tenait la main pour me consoler d'une tentative de suicide ratée plusieurs années auparavant, tout en proclamant son envie de me baiser jusqu'à ce que je demande grâce… comme si mon corps ravagé par le poison n'avait pas déjà assez souffert.

Un vrai conte de fées.

Chapitre 9

Pour un bled auquel on avait donné le nom d'un métal précieux, Silver Ridge n'avait rien de brillant. Elle ressemblait juste à une petite ville. Une toute petite ville.

Dans le centre, Declan gara le pick-up devant une maison, puis me guida à l'intérieur. Après quatre heures sans bouger, mes jambes étaient engourdies. Je n'étais pas descendue de voiture lorsque nous nous étions arrêtés remettre de l'essence. Heureusement, l'escale s'était déroulée sans incident; quelques personnes avaient regardé Declan de travers, mais j'ignorais si c'était parce qu'elles l'avaient reconnu ou simplement parce qu'il leur flanquait la frousse.

Pour ma part, je devais bien admettre que je ne le trouvais plus tout à fait aussi effrayant que le matin. Mais il n'était pas le genre de type qu'on avait envie de croiser au détour d'une ruelle mal éclairée.

Après que nous eûmes cessé de parler, je l'avais surveillé du coin de l'œil. Il avait semblé se concentrer très fort pour ne pas me regarder – peut-être même au point de tenter d'oublier ma présence à son côté.

J'avais observé la blessure à sa gorge alors qu'elle se refermait et cicatrisait, laissant une marque pâle et difficile à distinguer, caractéristique d'une plaie superficielle.

Ainsi, les dhampires bénéficiaient des mêmes pouvoirs de guérison que les vampires mais, contrairement à ceux-ci, ils n'avaient pas la chance de pouvoir effacer les traces de leurs combats. Chaque cicatrice leur rappelait la souffrance qu'ils avaient éprouvée. Je trouvais cela plutôt injuste.

En entrant dans la maison, je tâchai de garder mon sang-froid. Le couteau était toujours dans ma poche. Je n'étais pas extraordinairement à l'aise, mais l'idée que j'avais une arme pour me défendre me rassérénait un peu.

Declan avait de nouveau placé sa main à la base de ma colonne vertébrale, comme s'il s'attendait à moitié que j'essaie de m'enfuir à la première occasion. Il avait promis de me protéger, et avait prouvé que ce n'étaient pas des paroles en l'air. J'avais sans doute commencé à compter un peu trop là-dessus.

Un homme nous attendait, assis dans un salon qui semblait tout ce qu'il y avait de plus normal : un canapé, une table basse, un poste de télévision. En nous voyant entrer, il posa son journal et se leva.

— Qu'est-ce qui t'a pris aussi longtemps ?

Ses cheveux étaient poivre et sel, mais il était moins vieux que je ne l'avais pensé. La cinquantaine, peut-être. Entre ses sourcils froncés, je remarquai une ride profonde qui marquait certainement son visage même lorsqu'il était souriant.

— Je t'ai expliqué que des serfs de sang nous suivaient, répondit Declan. Ils nous sont tombés dessus, mais je m'en suis occupé, et maintenant nous sommes là. Voici… Jillian Conrad. Jill, c'est mon père, Carson Reyes.

Il se souvenait de mon nom. Je n'étais pas sûre qu'il m'avait écouté quand je le lui avais dit.

Carson ne me lança qu'un rapide coup d'œil.

— Venez. Nous n'avons pas de temps à perdre.

Et il quitta la pièce.

Il semblait aussi peu bavard que son fils.

J'avais dû regarder Declan avec angoisse, car il eut un geste rassurant de la main.

— Ne vous inquiétez pas. Il va vous aider.

Je hochai la tête et emboîtai le pas à Carson jusqu'à un escalier qui menait au sous-sol. Avant de m'y engager, je me tournai vers Declan.

— Vous allez rester avec moi ?

— C'est ce que vous voulez ?

— Bien sûr.

— J'aurais cru que vous voudriez vous éloigner de moi dès que vous en auriez la possibilité.

— C'est ce que je pensais aussi… mais apparemment pas.

J'essayai de sourire.

Il enleva sa main de mon dos pour pouvoir remettre en place les cheveux qui me balayaient le front. Comme la fois précédente, au contact de sa peau, une sensation étrange, semblable à une décharge électrique, me parcourut. J'avais dû prendre une profonde inspiration, car il s'écarta immédiatement.

— Désolé.

— Non… Je… (Je saisis sa main et la portai de nouveau à mon visage tandis qu'il m'observait avec méfiance.) Tout va bien. Vraiment.

À mon tour, je touchai son visage, et il ne s'éloigna pas. Je caressai une cicatrice sur sa joue, qui s'étirait de son bandeau à sa mâchoire. Sous mes doigts, sa barbe naissante était rêche.

— Comment vous vous sentez ? demandai-je.

— Je me sens… (il déglutit péniblement) trop présent.

— Trop présent ?

— Jill… je…, commença-t-il avant de reculer et d'interrompre complètement le contact entre nous. On doit suivre Carson.

Il se précipita dans l'escalier comme pour me fuir.

En bas, je découvris une grande pièce qui n'avait rien de commun avec la maison ordinaire que j'avais vue à l'étage. Fascinée, je regardai tout autour de moi : sous l'éclairage puissant des néons, du matériel scientifique moderne brillait sur des tables en inox, comme dans un laboratoire. Un autre homme se tenait à côté de Carson. Il était jeune : vingt-cinq ans tout au plus.

— C'est elle ? demanda-t-il avec empressement. Euh, désolé, je veux dire… c'est d'elle que tu as parlé à Carson au téléphone ?

— Voici Jillian, répondit Declan. Jill. Et, oui, c'est elle qu'Anderson a attaquée. Il lui a injecté le sérum.

Le type s'approcha, un air de curiosité sur le visage.

— Hé, comment vous vous sentez ?

J'avais la bouche sèche.

— Je respire encore.

— Je suis Noah Palmer. (Il me regarda attentivement.) Vous avez l'air plutôt en forme, vous savez. Vu ce qui vous arrive.

Ses paroles ne me rassuraient pas vraiment.

— Euh… merci.

— Nous avons besoin d'un échantillon de votre sang, intervint Carson.

Il avait déjà sorti une seringue, et la tendait à présent à Noah. Je considérai celui-ci avec angoisse.

— Ne vous inquiétez pas. J'ai fait ça un milliard de fois. Bon, peut-être pas un milliard, mais plein. Je n'ai encore jamais perdu un patient. (Il grimaça.) Ce n'est peut-être pas une blague très appropriée, vu les circonstances.

— Noah est l'assistant de mon père, expliqua Declan.

— Assistant, garçon de courses… et tout le reste. Quelle que soit l'expérience, je me charge de tout nettoyer après votre passage et je vous fournis un compte-rendu détaillé quand j'ai terminé. Je contribue comme je peux au progrès de l'humanité. Ma mère serait fière, si je pouvais lui en parler.

Son visage se fendit d'un large sourire. Il était le seul dans la pièce à arborer une expression aussi optimiste.

Il tapota la table en inox, et je m'y assis. Ensuite, il me pria de remonter la manche de mon chemisier et de fermer le poing, exactement comme pour une prise de sang lors d'une banale visite chez le médecin.

— Racontez-moi exactement ce qui s'est passé, demanda Carson.

— Je suis arrivé alors qu'Anderson s'apprêtait à s'échapper, et il a empoigné Jill, répondit Declan. (Les bras croisés, il ne me quittait pas du regard.) Il avait une seringue à la main. Il a dit que c'était le dernier échantillon du sérum et qu'il avait détruit le reste. Ensuite, il a lancé que si vraiment on le voulait, on pouvait l'avoir, et il l'a injecté à Jill.

— Tu as vérifié, ou tu l'as cru sur parole ?

Declan hésita.

— Je n'avais pas le temps de vérifier.

— J'enverrai quelqu'un à son laboratoire ce soir pour confirmer. Tu as sans doute raison, mais il vaut mieux ne rien laisser au hasard.

Je sursautai lorsque l'aiguille s'introduisit dans la veine au creux de mon coude.

— Pour info, ça vous fera moins mal si vous évitez de remuer, m'indiqua Noah d'un air pince-sans-rire.

— Désolée.

Je sentis que Carson m'observait. Pas besoin de lire dans les pensées pour savoir que je représentais un obstacle à ses projets. Évidemment, ce n'était pas ma faute, car je n'avais certainement pas demandé à Anderson de m'injecter le produit, mais c'était malgré tout le fruit de nombreuses heures de recherche qui était parti en fumée.

Declan se tenait à côté de moi, concentré sur la seringue alors que Noah récupérait un deuxième tube de sang.

— Tout va bien, Jill, me dit-il avec douceur. (Il tendit le bras comme s'il allait me toucher, mais parut changer d'avis et laissa retomber sa main.) Ce sera bientôt terminé.

Carson fronça les sourcils et le regarda de plus près.

— Qu'est-ce que tu as ?

Declan se raidit.

— Pardon ?

— Tu as l'air différent. À quand remonte ta dernière injection ?

Declan serra les dents.

— Mes fioles ont été volées par les serfs. Ils ont cru que c'était le sérum.

— Putain, Dec. (Noah s'immobilisa, la main sur mon bras.) Tu plaisantes ?

— Ça fait combien de temps ? demanda Carson.

— Plus de douze heures.

Après avoir vu à quel point Declan tenait à prendre son sérum très précisément toutes les trois heures et avec tout ce qu'il m'avait expliqué, je m'attendais que Carson se fâche et le tance vertement. Mais au lieu de cela son expression austère s'adoucit, laissant place à une mine soucieuse, et il posa une main sur l'épaule de Declan.

— Pourquoi tu ne m'en as pas parlé en arrivant ? demanda-t-il.

— J'ai pensé que ça pouvait attendre encore un peu.

— Tu sais que ça n'est pas possible. Le risque est bien trop grand.

Il marcha jusqu'à un placard métallique et en sortit une seringue et une fiole, qu'il tendit à Declan.

— Tiens.

Après une hésitation presque imperceptible, Declan les prit.

— Declan…

Je brûlais de lui dire de ne pas le faire. De ne pas s'administrer une nouvelle dose de sérum. Mais je refermai la bouche. Ça ne me concernait pas. Son père était l'expert dans ce domaine. De mon côté, je n'étais au courant de l'existence des vampires que depuis quelques heures. Comment pouvais-je me permettre de dispenser des conseils ?

Tandis que Noah prenait un troisième tube pour continuer à recueillir mon sang, je regardai Declan placer sans un mot la cartouche de sérum dans la seringue. Il leva le bas de son tee-shirt et effectua l'injection dans son ventre sans plus manifester la moindre hésitation.

Mon cœur se serra.

— C'est bien. (Carson lui tapota le bras.) Douze heures, ça fait très longtemps. Trop longtemps.

Declan hocha la tête.

— Je sais.

Tandis que Noah s'affairait, j'observai le dhampire.

Quelques minutes suffirent à changer en pierre ce visage où j'avais pu lire l'inquiétude et la douleur au cours des dernières heures. Alors que j'avais aperçu des lueurs d'humanité dans son œil gris, à présent, celui-ci était redevenu froid et indifférent.

Quelle que soit la composition de ce sérum, il gommait une grande part de la personnalité de Declan. Sa part d'impulsivité. Celle qui m'avait regardé avec désir à peine cinq minutes plus tôt, en haut de l'escalier.

Elle avait disparu, ne laissant derrière elle que l'assassin qui avait été prêt à me tuer dans l'allée ce matin.

Pendant que Noah achevait de s'occuper de moi – il avait prélevé quatre tubes de mon sang –, Declan se posta au pied de l'escalier, telle une sentinelle, et commença à narrer le reste des événements de la journée à son père d'un ton indifférent. Carson écouta son récit de notre rencontre avec les serfs de sang et nota mes réactions au poison.

Je déglutis péniblement et lui demandai :

— Vous allez pouvoir me soigner ?

— Je vais essayer, répondit-il. Le mieux pour l'instant serait que vous alliez vous reposer.

— Je ne vais jamais réussir à m'endormir. (Je me tordis les mains tandis que Noah plaçait une boule de coton au creux de mon coude et la couvrait d'un pansement.) Écoutez, ce qui est arrivé aujourd'hui… c'est passé au journal télévisé. Mes amis et ma sœur doivent se faire un sang d'encre. Je dois les appeler pour leur dire que je vais bien.

— Je lui ai expliqué que ce n'était pas possible, intervint Declan. Mais elle est têtue comme une mule.

Je lui lançai un regard noir. Il ne soupçonnait pas à quel point.

— Si, c'est possible, naturellement, répondit Carson. (Je haussai les sourcils, surprise.) Mais pas ce soir. Je sais que ce n'est pas l'idéal, mais il est important que nous n'attirions pas davantage l'attention. Si quoi que ce soit d'autre va de travers, le fruit de nos efforts risque d'être réduit à néant, vous comprenez ? C'est pour cela que je vous demande deux jours de patience. Ensuite, non seulement vous pourrez passer un appel, mais vous retrouverez vos amis en personne. Je vous le promets.

— Deux jours ?

— S'il vous plaît. Je suis conscient que toute cette situation doit vous dépasser, Jillian. Il est rare qu'un étranger, un civil, se retrouve parmi nous. Tout ce que vous avez vu de Silver Ridge est top-secret. Declan a déjà fait une exception en vous révélant son identité. Mais personne d'autre que vous ne connaît le lieu exact de notre quartier général, et je préférerais que cela ne change pas.

Je passai une main dans mes cheveux emmêlés en réfléchissant à sa proposition.

— Très bien. Va pour deux jours. (Ma gorge était nouée, et je sentis de nouveau la culpabilité me ronger le ventre.) Mais je ne veux pas aller me coucher. Je n'ai pas sommeil.

— Qui sait, peut-être que le sommeil va vous trouver malgré tout. Et puis, il est tard. Presque une heure et demie du matin. Et la journée a été longue. Le sérum… Declan a mentionné qu'il vous avait rendue malade. Vous pouvez m'en dire plus ?

— Lorsque j'ai reçu l'injection, j'ai eu l'impression que mes veines s'embrasaient. Encore maintenant, je les sens plus que je le devrais. J'ai eu des crampes d'estomac atroces, et j'ai vomi à plusieurs reprises. La dernière fois, j'ai régurgité une substance noire, comme de l'encre. J'ai… j'ai cru que j'allais mourir.

— De l'encre noire ? répéta Noah. (Il notait tout ce que je racontais dans un dossier.) Alors qu'on vous a injecté le sérum ? Vous ne l'avez pas avalé, n'est-ce pas ?

— Non, on me l'a injecté juste là, répondis-je en montrant le côté de mon cou.

Noah haussa les sourcils.

— C'est plutôt ironique.

— Quoi donc ?

— On dirait une morsure de vampire… si le vampire n'avait qu'une canine. Une licorne vampire ?

Lorsqu'il remarqua qu'il était le seul à sourire, il reprit son sérieux.

Je jetai un rapide coup d'œil à Declan : à en juger par son dos raide et son regard rivé sur le sol, il avait de nouveau endossé cette personnalité dénuée de toute émotion. Pourquoi éprouvais-je tant de peine ? C'était tout juste si je le connaissais.

Il devait s'injecter son sérum. Ce n'était pas comme s'il avait le choix.

— Je suis sûr que ces événements ont été très pénibles pour vous, reprit Carson. Anderson… nous avions placé notre confiance en lui pour mener à bien un projet de la plus haute importance, qui pourrait sauver d'innombrables vies. Il travaillait dessus depuis plus d'un an. Je lui avais proposé de venir s'installer ici, mais il a refusé de quitter la ville. Je lui ai offert la chance de participer à quelque chose de grand… et regardez ce qu'il a fait.

Il palpa mon cou, puis saisit une bouteille et versa un peu de liquide sur un morceau de coton, qu'il passa à l'endroit où Anderson avait planté l'aiguille afin de désinfecter ma blessure. Je tressaillis en sentant un picotement.

— Pourquoi a-t-il agi ainsi ?

— Parce qu'il voulait détruire le sérum de manière spectaculaire, pour m'envoyer un message.

— Vous croyez qu'il l'a vraiment détruit ?

— Je ne sais pas. Comme je l'ai dit, un de mes hommes va fouiller son laboratoire pour vérifier s'il n'en reste pas d'autres échantillons. Si ce n'est pas le cas, je vais devoir tenter de l'extraire de votre sang et trouver un moyen de le recréer. (Il désinfecta aussi ma blessure à la tempe, là où le serf m'avait frappée avec le pistolet.) Anderson a eu tort de s'attaquer à vous. Mais il n'aurait pas dû mourir à cause de ça. (Il regarda Declan d'un air mécontent.) Nous avions besoin de lui. Tu aurais dû le ramener ici de gré ou de force.

— Il a essayé de me tirer dessus, expliqua calmement Declan. J'ai réagi.

— Ce qui est fait est fait. Maintenant, nous devons nous débrouiller avec ça. (Il se tourna de nouveau vers moi.) Le sérum est dans votre organisme depuis plus de douze heures…

— Le poison, vous voulez dire.

— Il a été développé sous le nom de code « Belladone ». Effectivement, il s'agit d'un poison destiné à tuer les vampires. Cependant, je suppose que vous n'êtes pas une vampire.

— Non, mais…

— Comme nous n'avions pas effectué ce genre de tests, nous ignorons totalement comment la Belladone va réagir en se mélangeant au sang humain. Elle vous a rendue gravement malade, mais vous êtes encore en vie, vous n'êtes pas tombée dans le coma et vous disposez toujours de toutes vos facultés.

— Donc vous pensez que ce poison ne va pas me tuer, en fin de compte ?

— Je ne peux pas me prononcer pour l'instant. Nous n'avions évidemment pas prévu qu'il vous serait injecté… Mais nous allons devoir faire avec.

— Qui, « nous » ? Combien d'autres personnes se trouvent ici ?

— Une trentaine au total, mais les tueurs et les enquêteurs, qui représentent plus de la moitié des effectifs, ne sont pas là en permanence. Silver Ridge est très isolée. Les vampires rebelles ont tendance à se diriger plutôt vers les grandes villes, où ils peuvent disparaître plus facilement et où les victimes ne manquent pas.

— Alors pourquoi avoir établi le quartier général ici ? Ne serait-ce pas plus pratique pour vous d'être dans l'une de ces grandes villes ?

— Nous sommes ici parce que Silver Ridge est proche du cœur, répondit Carson.

Je fronçai les sourcils.

— Le cœur de quoi ?

Il lança un coup d'œil à Declan.

— Emmène-la en haut. J'ai fait préparer la chambre d'amis. Elle pourra s'y reposer. (Il se tourna de nouveau vers moi.) Nous parlerons plus longuement demain, une fois que j'aurai analysé votre sang et que j'en saurai plus sur la manière dont je peux vous aider. Essayez de dormir. Vous avez besoin de reprendre des forces.

J'ouvris la bouche pour continuer à l'interroger, puis renonçai.

— D'accord.

Le reste de mes questions pourrait attendre le lendemain matin… mais pas une minute de plus.

J'eus envie de remercier Carson, mais je me retins. Je n'étais pas encore prête à éprouver de la reconnaissance. Je n'avais pas demandé à me retrouver là. Je n'avais rien demandé du tout. Au bout du compte, ils étaient responsables de toutes les misères qui m'étaient arrivées au cours des dernières vingt-quatre heures. J'attendrais que ma vie reprenne son cours normal avant d'exprimer une quelconque gratitude.

Sans un mot, Declan tourna les talons et quitta le laboratoire ultramoderne. Je le suivis dans l'escalier. Après avoir monté deux étages, il s'engagea dans un couloir tapissé d'un papier peint à rayures. Cette maison était plus grande qu'il n'y paraissait de l'extérieur. Des tableaux banals étaient accrochés aux murs. Aucune photo. Rien de très personnel.

— C'est ici que vous avez grandi ? demandai-je.

Je n'obtins pas de réponse.

— Declan, repris-je plus fort.

— Quoi ?

Il ouvrit une porte située vers la fin du couloir.

— Vous avez grandi dans cette maison ?

— Non. Nous avons emménagé ici il y a six ans.

— Et avant ça, vous viviez où ?

— Voici votre chambre, répondit-il.

D'accord, donc il n'était pas d'humeur à égrener ses souvenirs.

J'examinai la pièce. Elle était simple, mais correcte. Et elle disposait de sa propre salle de bains.

— Noah vous apportera votre petit déjeuner demain matin.

— Il s'occupe vraiment de tout, hein ?

— Il s'occupe de beaucoup de choses.

Je luttai pour trouver quelque chose à dire.

— Comment vous vous sentez, maintenant ?

Il me regarda enfin.

— Mieux.

— Donc ce que vous ressentiez tout à l'heure, quand le sérum ne faisait plus effet…

— C'est passé.

— Retour à la normale.

— Oui.

— Complètement.

— Oui.

— Bon… très bien.

— Si vous avez besoin de quelque chose…

— Je crierai. Ça paraît le mieux, puisque je n'ai pas le droit de téléphoner.

— Parfait.

C'était comme si un mur se dressait à présent entre nous. Comme si je m'adressais à une machine qui ne cherchait pas à développer sa réponse au-delà de la monosyllabe. Les choses semblaient glisser sur lui comme l'eau sur un rocher. On lui avait demandé de m'emmener à ma chambre, et il s'était exécuté. Un point c'est tout.

Que voulais-je de plus ? Échanger sur nos malheurs en sirotant une tisane ? Pousser un soupir de soulagement à l'idée que nous avions survécu à cette journée interminable ? L'écouter me raconter ses autres secrets ?

— Declan…

— Bonne nuit, Jillian.

Il referma la porte entre nous.

J'appuyai ma main contre le chambranle.

Il devait s'injecter son sérum. Sinon, il cesserait de se maîtriser et se mettrait à ressembler à un vampire : une créature incontrôlable, assoiffée de sang, de sexe et de mort. Et pas forcément dans cet ordre-là.

Je repensai à ce qu'il avait dit dans la voiture, à ce qu'il voulait de moi. Un frisson me parcourut, et je m'aperçus qu'il n'était pas inspiré par du dégoût à l'idée que Declan me touche. En réalité, c'était plutôt le contraire.

Je passai les doigts sur mon ventre et songeai à la douleur que j'avais ressentie. Je n'avais jamais éprouvé autant de souffrance et de terreur qu'aujourd'hui. Mais, à présent, je ne savais plus trop ce que je ressentais mis à part de la fatigue.

Peut-être qu'ils avaient raison et que j'avais réellement besoin de me reposer.

Mais je devais lui parler. Je voulais dire certaines choses, poser certaines questions… et j'avais renoncé beaucoup trop vite à appeler ma sœur. Et puis, qu'avait voulu dire Carson lorsqu'il avait mentionné que cette ville était proche du cœur ? Le cœur de quoi ?

Je hochai la tête, déterminée à sortir de cette chambre et à exiger des réponses.

Cependant, je fus arrêtée net dans mon élan : j'avais beau y mettre toutes mes forces, la poignée de la porte refusait de remuer. Quelques instants me suffirent pour comprendre que je n'irais nulle part.

Declan m'avait enfermée.

Chapitre 10

Je tirai sur la poignée, forçant sur mes muscles déjà endoloris, puis tâchai de faire jouer le pêne de la serrure avec mes ongles, mais sans succès. Même lorsque j'essayai d'utiliser mon couteau, rien ne se produisit. Honnêtement, j'étais surprise que Declan ne me l'ait pas confisqué avant de m'enfermer dans cette pièce. Peut-être qu'il l'avait oublié.

La fenêtre était un de ces modèles qui ne s'ouvraient pas. J'hésitai à briser la vitre, mais décidai de m'abstenir. Pour aller où ? Si je m'enfuyais, je serais de retour à la case départ, empoisonnée sans savoir comment résoudre le problème seule.

Je retournai à la porte.

Peut-être que Declan ne s'était pas rendu compte que j'allais me retrouver emprisonnée.

Je ne me berçai pas d'illusions longtemps. Il le savait. Ils le savaient tous. Et, avec un effort, je parvenais même à comprendre leur point de vue. J'étais une intruse. Une civile qu'on n'avait autorisée à franchir les murailles invisibles de Silver Ridge que parce que j'étais porteuse malgré moi d'un sérum dont ils avaient cruellement besoin, comme Declan l'avait dit un peu plus tôt.

Ils ne voulaient pas de moi ici. Ils craignaient comme la peste que le grand public découvre l'existence de leur ville ultrasecrète.

Je ne criai pas pour qu'on vienne me délivrer, et ne tapai pas du poing sur la porte telle une damoiselle prisonnière dans un donjon. Mais même si je me retenais de piquer une crise, l'idée qu'on m'avait mise en cage comme un vulgaire animal me rendait folle de rage.

Je tâchai de respirer normalement et d'analyser la situation.

La douleur n'était pas revenue me tourmenter.

Je me trouvais en sécurité. Plus ou moins.

J'étais vivante. Pour l'instant.

Après avoir pris une longue douche et examiné mes bleus, bosses et autres coupures dans le miroir, je m'aperçus que je n'avais pas de vêtements de rechange pour dormir. Je me glissai nue sous les couvertures, serrant dans mon poing le manche en ivoire de mon couteau au cas où quelqu'un déciderait de me rendre visite sans prévenir pendant la nuit.

Je me réveillai dès le lever du soleil et remis ma tenue de la veille. C'était soit ça, soit improviser une toge à l'aide des draps. Ensuite, je retournai à la salle de bains. L'armoire à pharmacie était vide, à l'exception d'une brosse à dents neuve et d'un tube de dentifrice sans marque, que j'avais utilisés avant de me coucher.

Après une rapide toilette, je commençai à attendre.

Quand j'entendis quelqu'un frapper à la porte quelques heures plus tard, je me dirigeai silencieusement vers l'entrée de la chambre. Les gonds grincèrent, et Noah entra, chargé d'un plateau de nourriture. Il tressaillit en me voyant.

— Qu'est-ce que vous essayez de faire ? demanda-t-il.

J'avais retiré le couvercle en porcelaine des toilettes et le brandissais comme une arme, prête à lui fracasser le crâne à la première alerte. J'avais mal aux bras à force de le tenir au-dessus de ma tête.

— J'essaie de me défendre, répliquai-je.

— Vous n'avez pas besoin de vous défendre contre moi. Je viens en ami. Et je vous apporte votre petit déjeuner, ajouta-t-il en montrant le plateau.

Je le contemplai avec méfiance.

— La porte était fermée à clé.

— Et vous allez me tuer à coups de couvercle de toilettes à cause de ça ? Désolé, mais nous devons être vigilants. C'est comme ça. Lâchez ce truc. S'il vous plaît.

Je reculai et posai mon arme improvisée. Je l'avais privilégiée au couteau car je préférais assommer quelqu'un plutôt qu'essayer de lui trancher la gorge ou de le poignarder. Cependant, si Declan avait franchi cette porte, peut-être que j'aurais choisi de le regarder saigner un peu pour me venger d'avoir été enfermée sans prévenir.

Noah plaça le plateau sur un petit bureau dans un coin de la chambre.

— Des œufs, du bacon et des toasts. C'est juste du pain de mie, mais il est aux sept céréales, donc c'est meilleur pour la santé. C'est ce que dit l'étiquette.

Je l'observai d'un air sceptique.

— Qu'est-ce qui me garantit que ce repas n'est pas empoisonné ?

— Vous avez déjà assez de poison comme ça dans les veines. Ce n'est qu'un petit déjeuner ordinaire. Faites-moi confiance.

— Pourquoi le devrais-je ?

— N'ai-je pas l'air d'un garçon honnête ? (Il sourit, mais reprit rapidement son sérieux.) Écoutez, votre situation craint, j'en suis bien conscient. Mais je ne suis pas en train d'essayer de vous tuer.

— Des nouvelles de mes échantillons de sang ?

— Carson a passé la moitié de la nuit à les analyser. Il est encore au sous-sol.

— Et ?

— Et… je n'en sais pas plus. Sauf cas exceptionnel, il n'est pas vraiment du genre bavard. En revanche, il a mentionné que quelqu'un avait déjà inspecté le labo d'Anderson ce matin, sans rien trouver. Il n'avait pas l'air spécialement surpris.

Je me tordis les mains.

— Où est Declan ?

— Sorti.

— Où ça ?

— Aucune idée. Il ne m'informe pas toujours de ses allées et venues. Mais il est censé rentrer bientôt. Pourquoi ? Il vous manque ?

Je lui décochai un regard assassin. Je ne savais même pas que j'étais capable de tant d'animosité, mais cela eut visiblement l'effet recherché, car Noah grimaça.

Je m'apprêtais à poursuivre la conversation en essayant de faire abstraction de ma colère à l'idée d'être prisonnière et à la merci de ces gens quand, soudain, une vague de douleur s'abattit sur moi. Je me pliai en deux, puis tombai à genoux.

Merde. Il ne s'était rien produit depuis si longtemps que j'avais cru que c'était terminé. Mais j'avais encore plus mal que la fois précédente. Je criai, et Noah se précipita à mon côté.

— Qu'est-ce que je peux faire ? demanda-t-il.

Je n'avais pas eu besoin de lui expliquer ce qui m'arrivait. Il avait compris immédiatement.

— La salle de bains, articulai-je tant bien que mal.

Il m'aida à rejoindre les toilettes juste à temps ; j'y vidai mon estomac de cette substance noirâtre au goût de mort.

— Oh, mon Dieu ! s'exclama-t-il. Oh, Seigneur.

Je n'étais pas vraiment croyante, mais me mettre à prier semblait être une bonne idée en cet instant. Je souffris le martyre pendant encore quelques minutes, puis m'effondrai sur le sol. Malheureusement, je n'avais pas perdu connaissance. Je m'essuyai la bouche du revers de la main. Je sentais encore le goût rance de la substance huileuse sur ma langue ; y penser suffit à me donner un nouveau haut-le-cœur. Mais la douleur avait disparu.

Je battis des paupières pour chasser mes larmes et levai les yeux. Noah se tenait debout à côté de moi, une expression choquée sur le visage.

— Putain, pas cool, lâcha-t-il. Y a un truc qui va pas du tout, là.

— Sans blague.

— Tu parles d'un effet secondaire craignos…

— Je suis bien d'accord.

— Comment vous vous sentez ? Vous pouvez vous relever ?

— Je crois.

Cela prit quelques minutes, mais Noah m'aida à me redresser. Une fois agrippée au lavabo, je me lavai le visage et me rinçai la bouche.

— C'était quoi, ce liquide que vous avez vomi ? demanda Noah.

— Je croyais que vous étiez un scientifique ?

— Non. Je ne suis qu'un assistant de laboratoire. Je m'y connais un peu en analyse médicolégale, mais… je ne sais pas. Je n'ai jamais rien vu de ce genre.

— Ça ne me rassure pas beaucoup.

Mon ventre gargouilla assez fort pour que Noah l'entende.

— Vous allez être malade à nouveau ?

— Je ne pense pas. (Je posai une paume contre mon estomac.) Si incroyable que ça puisse paraître, je crois que j'ai faim.

— C'est plutôt tordu.

Tordu ou pas, j'avais vraiment faim, et j'attaquai le petit déjeuner que Noah avait apporté. Il resta me tenir compagnie, mais il avait toujours l'air perturbé.

— C'est vous qui avez préparé ça ? demandai-je.

— Oui. C'est pas grand-chose.

— C'est bon. (Je le regardai avec scepticisme.) Depuis combien de temps vous êtes ici ?

— Presque une année.

— Une année à combattre les vampires.

— En réalité, quand c'est possible, j'essaie de rester au labo, à l'abri des vampires. Je laisse Dec se charger de les combattre.

— Vous et Declan… vous êtes amis ?

Si le Batman borgne ne m'offrait pas plus de réponses, autant cuisiner son petit copain Robin, puisque celui-ci se montrait bien plus coopératif.

Noah fit la moue.

— C'est un peu compliqué d'être ami avec quelqu'un comme Dec, mais on s'en rapproche, je pense.

— Pourquoi c'est compliqué ?

— Vous avez déjà dû remarquer qu'il n'était pas vraiment du genre à remporter des concours de popularité. En général, il se tient à l'écart des autres. Mis à part Molly, bien sûr. Il passe beaucoup de temps avec elle.

Molly ? Il y avait une femme dans la vie de Declan ? En entendant cette révélation, je fus envahie d'une émotion intense et absolument déplacée.

Je soupçonnais qu'il s'agissait de jalousie.

J'étais vraiment tordue. Mais, en même temps, ce n'était pas un scoop.

— Cette Molly… c'est sa copine ? questionnai-je.

Noah me regarda sans comprendre.

— C'est son chat. Il l'a trouvée à moitié morte et l'a remise sur pied. Elle n'a qu'un œil, comme lui ; j'ai toujours pensé que c'était ce qui lui avait plu chez elle, parce qu'en dehors de ça ce n'est qu'une sale petite peste couverte de puces. Non, Dec… c'est pas vraiment le genre à avoir une copine.

Je fronçai les sourcils.

— Comment ça ?

Noah grimaça.

— Laissez tomber.

— Vous ne pouvez pas dire un truc pareil et me demander de laisser tomber. J'ai passé toute la journée d'hier avec lui, et j'essaie de comprendre qui il est.

— Vous devriez peut-être arrêter de creuser.

— Il a déjà eu des copines dans le passé ?

Le sujet semblait mettre Noah mal à l'aise.

— Pas à ma connaissance, mais… euh… c'est compliqué pour lui, vous savez.

— À cause de son sérum ? insistai-je. Il m'a dit qu'il éliminait ses émotions. Hier, quand il n'a pas pu le prendre pendant plusieurs heures, il a commencé à… eh bien, à réagir différemment. Et quand il s'est injecté une nouvelle dose, il est redevenu comme avant.

— Ça ne m'étonne pas. (Il se racla la gorge.) Je suis surpris qu'il vous ait raconté tout ça.

— On a eu plein de temps pour parler.

Je réfléchis à ce que cela signifiait. Le sérum supprimait toute trace de la personnalité de Declan. Il n'éprouvait plus aucune émotion, plus aucun désir, et ne risquait plus de se transformer en son père biologique. Voilà pourquoi il était célibataire. Le sérum le privait de tout ce qu'il aurait pu ressentir.

Je songeai à ce moment dans la voiture, lorsqu'il avait avoué qu'il me désirait. Pas étonnant que ça ait paru le perturber à ce point : il n'avait peut-être pas éprouvé cela depuis une éternité.

Je me mordillai la lèvre en essayant d'organiser mes pensées.

— Depuis combien de temps prend-il ce sérum ?

— Depuis son enfance. Il l'a toujours pris, je crois.

Depuis son enfance ? Donc, s'il se l'était injecté religieusement toutes les trois heures depuis cette époque, cela voulait dire qu'il n'avait jamais eu de relation amoureuse ?

— Vous vous sentez mieux ? demanda Noah après un silence gêné.

— Un peu.

— Ouf. (Je vis à ses sourcils froncés qu'il se faisait toujours du souci.) Vous avez eu plusieurs crises de ce genre ?

— Malheureusement, oui. Les dernières crampes remontent à hier en début de soirée, mais je n'avais pas vomi depuis l'après-midi.

— D'accord. (Il jeta un coup d'œil au plateau-repas vide.) En tout cas, on dirait que vous n'avez pas perdu l'appétit. C'est plutôt bon signe, non ?

— Mes compliments au chef.

— Que se passe-t-il ici ? demanda quelqu'un d'une voix grave.

Je sursautai. Nous tournions le dos à la porte, qui était restée entrebâillée.

Les bras croisés, Declan nous observait depuis le couloir.

— Tu es rentré, constata Noah.

— Jillian avait besoin de compagnie pour manger son petit déjeuner ?

« *Jillian* ». Pas de diminutif aujourd'hui. Quand je lui avais dit mon nom, j'avais précisé que mes amis m'appelaient Jill.

— Elle ne se sentait pas bien, expliqua Noah. Et c'est un euphémisme...

Declan se tourna vers moi.

— Vous avez eu un autre épisode ?

— Oui.

Je me levai pour le regarder en face.

— C'est passé ? Ça va mieux ?

— Je respire encore.

À partir de maintenant, je me contenterais de cette réponse : « Je respire encore. » Parce que je ne pouvais pas dire que j'allais bien. Je respirais encore. Pour l'instant, tout au moins.

— Carson veut vous parler.

Je fronçai les sourcils.

— Vous m'avez enfermée dans cette chambre hier soir.

Il me contempla en silence pendant un moment, puis lâcha :

— C'est exact.

— Ce n'était pas la peine.

Il se contenta de répéter :

— Carson veut vous parler.

— Il a trouvé quelque chose dans mes échantillons de sang ?

— Oui.

— Donc j'ai votre permission officielle de quitter cette chambre maintenant ?

Je n'essayais pas d'être aimable. Après tout ce qui nous était arrivé la veille, je ne pouvais pas m'empêcher de me sentir trahie en voyant qu'il me traitait comme une vulgaire prisonnière.

— Oui.

— Alors je vous suis. (Je me tournai vers Noah.) Merci pour le petit déjeuner.

— Pas de souci.

Declan me guida de nouveau jusqu'au laboratoire au sous-sol. Je voulais éprouver la même colère que la veille, mais j'en étais incapable. Je ne pouvais plus ressentir la moindre émotion vis-à-vis de lui. C'était comme s'il n'était même pas là.

Et, de toute manière, ça n'avait pas d'importance. Son père avait analysé les prélèvements effectués la veille. Il avait sûrement trouvé le moyen d'éliminer le poison de mon sang.

En bas, plusieurs autres personnes étaient en train de parler avec Carson. À notre arrivée dans la pièce, ils se turent et nous contemplèrent. Ou plutôt ils *me* contemplèrent.

— Jillian. (Carson me fit signe de m'approcher.) Je vous présente le docteur Monica Gray.

La femme me serra la main en étudiant attentivement mon visage. Légèrement plus âgée que Carson, elle était séduisante, avec des cheveux gris foncé rassemblés en une longue queue-de-cheval et une peau parfaite en dehors de ses rides.

— Ravie de vous rencontrer, Jillian. Vous avez l'air d'aller… plutôt bien.

— Merci.

Son regard me mettait mal à l'aise ; on aurait dit qu'elle observait le résultat d'une de ses expériences au microscope.

— Anderson a dû échouer, déclara-t-elle.

— Pourquoi pensez-vous cela ? demanda Carson.

— Je ne vois aucun signe physique indiquant qu'on ait injecté la Belladone à Jillian. Je m'attendais à quelque chose de vraiment visible.

— Elle l'a pourtant bien reçue. Declan a assisté à la scène.

— Peut-être que l'échantillon n'était pas viable. Après tout, il n'avait jamais été testé.

— Excusez-moi, mais vous pouvez me rappeler qui vous êtes ? intervins-je.

Elle cessa de m'observer comme une bête curieuse et recula.

— Je suis vraiment désolée. Nous négligeons toutes les règles de la politesse. Mais j'ai encore du mal à croire qu'une civile s'est retrouvée mêlée à tout cela.

— Le docteur Gray est la chercheuse qui dirige le programme Belladone, expliqua Carson. Nos autres invités, le docteur Peter Singh et le lieutenant Joseph Franklin, sont venus spécialement de Washington. Ils sont là seulement en tant qu'observateurs.

Les deux hommes me saluèrent d'un geste brusque de la tête, mais ne s'approchèrent pas.

Leur présence me mettait légèrement mal à l'aise, mais, pour l'heure, cela importait peu. Seul le résultat des analyses de Carson m'intéressait.

— Vous avez trouvé un moyen de m'aider ? demandai-je.

— Nous voulons vous aider, m'assura Carson. Pour cela, je dois vous poser quelques questions supplémentaires. Declan m'a déjà raconté tous les événements de votre journée d'hier dans le détail, mais j'aimerais entendre votre version, s'il vous plaît.

L'impatience me rongeait de l'intérieur. Après ma dernière crise, je n'avais pas envie de devoir attendre beaucoup plus longtemps avant qu'on me propose une solution.

— Qu'est-ce que vous voulez savoir ?

— Declan m'a expliqué que vous aviez été attaquée par une vampire lors d'une pause pendant votre trajet.

— C'est exact.

— Quelle a été sa réaction lorsqu'elle vous a rencontrée ?

Je me forçai à repenser à ce qui s'était passé dans le restaurant.

— Au départ, elle était normale. Je l'ai prise pour une humaine, mais, bien sûr, je n'avais encore jamais vu de vampire. Et puis elle a senti mon odeur, et elle a eu l'air de changer, comme si elle ne se maîtrisait plus.

— Comme si elle ne pouvait pas s'empêcher d'essayer de vous mordre ? demanda le docteur Gray.

Je hochai la tête.

— C'est exactement ce qu'elle voulait. Heureusement, elle n'en a pas eu le temps.

— Donc elle n'a pas planté ses canines dans votre peau ?

La scientifique repoussa mes cheveux en arrière pour pouvoir examiner mon cou de plus près.

Je ne bougeai pas. Après tout, elle s'efforçait de m'aider.

— Non. Declan l'a arrêtée juste à temps.

— Il nous a raconté que lui aussi avait remarqué votre odeur et s'était senti attiré par vous. Et qu'être privé de sérum avait renforcé ces sensations.

Je haussai les épaules en essayant de ne pas penser à l'« attirance » que Declan avait éprouvée pour moi la veille. Cela ne paraissait plus avoir d'importance.

— Je me suis dit que les vampires et les dhampires étaient simplement attirés par l'odeur des humains.

— En effet, mais pas de cette manière. La Belladone a été développée pour attirer les vampires et les séduire afin de pouvoir les tuer bien plus vite. Presque comme s'ils décidaient eux-mêmes de leur mort – un peu comme un papillon qui vient se brûler à une flamme.

Je secouai la tête.

— Je ne suis pas sûre de vous suivre.

— C'est normal. (Carson feuilleta un dossier, puis le reposa avant de se tourner vers moi, le visage crispé.) Nous travaillons à l'élaboration du sérum Belladone depuis plus d'une année. Il a coûté beaucoup d'argent.

Sa remarque me piqua au vif. Voulait-il que je m'excuse pour le préjudice subi ?

— Je n'ai jamais demandé qu'on me l'injecte.

— Je le sais bien, répondit-il avec un soupir de frustration. Mais maintenant qu'on vous l'a administré, nous ne pouvons plus évaluer son efficacité. C'est à la fois la force et la faiblesse de la xénochimie.

— La xénochimie ? répétai-je.

Il me regarda d'un air patient.

— Il s'agit de l'étude et de l'élaboration de substances destinées à combattre les créatures surnaturelles, comme les vampires. Quoi qu'il en soit, je ne peux pas recréer le sérum. J'aurais besoin des notes d'Anderson, de ses fichiers. Ou d'Anderson en personne. C'était le spécialiste dans ce domaine. Mais il est mort.

J'ignorais la réaction que Carson attendait de moi. Le sérum était fichu. Même si cela me désolait, je ne pouvais rien y faire.

Il se tourna vers sa collègue.

— Monica, pourriez-vous accompagner nos visiteurs dans la salle d'observation et m'y attendre ?

Elle hocha la tête.

— Très bien.

Sans un mot de plus, ils sortirent.

Je jetai un regard nerveux par-dessus mon épaule et vis que Declan se tenait toujours au pied de l'escalier. Il était si silencieux que j'avais pensé qu'il était reparti.

—Jillian a de nouveau été victime d'effets secondaires ce matin, intervint-il. Je n'étais pas là, mais Noah était présent.

Carson fronça les sourcils.

—Je suis désolé que vous subissiez ces tracas, Jillian. Je suis conscient que c'est injuste.

—Je veux seulement que vous me guérissiez, insistai-je en essayant d'ignorer la boule dans ma gorge.

Je n'allais pas m'effondrer. J'étais forte.

—J'aimerais que ce soit aussi simple.

—Que voulez-vous dire ? demandai-je d'une voix étranglée. Vous ne pouvez pas m'aider ?

—Nous avons un traitement qui pourrait peut-être agir comme un antidote.

—« Peut-être » ?

—Nous n'en sommes pas certains.

—Qu'est-ce que je fais ici, dans ce cas ? Je dois aller quelque part où on saura réellement me soigner. Le poison est dans mon organisme. Il est en train de me tuer, n'est-ce pas ?

Il pinça les lèvres.

—Je le crains, en effet.

J'avais espéré qu'il dirait autre chose, n'importe quoi. Mais non.

Mes derniers espoirs s'envolèrent, ne laissant qu'une sensation de vide dans ma poitrine. Même si je savais depuis le départ que la partie n'était pas gagnée d'avance, j'avais voulu croire que tout allait finir par s'arranger.

J'avais espéré qu'en me réveillant ce matin et en descendant cet escalier, je trouverais Carson prêt à me soigner à l'aide d'une pilule magique. Pour que je puisse retrouver ma vie de tous les jours, rendre visite de nouveau à ma sœur et à ses enfants et retourner à mon travail, qui avant ces événements m'avait paru ennuyeux à mourir, mais dont je me souvenais à présent avec nostalgie.

À l'époque, mon plus gros problème se limitait à devoir lutter de temps en temps contre une humeur morose de un ou deux jours.

J'avais poursuivi une chimère depuis le départ. Ce poison coulait dans mes veines depuis plus de vingt-quatre heures. Il était trop tard pour me sauver.

Ma vie était finie. Je le sentais au plus profond de moi.

L'expression de Declan ne laissait rien filtrer. Il m'avait promis que son père pourrait m'aider. Avait-il menti pour que je me tienne tranquille ? Ou y avait-il réellement cru ?

Carson échangea un bref regard avec lui avant de se tourner de nouveau vers moi.

— Jillian, je voudrais vous montrer quelque chose. Il est capital que vous veniez avec moi. Vous voulez bien ?

— D'accord, répondis-je d'un ton indifférent.

Je ne m'intéressais pas vraiment à l'endroit où il m'emmenait ou à ce qu'il avait à me montrer. Quelle importance, si ça ne pouvait pas m'aider ?

J'allais mourir. Et je savais qu'une de ces crises au cours desquelles je recrachais l'encre qui me tordait les boyaux en serait responsable. La prochaine pouvait très bien m'être fatale.

La main posée sur mon épaule, Carson me guida vers une porte en métal. Il dut composer un code avant que nous puissions la franchir.

Nous nous trouvions dans un long couloir très bien éclairé.

Derrière l'une des portes, j'entendis un bruit de coups et des cris perçants qui me donnèrent immédiatement la chair de poule. Je scrutai la pièce par la petite lucarne, mais il y faisait complètement noir.

— C'est quoi, ça ? demandai-je avec nervosité.

— Pour ses recherches, le docteur Gray a créé des hybrides de vampires et d'humaines, répondit Carson, un air de dégoût sur le visage.

— Des dhampires. Comme Declan.

— Les dhampires ne ressemblent pas tous à Declan. En réalité, ce serait plutôt le contraire. Declan est une exception ; l'autre type de dhampire est bien plus commun.

Je frissonnai.

— Vous voulez dire qu'il y en a un là-dedans ?

— En effet. Mais alors que chez Declan la part humaine l'emporte sur le monstre, chez celui-là, c'est le monstre qui prédomine, l'emportant même sur sa part vampire. C'est une créature extrêmement dangereuse.

— Et c'est ça que vous souhaitiez me montrer ?

Il secoua la tête.

— Non. Vous n'avez pas à vous inquiéter de l'occupant de cette pièce, ne vous en faites pas.

Je le suivis d'un pas mal assuré tout en essayant d'imaginer la créature responsable de ces bruits qui me glaçaient le sang. Un monstre. Un vrai monstre.

Je jetai un coup d'œil à Declan par-dessus mon épaule, mais rien dans son expression ne trahissait ses pensées. Ni même le fait qu'il pensait quoi que ce soit.

Avait-il peur de devenir comme la créature enfermée dans cette pièce s'il ne prenait pas son sérum avec la régularité d'une horloge ? Était-ce pour cela qu'il semblait espérer la création d'un nouveau produit qui durerait bien plus longtemps que trois heures ?

Bien sûr qu'il avait peur. Il était prêt à sacrifier sa propre qualité de vie tant il était terrifié à l'idée que le monstre en lui brise ses chaînes et blesse quelqu'un. Eh bien, c'était sans doute très… louable.

Frustrant, mais louable.

— Je veux vous présenter quelqu'un, Jillian, reprit Carson.

— Tu crois vraiment que c'est la peine ? intervint Declan.

— Oui, je le crois, répondit sèchement Carson.

— Qui est-ce ? demandai-je malgré le peu d'intérêt que tout cela m'inspirait.

— Quelqu'un qui va peut-être nous aider à mieux comprendre votre état actuel.

Carson ouvrit une porte, et je découvris une salle au milieu de laquelle se trouvaient une table et deux chaises. L'homme qui y était assis se tourna vers nous.

— Tobias, voici Jillian, déclara Carson. Entrez, Jillian, je vous en prie…

Je m'exécutai. L'inconnu ressemblait à mon prof d'anglais de seconde : petit avec des cheveux blonds qui commençaient à s'éclaircir, mais plutôt séduisant. Il portait un costume beige un peu froissé.

— C'est elle qui est censée me permettre de sortir d'ici ? demanda Tobias.

— C'est exact.

— Mais je croyais que vous aviez dit…

Je n'eus pas le temps de terminer ma phrase : Carson avait refermé la porte derrière moi. J'eus l'impression de revivre la même scène que la veille, lorsque Declan m'avait enfermée dans la chambre. À tel point que je tirai sur la poignée.

Et, exactement comme la veille, celle-ci refusa de bouger.

— C'est quoi, ce bordel ? m'exclamai-je avant de me tourner vers Tobias. Qu'est-ce qui se passe ici ?

— Je ne sais pas trop.

Il se leva et croisa les bras en regardant autour de lui avec nervosité.

— Comment vous vous êtes retrouvé ici ? questionnai-je.

— Je ne demandais rien à personne, et d'un coup ce type a surgi de nulle part, m'a chopé et m'a flanqué une raclée. Ensuite, il m'a ligoté et amené ici. Et personne ne veut m'expliquer pourquoi.

Je n'aimais pas du tout ça.

— On ne dirait pas qu'on vous a frappé.

Il porta la main à son visage.

— Vous auriez dû voir ça. Le type était effrayant. Il n'avait pas besoin de me dérouiller ; je lui aurais obéi. Mais il doit aimer se servir de ses poings.

— Il ressemblait à quoi ?

Mon intuition me disait que je connaissais déjà la réponse à cette question.

— Grand, costaud. Plein de cicatrices. Et un bandeau sur l'œil.

Bon sang, mais qu'est-ce qui se passait ? Pourquoi Declan enlevait-il d'autres innocents pour les amener ici ?

J'examinai la pièce avec appréhension. Mis à part la table et les chaises, elle était vide. Les murs blancs étaient lisses, et un long miroir était accroché à droite de la porte. Je contemplai mon reflet et lus l'angoisse dans mes yeux.

Quelque chose clochait.

Je commençais à avoir l'habitude depuis la veille, mais là, je sentais qu'il y avait vraiment un malaise. Je lançai un coup d'œil vers le reflet de Tobias. Il avait l'air aussi inquiet que moi.

Carson avait dit aux autres qu'il les retrouverait « *dans la salle d'observation* ».

Le miroir ressemblait à ceux que j'avais pu apercevoir à la télévision. Une glace sans tain, derrière laquelle on pouvait se placer pour observer sans être vu.

« *Tu crois vraiment que c'est la peine ?* » avait demandé Declan à peine une minute plus tôt. Il avait posé la question d'un ton neutre, qui ne m'avait donné aucune indication sur ce dont il parlait. Il aurait pu s'agir de n'importe quoi. Était-ce la peine de me garder prisonnière ? Était-ce la peine de continuer à essayer de trouver un antidote alors qu'il était évident que j'allais mourir ? Était-ce la peine qu'il reste là quand il aurait pu aller tabasser d'autres innocents avant de les traîner de force jusqu'ici ?

— Pourquoi la porte est-elle fermée à clé ? demandai-je à l'homme.

— Aucune idée.

Je le regardai plus attentivement.

— Sérieusement, vous êtes qui ?

Il haussa les épaules.

— Je m'appelle Tobias Lawson.

— D'accord. Mais… pourquoi ce type vous a-t-il amené ici pour vous enfermer dans cette pièce ? Et pourquoi m'y faire entrer ? Et… (je montrai le miroir du doigt) pourquoi est-ce qu'ils nous observent ?

— Je ne sais pas.

Il soutenait mon regard sans broncher, presque comme pour me lancer un défi. Ses yeux étaient d'une étrange couleur gris pâle qui me rappelait vaguement quelque chose.

J'avais déjà vu des yeux comme ceux-là. Ceux de Declan aussi étaient gris, mais plus foncés.

Une minute. La femme, au restaurant. Elle avait eu des yeux de la même couleur que Tobias.

Je m'étranglai.

J'étais enfermée en compagnie d'un vampire.

Chapitre 11

Pendant un moment, je songeai que j'étais paranoïaque et que je me faisais des idées. Comment pouvais-je tirer de telles conclusions à partir d'une simple couleur d'yeux ? Peut-être que ce n'était qu'une coïncidence. Ou peut-être que…

— L'homme au bandeau, comment vous a-t-il conduit ici ? demandai-je prudemment.

— Il m'a collé dans le coffre de sa voiture.

— Avant ou après le lever le soleil ?

— Avant, répondit-il sans ciller.

Je marchai jusqu'au mur et tambourinai du poing sur le miroir.

— Laissez-moi sortir d'ici. Maintenant.

— Hé, du calme, me dit Tobias en avançant de quelques pas vers moi.

Je me retournai et levai la main.

— Restez où vous êtes.

Il fronça les sourcils, puis pencha la tête sur le côté, un air intrigué sur le visage.

— Pourquoi ?

— Vous êtes un vampire.

Sa mine s'assombrit, mais il continua à approcher.

— Vous n'avez pas à avoir peur de moi. Je ne vous veux aucun mal.

Je pointai le miroir du doigt.

— Comment ça se fait que vous ayez un reflet ?

— Ce n'est qu'un mythe. Une grande partie des rumeurs qui courent sur les vampires ne sont que cela : des rumeurs. Vous devez me croire.

— Restez où vous êtes. Je ne plaisante pas.

Mais il s'était déjà trop approché. Suffisamment pour me sentir. Ses narines frémirent et ses yeux s'écarquillèrent.

— Vous êtes quoi ?

La vampire du restaurant m'avait posé exactement la même question.

Je me tournai de nouveau vers le miroir. À présent, j'étais certaine qu'il donnait sur une salle d'observation.

— Qu'est-ce que vous foutez, là-dedans ? Laissez-moi sortir !

Il m'empoigna par l'épaule et me fit pivoter pour me regarder en face.

— Votre odeur… Je n'ai jamais rien senti de tel.

Il se lécha la lèvre inférieure.

Ses pupilles grossirent jusqu'à envahir totalement ses iris gris pâle, comme si elles s'étaient complètement dilatées. Ses traits se tirèrent. À travers sa peau jaunâtre et translucide, je distinguais à présent nettement les veines bleu foncé qui partaient de son front et descendaient jusqu'à sa mâchoire.

Il retroussa sa lèvre supérieure, découvrant des canines acérées. En quelques instants, cet homme ordinaire qui ressemblait à un de mes anciens profs de lycée était devenu une créature sanguinaire. Ses doigts s'enfonçaient douloureusement dans mon épaule, et un filet de bave s'échappait du coin de sa bouche et coulait le long de son menton.

— Lâchez-moi, parvins-je à articuler.

Quoi qu'il ait senti sur moi, ça l'avait privé de ses capacités de raisonnement. Ses yeux morts se posèrent sur ma gorge, et il repoussa brutalement mon visage en arrière, me plaquant la tête contre le miroir. Je luttai contre lui, lui griffant les bras, mais c'était comme m'attaquer à un tank. Il était fort, et son corps semblait fait d'acier – indestructible et impossible à arrêter.

Un peu plus tôt, j'avais été prête à abandonner tout espoir et à accepter mon sort. Le poison allait me tuer, et je ne pouvais rien y changer. Je souffrais en y pensant, en attendant une solution dont je savais qu'elle n'arriverait pas, mais je m'étais presque résignée à l'idée que j'allais mourir. Et vite.

Mais pas comme ça. Je refusais de mourir comme ça.

Au restaurant, Declan avait fait irruption dans les toilettes pour éloigner la vampire de moi juste à temps. Où était-il à présent ? Il avait dit qu'il me protégerait, mais peut-être que sa promesse avait expiré lorsque nous étions arrivés à Silver Ridge.

Qu'est-ce qu'ils foutaient, bon sang ? Ils m'avaient enfermée toute la nuit dans une chambre, tout ça pour m'offrir à un vampire affamé en guise de petit déjeuner.

Ce fut à cet instant que je ressentis un déclic ; je ne renoncerais pas. Je me battrais jusqu'à mon dernier souffle, même si ça ne m'apportait rien de bon.

Je ne voulais pas mourir.

Ma vie n'était pas censée se terminer comme ça. Pas ici. Pas maintenant.

Mais alors l'homme approcha sa bouche de ma gorge. Il m'avait traînée jusqu'à la table et poussée vers l'arrière pour me forcer à m'y allonger. À présent, il me tenait la tête tournée inconfortablement sur le côté pour avoir accès facilement à mon cou. Je sentis son érection contre moi, et il malaxa rudement mon sein à travers mon chemisier avant de glisser sa main entre mes jambes.

Je fus parcourue d'un frisson de terreur.

Mais ce n'était que le début. Après avoir respiré mon odeur et passé sa langue froide et humide sur ma gorge pendant quelques instants, durant lesquels je gémis et essayai de le griffer pour me libérer, il frotta les pointes effilées de ses canines contre ma peau.

Declan, s'il vous plaît... aidez-moi...

J'ignorais si j'avais parlé à voix haute ou simplement en pensée. En tout cas, il ne fit pas irruption dans la pièce pour me sauver.

Puis la souffrance commença.

Je hurlai et me débattis alors que le vampire perçait ma peau et plongeait ses crocs dans ma gorge. Ensuite, j'eus l'impression d'avoir été paralysée. Je ne pouvais plus bouger, et j'étais incapable de me défendre. Mais mes sensations étaient intactes.

La douleur était insoutenable, à la fois profonde et aiguë, comme si deux lames s'enfonçaient dans ma chair. Puis il se mit à boire mon sang ; le bruit de succion était tout aussi atroce. Après un rapide va-et-vient entre mes jambes, il défit le bouton de mon pantalon et y glissa la main.

Et je ne pouvais pas bouger. Je ne pouvais pas le supplier d'arrêter. Je ne pouvais même plus crier.

Non, je vous en prie...

— Tellement délicieux, murmura-t-il d'une voix rauque. Vous avez si bon goût. Et vous sentez si bon. Et votre peau est si douce.

Rien ne se passa. Personne ne se précipita à mon secours.

Ils allaient le laisser boire mon sang, me violer, me tuer...

Tout ça pendant qu'ils assistaient au spectacle, bien en sécurité derrière leur miroir.

Mais soudain le vampire se figea. Il me lâcha et s'éloigna en titubant.

Au bout de quelques instants, je pus de nouveau bouger. Je glissai de la table et reculai précipitamment en refermant la main sur mon cou ; il m'avait mordue du côté où on m'avait injecté le poison.

Ses lèvres étaient couvertes de mon sang, qui sous les néons semblait plus foncé que la normale : d'un pourpre éclatant. Il s'essuya la bouche, puis contempla ses doigts avec étonnement.

— Qu'est-ce que… ?

À cet instant, il écarquilla les yeux et fut pris de convulsions. Puis il tomba à genoux. Je pensais qu'il allait ramper vers moi, mais il resta où il était, les mains crispées sur son estomac, et gémit :

— Non. Oh merde. Non… je vous en prie…

Il semblait au supplice. On aurait dit qu'il subissait le même genre de douleur que moi lorsque j'avais une crise à cause du sérum.

Puis il hurla, et des flammes jaillirent de sa bouche. Elles sortaient à flots, comme un liquide, et enveloppèrent tout son corps jusqu'à ce que Tobias ne soit plus qu'une torche géante. Un instant plus tard, il explosa dans un nuage de feu et de cendre, et j'agitai les bras comme si un essaim d'abeilles essayait de me piquer quand des particules menacèrent de me retomber dessus.

Le vampire avait disparu. Mort. Détruit.

Mon sang – mon sang foncé et anormal – l'avait empoisonné. Il l'avait tué. C'était la seule explication à ce qui venait de se passer.

J'étais en pleine crise d'angoisse. La morsure à ma gorge me faisait horriblement mal. Je ne pouvais plus contenir ma panique et ma détresse ou j'allais exploser, exactement comme Tobias.

Je me mis à hurler.

Quelques instants plus tard, la porte s'ouvrit et Carson entra, suivi de Declan et du docteur Gray.

Toujours concentrée sur ma survie, je reculai précipitamment dans un coin de la pièce en les voyant approcher. Je tremblais comme une feuille.

— Je suis désolé que nous ayons dû faire cela, Jillian, me dit Carson d'un ton apaisant. Mais c'était nécessaire. Nous avions besoin de vérifier si le sérum Belladone avait été complètement compromis quand on vous l'a administré, ou si votre sang est désormais toxique pour les vampires, comme je le soupçonnais.

— Il… il a failli me tuer.

J'avais du mal à ordonner mes pensées, et plus encore à articuler.

— Mais il ne l'a pas fait. Et nous l'en aurions empêché. Il aurait mis bien plus longtemps que cela à vous vider de votre sang. Nous serions intervenus avant, je vous le promets.

— Il allait… me violer.

Je sentais des larmes brûlantes couler sur mes joues.

Carson s'accroupit à côté de moi et posa une main sur mon épaule.

— La soif de sang des vampires les conduit généralement à vouloir satisfaire leurs désirs sexuels en même temps. C'est vrai. Mais, encore une fois, nous n'aurions pas permis que vous soyez compromise ainsi. Nous l'aurions arrêté avant qu'il ne soit trop tard. (À travers le voile de mes larmes, je vis qu'il me souriait.) L'expérience a réussi, vous ne comprenez pas ?

— Allez vous faire foutre.

Je le repoussai et m'éloignai en reboutonnant mon pantalon d'une main tremblante.

— Elle a raison, Carson, dit le docteur Gray avec sévérité. Nous aurions dû intervenir plus tôt. Ce n'était pas la peine de la traumatiser à ce point.

Il se tourna vers elle.

— C'est fait. Quant à savoir si nous aurions pu procéder différemment, c'est un autre sujet.

Les bras croisés, elle lui lança un regard noir, puis s'adressa à moi d'une voix radoucie.

— Je suis désolée, Jillian. Vraiment. Vous avez déjà vécu un véritable calvaire, vous n'aviez pas besoin de cela en plus.

— Ça en valait la peine, insista Carson. C'est une découverte capitale. À présent, nous savons que la Belladone fonctionne exactement comme Anderson l'avait affirmé. Elle exacerbe la soif et le désir sexuel des vampires, puis les détruit lorsqu'ils ne peuvent s'empêcher de suivre leurs pulsions. Ce qui s'est passé ici ce matin est extraordinaire.

— Ne vous approchez pas de moi, espèce de barge, m'exclamai-je.

Il pinça les lèvres.

— Nos méthodes doivent vous paraître extrêmes, Jillian, mais vous ignorez tout des monstres contre lesquels nous luttons, ou des années nécessaires à la création d'une arme parfaite contre eux. Ils sont très résistants. Quelques minutes de gêne ou de stress sont un bien petit prix à payer si cela nous rapproche du but : débarrasser ce monde de la menace des vampires une bonne fois pour toutes. (Il lança un coup d'œil au docteur Gray.) Vous n'êtes pas d'accord avec moi ?

— L'expérience a été couronnée de succès, reconnut-elle.

— Vous n'aviez aucun droit de me jeter dans cette pièce sans rien me dire.

Ma fureur redoublait à chaque seconde.

— Et si je vous avais expliqué ce qui vous attendait, l'auriez-vous accepté ? demanda Carson.

— Non. Bien sûr que non.

— Vous trouverez une trousse de premiers secours dans l'armoire à pharmacie de votre salle de bains, m'indiqua le docteur Gray, mais la morsure n'a pas l'air trop grave. Les morsures de vampires en elles-mêmes sont très peu dangereuses. C'est paradoxal, puisqu'elles peuvent si facilement entraîner la mort. Mais en plus de paralyser temporairement leur victime, l'un des composants de la salive des vampires permet une cicatrisation accélérée de la blessure. Vous devriez guérir sans problème, en un jour ou deux au plus.

Carson jeta un coup d'œil à Declan, qui se tenait les bras raides le long du corps tel un soldat, le regard vide.

— Raccompagne Mlle Conrad à sa chambre maintenant, s'il te plaît.

Pas de « Désolé de vous avoir jetée dans l'arène en compagnie d'un monstre affamé ».

Juste un « Recoiffez-vous, mettez un pansement et arrêtez de pleurnicher ».

Carson Reyes était peut-être un homme très brillant qui avait voué sa vie à la recherche d'une solution pour détruire les vampires, mais c'était aussi un connard de première.

Sans un mot, Declan m'aida à me relever, puis me guida vers la sortie. J'avais toujours du mal à respirer, et, dans ma poitrine serrée, mon cœur battait la chamade.

Il garda le silence pendant que nous montions les deux étages pour retourner à ma chambre. Une fois arrivés, il ouvrit la porte et se rendit immédiatement dans la salle de bains, prenant la trousse de premiers secours dans l'armoire à pharmacie, exactement comme le docteur Gray l'avait expliqué. Après avoir mouillé un gant de toilette, il revint vers moi.

— La blessure n'est pas très grave, mais on doit la nettoyer comme il faut.

Il leva la main, comme s'il s'apprêtait à me tamponner le cou.

Je le repoussai, puis giflai son affreux visage tout balafré aussi fort que je pus.

— Espèce d'enfoiré, grondai-je. Comment avez-vous pu le laisser me faire ça ?

Je continuai à lui distribuer claques et coups de poing, sur le visage, le torse, partout où je pouvais l'atteindre. Pendant un moment, il n'essaya pas de m'arrêter. Il se contenta de rester là et d'encaisser, me laissant placer quelques bons coups, jusqu'à ce que mes mains commencent à me faire mal. Puis il me saisit par les poignets.

— Ça suffit, dit-il.

Je n'avais encore jamais éprouvé une telle furie. Bien sûr, j'avais déjà été en colère, ou déprimée ; j'avais ressenti toute une gamme d'émotions. Mais ce que j'éprouvais en cet instant ? Cette haine brûlante qui me rendait complètement enragée et me donnait envie de faire saigner Declan, pour qu'il ressente enfin quelque chose, même si c'était de la douleur ? Je n'avais jamais rien connu de tel.

— Il allait me tuer ! criai-je.

— Je ne l'aurais pas permis.

— Il m'a mordue. Il a bu mon sang. Vous avez une idée de ce que j'ai ressenti ? Vous étiez en train de regarder ?

Il serra les dents, mais son œil ne contenait toujours aucune trace d'émotion.

— J'étais dans la salle d'observation. Je regardais, oui.

Je levai le bras pour le frapper de nouveau, mais il m'empoigna avant que j'aie pu le toucher.

— Donc vous avez vu ce qu'il essayait de faire d'autre, hein ? (À présent, ma voix chevrotait.) Quelques secondes de plus et il m'aurait violée. Et vous vous seriez contenté d'assister au spectacle en compagnie des autres salauds ? Je vous déteste !

— Il n'y avait aucun risque. (Il se mit à parler plus fort, mais sa voix était toujours aussi calme, ce qui me rendait folle.) Je ne l'aurais pas laissé vous faire de mal.

— Mais il me faisait déjà du mal ! Sa main était entre mes jambes. Ses crocs étaient enfoncés dans son cou.

— Et votre sang l'a empoisonné, exactement comme mon père le soupçonnait.

— Votre père n'est qu'un connard sans cœur, crachai-je.

— Ses méthodes peuvent paraître extrêmes aux non-initiés…

— *Extrêmes* ? Vous êtes aveugle, ou quoi ? (Je suffoquai.) Oh, Seigneur. Vous l'êtes vraiment, hein ? Et dire que je pensais qu'il vous restait un œil valide. J'aurais dû m'en tenir à ma première impression. Vous n'êtes qu'un tueur sans âme ni conscience. Vous ne valez pas mieux qu'une saleté de vampire.

Il ne répondit pas tout de suite.

— Si.

— Non. Vous vous imaginez que ce sérum vous permet d'être un homme meilleur. La vérité, c'est que vous n'êtes qu'un robot construit pour faire tout ce que votre père attend de vous. Bien sûr qu'il a développé le sérum et vous a forcé à vous piquer toutes ces années. Sans lui, vous seriez capable de prendre vos propres décisions. Vous auriez une personnalité. Une vie. À l'heure actuelle, vous n'avez rien de tout ça.

— Vous ne savez pas de quoi vous parlez.

— Il vous a endoctriné depuis votre enfance. Il vous a imposé un traitement qui vous transforme en une arme idéale, qu'il peut utiliser pour détruire ce qui lui plaît. Une machine de chair et de sang qui suit ses ordres au doigt et à l'œil. Un impuissant qui n'a jamais touché une femme parce que ça risquerait d'interférer avec l'objectif ultime de papa. Qui sait, vous pourriez choisir la femme plutôt que lui !

Declan fronça très légèrement les sourcils.

— Vous ne le connaissez pas.

— Je ne veux pas le connaître. Il vous a brisé.

— Il m'a donné une chance de vivre alors que j'étais un enfant dhampire que d'autres voulaient tuer. Cette créature qui est enfermée au sous-sol, vous l'avez entendue essayer de s'échapper. Ça pourrait être moi,

Je fus parcourue d'un frisson en repensant à l'hybride que l'on avait créé dans le cadre d'une expérience, d'après ce que Carson m'avait raconté.

— Vous appelez ça vivre ? Il y a plus dans la vie qu'obéir à des ordres. Que tuer des vampires en se faisant démolir au passage. Que regarder quelqu'un être attaqué sans réagir juste pour prouver une théorie.

— Sans mon sérum, je me transformerais en monstre.

— Vous êtes plus un monstre aujourd'hui, avec votre sérum, que vous ne l'étiez hier quand vous en étiez privé, lançai-je avec colère.

— Si je ne m'injectais pas mon sérum, je deviendrais comme cet autre dhampire. Ou au moins… comme Tobias. (Son regard se durcit.) Et j'essaierais de vous blesser, exactement comme lui. Ou comme mon père biologique avec ma mère.

— Vous n'en savez rien. D'après ce que j'ai compris, vous n'avez jamais pris la peine de vous en assurer ; vous vous êtes contenté d'obéir aux ordres de Carson.

— C'est mieux comme ça. Moins dangereux.

Je secouai la tête, écœurée par toute cette conversation.

— Pour quelqu'un qui est censé être un tueur impitoyable, vous n'êtes qu'un putain de lâche.

J'aurais sans doute dû me montrer plus prudente. Je l'avais déjà vu éliminer trois personnes. J'ignorais comment il allait réagir à une telle insulte.

Mais il était fait de pierre, et la colère ne l'atteignait pas. Quelqu'un d'autre m'aurait peut-être giflée pour me punir de mon insolence. Declan, lui, ne réagit pas du tout.

— N'oubliez pas de nettoyer votre blessure et de mettre un pansement dessus. Je demanderai à Noah de vous apporter à manger plus tard.

Puis il se détourna et quitta la pièce. J'entendis la serrure claquer alors qu'il fermait de nouveau la porte à clé.

Chapitre 12

J'aurais pu me réjouir d'avoir réussi à lui lancer une jolie pique, et d'avoir peut-être trouvé une faiblesse dans son armure, mais je n'en avais pas le cœur. Je me dirigeai vers le lit, me recroquevillai sur les couvertures et sanglotai jusqu'à m'endormir, comme une petite fille terrifiée par les créatures qui se cachent sous son lit.

Quand je me réveillai, je découvris un plateau de nourriture sur le bureau de l'autre côté de la pièce, accompagné d'une pile de nouveaux vêtements et d'un mot.

« Je n'ai pas voulu vous réveiller. Declan m'a demandé d'aller chercher quelques trucs pour vous ce matin. J'espère que ça vous plaira. Noah. »

Il espérait que ça me plairait. Un truc qui ne me plaisait pas du tout, c'était d'être de nouveau enfermée dans cette chambre. Je continuai à remâcher ma colère un moment en repensant à ce qui s'était passé avec le vampire, avant de regarder enfin ce que Noah m'avait apporté : des vêtements propres. Ce n'était pas le summum de la mode : il avait choisi des joggings et des tee-shirts très simples. Il m'avait même acheté des sous-vêtements, ce brave garçon : des culottes en coton blanches. Pas de soutien-gorge, cependant. J'optai pour un débardeur vert suffisamment large pour que ça n'ait pas d'importance.

Noah m'avait même laissé quelques romans, parmi lesquels l'histoire d'un nabab grec assoiffé de vengeance qui tombait sous le charme de la femme qu'il avait juré de prendre pour maîtresse. Typiquement le genre de livres que j'avais lus par le passé lorsque j'étais en vacances et que je voulais passer un bon moment.

Dans mon ancienne vie.

Je mangeai du bout des lèvres. Un sandwich au poulet et une salade de pommes de terre. Une bouteille d'eau. Une orange déjà épluchée.

Puis j'attendis, arpentant la pièce jusqu'à ce que la colère m'envahisse de nouveau alors que je ressassais les événements du matin.

J'avais soigné ma gorge. Comme le docteur Gray l'avait expliqué, la blessure infligée par le vampire était douloureuse, mais elle n'était pas grave. J'avais seulement dû la nettoyer, y appliquer une pommade désinfectante et la recouvrir d'un léger pansement.

Je saisis l'un des romans et essayai de lire. J'aurais fait n'importe quoi pour arrêter de penser à la situation. Naturellement, cela ne fut pas très efficace.

Dans l'après-midi, j'eus une autre crise qui me laissa complètement abattue, et je restai un moment à pleurer, affalée sur le sol de la salle de bains. Mais j'étais toujours en vie.

Je haïssais Declan. Je ne compris pas tout de suite pourquoi je le détestais encore plus que son père. Après tout, Carson était le génie qui avait décidé de m'enfermer avec un vampire pour tester sa théorie sur le sérum. Alors pourquoi ma haine pour Declan éclipsait-elle celle que je ressentais pour Carson ? Qu'avais-je attendu de lui ? C'était un tueur, et je le savais depuis le départ. Un sale enfoiré couvert de cicatrices, qui m'avait arrachée à ma vie. Sans lui, je ne me serais jamais retrouvée dans cette situation.

J'aurais préféré qu'il continue à prendre son sérum tout du long. C'était pendant les quelques heures où il en avait été privé que j'avais commencé à ressentir un étrange lien entre nous, en dépit de ce qu'il était. Quand il m'avait protégée contre les serfs de sang et qu'il avait failli mourir. Qu'il avait laissé filtrer un peu de sa véritable personnalité au travers de cet extérieur glacial. Qu'il m'avait dit qu'il me voulait d'une manière totalement déplacée.

Il l'avait dit pour m'effrayer, mais ça n'avait pas fonctionné. Je comprenais à présent que j'avais souhaité qu'il cède à ce désir sinistre qu'il avait éprouvé – parce que j'avais éprouvé la même chose. J'aurais combattu Tobias jusqu'à mon dernier souffle si sa morsure paralysante ne m'avait pas empêchée de remuer, mais je n'aurais pas lutté contre Declan. J'aurais accueilli ses caresses avec plaisir.

Cette prise de conscience ne m'aidait pas du tout.

Mais tout ça était terminé. L'homme pour qui j'avais commencé à avoir des sentiments avait disparu lorsque Declan s'était injecté une nouvelle dose de sérum ; et je le détestais d'avoir pris cette décision. C'était comme s'il avait éliminé quelqu'un à qui je commençais à m'attacher ; il l'avait supprimé, et je ne pourrais plus jamais le revoir.

À la tombée de la nuit, Noah revint, chargé d'un plateau contenant mon dîner. Il poussa la porte de l'épaule et entra dans la chambre.

— Salut.

Je lui lançai un regard noir.

Il posa le plateau à côté du déjeuner dont je n'avais mangé qu'une partie.

— Vous n'aimez pas la salade de pommes de terre ?

— Je n'aime pas être retenue contre mon gré, grondai-je.

J'étais surprise d'entendre autant de colère dans ma voix après tout ce temps.

Son dos se raidit, et il se tourna pour me regarder en face.

— Écoutez, j'ai su ce qui s'était passé ce matin.

— Mon expérience de mort imminente ?

Il grimaça.

— Les manières de Carson laissent parfois à désirer, je le reconnais.

— Ce n'est rien de le dire.

J'avais repris suffisamment mon calme pour ne pas essayer d'arracher les yeux à Noah dans l'espoir de m'évader ; après tout, il n'était pas responsable de mes malheurs.

— Est-ce qu'ils ont l'habitude de retenir des femmes innocentes prisonnières et de vous demander de cuisiner et de leur acheter des affaires ?

Il m'adressa un sourire embarrassé.

— Vous êtes la première. Félicitations !

— Ça n'a rien de drôle, Noah. Vous le savez, non ? insistai-je en me rasseyant lourdement sur le bord du lit.

Son sourire disparut.

— Oui, je sais.

— Comment vous vous êtes retrouvé mêlé à tout ça ?

Il croisa les bras.

— Je me suis porté volontaire.

— Sérieusement ?

Je ne pouvais m'empêcher de paraître sceptique.

Il hocha la tête.

— Comment étais-je censé résister quand j'ai entendu des rumeurs sur un programme de recherche dédié à l'éradication des vampires ? C'était nettement plus intéressant qu'un quelconque job administratif.

— C'était la seule autre option ?

— Je n'ai pas cherché à faire le tour de mes autres possibilités. Je savais ce que je voulais. Carson m'a rencontré, il a aimé mon style – ce qui n'est pas surprenant – et il m'a offert ce poste. J'ai accepté, et je ne l'ai jamais regretté. Nous sommes un peu loin de tout, mais je ne voudrais pas être ailleurs.

Je le contemplai un moment.

— Vous avez l'air d'un brave type. Vous méritez mieux que ça.

— Vous n'avez pas encore goûté votre dîner. Ce sont des lasagnes. Ce n'est pas ma spécialité, je vous préviens tout de suite.

— Comment pouvez-vous les laisser me traiter comme ça sans réagir ? Vous m'avez bien vue hier. Je suis malade.

Son expression s'assombrit.

— Je sais. Je suis désolé.

— J'ai encore eu une crise aujourd'hui. Je… je suis sûre que ça va finir par me tuer. S'ils ne se débrouillent pas pour le faire avant, bien sûr.

— Jill, si je pouvais vous aider, ce serait avec plaisir, mais…

Il ne termina pas sa phrase.

— Mais quoi ?

— On ne vous retient pas ici pour vous blesser, mais pour vous soigner. Sérieusement. Je sais de quoi ça a l'air, mais vous devez comprendre que nous sommes les gentils. Bien sûr, nos méthodes sont parfois un peu extrêmes, et bien souvent je n'approuve pas les décisions de Carson et du docteur Gray. Surtout ces derniers temps. Mais… le but qu'ils poursuivent est noble.

— L'élimination des vampires.

— Oui.

Mon estomac se noua.

— J'ai vu deux vampires qui semblaient aller parfaitement bien et être tout à fait raisonnables, jusqu'à ce qu'ils sentent mon sang.

— Eh oui, vous êtes l'ambassadrice de Belladone, à présent.

Je fermai les poings, submergée par une sensation d'impuissance.

— Je vais mourir.

— Mais non.

Il marcha jusqu'à la fenêtre, lançant au passage un coup d'œil à la chaise disloquée sur le sol. J'avais tenté de m'échapper, mais j'avais découvert que la vitre était incassable. Noah eut la sagesse de ne pas aborder le sujet.

— Qu'en savez-vous ?

— Carson et le docteur Gray ne le permettront pas. Vous jouez un rôle trop important dans leur plan.

— Leur plan qui consiste à tuer tous les vampires.

— Non, juste le roi. Pour frapper le clan en son cœur ; en éliminant le grand chef, qui prend toutes les décisions. Le docteur Gray est persuadée que lorsqu'il sera mort, les autres seront plus simples à exterminer. Ce sera comme éponger de l'eau renversée après avoir rebouché une bouteille. (Il grimaça.) Je suis nul pour les métaphores. Enfin, vous voyez l'idée.

— Le roi. (Je repensai aux paroles des serfs de sang la veille.) Matthias, vous voulez dire ?

— Le seul et l'unique.

— Le cœur, répétai-je. Carson aussi a employé ce terme. Il a mentionné que cette ville était proche du cœur.

Noah hocha la tête.

— Silver Ridge n'est qu'à quelques kilomètres du cœur du clan de Matthias.

— Donc, le but de tout ça, c'est de trouver un moyen de l'assassiner.

— En gros. Ou, du moins, c'est l'objectif qui figure tout en haut de la liste de priorités du docteur Gray. Les vampires sont très difficiles à tuer, à moins de posséder le même genre de dons que Declan. Et même là, c'est compliqué. Quant au roi, c'est une tout autre paire de manches. (Il fronça les sourcils.) Encore une drôle d'expression. C'est plutôt simple, d'enfiler des manches, non ?

— Et vous pensez qu'ils ont raison ?

Noah hésita.

— Mon avis a tendance à évoluer de jour en jour. Aujourd'hui ? Je trouve que vous enfermer avec ce vampire était une très mauvaise décision.

— Eh bien, comme ça on est au moins deux.

— Le docteur Gray est convaincue que le poison qui coule dans vos veines sera le seul moyen de vaincre Matthias.

— À vous écouter, on croirait que c'est elle qui est aux commandes.

— C'est le cas.

Cela me surprit tellement que je restai silencieuse un moment.

— Je croyais que Carson était le grand manitou ?

— C'est lui qui prend les décisions quand elle est absente. Elle était à Washington depuis quelques mois, mais elle a pensé que vous valiez le déplacement. Je les ai entendus en parler tout à l'heure.

— Qu'est-ce qu'ils ont raconté sur moi ?

Il hésita.

— Je ne devrais vraiment pas vous en dire plus.

Noah était une véritable mine d'informations, et je ne souhaitais pas l'épuiser. Alors que Declan refusait à présent de répondre à mes questions, le jeune assistant de laboratoire avait l'air ravi de coopérer.

En réalité, je trouvais qu'il paraissait un peu solitaire. Il ne devait pas y avoir grand monde à vouloir bavarder dans le coin.

— Allez, l'encourageai-je en tâchant d'afficher un semblant de sourire amical. J'ai le droit de savoir, non ?

— Je suis d'accord. (Il se mordilla les lèvres tandis qu'il y réfléchissait.) D'après Carson, la douleur et les crises sont dus au fait que votre corps essaie de rejeter le sérum.

Je frissonnai.

— Mais qu'est-ce que je peux faire ?

— Carson a envoyé quelqu'un chercher un médicament qu'ils ont créé, qui devrait vous aider. Il sert à purifier le sang. C'est censé être un traitement universel contre tous les empoisonnements du sang de ce genre. S'il ne fonctionne pas, alors l'étape suivante sera probablement une bonne vieille dialyse.

Enfin quelque chose de familier.

— Et pourquoi on n'essaie pas ça d'abord ?

— Parce que la Belladone, eh bien… elle n'est pas complètement… stable.

— Parce que c'est une substance issue de la recherche xénochimique ? demandai-je en répétant le terme utilisé par Carson un peu plus tôt.

— Exactement. C'est le côté « xéno » qui complique tout. Le poison a été développé pour lutter contre des êtres surnaturels. Un médecin normal ne saurait pas du tout comment traiter votre problème, croyez-moi.

Au moins, il confirmait ce qu'on m'avait déjà expliqué : me rendre à l'hôpital ne m'aiderait pas.

Mille autres questions se bousculaient dans ma tête.

— Donc on a créé la Belladone pour tuer Matthias. Pourquoi maintenant ?

Les bras croisés, Noah arpentait la pièce.

— Le docteur Gray pense que Matthias en a assez de vivre sous la surface de la terre et qu'il est prêt à venir rendre visite aux humains.

— Et dans ce cas, qu'est-ce qui se passerait ?

— Vous avez déjà entendu les mots « apocalypse vampire » ?

Je frémis en imaginant le chaos qui régnerait si tout ce que j'avais appris depuis la veille était rendu public. Même si je parvenais à me débarrasser de ce poison et que tout se terminait bien, je savais que mon monde avait été transformé à jamais.

— Et elle veut l'arrêter avant que ça n'arrive.

— Exactement. Elle y consacre tous ses efforts.

— Et ce dhampire, au sous-sol ? Il est là depuis longtemps ?

Sa mine devint encore plus soucieuse.

— En réalité, il y a deux bébés… et un troisième qui ne devrait pas tarder, grâce à l'autre grand projet du docteur Gray.

J'écarquillai les yeux.

— C'était un bébé ?

— Les bébés dhampires ne sont pas comme les humains. Ils grandissent très, très vite.

— Mais Declan…

— Declan est différent. Son type de dhampire est plus rare. Ils sont vraiment uniques. Le docteur Gray essaie de déterminer pourquoi certains dhampires naissent comme Declan et les autres… non.

— Un caprice de la nature ?

— Peut-être. J'ai une théorie, mais je ne risque pas de la partager avec le docteur Gray : elle m'ignore complètement.

— Et c'est quoi ?

— Les femmes vampires ne peuvent pas tomber enceintes ; il faut une mère humaine. Ça veut dire que le père est l'inconnu dans cette équation. Le spécimen qu'on a en bas avait un père vampire normal. Donc une mère humaine et un père vampire normal créent un dhampire monstrueux.

— Et Declan ?

— Sa mère était une humaine normale, mais son père était différent. Il était puissant, et très ancien. Nettement plus que les vampires ordinaires.

Je le dévisageai avec surprise.

— Vous connaissez l'identité de son père ?

— Bien sûr. (Noah hocha la tête d'un air lugubre.) C'était dans son fichier. Parfois, j'ouvre ceux que je ne suis pas censé lire.

— Qui est-ce ?

— Le seul et l'unique. (Noah haussa les épaules.) Matthias.

Chapitre 13

Matthias. Le roi.

Matthias était le héros de l'histoire sordide que Declan m'avait racontée. Il avait violé sa mère et l'avait laissée dans le coma, et elle était morte en le mettant au monde.

— Est-ce que… est-ce que Declan est au courant ? Que Matthias est son père ?

— Oui.

Pas étonnant qu'il ait réagi bizarrement quand les serfs de sang l'avaient mentionné la veille. À présent, je comprenais pourquoi. Ils travaillaient pour le vampire qu'il détestait plus que tout.

— Je dois partir, reprit Noah après avoir consulté sa montre. Je suis déjà resté trop longtemps. (Après s'être relevé, il se tourna vers moi.) Je viendrai de nouveau vous apporter vos repas demain. Si vous voulez d'autres romans, n'hésitez pas à me le dire.

Lorsqu'il ouvrit la porte, un petit chat tigré se glissa dans la chambre et se dirigea droit vers le lit.

— Molly ! s'exclama Noah. Qu'est-ce que tu fais là ?

Je soulevai le côté de la couette et m'agenouillai pour prendre l'animal dans mes bras. Il ne pesait pas plus de deux ou trois kilos. En me relevant, je vis que Declan se trouvait dans le couloir.

— Tu peux y aller, lança-t-il à Noah.

— Bien sûr. À plus tard, Jill.

Noah disparut, et Declan se tourna de nouveau vers moi.

La colère mal placée que j'avais ressentie à l'arrivée de Noah revint de plus belle.

— C'est à vous ?

— Elle est à moi, oui.

— Molly, c'est ça ?

Ma mâchoire était si crispée que j'avais de la peine à articuler.

Il fronça les sourcils.

— Comment vous le savez ?

Je haussai les épaules, contente de l'avoir déstabilisé.

— Noah me l'a dit.

— Noah parle trop.

Il restait dans l'encadrement de la porte.

Molly n'était pas le plus beau chat que j'aie jamais vu. Il lui manquait des touffes de fourrure, une de ses oreilles était à moitié arrachée et, comme Noah me l'avait expliqué, elle n'avait qu'un œil.

En vérité, elle était plutôt moche.

— Quand est-ce que vous allez enfin me laisser partir, Declan ? m'énervai-je.

— Bientôt.

— Mais quand ?

— Vous ne pouvez pas être patiente ?

— Il semblerait que non. Carson a dit que vous ne me retiendriez que deux jours.

— Ça ne fait pas encore deux jours.

— Mais c'était avant qu'il me serve sur un plateau à votre invité aux longues dents ce matin.

— Et donc vous ne pouvez plus attendre ?

— Je veux m'en aller. Maintenant.

— Il n'en est pas question.

La rage qui bouillonnait dans mes veines me donnait envie de lui hurler dessus. Apparemment, j'avais plus de mal à feindre l'amabilité avec lui qu'avec Noah. Naturellement, le fait que j'appréciais réellement Noah y était certainement pour quelque chose.

— Alors prenez votre stupide chat éclopé et foutez-moi la paix.

Au moment où je prononçai ces mots, l'animal se raidit et se débattit pour bondir par terre, m'enfonçant au passage ses griffes acérées dans l'avant-bras. Il se frotta contre la jambe de Declan, un geste étonnamment affectueux vu la violence avec laquelle il m'avait griffée à l'instant, puis détala dans le couloir. Je lançai un coup d'œil à la porte : Declan n'avait pas pris la peine de la fermer. Il savait sans doute que je ne risquais pas de m'échapper alors qu'il se trouvait en travers de mon chemin.

J'appuyai ma main sur la blessure, mais elle saignait déjà. Declan me rejoignit.

— Laissez-moi regarder.

Il me saisit le bras et le tourna, puis siffla entre ses dents à la vue du sang.

J'essayai de me libérer, mais il me tenait fermement pendant qu'il examinait ma dernière blessure en date. Exactement comme sur les lèvres du vampire le matin même, mon sang était d'une couleur inhabituelle. Alors qu'auparavant il avait été rouge vif – comme chez n'importe qui –, à présent il était plus foncé, presque bordeaux. C'était comme s'il s'était mélangé avec la substance noire que je continuais à vomir de temps à autre.

Declan resserra sa prise sur mon bras.

— Quoi ? demandai-je.

Sa respiration s'était accélérée.

— Vous devez nettoyer ça et mettre un pansement immédiatement.

— Alors vous allez devoir me lâcher.

— Exact.

Mais il ne bougea pas d'un poil.

— Il est… étonnamment difficile pour moi de résister. Je n'aurais pas dû m'approcher de vous. Pendant une minute, j'ai cessé de réfléchir.

Il était tenté par mon étrange sang. Il avait déjà expliqué qu'il avait du mal à résister à mon odeur ; mais cela s'était produit alors qu'il ne prenait plus son sérum. Peut-être qu'à cette distance, celui-ci perdait de son efficacité. De mon côté, je ne sentais rien, mais je n'étais pas un dhampire.

L'égratignure n'était même pas sérieuse, mais elle suffisait à faire ressortir sa part vampire. Pendant un moment, je souhaitai qu'il se penche et goûte mon sang. Il avait détruit ma vie ; pourquoi ne détruirais-je pas la sienne ?

— Reprenez-vous, aboyai-je au bout de quelques secondes. Vous me dégoûtez, espèce de sale monstre.

Son œil gris passa instantanément de mon bras à mon visage. Mon ton cinglant avait été aussi efficace qu'une gifle.

Il me lâcha si brusquement que je faillis tomber à la renverse, car j'étais toujours en train de lutter pour me dégager.

— Bonne nuit, Jillian.

Il tourna les talons et sortit de la chambre.

Cette fois, je ne pleurai pas ; il y avait du progrès, songeai-je. Au lieu de ça, je passai le reste de la nuit à réfléchir au moyen de fuir cet enfer.

Le lendemain, Noah arriva pile à l'heure pour le petit déjeuner et le déjeuner. À midi, il ajouta même une fleur dans un vase sur mon plateau-repas. Il resta me parler quelques minutes, mais il n'en savait pas plus sur l'antidote ou sur ce qui se tramait au sous-sol. Il m'indiqua tout de même que depuis mon charmant entretien avec un vampire la veille, il y avait eu de nombreuses réunions auxquelles il n'avait pas été convié.

Quand je lui avais dit que j'avais eu deux crises pendant la nuit, il n'avait pas pu retenir une grimace. Il n'était pas sans cœur, je devais le reconnaître. Avec suffisamment de temps, j'aurais sans doute pu le convaincre de m'aider.

Malheureusement, le temps me faisait cruellement défaut.

La dernière crise m'avait plus affaiblie que jamais, et je m'étais prise à prier pour une mort qui n'était pas venue me délivrer. Ce n'avait pas été un moment très réjouissant.

Pendant nos discussions amicales, j'avais remarqué que Noah jouait d'un geste nerveux avec des clés qui se trouvaient dans sa poche. J'orientai la conversation sur les voitures ; j'avais observé par le passé que c'était l'un des sujets favoris de nombreux hommes. Noah ne faisait pas exception. Il me parla de sa Mustang rouge flambant neuve, qui était un poil trop voyante lorsqu'il allait s'occuper du ravitaillement dans une ville un peu plus grosse à une trentaine de kilomètres à l'ouest de Silver Ridge.

Tout cela était captivant.

Je n'avais pas encore revu Declan, mais je restais hantée par la lueur que j'avais aperçue dans son œil lorsqu'il avait contemplé la griffure que son chat m'avait infligée. Il était à moitié vampire, après tout. Peut-être que j'avais eu tort. Peut-être qu'il devait continuer à prendre son sérum.

Par ailleurs, je supposais que Carson ne voudrait sans doute plus m'aider si je réduisais en cendres son arme parfaite – ce robot sans émotions ni désirs qui lui servait de fils – simplement parce qu'il n'avait pas pu résister à mon charme vénéneux.

Un robot sans émotions. C'était ce que Declan était, n'est-ce pas ? Pourtant, je ne pouvais m'empêcher de revoir sa réaction lorsque je l'avais insulté. Je l'avais traité de sale monstre, et sur le moment je l'avais pensé. Mais l'expression qui s'était peinte sur son visage balafré m'avait fait me demander pendant une minute si je l'avais blessé.

Comme si c'était possible.

Les couteaux et les balles pouvaient le blesser, mais je doutais fort qu'il en soit de même pour de simples paroles.

Je passai mon jeudi à attendre. J'attendis des nouvelles de l'antidote. J'attendis que quelqu'un me dise ce qui se passait réellement. J'attendis que Declan réapparaisse. Et pour finir, lorsque toute cette attente ne déboucha sur aucune nouvelle réponse, j'attendis l'arrivée de mon dîner.

Les mains prises par le plateau-repas, Noah poussa la porte de l'épaule. Je sentis qu'il m'avait apporté un gratin de macaronis. C'était un de mes plats préférés. Il avança de quelques pas, puis regarda autour de lui.

Je m'étais cachée derrière la porte pour qu'il ne me voie pas.

— Jill ?

— Je suis désolée, Noah.

— Hein ?

Il se retourna, et je le frappai avec l'assise de la chaise en bois que j'avais utilisée pour essayer de briser la vitre. Il se la prit en plein dans la tempe. Le plateau s'écrasa au sol, et Noah le suivit une fraction de seconde plus tard.

— Oh, mon Dieu…

Je retins un cri. Je n'avais pas voulu le blesser, mais je n'avais pas d'autre choix. Heureusement, un coup avait suffi ; Noah avait l'air assommé. Pendant quelques instants, j'eus peur de l'avoir tué, et je vérifiai son pouls. Son cœur battait toujours. C'était bon signe.

Après avoir pris les clés dans sa poche et un peu d'argent dans son portefeuille, je me tournai vers la porte, qui était restée entrebâillée. Je me glissai dans le couloir et la refermai derrière moi. J'ignorais combien de temps s'écoulerait avant que Noah reprenne connaissance, mais je savais que je devais me dépêcher de sortir de la maison et de trouver sa voiture. Ensuite, je rentrerais à San Diego, je me rendrais à l'hôpital et je demanderais une dialyse. Declan avait dit que ce n'était pas une bonne idée, que ça risquait d'empirer les choses, et que de toute manière les médecins ne seraient pas capables de m'aider. Mais je me foutais bien de son avis. Peu importait ce que je devais faire, j'allais me débrouiller et résoudre le problème moi-même. J'en avais assez d'attendre que quelqu'un d'autre me sauve. J'allais me sauver toute seule.

Je dégringolai l'escalier si rapidement que je dus me retenir à la rampe pour ne pas tomber. Après avoir tâtonné un peu pour déverrouiller la porte d'entrée, je sortis enfin, et m'arrêtai un instant pour respirer. L'air du soir était chaud. En restant dans l'ombre – ce qui n'était pas difficile, car c'était le crépuscule –, je me dépêchai de contourner la maison et débouchai sur un petit parking.

La Mustang de Noah était là. Ça allait fonctionner. J'allais conduire aussi vite que je pouvais. Sans un regard en arrière.

Je cherchai en tremblant la bonne clé parmi les six que Noah avait enfilées sur son porte-clés. Lorsque je la trouvai enfin, l'objet glissa de mes mains moites et tomba par terre. Je jurai et m'agenouillai, tâtonnant pour le retrouver dans l'obscurité. Ensuite, je me relevai précipitamment et introduisis la clé dans la serrure.

Je m'apprêtais à monter dans la voiture lorsque je sentis une main se refermer sur mon épaule et me tirer brusquement en arrière.

Chapitre 14

— Mais qu'est-ce que vous foutez ? gronda Declan.

Je luttai contre lui – ou, du moins, j'essayai –, mais cette fois il n'était pas disposé à se laisser frapper sans réagir. Il me saisit les poignets si rudement que j'eus peur qu'ils se brisent, et je poussai un cri de douleur.

— Lâchez-moi !

— Vous avez une idée des risques que vous prenez en vous baladant toute seule comme ça ?

— Je crois que j'en ai une petite idée, oui.

— Je ne crois pas, moi. Je crois que vous êtes complètement inconsciente.

Tout en tenant fermement mes deux poignets d'une seule main, il commença à me tirer vers la maison ; déséquilibrée, je faillis m'étaler par terre.

J'essayai de me dégager, mais il me serrait trop fort.

— Non ! Vous devez me laisser partir !

— Faux.

Et alors que j'avais été sur le point de m'échapper de cette maison dans laquelle on me gardait prisonnière depuis presque deux jours, j'étais de retour à la case départ. Declan me traîna sans un mot dans l'escalier.

Dans la chambre, Noah était en train de reprendre connaissance. Après s'être redressé péniblement en se tâtant la tête du bout des doigts, il nous regarda d'un air perdu.

— Qu'est-ce qui s'est passé, bon sang ? demanda-t-il.

— Je t'avais dit de ne pas baisser ta garde en sa présence, fulmina Declan en lui lançant les clés qu'il m'avait reprises.

On dirait que tu ne m'as pas écouté. Elle a failli s'échapper avec ta voiture.

— Ma voiture ? (L'air désorienté, Noah se tourna vers moi.) Vous m'avez frappé ?

Même si je n'avais aucune envie d'éprouver cela, je me sentais un peu coupable d'avoir attaqué Noah. Je choisis de ne pas lui répondre.

— Regardez-moi ce chantier, s'exclama-t-il en voyant les assiettes en mille morceaux et le dîner que je n'avais pas touché étalés sur le sol.

Il se mit à nettoyer les dégâts.

— Laisse tomber, lui intima Declan. Et sors.

— Mais…

— Sors, Noah. Jillian et moi allons avoir une petite conversation.

Ça ne présageait rien de bon.

Noah me regarda de nouveau et, à la place du reproche, je lus la pitié dans ses yeux. Franchement, j'aurais préféré qu'il soit en rogne contre moi à cause de ma tentative d'évasion, plutôt qu'il compatisse parce que je m'étais fait reprendre. Je n'avais pas besoin qu'on s'apitoie sur mon sort ; je m'en chargeais très bien toute seule.

Après son départ, Declan referma la porte et se tourna vers moi. Il avait l'air furieux. Ce qui était étrange, sachant que d'habitude son visage était dénué de toute expression.

— Qu'est-ce que vous foutez ? répéta-t-il.

Je déglutis avant de lui répondre :

— J'essaie de survivre.

— Et quitter cette maison où nous vous gardons en sécurité, au risque d'être attaquée dehors – ou pire –, ça vous paraît une bonne idée ?

— J'ai été attaquée dehors, vous avez raison. Par vous.

Il poussa un soupir exaspéré.

— J'aurais pitié de votre ignorance si vos actes ne montraient pas l'étendue de votre stupidité.

—Je suis stupide, répétai-je, parce que je suis prête à me bouger pour rester en vie ? Parce que j'en ai marre de moisir ici ?

Il s'approcha de moi, et je vis le feu qui brûlait dans son œil gris habituellement glacé.

—Nous essayons de vous aider. Vous ne le comprenez pas ?

Je m'esclaffai avant de répliquer d'un ton cinglant :

—Allez vous faire foutre, Declan. Si c'est ça votre aide, je crois que je préfère mourir.

—Mon père est en train de chercher un moyen de vous aider en ce moment même.

—Peut-être que je n'ai pas envie de placer toute ma confiance en votre cher père, rétorquai-je avec tout le mépris dont j'étais capable.

—Le monde ne tourne pas autour de vous, Jill. C'est malheureux que vous vous soyez retrouvée embarquée dans cette histoire, mais il y a des choses bien plus importantes en jeu que votre petite personne.

—Des choses plus importantes… comme assassiner votre vrai père, par exemple ?

Declan tressaillit et recula d'un pas, un air d'incompréhension sur le visage. Puis son regard se durcit.

—Noah vous a raconté.

Je ne répondis pas.

—Noah et sa grande gueule… Un de ces quatre, il va lui arriver des bricoles.

—Et vous n'y serez pas étranger, je me trompe ?

Il se mit à arpenter la pièce. Il semblait agité.

—C'est plus que probable.

Je lui jetai un coup d'œil, mal à l'aise. Son humeur du moment me déroutait.

—Vous pouvez peut-être m'éclairer sur quelques points. Ce sérum Belladone a été développé spécialement contre Matthias, c'est bien ça ?

— C'est la cible principale, mais la Belladone est censée fonctionner sur tous les vampires.

— Et ce plan vous convient ? Si Matthias est vraiment votre père, je veux dire ?

Il s'immobilisa et me lança un regard perçant.

— Oui. Il me convient à merveille. Détruire Matthias est mon objectif. Au-delà du fait qu'il est responsable de la mort de ma mère, il représente une menace directe pour la vie humaine, et son pouvoir ne cesse de croître. Il doit mourir.

Eh bien, c'était clair et net.

— Qu'est-ce qui vous arrive ? demandai-je.

Il fronça les sourcils.

— Pardon ?

— Vous vous comportez… bizarrement.

— Ah oui ?

— Est-ce que vous vous injectez bien votre sérum toutes les trois heures ?

Il pencha la tête sur le côté, et ses lèvres s'étirèrent en un sourire sardonique.

— Eh bien, Jill, si ce n'était pas le cas, vous auriez encore plus de raisons de vous inquiéter d'être piégée dans cette chambre, seule en ma compagnie, n'est-ce pas ?

Je pris une profonde inspiration.

— Est-ce un oui ou un non ?

Comme par enchantement, l'alarme de sa montre se déclencha à cet instant précis, retentissant bruyamment dans le silence de la pièce avant que Declan l'éteigne. Cependant, il n'esquissa pas un geste pour sortir la petite trousse qui contenait la seringue et les fioles de son sérum.

— Seigneur, murmurai-je au bout d'un moment. Vous avez cessé de le prendre, n'est-ce pas ?

Il ne répondit pas tout de suite. Puis il m'adressa un sourire mauvais.

— Vous êtes tellement perspicace, Jill. C'est fou comme vous me connaissez bien après si peu de temps.

Le sarcasme me fit l'effet d'une gifle.

— Quand est-ce que vous avez effectué votre dernière injection ?

Soudain, j'avais du mal à empêcher ma voix de trembler.

— Quelques minutes avant qu'on vous présente à Tobias.

— C'était il y a presque trente-six heures, m'exclamai-je après un rapide calcul.

— C'est exact.

— Pourquoi vous avez arrêté ?

Il mit si longtemps à répondre que mon malaise s'accrut encore.

— Pour une expérience. Je n'aurais jamais cru que j'y participerais, et encore moins par choix. Mais ce que vous m'avez dit hier sur les effets du sérum… eh bien, ça m'a fait réfléchir. Ce qui nous amène au moment présent. Je n'avais jamais passé aussi longtemps sans une dose.

— Et ?

— Le sérum n'agit plus sur moi à l'heure qu'il est.

— Carson est au courant ?

— Non. Mais je ne l'ai pas beaucoup vu depuis hier, donc il n'a rien pu remarquer. Il est trop occupé.

— Si vous n'effectuez plus vos piqûres, pourquoi vous n'avez pas désactivé votre alarme ?

— Elle me rappelle que je devrais prendre le sérum. Que cette expérience est dangereuse.

— Comment vous vous sentez ? demandai-je avec circonspection.

— Je me sens… très conscient de tout ce qui m'entoure.

— Ça n'a pas l'air de vous faire très plaisir.

— Non, répondit-il en serrant les dents.

Je ressentis un élan de compassion.

— C'est douloureux ?

Son regard revint se fixer sur mon visage.

— D'une certaine manière.

— Est-ce que je peux vous aider ?

C'était incroyablement effrayant, mais aussi encourageant. Il avait cessé de prendre son sérum grâce à ce que je lui avais dit. Je me creusai la cervelle pour retrouver ce qui avait pu provoquer un tel déclic chez lui, mais je ne me rappelais pas mes paroles précisément.

J'avais été furieuse, et je lui avais reproché d'avoir permis à son père de m'utiliser comme un rat de laboratoire en m'enfermant avec un vampire affamé juste pour une expérience. Ensuite, j'avais ajouté quelques remarques cruelles auxquelles je ne tenais pas à repenser.

— M'aider ? répéta-t-il d'un ton ironique. Non, je crois que vous ne pourriez qu'empirer les choses. J'ai essayé de vous éviter autant que possible. C'est… douloureux pour moi de me trouver en votre présence.

— Douloureux ?

Sans jamais cesser de me regarder droit dans les yeux, il hocha la tête.

— Sans doute aussi douloureux que ça l'est pour vous de voir ma sale gueule en ce moment même.

Je me souvins alors de ce que j'avais dit la veille : je l'avais traité de sale monstre.

— Declan… Ce n'est pas ce que je voulais…

— Je ne me fais pas d'illusions sur ce qu'une femme comme vous peut penser de moi. Et vous avez été parfaitement claire quant au dégoût que je vous inspire. Tant que je ne m'approche pas de vous, ce n'est pas un problème. Mais hier, quand vous étiez en train de saigner… (Il déglutit.) Eh bien, là, c'est devenu un problème. Et ce soir… c'est une preuve de plus que je dois rester loin de vous ; et plus encore maintenant que je ne peux plus vous protéger.

— Me protéger de quoi ? Des vampires ? Noah m'a expliqué qu'ils n'étaient pas loin.

— Non, pas des vampires. (Declan avança et me saisit de nouveau le poignet, qu'il serra avec force.) De moi.

J'essayai de me libérer, mais il attrapa mon autre poignet pour m'empêcher de remuer.

— Je n'ai pas peur de vous, déclarai-je d'un ton ferme.

— Eh bien, vous devriez.

— Vous êtes différent de votre père biologique.

— J'aimerais pouvoir le croire, mais je n'en suis pas convaincu. Le sérum endormait mes désirs et me permettait de maîtriser mes pensées et mes actes, mais maintenant… je ne contrôle plus rien, Jill. Et nous courons tous les deux un risque en étant dans la même pièce.

— Mon sang est mortel pour les vampires, parvins-je à articuler. (Mon cœur tambourinait dans ma poitrine tandis que la panique commençait à m'envahir.) Vous êtes à moitié vampire. Si vous me mordez, ça risque de vous tuer.

— Non, Jill. (Le visage crispé, il m'attira à lui.) Ce n'est pas votre sang que je veux ce soir.

Il pressa sa bouche contre la mienne et lâcha mon poignet pour pouvoir plonger sa main dans mes cheveux. De son autre main, il empoigna mes fesses pour me serrer contre lui, suffisamment fort pour que je puisse sentir son érection, longue et dure contre mon ventre.

Voilà ce que le sérum interdisait. Ce désir inquiétant contre lequel il m'avait mise en garde lors du trajet qui nous avait menés ici. Celui qui lui donnait envie d'arracher tous mes vêtements et de s'enfoncer en moi.

Son baiser ardent était un peu brutal, mais je ne mis pas longtemps à le lui rendre. Je sentais le désir s'éveiller en moi, semblable à celui que j'avais commencé à ressentir lorsque nous nous étions trouvés seuls dans la voiture.

J'essayai de reculer un peu.

— Declan… attendez…

— Vous voyez ? gronda-t-il. Je suis comme ça. Exactement comme mon père.

— Non, je…

Je ne pus pas terminer ma phrase : il m'embrassait de nouveau. Mais je n'allais pas lui demander d'arrêter. Je ne voulais pas qu'il arrête. Je voulais simplement lui dire qu'il n'était pas son père. Sa mère avait été une victime, mais ce n'était pas mon cas.

Moi aussi, j'avais envie de lui. Tellement. Mais, en le voyant m'arracher mes vêtements n'importe comment, je compris qu'il ne se maîtrisait plus. Si j'avais vu juste, le sérum l'avait empêché d'avoir une vie sexuelle jusque-là. Théorie confirmée par ses tentatives maladroites pour me déshabiller.

Pourtant, lorsqu'il passa une main sous la ceinture de mon jogging lâche et la glissa entre mes jambes, je cessai de raisonner de manière aussi cartésienne. Je ne pus retenir un léger gémissement en sentant ses doigts se promener sur ma peau, un son que Declan sembla interpréter comme un cri de protestation.

— Est-ce que vous êtes enfin convaincue ? murmura-t-il d'une voix rauque à mon oreille tandis qu'il me caressait sans retenue et que j'enfonçais mes ongles dans ses bras. Sans le sérum, je ne suis qu'un monstre.

Si j'avais pu parler, je lui aurais dit qu'il se trompait. Que je le désirais de tout mon être. Que ses caresses suffisaient à me faire perdre la parole et à anéantir toute ma volonté.

De toute manière, il aurait dû comprendre ce que je ressentais en voyant que je continuais à l'embrasser.

Mais je n'étais pas en état de parler, et même si cela avait été le cas, j'aurais été interrompue. Une sirène se mit à hurler, déchirant le silence. Entre mes jambes, la main de Declan se figea, et il tourna soudain la tête vers moi. Je vis son expression se transformer à mesure qu'il retrouvait sa lucidité. On aurait dit qu'on venait de lui jeter un verre d'eau glacée au visage.

— Oh non…, lâcha-t-il. Jill.

J'aurais préféré l'entendre dire « oh oui ». Mais malheureusement, ça ne semblait plus figurer au programme.

Il recula. À présent, il évitait mon regard.

— Je suis vraiment désolé, poursuivit-il.

— Qu'est-ce qui se passe ? demandai-je, hors d'haleine.

— Il y a un problème. Je dois y aller.

Il paraissait écrasé de culpabilité.

Je remis mes vêtements en place. Cela ne me prit pas longtemps, car Declan ne m'avait pas réellement déshabillée. Je baissai mon tee-shirt, puis remontai mon jogging avant de le nouer de nouveau au niveau de la ceinture. J'avais l'impression qu'on avait embrasé mon corps, puis qu'on l'avait abandonné à lui-même pour qu'il s'éteigne à petit feu. Je sentais au fond de moi un manque douloureux, comme un vide béant que je devais absolument combler.

J'entendis alors un autre bruit. Une sonnerie.

Declan sortit un nouveau téléphone portable de la poche de son jean et le porta à son oreille.

— Quoi ? (Sa voix tremblait, mais en écoutant parler son correspondant il se redressa.) À l'instant ? (Un court silence.) J'arrive tout de suite.

Il raccrocha et rangea le téléphone, puis dit sans me regarder :

— Le dhampire s'est échappé et a tué deux gardiens. Vous devez venir avec moi. Je vais vous conduire en lieu sûr.

Le dhampire s'était échappé ?

— Mais… je ne suis pas en sécurité ici ?

— Vous ne pouvez pas sortir de cette chambre, mais il est très facile d'y entrer. Carson craint que le dhampire sente votre odeur et vienne vous chercher.

La peur m'envahit.

— Mais, s'il me mord, ça va l'empoisonner, non ?

— Croyez-moi, Jill. Vous n'avez pas intérêt à ce que ce truc approche ses dents de vous. Il vous déchiquetterait la gorge avant même de commencer à se nourrir de votre sang.

— Seigneur. (Je frissonnai.) D'accord. Où va-t-on ?

Il se dirigea vers la porte et l'ouvrit. Il se déplaçait si vite qu'on aurait dit qu'il n'était pas humain... ce qui était le cas, bien sûr. Ensuite, il me prit la main et m'entraîna dans le couloir.

— Je vous emmène à la maison d'à côté. Elle comporte une cellule aux parois métalliques semblable à celle dans laquelle le dhampire était prisonnier.

— Mais je croyais qu'il avait réussi à s'en échapper ?

— C'est vrai. Mais si vous êtes là-dedans, il ne pourra pas sentir votre odeur.

— Et après, qu'est-ce que vous allez faire ?

— Après, je vais revenir ici et le tuer.

— Vous n'allez pas essayer de le capturer ?

Il me regarda, un air crispé sur le visage.

— Carson veut que je l'élimine. On ne peut pas dialoguer avec lui. Il n'a rien d'humain.

— Mais pourtant, il l'est à moitié. Exactement comme vous.

Il me tenait toujours par la main. À présent, nous étions dehors, et il marchait si vite que je faillis tomber.

Un cri strident abominable résonna dans la chaleur de l'air nocturne, et Declan se figea avant de tourner la tête en tous sens pour tenter de repérer d'où le son provenait.

— Merde, jura-t-il dans sa barbe. Comment il s'est débrouillé pour sortir ? Carson m'a dit qu'ils étaient parvenus à le bloquer au sous-sol, mais il a dû réussir à leur filer entre les pattes.

— C'est la première fois qu'un dhampire s'échappe ?

— Non. C'est rare, mais ça arrive. Le problème, c'est que les gardiens ne sont pas assez nombreux. Et ces créatures sont imprévisibles. Quand la porte de la cellule s'ouvre, on ne peut pas savoir ce qui va se passer. Je voudrais que le docteur Gray arrête ces expériences à la con une bonne fois pour toutes. Combien de personnes vont devoir mourir avant qu'elle comprenne qu'elles n'en valent pas la peine ?

J'entendis de nouveau le cri perçant du monstre.

—Il n'est pas loin, haletai-je.

Declan lâcha ma main et empoigna le couteau qu'il portait à la ceinture.

—Restez derrière moi.

—Mais, et si on essayait de…

—C'est trop tard.

Il avait raison. Nous n'avions plus le temps de rejoindre la maison d'à côté : la créature venait d'apparaître devant nous.

Elle sortit lentement de l'ombre du bâtiment. Noah m'avait dit qu'il s'agissait d'un bébé, mais qu'il avait grandi vite ; je n'avais pas trop su à quoi m'attendre. À un petit enfant avec des dents pointues et des yeux rouges, peut être.

Je m'étais trompée. Le dhampire ne ressemblait pas à un enfant. En fait, il n'avait pas du tout l'air humain.

Il ne dépassait pas un mètre cinquante, et avait une bosse dans le dos. Ses bras et ses doigts étaient longs et fins, et ses jambes étaient courtes. Bien qu'il ne porte pas de vêtements, j'étais incapable de déterminer s'il s'agissait d'un mâle ou d'une femelle, car des plis de peau flasque pendaient sur ses organes génitaux – à supposer qu'il en eût, bien sûr. Son estomac était creux, et on distinguait aisément ses côtes à travers sa peau complètement dépourvue de poils. Celle-ci était si blanche qu'elle semblait briller dans l'obscurité. Juste sous la surface, des veines bleu foncé évoquaient une toile d'araignée qui se serait étendue sur tout son corps.

Ses grands yeux noirs étaient posés sur nous, et sa fine lèvre supérieure était retroussée, montrant des dents pointues. Il n'avait pas de canines à proprement parler, mais chacune de ses dents paraissait aussi aiguisée qu'une lame de rasoir.

On aurait dit une créature de film d'horreur. Inhumaine et affreuse.

C'était un monstre. Un dhampire.

Comme Declan.

Non, il n'était pas comme Declan. Cette chose n'avait rien à voir avec Declan.

Il poussa un sifflement et approcha. Il semblait renifler l'air. Carson avait raison : il pouvait me sentir. L'odeur de la Belladone dans mon sang l'attirait, telle la flamme tentant le papillon. J'enfonçai mes ongles dans le bras de Declan.

— Restez derrière moi, aboya-t-il.

Je lançai un coup d'œil à son couteau.

— Vous n'avez pas de pistolet ?

— Je ne pensais pas en avoir besoin ce soir. C'est une erreur qui ne se reproduira pas.

Des paupières translucides glissèrent sur ces gros yeux noirs, et la créature pencha la tête, comme si elle nous écoutait.

— Deccclannn, gémit-elle en levant un bras osseux dans notre direction.

Sa voix était stridente, et j'avais eu du mal à comprendre ce qu'elle disait.

— Il connaît votre nom, balbutiai-je, secouée.

— On dirait bien.

— Il a parlé. Il a dit quelque chose. Peut-être… peut-être que Carson se trompe. Peut-être qu'on peut le raisonner, après tout.

— Impossible. Vous croyez que c'est le premier dhampire que nous étudions ?

— Qu'est-il arrivé aux autres ?

— D'après vous ?

Il me força à reculer, puis saisit son couteau de la main droite.

— Noah m'a raconté qu'il y en avait un autre au sous-sol.

— Sans oublier une pauvre victime qui s'apprête à donner naissance à une autre de ces monstruosités. Cet étage est comme une nursery venue tout droit de l'enfer. Le docteur Gray est persuadée que ses recherches sur les hybrides d'humains et de vampires aideront à éliminer ces derniers. Je ne suis pas convaincu.

Le dhampire ne me lâchait pas des yeux, et il levait à présent ses deux bras comme s'il voulait les tendre vers moi.

— Ce n'est qu'un bébé, plaidai-je alors que je commençais à ressentir une pitié presque inexplicable pour cette étrange et laide créature.

— Un bébé qui a déjà tué deux gardiens et qui a encore dans la bouche le goût du sang humain. À l'heure actuelle, il ne pense qu'à se nourrir. Repartez dans la maison et trouvez Carson. Je vais retenir ce monstre.

Ma compassion pour cette créature singulière ne dura pas longtemps. Un instant plus tard, le dhampire se projeta dans les airs, comme s'il était capable de voler, et il renversa Declan. Je hurlai lorsqu'il me saisit par les épaules et me souleva, me faisant atterrir violemment sur le dos. Il s'était agrippé à moi, et je sentais ses griffes s'enfoncer douloureusement dans la chair de mes bras.

Ses lèvres blanches se retroussèrent, dévoilant ses horribles dents, et je vis de la salive dégouliner de sa langue noire tandis qu'il se penchait vers ma gorge.

Chapitre 15

Avant que le dhampire ait pu planter ses dents dans ma chair, Declan l'attrapa et le tira en arrière. Le monstre semblait frêle, mais en réalité il était rapide et puissant. Toujours au sol, je reculai précipitamment tandis qu'il lâchait de nouveau un cri assourdissant.

J'avais peur qu'il ait le dessus, qu'il blesse Declan, mais quelques instants plus tard je vis un éclair d'argent dans l'air, et Declan plongea la lame du couteau dans la poitrine du dhampire. Celui-ci hurla, un son aigu et insoutenable, comme des ongles sur un tableau noir. Puis le silence retomba. Il n'explosa pas dans un nuage de cendres incandescentes, comme un vampire, mais je savais qu'il était mort.

Quelques personnes s'approchèrent soudain de nous, parmi lesquelles Carson.

— Bon travail, dit-il à Declan, d'une voix si calme que je sentis monter en moi une bouffée de colère.

Après m'avoir lancé un rapide coup d'œil, il ordonna :

— Ramène-la à l'étage. Nous allons nous occuper du corps.

Accroupi au-dessus du dhampire, Declan hocha la tête et se releva, laissant son couteau planté dans la poitrine de la créature. Puis il m'empoigna par le bras et me guida de nouveau vers la maison, dans le couloir, et dans l'escalier qui menait à ma chambre.

— Ça va ? lui demandai-je d'une voix tremblante.

Il ne répondit pas, mais il respirait péniblement, comme s'il venait de courir un marathon. Vu comme il était résistant, j'avais du mal à croire que tuer le dhampire avait suffi à l'essouffler. Je le fis pivoter pour pouvoir observer son visage. Il gardait son œil obstinément fixé sur le sol.

— Je dois y aller, marmonna-t-il.

La souffrance était perceptible dans sa voix.

— Declan, qu'est-ce qu'il y a ?

Il grimaça avant de lever la tête pour me regarder.

— Je n'aime pas me sentir comme ça.

— Comment ?

— Cette créature. Je l'ai tuée. Je l'ai tuée sans hésiter, alors que c'était un dhampire, comme moi.

— Vous avez dit vous-même qu'elle n'avait rien à voir avec vous.

— La différence n'est pas si grande. Elle avait une mère humaine et un père vampire, exactement comme moi. Sauf qu'elle a terminé empalée sur mon couteau, et ce n'est pas la première fois que je me charge d'un boulot de ce genre. Mais je déteste le fait que je commence à douter de moi-même.

— C'était la seule solution.

— Une créature qui ne pense qu'à se nourrir et se laisse dominer par ses désirs funestes. On dirait exactement ce en quoi je suis en train de me transformer. (Il secoua la tête.) Carson m'avait prévenu. Je n'aurais jamais dû cesser de prendre mon sérum. Si en être privé m'inspire ce genre de réaction, je ne peux que reconnaître qu'il avait raison.

— Parce que, sans sérum, vous vous sentez coupable d'avoir tué ce dhampire ? C'est ça que vous voulez dire ?

— Entre autres.

— Vous préférez ressembler à un robot programmé pour tuer plutôt que d'éprouver du remords ?

— Je crois, oui.

— C'est juste parce que c'est ce dont vous avez l'habitude. Mais ça ne veut pas dire que ce soit bien.

— Carson ne m'aurait pas prescrit un traitement inutile.

— Carson vous a bourré de médicaments pour neutraliser votre côté vampire. C'est une bonne chose que vous ne preniez plus votre sérum. Ça vous donne une chance de vivre réellement, plutôt que de vous contenter d'exister.

Il secoua la tête.

— Vous vous trompez. Je dois rectifier le tir tant qu'il en est encore temps.

Il fouilla dans sa poche et en sortit une trousse identique à celle que j'avais remise aux serfs de sang deux jours plus tôt. Je la lui arrachai des mains.

Il me dévisagea avec surprise.

— Rendez-moi ça.

— Non.

— Jill…

— Vous savez qu'avant, vous m'appeliez « Jillian » ?

Il me lança un regard exaspéré.

— Quel rapport ?

— Après notre rencontre peu orthodoxe, je vous ai dit que mes amis m'appelaient Jill. Et vous m'avez appelée Jill jusqu'à ce que vous recommenciez à vous injecter le sérum.

— Où voulez-vous en venir ?

Je serrai les dents. Qu'étais-je en train d'essayer de lui dire ? Que je voulais qu'il pense à moi comme à une amie, en dépit de tout ce qui s'était passé ?

— Écoutez… Je ne sais pas où je veux en venir. Mais je ne crois pas que vous devriez recommencer à prendre votre sérum. Je pense que vous devriez vous accorder une chance.

— Une chance de me transformer en un monstre comme celui qui a failli vous tuer il y a quelques minutes ?

— Vous n'avez rien à voir avec cette créature, répondis-je d'un ton ferme.

— Un horrible dhampire assoiffé de sang qui veut vous dévorer. Je trouve que nous avons beaucoup en commun, au contraire.

— Vous n'avez rien d'horrible. Et quant à vos envies de me dévorer, on peut en discuter.

Il fronça les sourcils, puis tendit la main.

— Rendez-moi cette trousse. Maintenant.

— Non.

— Je peux vous la reprendre facilement.

— J'en suis certaine. Mais je veux que vous me promettiez de ne pas recommencer vos piqûres.

— Ça suffit, Jill. Ces petits jeux ne m'amusent pas.

— Ce n'est pas un jeu pour moi.

Mais il ne m'écoutait pas. Il m'attrapa le bras et saisit la trousse avec autant de facilité que si j'avais été un nouveau-né. Après tout, il était bien plus fort que moi.

— Avec le sérum, je n'essaierai plus de vous blesser, dit-il.

— De me blesser ? (Je fronçai les sourcils.) Vous parlez de ce qui s'est passé avant le déclenchement de la sirène ?

Son visage s'assombrit.

— Une preuve de plus que j'ai raison.

Je secouai la tête.

— Franchement. Vous ne croyez pas du tout en vous, hein ?

— Mais de quoi est-ce que vous parlez ?

Je m'avançai et posai les mains à plat sur son torse. Il se raidit, puis recula jusqu'à être adossé contre la porte.

— Tu es quelqu'un de très frustrant, Declan Reyes, soupirai-je. Tu le sais ?

— Jillian…

— « Jill ». D'accord ? Et arrête de me vouvoyer.

— C'est dangereux de me toucher.

— Pour qui ? Toi ou moi ?

— Pour… toi.

— Alors pourquoi est-ce que c'est toi qui as l'air terrorisé ?

— Tu sais ce que j'ai essayé de te faire tout à l'heure. Si la sirène ne m'avait pas interrompu…

— Ah. Bien sûr.

À travers son tee-shirt, je sentais son pouls s'accélérer. Il était presque aussi rapide que le mien. Je tâchai d'oublier le dhampire que nous avions laissé dehors pour me concentrer sur celui qui se trouvait devant moi ; il était frustrant, mais bien plus intéressant.

— C'est vrai que tu n'as jamais été avec une femme ?

Il déglutit péniblement.

— C'est trop dangereux. Mon sérum…

— Ton sérum est une excuse parfaite pour tenir les gens à distance. Donc c'est non ?

Il eut l'air peiné.

— Noah est incapable de la fermer.

— Tu ne le découvres que maintenant ?

L'espace d'un instant, je crus le voir rougir, mais il recommença à plaider :

— On a plus important à penser pour l'instant, Jill. Je dois m'injecter mon sérum sans attendre.

— Lâche-moi avec ton sérum. (Je lui repris la trousse des mains et la lançai loin de nous.) Et je suis d'accord. On a plus important à penser. Comme ce dont tu as parlé l'autre jour dans la voiture.

Oubliant mes derniers doutes, je fis glisser ma main sur son torse, jusqu'à cet impressionnant renflement dans son jean.

— Je crois que tu as mentionné une envie de me prendre pendant que je hurlais ton prénom ?

Il lâcha un soupir accablé.

— Jill, s'il te plaît…

— Tu ne devrais vraiment pas dire des choses pareilles à une femme lorsqu'elle se sent vulnérable, tu sais. C'est le genre de proposition qui devient vite obsédante, surtout quand on se retrouve enfermée seule dans une chambre pendant plusieurs jours.

— Pas la peine de t'apitoyer sur mon sort. Tu n'es pas obligée de te dévouer pour sortir le « sale monstre » de sa misère sexuelle.

— Le « sale monstre », répétai-je. C'est vrai, j'ai employé ces mots. Quand je t'ai vu pour la première fois, j'ai été terrifiée, je l'admets. En même temps, tu ne passes pas vraiment inaperçu. Disons simplement que depuis, j'ai appris à apprécier ta singularité. Ces cicatrices sont la preuve de ton courage. De ton héroïsme. Et ça les rend extrêmement belles. Ça te rend beau.

Je relevai son tee-shirt pour découvrir son ventre plat, sur lequel se détachait la profonde cicatrice laissée par un vampire qui avait essayé de le poignarder. Je la caressai du bout des doigts avant de me pencher et de l'effleurer de mes lèvres.

Il expira bruyamment.

— Jill… on ne peut pas faire ça.

— Je ne suis pas d'accord. Pas d'accord du tout, même.

— Tu ne me connais pas. Tu ne m'as rencontré que depuis quelques jours.

— C'est vrai. Mais je te connais mieux que tu ne le crois. Tu as cessé de t'injecter le sérum pour pouvoir ressentir quelque chose, même si l'idée t'effraie. N'ai-je pas raison ?

Il fronça les sourcils, comme si ma question le faisait souffrir, puis hocha la tête une fois sans répondre.

— Alors ressens quelque chose.

Je lui pris le visage entre mes mains et pressai ma bouche contre la sienne.

Il leva les bras pour que je puisse lui enlever son tee-shirt, dévoilant son torse musclé couvert de cicatrices, puis me regarda avec circonspection alors que je commençais à embrasser toutes ses anciennes blessures – comme si je pouvais effacer sa souffrance passée grâce à la douceur de mes lèvres.

Tandis que j'explorais sa poitrine, promenant ma langue sur ses tétons et son estomac, il entortilla ses doigts dans mes cheveux.

Declan pensait que je ne le connaissais pas, mais il se trompait. C'était un homme bien qui était passé par les pires souffrances – tant physiques que psychiques – sans qu'on lui laisse le moindre choix. Et il devait revivre son martyre chaque fois qu'il se voyait dans une glace. Je voulais qu'il oublie ce calvaire, même si ce n'était que pour quelques minutes.

Cependant, je n'agissais pas de manière complètement désintéressée. J'avais vraiment envie de lui. C'était le cas depuis que nous avions quitté le restaurant où la vampire m'avait attaquée. Le désir m'avait rongée de l'intérieur jusqu'à ce que je ne puisse plus nier ce que je ressentais pour Declan.

Dans l'océan d'incertitude qu'était devenue ma vie, il était vraiment agréable d'avoir un but.

Je frottai doucement mes lèvres contre les siennes avant de l'embrasser à pleine bouche. Il hésita un petit moment, puis me rendit mon baiser, et un gémissement s'échappa de sa gorge. À présent, ses mains étaient autour de ma taille et ses doigts s'enfonçaient dans ma chair tandis que nos langues glissaient lentement l'une contre l'autre et qu'un désir ardent enflammait mon bas-ventre.

Je me débrouillai pour déboutonner son jean et descendre sa fermeture Éclair, de sorte que lorsque je m'accroupis, je pus le prendre immédiatement dans ma bouche. Cela suffit à lui faire lâcher un grognement rauque, qui ne sonnait pas complètement humain, je devais l'admettre… mais j'étais prête à le laisser passer pour cette fois.

—Jill, parvint-il à articuler. S'il te plaît… tu… tu me fais perdre la tête.

Dans sa voix, je discernais l'excitation, mais aussi l'inquiétude. Il craignait de perdre le contrôle et de me blesser.

— Aie confiance en toi, lui murmurai-je tandis que je me relevais lentement. Tu ne me fais pas peur. Et j'ai tellement envie de toi que je crois que c'est moi qui vais perdre la tête.

Je le guidai vers mon lit et l'y poussai. Là, je terminai de lui ôter son jean ainsi que ses bottes. Étendu devant moi dans toute sa gloire, il était magnifique.

— Qu'est-ce que tu veux ? demandai-je. Moi, ou une dose de ton sérum ?

Il me regarda, un intense désir peint sur le visage.

— Toi. Je te veux toi.

J'enlevai mon débardeur ample, puis mon bas de survêtement et ma culotte en coton. Ensuite, je grimpai sur le lit et m'allongeai sur lui, frottant tout mon corps contre son érection.

— Moi aussi je te veux, chuchotai-je. Tellement… tu n'imagines pas à quel point…

Je commençai à descendre centimètre par centimètre pour le prendre en moi, jusqu'à ce que je le contienne tout entier. Il était gâté par la nature, et je ressentis une légère gêne le temps que mon corps s'habitue et s'adapte à son calibre. Puis je saisis ses mains et les posai sur mes seins.

— Tu vois ? haletai-je. Ce n'est pas si mal, si ?

Je me mis à effectuer un mouvement de va-et-vient, et il gémit.

— Oh mon Dieu… Jill… c'est… si… bon…

Je souris, mais je commençais à perdre pied. Je parvenais à peine à me concentrer tant la sensation était intense. Il était en moi. Le dhampire.

Mon ravisseur. Mon protecteur. Mon ennemi. Mon ami.

Il n'avait rien du monstre qu'il pensait être. Un monstre n'aurait jamais pu m'inspirer de telles émotions. En réalité, avant Declan, aucun autre homme ne m'avait rien fait ressentir de tel.

Je penchai la tête pour pouvoir murmurer à son oreille, et mes tétons durcis frôlèrent son torse.

— Tu vois, tu n'étais pas en train de devenir fou tout à l'heure. Tu voulais juste ça.

— Toi, rectifia-t-il. Je te voulais, toi.

Mes lèvres trouvèrent les siennes, et je l'embrassai de nouveau, me perdant dans ces sensations incroyables : son corps contre le mien… son corps dans le mien.

Puis il plaça ses mains sur mon dos et nous fit rouler de manière à se retrouver sur le dessus. Dans cette position, il pouvait s'enfoncer encore plus profondément en moi.

Il apprenait vite.

Je poussai un cri alors qu'une vague de plaisir m'emportait, et m'accrochai à ses épaules. J'espérai désespérément que je n'étais pas en train de créer de nouvelles cicatrices en le griffant avec mes ongles.

— Je n'avais jamais pensé…

Il ne put terminer sa phrase. Un instant plus tard, il jura, puis grogna mon nom tandis que ses coups de reins redoublaient de vitesse et d'intensité. Tout son corps vibrait. Je ne le lâchai plus jusqu'à ce que je le sente jouir en moi.

Pendant un moment, il resta si immobile que je me demandai s'il s'était endormi. Mais ensuite, je sentis de nouveau sa bouche sur la mienne, pour un baiser brûlant qui me laissa pantelante et prête à repartir de plus belle.

— Qu'est-ce que tu allais dire ? demandai-je en lui caressant le visage.

Du bout des doigts, je dessinai le contour de son bandeau noir.

— Quoi ? murmura-t-il contre mes lèvres.

— Tu as dit « Je n'avais jamais pensé », mais tu n'as pas fini ta phrase.

— Je n'avais jamais pensé que je pourrais avoir droit à ça. (Puis il fronça les sourcils.) Je t'ai fait mal ?

— Non. (Je lui souris.) Et moi ?

Il esquissa un rictus.

— Ça a été.

À cet instant, son téléphone portable sonna, et l'expression détendue qu'il avait arborée pendant quelques secondes disparut.

— C'est sûrement Carson qui se demande où je suis passé.

— Tu vas lui expliquer que tu t'es tapé la prisonnière et que celle-ci s'est montrée très coopérative ?

La suggestion me valut un regard sévère. Je lâchai un petit rire.

Declan se pencha par-dessus le côté du lit, récupéra son téléphone et le porta à son oreille.

— Oui ?

Je lui caressai le dos. Comment aurais-je pu penser qu'il était laid ? À présent, il n'y avait plus rien chez Declan Reyes que je trouve repoussant.

Waouh. Je venais de dépuceler un tueur dhampire de vingt-huit ans. Ce n'était pas quelque chose dont je pouvais me vanter tous les jours.

Il se redressa, le dos raide.

— Très bien. On arrive tout de suite.

Il raccrocha.

— Quoi ? demandai-je.

Il me regarda par-dessus son épaule.

— Carson veut nous voir. Tous les deux. Maintenant.

— À quel sujet ?

— Il ne l'a pas précisé. Mais ça avait l'air important.

— Tu vas lui dire que tu as arrêté de prendre le sérum ?

— Je ne suis pas encore tout à fait certain d'avoir eu raison.

— Declan…

— Je vais le garder sur moi, juste au cas où.

Il se pencha pour ramasser son jean et commença à se rhabiller.

— D'accord.

Tant qu'il ne s'injectait pas le produit, ça ne me dérangeait pas qu'il s'accroche à sa trousse comme à un doudou ou à un porte-bonheur. Je glissai mes mains sur ses larges épaules, puis sur son torse nu.

— Tu es sûr qu'on doit y aller maintenant ? demandai-je. Ça ne peut pas attendre juste un petit peu ?

Il retint un sourire.

— Ce serait sans doute mieux de ne pas faire attendre Carson.

— Embrasse-moi une dernière fois, et je viendrai avec toi sans plus discuter.

Il se tourna vers moi et chercha mon regard, comme s'il redoutait une mauvaise surprise. S'il pensait que j'allais reculer en le traitant de monstre, il se trompait : devant lui ne se trouvait qu'une femme extatique et qui ne regrettait rien.

Il m'attira à lui et effleura mes lèvres des siennes avant de m'embrasser à pleine bouche.

— Est-ce que je m'améliore ? demanda-t-il au bout d'un moment.

— Absolument. Même s'il reste encore beaucoup de travail.

— Ça tombe bien, je suis dur à la tâche.

— Je l'espère.

Après un autre baiser enflammé, il recula avant de ramasser les vêtements que j'avais jetés par terre et de me les apporter. Puis il me regarda d'un air soucieux.

— Quand est-ce que la Belladone t'a rendue malade pour la dernière fois ?

— Cet après-midi.

— Et depuis, ça a été ?

— Plus ou moins, oui.

— Je sais que tu n'apprécies pas Carson, mais il essaie de trouver une solution pour te guérir. Et je crois qu'il en est capable. Pas la peine de réessayer de t'enfuir.

— Je m'en souviendrai. Mais je réserve mon jugement jusqu'à ce que je voie ce qu'il nous veut à présent.

Je remis le bas de survêtement et le débardeur tandis que Declan ramassait son tee-shirt près de la porte. La foi qu'il avait en Carson me stupéfiait. Je n'aimais pas ce type, n'avais aucune confiance en lui, et pourtant j'étais censée attendre qu'il prononce une déclaration officielle sur la manière dont il comptait me sauver la vie.

J'en avais assez d'attendre.

— Jill, je crois que nous devrions nous abstenir de parler à Carson de ce qui vient de se passer entre nous, reprit Declan.

Je levai un sourcil.

— Tu en as honte ?

— Non, bien sûr que non. Mais il ne comprendrait pas. S'il apprend que ma dernière piqûre remonte à trente-six heures, il va s'inquiéter. Tu es optimiste quant à l'issue de cette expérience, mais il a plus tendance à être pessimiste.

— Et s'il découvrait que nous avons couché ensemble…

— Il saurait tout de suite ce que ça signifie. Si j'avais continué à prendre mon sérum, ce ne serait jamais arrivé.

— D'accord. Je ne dirai rien. Ce qui se passe entre ton père adoptif et toi ne me regarde pas, après tout. Je me soucie surtout de ses plans pour moi.

C'était très simple. Si je n'obtenais pas les réponses que je voulais, j'exigerais qu'ils me relâchent sans condition. Et je voulais pouvoir passer cet appel qu'on m'avait promis lorsque nous étions arrivés ici deux jours plus tôt. J'étais persuadée que la solution à mon problème n'était plus très loin. Il fallait que ce poison cesse de couler dans mes veines.

J'avais attendu bien assez longtemps.

Chapitre 16

— Asseyez-vous, s'il vous plaît, dit Carson.

Declan et moi étions redescendus au laboratoire du sous-sol où l'on m'avait examinée deux jours plus tôt. Plusieurs dossiers étaient étalés sur une longue table en métal.

Je restai debout.

Le docteur Gray était également présente.

— Comment vous sentez-vous, Jillian ?

— En ce moment ? Ça va. Sachant que vous m'avez enfermée avec un vampire affamé hier, et qu'un de vos adorables petits bébés dhampires a failli me déchiqueter la gorge il y a quelques minutes, ça va. Je respire encore.

Je ne faisais plus d'efforts pour paraître conciliante.

La scientifique tressaillit, et son sourire disparut.

— Je suis vraiment désolée pour tout ça, Jillian. Sincèrement.

Je me demandai s'ils pouvaient voir que j'arrivais tout droit du septième ciel, ou sentir l'odeur de Declan sur moi. Je le souhaitais presque. Carson lui avait fait prendre ce sérum pendant si longtemps sans jamais tester comment il réagirait si on le sevrait d'un médicament si puissant qu'il changeait complètement son comportement et sa personnalité. Considérait-il vraiment Declan comme son fils, ou simplement comme un soldat impitoyable qui suivait ses ordres sans broncher ?

Declan avait dit qu'il allait me protéger, mais, à présent, je ressentais le besoin de le protéger, lui. Cependant, je devais me souvenir que j'étais une bleue. Une civile. Je ne connaissais pas leur mode de fonctionnement, et j'ignorais à quel point leurs plans étaient cruciaux pour l'avenir de l'humanité. Ma rancune importait peu en regard de la possibilité d'une « apocalypse vampire », pour reprendre le terme que Noah avait employé la veille.

Je me tenais à côté de Declan, presque à le toucher. Je respectais son souhait de ne pas révéler notre rapprochement, même si je sentais encore l'empreinte de ses mains sur mon corps, comme une marque au fer rouge.

Je n'arrivais toujours pas à croire à la rapidité avec laquelle j'étais passée de la haine au désir. Je n'avais pas l'habitude d'être aussi directe, mais il ne m'avait pas laissé le choix. Et j'étais d'avis que lorsqu'on veut quelque chose, il ne faut pas hésiter à y aller à fond – surtout que l'objet de mon désir ne s'était pas fait prier.

En revanche, j'ignorais comment Declan pourrait faire partie de ma vie lorsque je serais guérie et que je retournerais à mon quotidien. Je n'avais pas envie d'y songer pour le moment, car je savais déjà que ce n'était pas possible. Et que cela ne le serait jamais.

À cette pensée, je sentis une boule douloureuse se former dans ma gorge.

—Avez-vous souffert de nouveau des effets secondaires de la Belladone ? me demanda Carson.

—Pas au cours des dernières heures.

—Mais votre corps a essayé de rejeter le sérum plus tôt dans la journée ?

—Oui. Deux fois. Et les deux fois j'ai eu l'impression que j'allais crever. (Je plissai les yeux.) Sans compter que je n'apprécie pas qu'on m'enferme comme une criminelle ou qu'on m'utilise comme appât pour vampire dans le simple but de prouver une théorie.

—Vous voulez que je vous présente des excuses ? s'enquit-il d'un ton égal.

Je n'aimais vraiment pas ce type.

— Pour commencer. Et ensuite, je veux des réponses. Ça me changerait.

Je sursautai en sentant la main du docteur Gray se poser sur la mienne et la presser.

— Carson ne vous a pas très bien traitée jusqu'à présent. (Elle se tourna vers lui.) Je ne laisserai plus arriver de choses de ce genre sans le consentement explicite de Jillian. C'est compris ?

Il soutint son regard un moment avant d'acquiescer.

— Bien.

La patronne ordonnait et les hommes obéissaient. Ça me plaisait assez.

— Asseyez-vous, Jillian, je vous en prie, reprit-elle.

Je jetai un coup d'œil à Declan, qui hocha la tête de manière presque imperceptible. Je m'installai à la table à côté du docteur Gray.

— Comment votre petit sujet d'expérimentation dhampire s'est-il échappé ? demandai-je sans chercher à me montrer aimable.

Le docteur Gray et Carson échangèrent un regard.

— J'ai le droit de savoir. Il a failli me tuer.

J'étais encore profondément bouleversée par l'incident.

Le docteur Gray joignit les mains devant elle.

— J'ai bien peur qu'il n'y ait pas d'autre explication que l'incompétence. Le gardien chargé de surveiller les cellules ce soir lui a apporté à manger. Le dhampire l'a attaqué, et une fois qu'il a goûté son sang, il est devenu incontrôlable. Un second gardien qui a essayé de se mettre en travers de son chemin a aussi été tué. C'est un rappel on ne peut plus clair : il ne faut jamais sous-estimer un dhampire.

Je frissonnai à l'idée que deux hommes étaient morts.

— Declan aussi est un dhampire. Est-ce que vous le sous-estimez ?

— Declan est différent. (Elle le regarda d'un œil froid.) Un exemple rarissime et précieux de ce qui est possible lorsque l'union d'un vampire et d'une humaine se produit sous les meilleurs auspices. Il bénéficie de toute la puissance d'un vampire, mais aussi de capacités de raisonnement et de qualités humaines. Il compte beaucoup pour nous.

— Si vous le dites.

— Vous ne me croyez pas ? insista-t-elle.

— Ce que je crois n'a pas d'importance.

— Vous vous trompez. Votre avis a de la valeur pour nous, Jillian.

— Pourquoi ? Vous ne me connaissez même pas.

— Je sais que vous êtes une femme très courageuse. Et que vous avez une grande force morale, qui vous a permis d'affronter cette situation malheureuse.

— Je ne suis ni courageuse ni forte.

— Si. Plus que vous le croyez. Et c'est pour cette raison que nous devons vous parler de quelque chose.

Elle jeta de nouveau un coup d'œil à Carson, qui avait croisé les mains devant lui. Ses lèvres étaient plissées, et il avait l'air tendu.

Les sourcils légèrement froncés, Declan écoutait la conversation avec une grande attention.

— De quoi est-ce que vous voulez me parler ? demandai-je. De cet antidote que vous m'avez promis, j'espère.

— Nous l'avons reçu.

Je laissai échapper une exclamation de surprise en entendant cette réponse si rapide.

— C'est vrai ?

Elle hocha la tête.

— Oui. Nous l'avons fait venir directement d'un laboratoire new-yorkais. Il n'est arrivé que depuis une heure. Il s'agit d'un sérum développé spécialement pour purifier du sang qui est entré en contact avec des toxines créées grâce aux méthodes xénochimiques. On l'a déjà utilisé avec succès dans le passé, et je suis certaine qu'il sera efficace aussi pour vous.

Chaque mot qu'elle prononçait augmentait mon soulagement. C'était ma réponse, enfin. Je n'arrivais pas à croire qu'elle confirmait réellement que mes espoirs n'avaient pas été vains.

— Merci. Vous n'avez pas la moindre idée de ce que ça représente pour moi.

Elle referma de nouveau sa main tiède sur la mienne.

— Avant que je vous donne l'antidote, vous devez savoir certaines choses. Et prendre certaines décisions.

Declan eut l'air surpris.

— Quel genre de décisions ? questionna-t-il.

Le docteur Gray attrapa l'un des dossiers posés devant elle.

— Jillian, que savez-vous de la situation actuelle avec les vampires ?

— Je sais qu'ils ressemblent aux humains jusqu'à ce qu'ils aient faim. Que je les attire à cause de mon sang. Et qu'ensuite, ils se transforment en monstres.

Je frissonnai en repensant à la femme dans le restaurant, et à Tobias dans la cellule du sous-sol.

— Je sais aussi que ce programme de recherche est basé ici, à Silver Ridge, parce que la ville est proche du cœur du clan de Matthias.

— Comment le savez-vous ? demanda Carson d'un ton mécontent. C'est Declan qui vous l'a dit ?

— Non, ce n'est pas lui.

Je me mordis la lèvre. Je ne voulais pas révéler ma source, car j'ignorais s'il risquait d'avoir des ennuis.

— C'est moi, intervint Noah en entrant dans la pièce, un dossier à la main. Désolé. J'étais en train d'écouter votre conversation. J'imagine que c'est le bon moment pour sortir de ma cachette, avant que mes oreilles se mettent à siffler.

Sur le côté de son front, une marque rouge indiquait l'endroit où je l'avais frappé avec la chaise un peu plus tôt. Je sentis une pointe de remords me mordre l'estomac.

— Vous n'étiez pas autorisé à lui révéler quoi que ce soit, Noah, dit Carson avec sévérité.

— Elle avait le droit de savoir.

— Ça n'a pas d'importance, trancha le docteur Gray. Si vous n'aviez pas expliqué cela à Jillian, je m'en serais chargée moi-même.

Noah eut tout de suite l'air soulagé que ses bavardages n'aient pas de conséquences fâcheuses cette fois. Il me lança un coup d'œil et sourit en se frottant la tête.

— Vous feriez une super joueuse de base-ball, vous savez. Vous m'avez fait voir trente-six chandelles.

Je me mordis la lèvre.

— Je suis vraiment désolée, Noah.

Il haussa les épaules.

— J'en aurais sans doute fait autant à votre place, donc ne vous prenez pas la tête. C'est oublié. En même temps, il est possible que je sois victime d'une légère amnésie.

Je lui rendis son sourire, mais mes lèvres tremblaient. J'étais sur les nerfs. Pourquoi le docteur Gray ne m'injectait-elle pas ce mystérieux antidote, pour qu'on en finisse une bonne fois pour toutes ?

— Les histoires d'horreur sur les vampires peuvent attendre. Quand mon sang sera redevenu normal, je serai ravie d'écouter tout ce que vous voulez me raconter.

— Un petit moment, s'il vous plaît. (Elle lissa la première page du dossier posé devant elle.) D'abord, je dois vous parler de Kristoff. Le précédent roi.

Je la regardai d'un air sceptique.

— Pourquoi ?

— Sous son règne, les vampires ne faisaient pas de vagues. À cause de leur aversion pour le soleil et de leur besoin de sang humain, ils ne peuvent pas s'intégrer dans notre société, mais certains avaient malgré tout réussi à survivre sous la surface de la terre pendant de nombreuses années.

J'essayai d'être patiente.

— Combien de temps ?

— Des siècles. Peut-être même des millénaires. Personne ne sait avec précision où et quand le premier vampire est né. En revanche, nous savons qu'ils peuvent choisir des humains auxquels ils vont délibérément inoculer un virus avec leur venin afin de créer un nouveau vampire. C'est comme ça qu'ils se reproduisent, puisque les femelles sont stériles. Les mâles ne peuvent procréer qu'avec des femmes humaines.

— Et c'est pour ça que vous effectuez ces… ces expériences sur les bébés dhampires ici ? Dans ce laboratoire ?

Il valait mieux que j'emploie le mot « laboratoire » plutôt que celui qui me venait spontanément à l'esprit : « foire aux monstres ».

Elle hocha la tête.

— Le corps des femelles vampires ne leur permet pas de mener une grossesse à terme. Les mâles, quant à eux, peuvent féconder des humaines. Cependant, la proportion de naissances de dhampires est négligeable. Lorsqu'ils veulent se reproduire, les vampires choisissent plutôt d'utiliser leur venin pour transformer une victime humaine en l'un des leurs.

Je tâchai de ne pas prêter attention à la chair de poule que ce petit exposé effroyable me donnait. Carson ne disait plus rien, laissant sa patronne parler.

— Je ne comprends toujours pas pourquoi vous me racontez tout ça.

Je gardais Declan dans le coin de mon champ de vision. Ça m'aidait à me sentir un peu mieux.

Se tordant les mains, le docteur Gray se leva et commença à marcher de long en large devant la table. Noah dut reculer pour lui laisser de l'espace.

— Pendant très longtemps, les vampires ont été peu nombreux, et ils ne s'approchaient pas des humains, parce qu'ils étaient gouvernés par Kristoff, qui respectait la vie humaine.

— C'est pour cette raison que peu de gens connaissaient leur existence, expliqua Carson. Nous avons beaucoup de chance que le docteur Gray soit là pour mener le projet Belladone. Personne n'en sait davantage qu'elle sur le sujet.

Je fronçai les sourcils.

— Donc, si vous travaillez sur ce « projet Belladone », ça veut dire que quelque chose a changé. Matthias est roi maintenant, c'est ça ?

— C'est exact, reprit le docteur Gray. Il y a environ trente ans, Matthias en a eu assez des règles strictes de Kristoff, qui régentaient sa vie et son comportement, et il a réussi à mettre fin à son règne. On murmure qu'il l'a emprisonné dans un caveau qui n'a pas été rouvert depuis lors.

— Donc Kristoff est mort ?

— Les vampires sont immortels. Ils n'ont pas besoin de nourriture ou d'eau pour survivre. Mais après avoir passé aussi longtemps sans boire de sang, il est peut-être entré dans un état catatonique, si son corps essaie de préserver son énergie vitale. (Elle prit une profonde inspiration.) La rumeur dit que Matthias compte quitter son royaume souterrain pour notre monde bientôt. Et ce ne serait que le début. Il veut transformer autant d'humains que possible en vampires. Et quand le rapport de force sera suffisamment en sa faveur… je crains que la vie humaine telle que nous la connaissons disparaisse à jamais. Il ne nous laisserait la vie sauve que pour nous utiliser comme une source de nourriture. Nous deviendrions des esclaves.

— Bon sang, murmurai-je.

Noah me regarda, l'air de dire : « Vous voyez ? Je vous l'avais bien dit. »

Une apocalypse vampire. À présent, je comprenais de quoi il avait voulu parler. Cette pensée me glaçait le sang.

— Donc vous avez créé le sérum Belladone pour arrêter Matthias, résumai-je.

— Exactement. Comme il est roi, il se méfie des tentatives d'assassinat. Il n'est entouré que de quelques serfs en qui il a confiance. Il n'est pas remonté à la surface depuis des années. Il est très dangereux, très puissant, et il peut manipuler mentalement les pensées et le comportement des humains. À cause de cela, il est presque impossible de l'approcher.

— « Presque » ?

— Nous avons un agent qui a réussi à infiltrer le clan de Matthias. Nous l'avions choisie pour le détruire à l'aide de la Belladone. Malheureusement, le sérum a été compromis quand Anderson vous l'a injecté, expliqua le docteur Gray d'un air soucieux. J'avais espéré vaincre Matthias avant qu'il mette son plan à exécution.

— Mais... pourquoi vous ne prenez pas mon sang pour l'utiliser quand même ?

— J'ai bien peur que ce ne soit pas possible. Dès qu'on l'expose à l'air ambiant, le sérum perd toute son efficacité. Vos prélèvements nous ont permis de confirmer cette théorie.

Après avoir assisté à l'une de leurs expériences en personne la veille, je ne voulais pas savoir comment ils étaient parvenus à cette conclusion.

— Alors comment votre agent était-elle censée utiliser la Belladone ?

— Elle devait tirer parti du talon d'Achille de Matthias, si vous me passez l'expression, intervint Carson. Il est fort, puissant et sans pitié. Il tue sans hésiter. Cependant, il a au moins une faiblesse connue.

— Quoi ? demanda Noah. (Puis il se racla la gorge.) Désolé, je suis curieux.

— Nous sommes au courant, répliqua Carson d'un ton las. Votre enthousiasme est à la fois votre plus grande qualité et votre pire défaut.

— Quelle est la faiblesse de Matthias ? questionnai-je à mon tour.

Le docteur Gray revint s'asseoir à côté de moi.

— La même que celle de nombreux hommes : les femmes. En particulier les femmes humaines. Comme il a choisi de rester sous la surface, il n'a accès qu'à celles qu'on lui amène spécialement. Il a pour habitude d'en faire à la fois ses amantes et ses serves de sang – et ce, qu'elles le veuillent ou non.

Je ne pus m'empêcher de regarder Declan, et vis qu'il avait blêmi et que ses poings étaient serrés. Je ne savais que trop bien ce que Matthias avait fait à sa mère. Il semblait effectivement que le roi avait un léger problème avec le beau sexe.

À l'inverse, « Cruella », la serve de sang de l'autre jour, n'avait pas eu l'air de vouloir se plaindre de son sort. Quand elle avait parlé de Matthias, ses yeux avaient été emplis d'adoration. Apparemment, elle était devenue une victime consentante.

Le docteur Gray poursuivit :

— Le sérum devait être injecté à notre agent. Elle vit sous terre, dans le clan de Matthias, depuis environ un an. L'objectif était qu'il boive son sang ; cela l'aurait immédiatement anéanti.

Je mis un petit moment à comprendre ce qu'elle expliquait.

— Donc, tout du long, le plan était d'injecter la Belladone à quelqu'un ?

— En effet.

La colère m'envahit.

— Pourquoi personne ne m'a dit ça ? J'ai cru pendant tout ce temps qu'un équivalent de la mort-aux-rats se baladait dans mes veines, alors que votre but était d'inoculer le sérum à quelqu'un depuis le départ ? Je pensais que vous alliez le pulvériser sur une arme, ou… ou utiliser son odeur pour attirer le vampire dans un genre de piège.

Le docteur Gray eut l'air peinée.

— Nous aurions dû vous expliquer tout cela plus tôt. C'était une erreur. Je suis désolée que vous vous soyez inquiétée plus que nécessaire.

Je me tournai vers Declan.

— Tu étais au courant ?

Il secoua la tête.

— Je savais seulement qu'il s'agissait d'une toxine mortelle destinée à éliminer les vampires. On ne m'avait rien dit de plus.

J'examinai son visage pour essayer de deviner s'il mentait. Après tout, c'était lui qui m'avait affirmé le premier que j'avais été empoisonnée et que j'allais en mourir. C'était principalement pour ça que j'avais été aussi terrifiée – suffisamment pour venir chercher de l'aide ici.

— Donc ce n'est pas vraiment un poison ? repris-je.

— Si, corrigea le docteur Gray. Et il est dangereux et instable. Ce qui vous est arrivé n'était pas prévu. Le sérum devait être administré dans un environnement contrôlé, afin que nous puissions surveiller d'éventuelles complications.

Cette merde devait être injectée à quelqu'un d'autre. Si tout s'était passé selon leur plan, leur agent aurait été en train de subir cette torture à ma place.

Ça ne m'aidait pas à me sentir mieux. En réalité, ça me démoralisait encore plus.

Le produit n'avait pas été testé. On m'utilisait comme un rat de laboratoire à qui personne n'avait demandé son avis.

Je palpai mon cou. J'avais enlevé le pansement un peu plus tôt, et les bleus s'estompaient déjà. Les marques de morsure résultant de l'attaque de Tobias avaient aussi commencé à cicatriser avec rapidité.

Du poison. Ils ne le niaient pas. J'aurais été plus inquiète si je n'avais pas su qu'ils disposaient à présent de l'antidote.

Carson se leva, et sa chaise glissa en arrière.

— Malheureusement, nos plans de départ sont tombés à l'eau quand Anderson a commis l'erreur de vous attaquer, vous plaçant dans cette situation très délicate. Il s'est débrouillé pour ruiner à lui seul des années de travail et réduire à néant nos chances d'éliminer Matthias une fois pour toutes.

— Ses actions n'ont pas saboté tous nos efforts, rectifia le docteur Gray. La perte du dernier échantillon de poison est un contretemps, en effet, mais le vrai problème est qu'il a été abattu. S'il avait été encore en vie, il aurait pu recréer le sérum. Mais maintenant ce n'est plus possible, n'est-ce pas ?

Le silence plana un moment tandis que la tension dans la pièce s'accroissait encore.

— J'ai fait ce que j'avais à faire, répliqua Declan d'un ton sec. Anderson a sorti une arme…

— Et vous avez eu raison de lui tirer dessus, oui, l'interrompit-elle avec agacement. Mais vous n'auriez pas dû le tuer. C'était stupide et irresponsable. Cependant, je ne peux pas dire que je sois surprise, vu votre penchant pour la violence.

Alors que, lorsqu'il prenait son sérum, Declan aurait certainement accepté ce blâme sans broncher, à présent il avait l'air furieux. Il serra les dents et fusilla la scientifique du regard, mais ne répondit pas.

— Declan a appris à tirer pour tuer, intervint Carson. Il n'a rien à se reprocher.

— Je ne suis pas d'accord. (Elle pinça les lèvres.) Toutefois, cet échec n'est pas ce qui nous préoccupe pour l'instant.

Cette dispute et le cours d'histoire qui avait précédé ne faisaient que retarder l'inévitable. Je commençais à perdre patience.

— Écoutez. Je suis vraiment désolée que vos plans n'aient pas abouti, mais je ne comprends pas du tout ce que ça a à voir avec moi. La Belladone est en train de me tuer. J'en suis sûre.

Le docteur Gray demeura silencieuse un moment.

— Nous ignorons comment le sérum réagit lorsqu'il reste longtemps dans le corps d'un humain. Il n'était pas encore prêt à être utilisé. Nous n'avions pas pu effectuer de tests, car Anderson travaillait dans le plus grand secret. Il était connu pour son excentricité, mais cette trahison… (Elle secoua la tête.) Je ne comprends toujours pas ce qui s'est passé, mais cela ne change rien à ce que nous devons faire maintenant.

Je croisai les bras.

— L'un de vos agents s'était porté volontaire pour recevoir le poison, et Matthias devait mourir en buvant son sang, ce qui aurait éliminé toute menace pour la vie humaine.

— Oui, c'est bien ça.

Cette seule idée me donnait des frissons.

— Une mission plutôt dangereuse.

— Ça aurait fonctionné, m'assura le docteur Gray en se relevant. Ça fonctionnerait encore.

— Oh, mon Dieu ! s'exclama Noah sur ma gauche. Vous voulez que Jill s'en charge, pas vrai ?

Je me tournai vers lui.

— Mais de quoi est-ce que vous parlez ?

— Je… (Il referma la bouche.) Vous… vous pensez… (Les yeux écarquillés, il s'adressa à Carson.) Elle n'est qu'une civile, vous savez.

— Noah, laissez-nous maintenant, ordonna Carson avec rudesse. Cette conversation ne vous concerne pas.

Noah me lança un regard inquiet et parut sur le point de dire quelque chose, mais au lieu de cela il se détourna et sortit de la pièce.

— C'est vraiment votre plan ? s'enquit paisiblement Declan. Demander à Jill de se porter volontaire pour tuer Matthias ?

À présent, sa voix était aussi calme que lorsqu'il prenait son sérum en permanence. La colère qu'il avait manifestée un peu plus tôt semblait loin derrière lui.

Je regardai le docteur Gray, abasourdie.

Ses mains étaient serrées devant elle, et son visage crispé.

— Je le crains.

— Vous êtes cinglés ! m'exclamai-je.

Elle secoua la tête.

— Tous nos efforts sont concentrés sur un objectif, et cet objectif est d'éliminer Matthias. Lorsqu'il sera mort, les autres vampires seront plus faciles à exterminer. Et notre civilisation n'aura jamais besoin de savoir à quel point nous sommes passés près de l'extinction.

À mesure que je l'écoutais, ma gorge était de plus en plus nouée, rendant ma respiration pénible.

— Je ne peux pas vous aider.

— Vous en êtes capable, affirma-t-elle avec fermeté. Notre agent vous présentera à Matthias comme une serve de sang potentielle. Vous aurez accès directement au roi, qui n'a pas été vu à la surface depuis trente ans. En faisant cela, Jillian, vous allez sauver des millions de vies.

Je n'arrivais pas à parler. Je ne m'étais vraiment pas attendue qu'elle me demande une chose pareille. Je pensais qu'ils m'avaient appelée au labo pour me donner un antidote, pas pour me demander de les aider à assassiner un roi vampire.

Un silence pesant s'installa dans la pièce.

— Je… je ne sais pas, balbutiai-je.

— Vous n'aurez pas besoin d'entraînement pour cette mission, intervint Carson. Vous êtes déjà l'arme parfaite pour amener Matthias à sa perte.

Le docteur Gray sourit.

— Vous seriez une héroïne, Jillian. Et vous seriez largement récompensée de vos efforts.

Je la dévisageai.

— Vous allez me payer pour laisser Matthias boire mon sang ?

— C'est la moindre des choses. Ce sera à la fois un dédommagement pour la douleur et le stress que vous avez éprouvés jusqu'à maintenant, et une rémunération pour la mission que vous vous apprêtez à accomplir pour nous. Vous n'aurez plus jamais à vous soucier de votre compte en banque.

— Non, lâcha Declan.

Le docteur Gray se tourna vers lui.

— Pardon ?

Il avait croisé les bras, et le regard qu'il lui lançait à présent était aussi acéré que la plus tranchante des lames.

— Vous voulez qu'on l'emmène au cœur du repaire de Matthias, dont il est presque impossible de s'échapper. Elle doit placer sa confiance en une femme qu'elle ne connaît pas, qui vit avec Matthias et se le tape sans doute depuis plus d'une année. Et si Matthias succombe effectivement à la tentation du sang de Jill, elle doit encore réussir à sortir de là vivante ? Non. C'est trop dangereux.

— Tu ne sais pas de quoi tu parles, Declan, s'énerva le docteur Gray.

— J'en sais assez.

— Declan, dit prudemment Carson en échangeant un regard avec le docteur Gray. Peut-être que tu devrais aussi nous laisser. La manière dont tu t'exprimes… ça ne te ressemble pas du tout.

Declan ne bougea pas. Au lieu de cela, il se rapprocha de l'endroit où j'étais assise.

— Je reste.

— Je sais très bien ce que Matthias a fait à ta mère, reprit le docteur Gray. Mais cela n'a rien à voir avec ce plan.

— Je ne suis pas d'accord. Le passé nous a appris de quoi Matthias était capable. (Son visage se déformait sous l'effet de la colère qu'il parvenait à grand-peine à contenir.) Même moi, j'ai du mal à résister au sang de Jill, et je ne suis qu'à moitié vampire. Mais qu'est-ce qu'il lui ferait subir d'autre avant de plonger ses crocs dans sa chair ? Et nous avons aussi appris l'autre jour qu'il s'écoulait un peu de temps entre le moment où le vampire goûte le sang et celui où il meurt. Ça suffirait largement pour que Matthias tranche la gorge de Jill pour se venger d'avoir été assassiné.

— C'est dangereux, reconnut Carson. Mais le résultat vaut la peine de courir ces risques éventuels. Le docteur Gray ne suggérerait jamais une chose pareille si ce n'était pas absolument nécessaire.

C'était complètement surréaliste. Je m'attendais presque qu'ils se mettent à rire, me disent que tout ça n'était qu'une blague et m'administrent enfin l'antidote avant que nous trinquions tous ensemble.

Mais personne ne riait.

Le docteur Gray s'appuya contre le rebord de la table.

— Declan n'a pas entièrement tort, Jillian. Il est possible que vous deviez donner votre vie pour arrêter ce monstre sanguinaire.

Des larmes lui emplirent les yeux, et elle essuya rapidement sa joue du bout des doigts lorsque l'une d'elles se mit à couler.

— Nous sommes conscients que vous n'avez rien demandé à personne, mais à présent vous êtes concernée. Vous représentez notre espoir de vaincre Matthias une fois pour toutes. Cependant, le choix est entièrement entre vos mains.

— J'ai le choix ? répétai-je d'une voix tremblante.

— Bien sûr. Vous pouvez accepter que notre agent vous mène à Matthias…

— Quand ?

— D'ici quelques jours. Moins d'une semaine. Nous aurions besoin de nous assurer que vous pouvez infiltrer le clan sans éveiller de soupçons.

Une semaine à vivre. Je m'efforçai de ravaler ma peur du mieux que je pus.

— Et l'autre possibilité ?

— Nous pouvons vous administrer l'antidote, et vous rentrerez chez vous.

Je restai silencieuse un long moment, puis demandai :

— Et, dans ce cas, qu'est-ce qui arriverait à Matthias ?

Elle secoua la tête.

— Nous chercherions un nouveau xénochimiste pour développer un autre sérum, et je sais qu'en y consacrant assez de temps nous finirions par trouver une solution. Mais nous ignorons s'il ne sera pas déjà trop tard.

L'idée que j'étais leur dernier recours s'abattit sur moi comme une chape de plomb. J'avais le choix entre sacrifier ma vie pour les aider à tuer Matthias ou les laisser se débrouiller et risquer d'être responsable de l'extinction de la race humaine.

— Je… j'ai besoin d'y réfléchir, bredouillai-je.

— Bien sûr. Nous allons vous accorder un peu de temps pour prendre votre décision. (Carson se pencha par-dessus la table, le visage ridé par l'inquiétude et le stress.) Cependant, si vous deviez nous donner une réponse tout de suite, quelle serait-elle ?

Je ne me creusai pas la tête bien longtemps.

— Je refuserais. Je ne veux pas mourir. Et, d'après ce que vous me dites, ma mort ne garantirait pas celle de Matthias. Je ne suis pas prête à accepter de mourir pour une simple possibilité. Et même si votre plan était infaillible, je ne suis pas certaine que je serais prête à me sacrifier.

Des larmes se mirent à couler sur mes joues.

Je pensais que ma réponse allait les rendre furieux, mais il n'en fut rien. Carson recula dans sa chaise, hochant la tête comme s'il s'était attendu à cette réaction. Le docteur Gray était pâle, et elle avait l'air profondément abattue. Ils travaillaient à l'éradication des vampires depuis presque trente ans, après tout. Arriver si près du but et se retrouver à dépendre de quelqu'un comme moi ? Je n'aurais pas aimé être à leur place.

— Je comprends, dit-elle.

Elle se dirigea vers une mallette de l'autre côté de la pièce, et en sortit un petit étui en cuir noir identique à celui qui contenait le sérum de Declan, qu'elle me remit. En l'ouvrant, j'y découvris une fiole d'un liquide ambre foncé ainsi qu'une seringue.

— C'est l'antidote. Prenez-le si vous êtes certaine de vouloir refuser, et ayez la conscience tranquille : rien de tout cela n'est votre faute.

— Merci, répondis-je d'une voix étranglée.

On m'entendait à peine.

— Declan, intervint Carson. Ramène Jillian à l'étage pour qu'elle puisse réfléchir, s'il te plaît.

Declan hocha la tête, et je le sentis qui me prenait doucement par le bras pour me guider hors du laboratoire, dans l'escalier et jusqu'à ma chambre, où je pourrais décider de vivre avec la culpabilité de ma conduite égoïste ou de mourir entre les griffes d'un roi vampire.

Chapitre 17

— Qu'est-ce que je devrais faire, selon toi ? demandai-je à Declan une fois de retour dans ma chambre.

Son visage était crispé.

— Tu dois prendre l'antidote.

Je marchai jusqu'à la fenêtre incassable contre laquelle j'avais passé une demi-heure à m'acharner avec une chaise la veille, et contemplai les ténèbres au-dehors.

— Mais et si je…

— Jill, je t'en prie. Ce n'est même pas la peine d'y réfléchir. (Il s'approcha de moi et me fit pivoter pour pouvoir me regarder en face.) Ce n'est pas ton combat.

— Peut-être que c'était mon destin de recevoir cette injection de Belladone.

— Le docteur Gray… elle est extrêmement résolue à éliminer Matthias. Mais même elle parvient à voir à quel point il est inapproprié de te demander une chose pareille.

— Et Carson ?

— Il se concentre sur le même but. C'est sa principale raison d'être. (Il secoua la tête.) Cette mission a accaparé toute sa vie… si tant est qu'il en ait une à la base.

— Tu as l'air prêt à rendre ta carte de membre du fan-club.

— Ses intentions sont bonnes. Vraiment. Mais il voit tout en noir et blanc. J'étais pareil, jusqu'à il y a peu.

Je ne pouvais m'empêcher d'entendre la douleur dans sa voix. J'aurais voulu le soulager, mais, malgré toute la bonne volonté du monde, je ne pouvais pas vraiment effacer une vie entière de manque affectif. Bon sang, vu les circonstances, j'étais déjà surprise qu'il ait tourné aussi bien.

En même temps, son job consistait à tuer des gens.

Je posai l'étui contenant l'antidote au bord du lit. Le désespoir que j'avais commencé à ressentir dans le laboratoire m'envahit encore plus.

— Je ne sais vraiment pas quoi faire.

— Alors laisse-moi prendre la décision à ta place, lança-t-il d'un air farouche. Laisse-moi t'injecter ce produit tout de suite, et tu retourneras à la vie à laquelle je t'ai arrachée. Tu oublieras tout ça.

— Et je t'oublierai, toi ? demandai-je, une boule dans la gorge.

Il hocha la tête.

— C'est mieux comme ça. Et c'est ce que tu veux. Ne plus être mêlée à toutes ces histoires. Te réveiller de ce cauchemar. Et la réponse est juste là.

Il ramassa l'étui et l'ouvrit.

— Mais Matthias…

— On se chargera de Matthias. Ne va pas croire que la Belladone est la seule solution. On trouvera un autre moyen qui ne nécessite pas de t'envoyer à l'abattoir. (Son expression se durcit.) J'ai dit que je te protégerais, et c'est exactement ce que je vais faire, même si ça signifie que je ne pourrai plus jamais te revoir.

Je croisai son regard. Il était empreint de souffrance – la même souffrance qu'il pouvait sans doute lire dans mes propres yeux.

— Je ne sais pas.

— Alors écoute-moi un instant : ils se trompent sur toi. Tu es une civile sans aucun entraînement. Tu as du cran, et de la ténacité à revendre, mais je ne t'imagine pas descendant affronter un roi vampire dans les profondeurs de son repaire sans savoir si tu vas pouvoir en ressortir vivante. (Il secoua la tête.) Tu t'effondrerais sous la pression. Il verrait que tu es une taupe, et ordonnerait qu'on t'exécute avant même que tu aies pu le tenter avec ton sang. Et tous nos efforts auront été vains. Tu comprends ?

Je fronçai les sourcils.

— Tu me crois incapable de mener cette mission à bien ?

— Oui, répondit-il sans hésiter.

Je ne m'offusquai même pas de son manque de confiance en ma capacité à jouer les Mata Hari, car il avait parfaitement raison. Les scrupules que j'avais à prendre l'antidote s'évanouirent.

J'échouerais. Matthias survivrait, et je mourrais pour rien.

Declan avait dû lire le changement dans mes yeux, car son expression inquiète se détendit un peu.

— Bien. C'est réglé, alors.

— Donc je suis juste censée retourner à ma vie et faire comme si rien de tout ça ne m'était arrivé ? Alors que je suis au courant de la menace imminente de l'offensive de Matthias ?

— Tu oublieras. Il ne s'est écoulé que trois jours, après tout.

— Je ne t'oublierai pas, toi.

Il se détourna, de sorte qu'il ne me regardait plus en face.

— Donc tu es d'accord avec moi. Tu vas prendre l'antidote tout de suite.

— Oui, je suis d'accord.

Il n'attendit pas que je change d'avis de nouveau. Il sortit immédiatement la fiole de liquide ambré et remplit la seringue.

— On dirait que tu as l'habitude, commentai-je.

— Je n'ai accompli ces gestes que des milliers de fois.

Je baissai les yeux.

— C'est où, le mieux ?

— Dans le ventre. Ça fait moins mal. (Ses lèvres se contractèrent légèrement.) Ou dans les fesses. Je te laisse choisir.

— Allons-y pour le ventre.

— Détends-toi.

— C'est un mot dont j'ai oublié le sens cette semaine.

— Remonte ton tee-shirt.

— Oui, mon général.

Je retroussai mon débardeur pour dévoiler mon abdomen. Declan frotta la peau juste en dessous de mon nombril et, malgré mon anxiété, une onde de chaleur voyagea dans tout mon corps au contact de ses doigts alors que le souvenir de ce qui s'était passé entre nous à peine une heure auparavant me revenait.

— Là, ce sera bien. Ils m'ont expliqué tout à l'heure qu'il n'y avait pas besoin de piquer directement dans une veine. Le produit trouvera son chemin.

Il n'hésita pas, pensant peut-être que j'allais regretter ma décision et demander qu'on m'envoie à la rencontre de Matthias dans le prochain bus en direction du monde souterrain. Je sentis l'aiguille s'enfoncer dans ma chair, et retins mon souffle alors que Declan m'injectait l'antidote.

En une minute, j'allais passer de la mort à la vie.

— Merci.

Je posai une main sur son visage, puis le pris dans mes bras. Son corps solide comme un roc n'avait rien de tendre ; il était tout en angles, et ne comportait pas une once de graisse.

Il me caressa les cheveux, puis me serra doucement contre lui, comme s'il avait peur de me casser en deux.

— Quand le traitement aura agi et que tu te seras reposée, je te reconduirai à San Diego, murmura-t-il.

— Mais, et la police ? On ne te recherche pas ?

Il secoua la tête.

— Nous avons des hommes partout, y compris dans les forces de l'ordre. Le gouvernement a donné son accord pour nos recherches, mais ils aiment la discrétion. En cas d'incident, ils préfèrent étouffer l'affaire. Ce n'est pas la première fois que j'ai dû liquider quelqu'un dans un lieu public, mais en général personne n'en entend parler. En revanche, c'est sûr que j'apprécierais d'être moins identifiable.

Parfois, certaines personnes qui ont une bonne mémoire me reconnaissent ; mais ça n'a pas posé trop de problèmes jusque-là. Les gens ont tendance à oublier ce qui les dérange. (Il se redressa.) Tu devrais te coucher.

Je ne pus retenir un sourire, et glissai mes mains sur ses larges épaules.

— Est-ce une suggestion ou une proposition ?

Il me rendit mon sourire sans beaucoup de conviction.

— Une suggestion. L'antidote va te mettre KO pendant au moins vingt-quatre heures. Le docteur Gray m'a parlé des effets secondaires tout à l'heure, quand nous avons reçu le colis.

Il avait raison. Je sentais déjà la fatigue jusque dans mes os.

— Je dois prendre une douche d'abord.

Il hocha la tête.

— Je ne serai pas loin si tu as besoin de moi.

J'eus envie de lui dire que c'était le cas. Que je ne l'oublierais pas. Que, peut-être, je ne souhaitais pas partir retrouver mon ancienne vie dès que le poison ne serait plus dans mon organisme. Mais je gardai le silence. La situation était déjà assez compliquée sans que j'en rajoute.

Après avoir de nouveau effleuré doucement mon front d'un chaste baiser, Declan quitta la pièce.

J'avais le cerveau embrumé, et l'épuisement me gagnait rapidement. Je me sentais capable de dormir pendant trois jours d'affilée. Mais avant, je voulais vraiment prendre une douche.

Je m'avançai sous le jet d'eau brûlant et commençai à me laver les cheveux. Noah m'avait rapporté gel douche, shampoing et après-shampoing du supermarché. Il avait même eu le bon goût d'acheter des produits de marque. Sous la chaleur bienfaisante, je formulai le vœu que l'angoisse quitte mon corps. Cependant, celle-ci n'avait pas l'air pressée.

J'essayai de laisser mes souvenirs de ces derniers jours s'envoler. Anderson m'empoignant et m'injectant le poison, mon enlèvement, les serfs de sang à la station-service, les blessures de Declan dans la maison abandonnée, la vampire au restaurant, notre arrivée ici, la mort de Tobias lorsqu'il m'avait mordue, ma tentative d'évasion, le dhampire terrifiant qui m'avait attaquée, et, enfin, le bonheur d'être avec Declan dans mon lit temporaire un peu plus tôt.

Il y avait eu des hauts et des bas, c'était certain.

Je fermai les robinets et m'essorai les cheveux. Ensuite, j'attrapai une serviette et l'enroulai autour de mon corps, puis essuyai le miroir embué de l'avant-bras. J'avais les traits tirés. Je fis courir mes doigts sur ma pommette, puis le long de mon cou, sur lequel les bleus dus à l'attaque brutale d'Anderson avec sa seringue étaient toujours visibles, de même que les marques de morsure qui commençaient à s'effacer.

— Retour à la normale bientôt, dis-je à mon reflet. Promis.

Puis je penchai la tête sur le côté et m'approchai un peu du miroir. C'était étrange. Mes yeux avaient l'air plus foncés que d'habitude. Normalement, ils étaient bleus, comme ceux de ma mère – « couleur bleuet », comme elle disait. Mais en cet instant ils paraissaient presque… noirs.

Soudain, une vague de douleur s'abattit sur moi. J'eus l'impression qu'on venait de m'ouvrir le ventre, et m'accrochai au lavabo.

— Mais qu'est-ce qui… ? m'exclamai-je.

Je ne pus même pas terminer ma phrase. Je fus secouée par un nouveau spasme encore plus violent que le précédent, et poussai un cri.

J'étais au supplice. J'avais l'impression que ma poitrine allait exploser. Mon rythme cardiaque avait doublé, et la douleur fulgurante se répandait en moi avec chaque battement de cœur. Un hurlement primitif sortit de ma gorge.

Quelques secondes plus tard, je sentis des mains sur moi à l'instant précis où mes jambes lâchaient. Declan me fit pivoter en me soutenant ; sans lui, je me serais effondrée au sol.

— Qu'est-ce qui ne va pas ?

— Je… je ne sais pas.

Son visage autrefois dépourvu d'émotions était à présent déformé par l'inquiétude.

— Une autre crise ? Peut-être que c'est normal, parce que le poison est expulsé de ton organisme ? Peut-être que c'est comme ça que l'antidote fonctionne.

Je cherchai à reprendre ma respiration.

— Non… c'est autre chose. Je sens que c'est différent. Pire.

Je criai de nouveau, et m'accrochai à lui tandis que la souffrance m'empêchait de poursuivre.

Il ne s'agissait pas d'un antidote. La pensée me frappa alors que je subissais cette douleur atroce sans pouvoir réagir. Le docteur Gray avait dit que le produit avait déjà été utilisé avec succès par le passé. Elle avait parlé des effets secondaires à Declan. Elle m'aurait prévenue que son action me donnerait l'impression d'être écorchée vive.

— Regarde-moi, ordonna Declan. Regarde-moi, Jill.

J'essayai de lui obéir. J'ignorais si mes efforts portaient leurs fruits, car ma vision se brouillait de seconde en seconde.

Declan me prit le visage entre les mains.

— Merde. Tes yeux… Je… je dois aller chercher quelqu'un.

— Non… s'il te plaît, Declan. Ne m'abandonne pas.

Il resta à mon côté, mais appela au secours. Il cria pour que Carson, ou Noah, ou n'importe qui vienne nous prêter main-forte. Mais j'ignorais comment ils allaient pouvoir nous aider. J'allais mourir. Personne ne pouvait survivre à un tel supplice.

Même si je voyais flou, je m'aperçus que l'expression de Declan avait changé. Il écarquilla l'œil et jura de nouveau à mi-voix, comme s'il était témoin d'un phénomène effrayant – lui pour qui c'était la routine de tuer des vampires.

C'était plutôt mauvais signe.

Je me tournai autant que possible vers le miroir. À présent, mes yeux étaient noirs ; le bleu avait complètement disparu. Des larmes d'encre roulaient sur mes joues. Et mes cheveux…

Mes cheveux.

Un liquide noirâtre suintait de mon cuir chevelu. Je tendis la main pour le toucher, mais Declan m'attrapa le poignet.

— N'y touche pas.

Ne pas y toucher ? Mais il était déjà sur moi. Déjà en moi. La noirceur se répandait dans mes cheveux blonds, et chacun d'entre eux changeait lentement de couleur, de la racine jusqu'à la pointe, comme si elle les transformait de l'intérieur. À présent, ils étaient aussi noirs que mes yeux. Que la substance que je vomissais depuis trois jours sans savoir ce que c'était. Que les larmes qui roulaient sur mes joues en ce moment même.

La Belladone.

Un instant plus tard, je me retrouvai dans la douche, sous une eau suffisamment brûlante pour que je m'en aperçoive malgré la douleur. Declan essayait de me rincer. Je vis que le gant de toilette blanc qu'il tenait à la main était déjà tout sale. La serviette dans laquelle je m'étais enroulée tomba au sol.

— C'est quoi, ce bordel ?

Alerté par les cris de Declan, Noah avait couru jusqu'à la salle de bains.

— Putain, mais qu'est-ce que tu es en train de lui faire ?

Il avait l'air furieux, comme si le spectacle qui se trouvait sous ses yeux était abominable. Ce qui était le cas, d'ailleurs. Je ne pouvais qu'imaginer les pensées de Noah en découvrant dans la douche Declan, tout habillé, qui serrait mon corps nu et inerte tandis qu'il essayait d'ôter la substance noirâtre qui avait envahi mes cheveux et mon visage.

Malheureusement, j'étais incapable aussi bien de parler que de remuer. Les dents acérées de la douleur continuaient à me torturer. J'avais l'impression d'être dévorée de l'intérieur par une créature invisible. Et qui me haïssait.

— C'est l'antidote, répondit Declan d'un ton brusque. Voilà le résultat.

Les yeux écarquillés, Noah leva les mains devant sa bouche, effaré.

— L'antidote n'aurait jamais fait une chose pareille. Qu'est-ce qu'elle a pris ? À quoi ça ressemblait ?

— C'était jaune. Jaune foncé. Une fiole dans un petit étui. Le docteur Gray le lui a donné en disant que c'était l'antidote.

— Non, démentit Noah d'un air affolé. L'antidote était pâle. Je l'ai vu. Le liquide jaune… c'était l'agent synthétisant.

— Mais de quoi tu parles, bon sang ?

— L'agent synthétisant… il a été développé pour la personne qui était censée recevoir la Belladone. J'ai parcouru les fichiers ce soir – même si je n'y étais pas tout à fait autorisé, comme d'habitude. Mais je trouve que ces dossiers top-secrets devraient vraiment être sous clé. Je suis trop curieux !

La douleur avait enfin commencé à s'atténuer un peu. Malgré l'eau brûlante qui ruisselait sur mon corps, j'étais agitée de frissons. Declan lissait mes cheveux trempés de la main. Il me serrait étroitement, et ma tête reposait mollement contre son épaule. Je me forçai à écouter Noah pour tenter de comprendre ce qui se passait.

— Que racontait le dossier ? demanda Declan.

— Les effets secondaires de la Belladone sont dus au fait que le sérum ne se mélange pas comme il faut avec le sang. Donc le corps essaie de le rejeter, un peu comme lors d'une greffe d'organe. L'agent synthétisant a été créé pour que l'organisme accepte le sérum plus rapidement.

— Je ne comprends pas.

— D'accord, d'accord. (Noah se gratta la tête.) L'agent synthétisant lie le sang de Jill à la Belladone. Lorsqu'il aura fini d'agir, ses cellules sanguines auront complètement fusionné avec le poison, au lieu que les deux coexistent côte à côte. Et je parie que le processus fait un mal de chien. La xénochimie n'est pas exactement la science la plus douce de l'univers.

Mon sang. Transformé. Mêlé à jamais à du poison.

— Quelles sont les complications possibles ?

— Elle a perdu connaissance ? interrogea Noah.

— Quelles sont les complications, bon sang ? répéta Declan un ton au-dessus. Qu'est-ce que tu as lu ?

— Eh bien, reprit Noah en déglutissant avec nervosité, elle pourrait mourir, bien sûr. La Belladone est un nouveau sérum, mais les agents synthétisants ont déjà été utilisés par le passé pour essayer de fusionner des composés chimiques avec le sang humain.

Il se tut un instant, et Declan aboya :

— Et ?

— Ils ont toujours été testés sur des animaux. Et… et jamais avec succès. Alors… merde. Je sais pas quoi te dire, Dec. Ça a l'air mal barré.

Ce produit n'avait jamais fonctionné. Et c'était la première fois qu'il était injecté à un sujet humain.

J'étais un rat de laboratoire ambulant. Sauf que, pour l'instant, j'étais incapable de me tenir debout toute seule, sans parler de me déplacer.

— Le docteur Gray est responsable de son état. Elle nous a menti en disant qu'elle nous remettait l'antidote.

Declan repoussa les cheveux mouillés qui se collaient sur mon visage. Mes yeux étaient ouverts, mais je ne voyais plus rien.

J'étais complètement hébétée. Mais la douleur se retirait enfin, telle une marée malfaisante.

— Peut-être qu'elle s'est trompée de sérum, avança Noah.

— Tu le penses vraiment ?

— Non. Mais je n'ai pas envie de croire qu'elle puisse être sans cœur à ce point.

— Elle veut que Jill s'introduise dans le repaire de Matthias pour le tuer. Et comme Jill a refusé, le docteur Gray s'est assurée qu'elle n'aurait pas son mot à dire. Cette salope.

Declan tendit la main vers le robinet, et l'eau brûlante devint glacée. Je poussai un cri.

— Bien. Tu dois te réveiller, Jill. Maintenant. On n'a pas beaucoup de temps.

— B-brute, marmonnai-je en claquant des dents.

Il parut soulagé que je sois en état de lui répondre.

— Je vais l'emmener loin d'ici, dit-il en se tournant de nouveau vers Noah.

— Tu penses que c'est une bonne idée ?

— Un hôpital pourra peut-être la soigner. Jusque-là, je n'y croyais pas vraiment, mais maintenant…

— Ils ne pourront pas lui faire de dialyse. On ne peut pas inverser le processus, c'est trop tard. L'agent synthétisant a fonctionné. Tu le vois bien, non ? Regarde ses cheveux. Et ses yeux. Mais si elle a réussi à survivre jusqu'à maintenant… c'est bon signe, pas vrai ?

Declan me prit dans ses bras et ordonna :

— Va chercher ses vêtements.

Sans un mot, Noah ressortit de la salle de bains.

Après m'avoir relevée, Declan me sécha à l'aide d'une serviette propre. J'avais les jambes en coton.

— Jill, tu m'entends ?

Je hochai la tête en tremblant.

— O-oui.

— Tu as compris ce qu'on venait de dire avec Noah ?

J'acquiesçai de nouveau.

— Et ça te convient ? Tu veux bien que je t'emmène à l'hôpital ?

— M-mieux… vaut tard que j-jamais.

J'étais frigorifiée. À présent que la douleur s'était atténuée, c'était comme si une eau glacée courait dans mes veines, engourdissant tout mon corps.

Noah revint avec un jogging noir et un débardeur bleu, et Declan m'habilla à la hâte. J'aperçus mon reflet dans le miroir. Ma peau était blanche, et mes longs cheveux, qui jusque-là étaient blonds grâce à mes visites régulières chez le coiffeur, étaient à présent d'un noir de jais. Tout comme mes iris.

— Oh, mon Dieu, lâchai-je, incapable d'un discours plus cohérent devant ce spectacle dérangeant.

— Où sont Carson et le docteur Gray ? questionna Declan.

— Toujours au labo. Ils patientent un peu avant de venir voir Jill. Je crois qu'ils ne s'attendaient pas vraiment qu'elle prenne l'« antidote » aussi vite.

— Quand ils arriveront, tu pourras leur dire que tu n'as pas réussi à m'arrêter.

— Ce n'est pas difficile à croire. Et, euh, tu comptes revenir ?

— Oui, grogna Declan. Et mon père et moi, on va avoir une petite discussion à propos du docteur Gray.

À l'entendre, les retrouvailles n'allaient pas être très cordiales.

— Bonne chance, dit Noah en me lançant un regard inquiet.

Sans un mot de plus, Declan me prit dans ses bras pour sortir de la chambre et descendre l'escalier. Quelques instants plus tard, je sentis la chaleur de l'air nocturne sur mon visage. La nuit était tombée, mais la température devait encore dépasser les 30 °C. J'entendis une portière s'ouvrir, et il me posa doucement sur le siège passager.

— À qui est cette voiture ? demandai-je d'une voix à peine audible.

— À Carson. C'est le moins qu'il puisse faire, de me la prêter ce soir.

— Et on va où ?

— Je t'emmène dans une petite ville à une trentaine de kilomètres. Ils ont un hôpital. On va trouver une solution, Jill. Accroche-toi.

Noah avait-il raison ? Est-ce que j'allais mourir ? L'idée m'avait angoissée depuis le moment où on m'avait agressée dans ce hall. La mort. Je n'avais toujours pas réussi à accepter cette possibilité. À une époque, j'avais voulu mourir ; vivre semblait trop compliqué. Et une cicatrice sur mon poignet le prouvait. Mais j'avais lutté pour me sortir de la dépression. Je commençais tout juste à aller mieux.

Sauf que, pour l'instant, l'agent synthétisant m'avait complètement épuisée. Je savais que je risquais d'être terrassée de nouveau par la douleur à n'importe quel moment, et je doutais fort de pouvoir survivre à la prochaine attaque. Je n'étais même pas sûre de vouloir y survivre. Par rapport à ce que j'avais subi dans la salle de bains quelques minutes plus tôt, une mort rapide semblait largement préférable.

Personne ne nous arrêta alors que nous sortions de la petite ville.

— Je n'ai plus mal.

J'étais trop faible pour remuer. J'avais l'impression que je venais de participer à un triathlon infernal.

— Bien.

Declan me lança un coup d'œil, et je lus toute sa détermination dans son regard.

— Je suis désolé, Jill. Je suis désolé de tout ce qui t'est arrivé. Le docteur Gray n'avait pas le droit de te faire ça. (Il serra les dents.) Et c'est moi qui t'ai injecté cette merde.

— Tu croyais que c'était l'antidote.

— J'ai été trop confiant. J'aurais dû m'en assurer.

— Mon sang. Il est différent, maintenant. Je le sens. (Je passai ma langue sur mes lèvres desséchées.) On ne peut pas revenir en arrière. Soit je vais mourir, soit...

— Tu ne vas pas mourir. Je ne le permettrai pas. (Il tendit le bras et pressa mes doigts glacés.) Tu m'entends ?

— Je t'entends.

Le silence plana quelques instants tandis que j'essayais de me concentrer sur la chaleur de sa main sur la mienne.

— Et je sais que ton sang est différent, dit-il en accélérant pour traverser un croisement. Je sens son odeur. Elle est encore plus puissante qu'avant. Le docteur Gray le savait. Elle savait exactement ce qu'elle…

— Declan ! hurlai-je, prise de terreur.

Un autre véhicule fonçait droit sur nous au milieu du carrefour. Il vint s'écraser contre la portière de Declan, et notre voiture se mit à tourner sur elle-même avant d'effectuer plusieurs tonneaux. J'entendis le crissement aigu du métal tordu, et ma tête heurta violemment la vitre du côté passager.

Juste avant de perdre connaissance, je vis le monde s'embraser tout autour de nous.

Chapitre 18

La mort était silencieuse, sombre et froide. Ici, la souffrance n'existait pas. La paix régnait.

J'aurais dû savoir que ce n'était qu'un rêve.

— Réveille-toi, m'ordonna-t-on avec rudesse. Tu as assez dormi.

Je tardai à ouvrir les yeux, et sentis la douleur cuisante d'une gifle sur mon visage.

Je me dépêchai d'obéir.

J'avais déjà plus ou moins reconnu la voix, et mon impression fut confirmée lorsque je vis qui me parlait. C'était la serve de sang que j'avais baptisée Cruella d'Enfer. Celle aux dangereux talons en argent, qui m'avait donné le couteau que j'avais laissé dans la chambre chez Carson. Celui qu'elle m'avait dit d'utiliser contre Declan.

— Enfin, lâcha-t-elle. Tiens. J'allais te le jeter au visage, mais autant que tu le boives.

Elle me tendait un verre d'eau. Je le pris et le considérai d'un air suspicieux.

— Il n'est pas empoisonné. Si c'est ce que tu te demandes.

C'était exactement ce que je me demandais.

— Je suis restée évanouie combien de temps ? questionnai-je d'une voix éraillée.

— Presque vingt-quatre heures.

Les derniers moments de terreur avant ma perte de connaissance me revinrent d'un coup.

— On a eu un accident.

— En effet. Causé par une paire de débiles qui aiment le bruit de la tôle froissée. Ces crétins auraient mérité d'y rester, je trouve.

— Ils avaient prévu de nous rentrer dedans ?

— On les a envoyés vous chercher. Ils ont rempli leur mission. (Elle pencha la tête sur le côté.) Je ne suis pas convaincue par cette teinture. Tu étais mieux en blonde.

Je levai mon bras tout endolori pour toucher mes cheveux autrefois clairs, qui étaient à présent d'une couleur aussi sinistre que la mort elle-même.

J'examinai Cruella. Elle portait un pantalon en cuir noir moulant qui mettait en valeur ses jambes fuselées. Avec son décolleté plongeant et ses fines bretelles, son haut lamé couleur argent semblait plus adapté à une virée en boîte de nuit. Elle avait ramené ses longs cheveux blonds ondulés sur son épaule droite, et ses yeux bleus étaient maquillés d'un trait appuyé d'eye-liner noir.

— Où suis-je ? demandai-je en contemplant le lit à baldaquin dans lequel j'étais allongée.

Le souvenir des flammes qui avaient léché la carrosserie de la voiture me revint, et la panique me saisit à la gorge.

— Où est Declan ?

— Comme les choses changent, hein ? Et je ne parle pas que de tes cheveux.

Elle sourit, puis se releva du bord du lit, où elle s'était assise, et marcha en direction d'une porte massive sculptée dans un bois sombre.

— Une minute tu détestes quelqu'un, et la suivante… c'est le grand amour ? Tu es la belle et lui la bête, c'est ça ?

Je plissai les yeux.

— Où est-il ? Qu'est-ce que vous avez fait de lui ?

— Ne t'inquiète pas pour lui. Tu as déjà assez de souci à te faire maintenant que tu es ici.

Une pensée me vint, mais je gardai le silence. Était-ce possible ? Cruella était-elle l'agent dont le docteur Gray avait parlé ? C'était une possibilité. Elle était forte, compétente et tout à fait convaincante dans le rôle d'une serve de sang consentante. Peut-être que c'était bien elle. Et, dans ce cas, j'avais encore une chance de m'en sortir vivante.

Je bus un peu d'eau. Ma gorge était à vif, et cela me soulagea. Ma tête était toujours douloureuse à l'endroit où je m'étais cognée contre la vitre. Je reposai le verre sur la table de chevet et me forçai à m'asseoir, repoussant les draps bleu foncé ; mais je découvris aussitôt que j'étais nue, et les remontai d'un geste vif.

Cruella eut l'air amusée.

— J'imagine que tu veux t'habiller. (Elle marcha jusqu'au pied du lit, saisit un objet et me le lança.) Tiens.

C'était une robe blanche faite d'une étoffe fine et soyeuse. Elle était échancrée, se fermait à la taille et avait de longues manches flottantes. Malgré la légèreté du tissu, elle n'avait pas l'air transparente. J'aurais préféré un vêtement moins chic, mais c'était mieux que rien. Je la passai rapidement.

Où était Declan ? Était-il indemne ? Peut-être était-il aussi prisonnier dans une pièce comme celle-ci. Quand allais-je pouvoir le retrouver ?

— Sors du lit, ordonna Cruella.

Je me forçai à me lever. Mes jambes tremblaient. J'examinai mon corps à la recherche d'hématomes ; j'en vis quelques-uns, probablement dus à notre accident de voiture, mais rien d'aussi sérieux que je l'avais craint. J'étais raide et j'avais mal partout, mais à première vue je n'avais rien de cassé.

— Comment vous vous appelez ? demandai-je.

C'était le moment, si Cruella souhaitait m'avouer qu'elle était la taupe. Qu'elle était de mon côté. Que tout allait bien se terminer.

Même après tout ce qui s'était passé, j'étais toujours capable d'optimisme.

— C'est vrai, nous n'avons pas été présentées officiellement. Je suis Karen. Et tu es Jillian.

— Vous connaissez mon prénom ?

C'était bon signe. Peut-être qu'on lui avait expliqué qui j'étais depuis notre première rencontre.

— Entre autres choses.

J'ignorais à quoi elle faisait allusion.

— Et où est-ce que j'ai atterri, Karen ?

Elle pencha la tête, une expression impénétrable sur le visage.

— D'après toi ?

Malgré l'eau que j'avais bue, ma bouche était complètement desséchée.

— Aucune idée.

— Allez. Je suis sûre que tu peux trouver toute seule. Il est très impatient de te rencontrer, tu sais. Tu viens seulement de rejoindre notre monde, mais ta réputation te précède.

— Mais de qui vous parlez ?

Tout comme pour le lieu où nous nous trouvions, je ne voulais pas essayer de deviner, juste au cas où mes soupçons auraient été fondés. Cependant, je savais que le déni ne m'aiderait pas beaucoup plus longtemps.

Elle soupira.

— Tu aurais vraiment dû me dire la vérité sur le sérum la dernière fois. Tu m'as causé de gros ennuis.

De nouveau, je me pris à espérer qu'elle était l'agent double que le docteur Gray avait mentionné.

— Écoutez, Karen, je dois trouver Declan. Je dois sortir de…

Elle me donna une gifle si violente que mes oreilles se mirent à bourdonner. J'eus le souffle coupé, et les larmes me montèrent aux yeux, plus de surprise et de colère qu'à cause de la douleur ou de la peur. Une main sur ma joue enflammée, je lui lançai un regard furieux.

— Qu'est-ce qui vous prend, bon sang ? m'écriai-je.

— Espèce de petite conne. (Les yeux luisants de rage, elle plissa ses lèvres rouges et brillantes.) Tu as une idée du sort qu'il réserve aux serfs qui le déçoivent ? Je lui ai apporté ce sérum, et il était bidon.

— Matthias.

C'était de lui qu'elle parlait, bien sûr.

Elle me regarda comme si j'étais une idiote.

— Évidemment.

Je commençais à douter qu'elle soit la taupe. Oui, en fait, j'étais même certaine que ce n'était pas elle. Cruelle désillusion.

— Où est Declan, putain ? grondai-je.

— Il est mort.

Je réagis comme si elle m'avait frappée de nouveau. Je reculai même d'un pas.

— Quoi ?

— Un morceau de verre lui a ouvert la gorge lors de l'accident. Il s'est vidé de son sang en quelques minutes.

Je cessai de respirer. J'examinai son visage à la recherche du moindre signe de tromperie, mais j'étais incapable de savoir si elle racontait la vérité.

— Tu mens !

Ma gorge se noua, et je sentis la panique et le chagrin m'envelopper et enfoncer leurs griffes glacées dans ma chair.

— Matthias veut te voir. (Elle m'empoigna par le haut du bras.) Il a assez attendu. Allons-y.

Même si je savais que je n'étais pas de taille à me battre contre elle, j'étais prête à lutter, mais lorsqu'elle ouvrit la porte je découvris deux autres hommes. L'un d'eux m'était familier. « Davis », ou un nom de ce genre. Le serf roux qui m'avait tripotée pendant que Karen était restée plantée là sans réagir.

Declan était-il réellement mort ? Non, ce n'était pas possible. Il devait lui aussi se trouver ici. Quelque part. Je m'accrochai à cette pensée. Je refusais de croire qu'il était mort dans l'accident comme Karen l'avait dit. Mais, à présent, je ne pouvais m'empêcher d'imaginer son corps couvert de sang et son bon œil, fixe et vitreux, à côté de son bandeau sombre. L'image me hantait.

La réalité de l'endroit où je m'étais réveillée s'insinua en moi.

Je l'avais déjà compris, mais je n'avais pas voulu y croire. Cependant, faire semblant ne changeait rien à ma situation.

Declan devait être quelque part. Mais, si c'était le cas, cela voulait dire qu'un tueur dhampire se trouvait au cœur du clan de Matthias ; et, à en juger par la réaction de Karen et ses acolytes quelques jours plus tôt, personne n'ignorait son activité. Donc il ne risquait pas d'être accueilli à bras ouverts. Même s'il n'était pas encore mort, il n'avait sans doute plus longtemps à vivre.

Un sanglot monta dans ma gorge ; je le ravalai. Je m'interdis d'être envahie par le désespoir, mais c'était impossible. Même si Declan était encore en vie, il n'était pas avec moi. J'étais toute seule.

J'ignorais comment je réagirais si je l'avais perdu alors que je venais tout juste de le trouver.

Karen savait-elle pourquoi mes cheveux et mes yeux avaient changé de couleur ? Quelqu'un était-il au courant que la Belladone était en moi ? Qu'elle avait fusionné avec mon sang ? Ou allaient-ils me torturer jusqu'à ce que je leur révèle où elle était et comment mettre leurs sales pattes dessus ?

J'essayai de me libérer, mais Karen me tenait fermement. Davis empoigna mes longs cheveux de jais, les serrant avec tant de force que je crus qu'il allait les arracher.

— Tiens-toi tranquille, petite fille, gronda-t-il. Ou je vais devoir te punir.

Je ne voulais vraiment pas savoir comment Davis comptait s'y prendre.

Ils me forcèrent à avancer. J'avais du mal à croire que nous nous trouvions sous terre : je me serais attendue à de la pierre sculptée et glaciale. À un décor médiéval. Au lieu de cela, les murs lisses étaient couverts de peinture et les couloirs étaient bien éclairés. On se serait davantage cru dans un hôtel. Il n'y avait aucune fenêtre, donc je ne pouvais pas être entièrement certaine qu'il s'agissait bien du repaire de Matthias. J'espérais toujours que ce n'était pas le cas et qu'on m'avait emmenée dans un endroit dont j'allais pouvoir m'échapper facilement.

Je m'accrochais désespérément à mes illusions, mais cela ne m'aidait plus beaucoup.

Je voulais demander à quelle distance de la surface nous nous trouvions, mais je gardai le silence. Je soupçonnais qu'ils n'étaient pas d'humeur à répondre à mes questions ; je risquais de me prendre un nouveau coup, ou pire.

Karen s'arrêta enfin devant une grande porte en bois, qu'elle ouvrit avant d'entrer dans une pièce faiblement éclairée par des bougies aux flammes vacillantes. Comme les couloirs l'avaient suggéré, l'intérieur donnait l'impression d'une suite dans un hôtel haut de gamme, ou d'un appartement luxueux, richement meublé et très confortable.

Après avoir traversé un salon comportant un long sofa, des tapis persans et des peintures à l'huile qui semblaient hors de prix, puis emprunté un autre couloir, je découvris une vaste pièce contenant plusieurs canapés somptueux. Derrière un grand bureau en ébène, un homme était assis dans un fauteuil présidentiel. Il y avait un ordinateur portable à sa droite et, derrière lui, des rangées de volumes aux reliures en cuir fatiguées ornées de lettres dorées.

Les mains pâles de l'homme reposaient sur la table. Il semblait attendre notre arrivée.

Je savais que c'était lui.

Ses cheveux me rappelèrent brièvement l'agent synthétisant : ils étaient d'une couleur ambrée que j'associais à présent avec la douleur. Ils ne lui balayaient pas les épaules, mais ils étaient suffisamment longs pour lui couvrir la nuque, et une mèche épaisse et plus longue que les autres retombait sur sa joue, cachant en partie son œil gauche. À l'exception de ses lèvres, qui étaient teintées de rouge, son visage était blafard, et la lueur tremblotante des bougies créait des jeux d'ombre et de lumière sur sa peau lisse couleur d'ivoire. Dans la pénombre, ses yeux gris pâle bordés de cils foncés me donnaient la chair de poule.

— Jillian, dit Matthias d'une voix profonde et mélodieuse qui me remplit d'une terreur glacée. Je suis heureux que vous soyez enfin réveillée.

C'était le vrai père de Declan. Le roi vampire avait violé sa mère presque trente ans plus tôt, et pourtant il n'avait pas l'air d'avoir plus que trente ans lui-même.

— Amène-la plus près, ordonna-t-il.

— Je ne crois pas que ce soit une bonne idée, Matthias, répondit Karen.

— Amène-la plus près, répéta-t-il. Maintenant.

Elle obtempéra. Malgré ma peur – et le mot était faible –, je restai concentrée sur Matthias tandis que Karen me faisait avancer dans cette vaste pièce.

Lorsque nous ne fûmes plus qu'à trois mètres, ses narines frémirent et ses yeux s'écarquillèrent très légèrement.

— Oh, dit-il doucement. C'est donc vrai.

— Tu sais déjà ? s'étonna Karen.

— Oui. Amène-la plus près.

Après quelques pas supplémentaires, Matthias recula contre le dossier de son fauteuil, ses doigts déjà pâles blanchissant encore alors qu'il empoignait le bord de son bureau d'ébène.

— Ça suffit.

Il battit des paupières et le gris de ses yeux disparut, remplacé par un noir d'encre, tandis que ses joues se creusaient et que des veines bleu foncé apparaissaient autour de sa bouche et de ses orbites. Il crispa la mâchoire et prit une profonde inspiration.

Si j'avais voulu garder mon secret, c'était raté.

— Matthias…

Karen m'empoigna plus fermement avant de me faire reculer d'un pas.

Il secoua la tête.

— Je vais bien. C'était… surprenant, c'est tout. C'est une chose d'entendre une rumeur ; c'en est une autre de la voir prouvée sans l'ombre d'un doute.

Il expira lentement par la bouche. Au bout d'un moment, les veines disparurent et ses yeux retrouvèrent leur teinte pâle.

— C'est confirmé, alors, dit Karen en me serrant contre elle.

Je laissai échapper un cri en sentant la froideur d'une lame tranchante contre ma gorge.

— Je vais la tuer tout de suite, et nous serons débarrassés de cette menace, poursuivit-elle.

Les lèvres de Matthias s'étirèrent en un sourire qui dévoilait complètement ses crocs acérés.

— Tu ferais ça ici ? Tu répandrais le sang dans mon bureau ? Tu connais la valeur du tapis sur lequel tu te trouves, non ? J'y tiens plus qu'à toi.

Je ne savais pas trop s'il essayait d'être drôle.

La lame s'écarta et Karen me lâcha.

Matthias se leva et contourna lentement la table avant de s'approcher de moi. Il dut s'arrêter plusieurs fois alors que les manifestations physiques de sa faim – les iris noirs et les veines semblables à une toile d'araignée qui rendaient son beau visage monstrueux – apparaissaient et disparaissaient à mesure qu'il franchissait les quelques mètres qui nous séparaient. Puis il s'immobilisa juste devant moi.

Qu'aurait fait Declan s'il s'était tenu face à ce vampire en cet instant ? Aurait-il été capable de l'éliminer ? Certainement plus que moi, en tout cas.

D'un autre côté, le sang de Declan n'était pas empoisonné. Je n'avais pas besoin de muscles ou d'un entraînement au combat pour tuer.

— Karen m'a indiqué que vos cheveux étaient blonds la première fois qu'elle vous a rencontrée, dit Matthias.

Je luttai pour ne pas reculer. Au lieu de cela, je levai le menton et soutins son regard avec défi. Du moins, j'espérais que cela ressemble à du défi. Je ne voulais pas qu'il voie la peur incontrôlable que je ressentais. Néanmoins, je ne pus dissimuler le tremblement de mes lèvres lorsque j'ouvris la bouche.

— En effet.

Il avait l'air de souffrir, comme si se tenir si près de moi lui était pénible.

— J'aime les blondes.

— Les hommes les préfèrent, paraît-il.

Son sourire revint.

— Mais vos cheveux… Ils sont… (Il ferma les yeux et inspira profondément.) Ce n'est qu'un piège efficace de plus. L'odeur m'attire bien plus que la couleur.

— Si vous le dites.

— Étant humaine, vous ne pouvez pas la sentir, mais moi oui. Et plus je me tiens près de vous, plus longtemps je résiste, et plus je développe ma capacité à lutter contre cette nouvelle arme.

Il dut se pencher un peu pour approcher son visage du mien, car il mesurait au moins un mètre quatre-vingts.

— Donc c'est vous qu'ils ont choisie pour essayer de me détruire avec votre sang, c'est bien ça ?

Je secouai la tête.

— Ils ne m'ont pas choisie. C'était un accident.

— Ah oui ? Comment ça ?

— Je n'aurais jamais dû me retrouver mêlée à toute cette histoire.

— Ce sérum Belladone coule dans vos veines. (Il sourit de mon air étonné.) Je sais comment il s'appelle, évidemment. De nombreuses personnes travaillent pour moi, et certaines sont plus proches de ce projet que vous ne le penseriez.

— Comme Anderson, le chimiste qui a créé le poison. Et qui a changé de camp en cours de route.

— Entre autres. (Il secoua la tête.) C'est très malin de leur part de m'expédier un produit de ce genre sous la forme d'une femme choisie pour que je la désire au premier regard. J'imagine que ma réputation me précède, n'est-ce pas ?

Sa réputation de violeur que ça faisait jouir d'asservir les femmes et de les maltraiter ? Il n'y avait pas d'autre façon de résumer les choses.

Je n'allais pas survivre. Je le lisais dans les yeux de Matthias. Je l'avais senti à la lame aiguisée de Karen. Peu importait que je me sois retrouvée mêlée à cette histoire par accident. À présent, j'étais là, et mon rôle était inscrit jusque dans mes globules rouges. Je n'avais pas voulu que tout cela arrive, mais personne ne m'avait demandé mon avis.

Je décidai à cet instant précis que si je devais mourir, j'entraînerais Matthias dans ma chute.

— Vous avez envie de goûter mon sang ? offris-je.

Je pouvais en finir ici même, tout de suite. Je descendis l'épaule de ma robe pour exposer davantage ma peau.

— Allez-y, l'encourageai-je.

Son regard se posa sur ma gorge et ses yeux redevinrent noirs tandis qu'il laissait échapper un sifflement.

— Matthias, l'avertit Karen. Non.

Il lui lança un coup d'œil avant d'ordonner :

— Va le chercher maintenant, qu'on sache enfin la vérité.

Elle hocha la tête et sortit sans un mot de plus.

Le chercher ? Chercher qui ? S'agissait-il de Declan ? Mon estomac se contracta.

J'étais en train de regarder le chemin que Karen empruntait lorsque je sentis la caresse des doigts glacés de Matthias sur ma peau. Je bondis hors de sa portée.

Ma réaction le fit sourire.

— Ils sont très doués, vous savez. J'avais entendu parler de ce sérum, bien que la nouvelle ne me soit parvenue que récemment. Je n'y croyais pas, mais il me donne l'impression d'être un homme affamé à qui on présente un banquet. Ce serait si facile de céder à la tentation, même en ayant conscience des risques. Les dons de xénochimiste d'Anderson étaient extraordinaires. Je regrette seulement de ne pas avoir appris l'existence de cette arme plus tôt. Et, contrairement à ce que tout le monde voudrait croire, je ne suis toujours pas convaincu que la menace soit si sérieuse.

J'essuyai ma peau à l'endroit où il m'avait touchée.

— Du dégoût ? C'est ce que je lis dans vos yeux, Jillian ? Vous ne me connaissez même pas.

— J'en sais assez.

— Pour que vous soyez prête à risquer votre vie pour m'assassiner, vous devez en effet en être persuadée. Que vous ont-ils promis ? Argent ? Prestige ? Ils pensaient vraiment que je suis assez stupide pour ignorer ce qu'ils trament ?

— Vous êtes au courant grâce à Anderson, pas vrai ?

— J'étais au courant avant même de prendre contact avec Anderson. Et maintenant qu'il est mort, il ne préparera plus de sérum pour personne. Le tueur balafré qui vous sert de garde du corps s'en est assuré, hein ?

« *Le tueur balafré qui vous sert de garde du corps* ». Matthias n'avait pas la moindre idée que Declan était son fils. Que dirait-il s'il l'apprenait ?

— Où est-il ? Declan. Karen m'a raconté qu'il était mort dans l'accident.

— C'est exact. (Il pencha la tête en voyant la douleur qui envahissait mon visage.) Vous teniez à lui, n'est-ce pas ?

Pendant un moment, je fus incapable de parler. Le chagrin m'avait rendue muette. Je luttai de toutes mes forces pour ne pas fondre en larmes. Pas ici. Pas maintenant.

— Toutes mes condoléances, dit-il en s'avançant comme s'il allait me caresser la joue de nouveau.

— Ne me touchez pas, espèce de monstre sans cœur.

Il fit claquer sa langue.

— Encore une fois, Jillian, vous croyez me connaître alors que nous venons tout juste de nous rencontrer. Mais vous avez raison de vous méfier. Je ne prends pas les tentatives d'assassinat à la légère – qu'elles soient menées par mes propres sujets ou par des humains qui pensent tout savoir. Et le fait qu'une femme attirante se charge du sale boulot ne change rien à l'affaire.

— À mon avis, vous devriez vous y habituer.

Une lueur de colère s'alluma brièvement dans son regard.

— Je règne depuis presque trente ans, et j'ai dû affronter de nombreuses difficultés. Même mes semblables conspirent pour me détruire, mais ce n'est pas nouveau. En revanche, la menace que vous représentez est inédite. (Il tendit la main et enroula une mèche de mes cheveux noirs autour de son index.) Que d'argent du contribuable gaspillé par ce petit programme de recherche. C'est triste, vraiment. Comme vous le voyez, je suis capable de résister à vos charmes tout particuliers.

— Pas sans effort.

— Non. Vous avez raison. Si je n'avais pas été au courant, peut-être que j'aurais cédé à la tentation. (Il lâcha un soupir crispé.) Mais, à présent, nous voici réunis. Je vais enfin pouvoir percer le mystère de la fameuse inconnue qui est censée causer ma perte.

Dans mon esprit, la confusion remplaça la peur et le chagrin.

— Vous aviez déjà entendu parler de moi ? Comment ? Anderson a été tué avant même que je me retrouve embarquée dans cette histoire.

— Je surveille de près le travail de Monica Gray et de son équipe. Je ne sais pas tout, malheureusement, mais j'en sais assez. On m'a prévenu de votre situation. Des tests effectués. De vos tracas après qu'on vous eut injecté la Belladone. Et enfin de votre fuite de Silver Ridge hier soir.

— Qui vous a raconté tout ça ? demandai-je, le souffle coupé.

Je ne m'attendais pas vraiment à ce qu'il me réponde.

Il esquissa un rictus.

— Quelqu'un dont Carson et Monica ne se méfieraient jamais, alors qu'il est davantage de mon côté que du leur dans cette guerre. Même vous avez eu confiance en lui. Ses comptes-rendus ont été presque quotidiens.

— Noah, lâchai-je.

Cette révélation était si choquante que je faillis en tomber à la renverse.

Noah était la taupe du roi vampire ? Comment était-ce possible ? Il avait paru si sincère. Si gentil. Vraiment au-dessus de tout soupçon. Il m'avait même parlé de Matthias et de la menace qu'il représentait pour la vie humaine.

Menteur. Fumier.

Ce petit enfoiré était responsable de la mort de Declan. Et il serait aussi responsable de la mienne quand Matthias se lasserait de jouer avec moi comme un chat avec une souris empoisonnée.

— Tuez-moi, et qu'on en finisse.

Ma voix se brisa avant même que j'aie terminé ma phrase.

— C'est vraiment ce que vous voulez ?

Matthias promena son regard sur moi avant d'attraper mon poignet gauche pour examiner la cicatrice laissée par ma tentative de suicide avortée.

— Noah m'a demandé une faveur en échange des informations qu'il me fournissait : il m'a fait promettre que je ne vous tuerais pas car vous n'étiez qu'un pion innocent dans cette guerre. Malgré tout, je vais attendre de voir comment tourne mon expérience avant de décider de votre sort.

— Quelle expérience ?

— Malgré tout ce qu'on m'a raconté, j'ai toujours du mal à croire en l'existence d'un tel poison. Sa puissance pourrait avoir été grandement exagérée. Et Noah pourrait m'avoir menti ; après tout, je n'ai aucune preuve.

Karen était revenue, accompagnée d'un homme aux cheveux bruns et aux yeux gris pâle.

— Tu voulais me voir, Matthias ? demanda celui-ci.

— Oui, Colin. Viens ici, s'il te plaît. Je te présente Jillian.

Colin s'approcha. Lorsqu'il ne fut plus qu'à quelques pas, son expression changea.

— Oh, bon sang, Matthias. Son odeur. Qui est-elle ?

— Un cadeau. Pour toi. Je sais que tu ne t'es pas nourri depuis un moment.

Colin expira à grand-peine, et ses yeux s'assombrirent.

— Elle est extraordinaire.

— Tu peux la goûter pour voir si elle te plaît.

Je me tournai vers Matthias, prise de panique.

— Attendez… non…

— Merci, majesté.

En un instant, il franchit la distance qui nous séparait. Il était suffisamment proche pour que je sente son souffle froid sur ma gorge.

Je reculai jusqu'à me retrouver contre le bureau de Matthias et essayai de me débattre. Mais, comme avec Tobias, ce fut en vain. Colin saisit mes poignets avec facilité.

— Vous ne savez pas ce que vous faites, haletai-je. Vous ne pouvez pas me mordre.

— Regardez-moi, dit-il.

Mes yeux écarquillés croisèrent les siens, et je m'aperçus que j'étais incapable de détourner le regard.

Puis, d'un seul coup, ce fut comme si je n'avais plus peur de rien. Mon corps se détendit. La panique s'envola, et un étrange sentiment de paix remplaça la terreur glacée.

— C'est gentil de ta part de lui faciliter les choses, commenta Matthias.

— Je ne veux pas qu'elle ait peur de moi.

— La peur est un outil.

— Mais je ne veux pas l'utiliser. Pas contre une créature comme elle.

Apparemment, Colin le vampire avait eu le coup de foudre pour moi à l'instant où il avait senti mon odeur. J'avais presque pitié de lui. Mais il m'avait rendue incapable de parler. Je ne pouvais pas l'avertir de ce qui lui arriverait s'il buvait mon sang.

Il faisait partie de l'expérience de Matthias. Et il allait mourir.

Chapitre 19

Quand les crocs de Colin percèrent ma peau, je ne ressentis pas la douleur que la morsure de Tobias m'avait infligée. C'était différent – agréable, presque.

Une nouvelle fois, le composant paralysant du venin des vampires m'empêcha de résister. En moi, ma peur agitait toujours ses ailes à toute vitesse tel un colibri affolé, mais le sentiment était suffisamment lointain pour que je puisse choisir de ne pas y prêter attention et de me perdre plutôt dans cette sensation confortable.

— Votre goût est divin, murmura Colin en me prenant par la taille pour me serrer contre lui.

Même s'il se montrait plus respectueux que Tobias, je sentais son érection contre ma cuisse.

Le sang et le sexe. Encore une preuve que les vampires ne pouvaient se nourrir sans être excités.

J'avais le cerveau embrumé. Je ne parvenais pas à me concentrer.

Sachant ce qui était en train de se passer, les sensations agréables que j'éprouvais étaient vraiment perturbantes. J'étais habitée d'un désir malsain pour un homme que je venais tout juste de rencontrer : une créature aux dents pointues qui voulait se repaître de mon sang. C'était lui qui me faisait me sentir ainsi. On aurait dit qu'il m'avait hypnotisée pour que je ne ressente aucune peur, alors même que ses crocs me déchiraient la peau.

Soudain, il poussa une exclamation étranglée. Puis il recula brusquement, comme si l'ambroisie dont il se délectait était devenue de l'acide.

— Toutes mes excuses, Colin, lança Matthias, mais j'ai entendu dire que tu complotais contre moi. Considère ceci comme ton châtiment pour ce crime.

Les yeux écarquillés, Colin hurla, et il trébucha en arrière tandis que des flammes jaillissaient de sa bouche, comme avec Tobias. Il avait l'air à la fois perdu et terrifié. En quelques secondes, le brasier l'engloutit, et son corps explosa en un nuage de cendres incandescentes.

Le charme était rompu. Je pouvais de nouveau bouger. Je levai une main tremblante à mes lèvres, puis touchai mon cou à l'endroit où le vampire m'avait mordue.

La mâchoire crispée, Matthias avait les yeux rivés sur le sol.

Sur son précieux tapis, une zone brûlée indiquait l'emplacement où Colin s'était tenu quelques instants plus tôt. Des cendres retombaient lentement, tels des flocons de neige. Matthias dirigea son regard vers moi et écarquilla très légèrement les yeux.

À présent, il avait la preuve que le poison qui coulait dans mes veines était capable de le tuer.

— Votre sang est mortel, dit-il d'une voix à peine audible.

— Matthias, intervint Karen d'un ton inquiet. C'était vrai. Tout était vrai. Nous devons la supprimer maintenant, avant qu'elle puisse te blesser.

Davis s'avança.

— C'est trop dangereux de la garder en vie.

— Non. Pas encore. Emmenez-la. Je dois réfléchir. (Il lança un regard dur à Karen.) Et range ce couteau. Personne ne la touche avant que j'aie décidé de ce que je souhaitais faire.

— Mais, Matthias…

— Obéis, ou tu rejoindras Colin dans sa tombe.

Honnêtement, je ne pensais pas qu'il soit possible d'offrir un enterrement à Colin vu les circonstances, mais je choisis de ne pas me mêler à la conversation. Davis m'empoigna avec brutalité et m'entraîna hors de la pièce. Karen nous suivit sans un mot.

Une fois de retour à la chambre dans laquelle je m'étais réveillée, Davis me poussa brusquement à l'intérieur, et je faillis me tordre la cheville.

— Vous ne pouvez pas le laisser faire, plaidai-je. Vous êtes humains, tous les deux. Vous devez m'aider à m'échapper.

— La ferme.

Karen leva la main pour m'assener une nouvelle gifle, mais cette fois je réagis à temps et lui saisis le bras en y enfonçant mes ongles aussi fort que possible.

— Ne me touche pas, espèce de pute, lançai-je d'un ton hargneux.

L'adrénaline qui courait dans mes veines me donnait le courage et la force dont j'avais besoin. J'en avais assez qu'on me malmène.

— Au fait… Ton amant n'est pas mort tout de suite, lâcha-t-elle avec calme. Il a souffert pendant presque douze heures en criant ton nom, mais tu n'es jamais venue. C'était pitoyable.

Des larmes brûlantes coulèrent sur mes joues.

— On doit la tuer, grogna Davis.

— Matthias l'a interdit, gronda-t-elle. Et c'est lui qui décide.

Davis lui jeta un regard noir.

— Pour l'instant.

Karen me contempla avec un mélange de mépris et de pitié sur le visage. Puis elle se dégagea d'un geste brusque. Davis sortit dans le couloir, et elle le suivit en claquant la porte.

Je n'avais même pas besoin de vérifier. Je savais déjà que j'étais de nouveau enfermée à clé.

J'appuyai malgré tout sur la poignée.

Ensuite, je me mis à hurler et à projeter des objets à travers la pièce. J'avais beaucoup d'énergie à dépenser avant de m'autoriser à ressentir autre chose que la rage et le chagrin.

Comble de l'ironie, la pièce ressemblait à s'y méprendre à celle dans laquelle on m'avait gardée prisonnière chez Carson. Les meubles étaient différents, bien sûr, mais elle avait les mêmes dimensions et, avec sa salle de bains particulière, elle évoquait elle aussi une chambre d'hôtel.

Personne ne m'apporta à manger. Au moins, j'avais de l'eau à ma disposition. Après une explosion de rage qui ne servit qu'à me mettre en nage et à m'épuiser, je pris une douche rapide. Sous l'eau brûlante, je me laissai aller à pleurer, comme si cacher mes larmes pouvait faire la moindre différence.

Declan était mort.

Noah était un espion de Matthias.

Si l'occasion se présentait de nouveau, je tuerais Matthias. Et je ne me sentirais pas coupable comme pour Colin. Celui-ci n'avait absolument pas soupçonné ce qui allait lui arriver. Personne ne l'avait prévenu que me mordre risquait de mettre en péril sa santé… et sa vie.

Je n'aurais pas dû avoir pitié d'un vampire. Surtout alors qu'il n'avait pas hésité à planter ses crocs dans mon cou.

Cependant, il avait tenu compte de ma peur et de ma douleur. Cela me laissait perplexe. Pourquoi avait-il pris cette peine ?

J'ignore combien de temps s'écoula avant qu'on vienne me chercher de nouveau. Six heures, peut-être. Ma chambre ne contenait pas de pendule, et l'absence de fenêtre m'empêchait de savoir si c'était le jour ou la nuit.

Je n'avais rien à faire sinon attendre. Et cogiter.

Je pensai surtout à Declan, égrenant mes souvenirs des moments passés avec lui, de mes tentatives d'évasion pour fuir un assassin glacial que je haïssais jusqu'à la séduction d'un homme à qui j'avais commencé à tenir énormément.

Lorsque le chagrin devint insupportable, j'essayai de me rappeler ma vie avant les événements de ces derniers jours. Rendre visite à ma sœur et à mes nièces. Tenter de me repérer dans la ville. Depuis que j'avais terminé mes études, le temps s'était accéléré. Lorsque j'avais commencé à travailler à plein temps, les jours s'étaient mis à tous se ressembler. Je vivais pour mes congés. Les années pendant lesquelles j'avais pris des antidépresseurs à la suite de la mort de mes parents n'étaient qu'un souvenir brumeux. Il ne s'était rien passé, ou très peu. La passion avait déserté mon existence.

Tout ce que je savais, c'est qu'alors que je venais tout juste de retrouver le goût de vivre, je risquais de mourir. Comme quoi j'aurais mieux fait d'apprendre à profiter de l'instant présent avant qu'il ne soit trop tard.

J'étais en train de devenir folle. À chaque heure qui s'écoulait, mes espoirs s'évanouissaient un peu plus.

Pour ne pas perdre complètement pied, je me concentrai sur l'unique objectif qui me restait à présent : la mort de Matthias.

Je m'y accrochai ; c'était la seule chose qui pouvait encore donner un sens à mon existence. Peut-être que c'était le destin. Peut-être que j'étais censée recevoir cette injection de Belladone. Censée venir ici, parce que j'étais peut-être capable d'arrêter Matthias.

Ma sœur et mes amis ne sauraient jamais ce que j'avais fait. Ils ne sauraient jamais que la vie humaine avait été menacée.

Et c'était très bien comme ça.

Ma détermination m'aida à me calmer. Le nœud noir de panique et de peur qui me serrait la poitrine n'avait pas disparu, mais je parvenais à réfléchir malgré tout.

Quand on revint me chercher, j'étais sûre d'une chose : il était temps d'agir.

Sans m'adresser un mot, Karen ordonna aux deux hommes qui l'accompagnaient de m'escorter de nouveau jusqu'aux quartiers de Matthias. Là, ils me poussèrent brutalement à l'intérieur de la pièce et refermèrent la porte derrière eux. Je regardai autour de moi avec affolement, puis essayai d'ouvrir la porte. Naturellement, celle-ci était fermée à clé.

Étais-je seule ? Pourquoi me ramener là ? Je croyais qu'ils comptaient me tuer.

Ce n'était pas grave. J'attendrais que Matthias revienne. Je parviendrais à le tenter de me mordre, même si c'était la dernière chose que j'accomplissais sur cette terre. Sinon, je me couperais et je lui fourrerais mes doigts sanglants dans la bouche pour le forcer à goûter la Belladone.

La violence de l'image me redonna un coup de fouet.

Puis j'entendis un bruit. Un gémissement, plus précisément. Une femme.

J'avançai prudemment dans la direction du son jusqu'à une voûte sans porte. À l'intérieur de la pièce, je découvris Matthias, torse nu, agenouillé sur un grand lit derrière une femme blonde. Celle-ci était entièrement dévêtue et avait les yeux fermés. Ils étaient tournés vers moi, et Matthias avait une main sur son abdomen pour la maintenir en place tandis qu'il caressait son sein droit de l'autre.

Sa bouche recouvrait le cou de la femme, et je voyais un filet de sang couler le long de la clavicule. Paralysée par la morsure, elle ne bougeait pas, mais son air d'extase me disait tout ce que j'avais besoin de savoir. C'était une victime tout ce qu'il y avait de plus consentante.

J'avais dû pousser un petit cri, car Matthias recula et posa les yeux sur moi. Quelques instants plus tard, la blonde s'effondra sur le lit, hors d'haleine.

Matthias sourit devant ma détresse et mon dégoût, puis s'essuya la bouche du revers de la main.

— Jillian, quelle surprise.

Il n'était certainement pas surpris. Il savait que je venais. Karen n'aurait pas osé prendre la moindre décision sans sa permission.

Il avait voulu que j'assiste à la scène.

— C'est fâcheux, cependant, dit-il en m'observant.

— Quoi ?

— J'ai décidé de me nourrir maintenant, pensant que je serais moins sensible à vos charmes. Mais cela ne semble pas être le cas. Votre sang m'appelle. (Il détourna enfin le regard et claqua l'arrière-train nu de la femme.) Va-t'en.

Elle ne chercha pas à argumenter et descendit du lit. Ensuite, elle ramassa ses vêtements sur le sol sans esquisser un mouvement pour essayer de se couvrir, puis quitta la pièce.

— La porte est verrouillée, signalai-je.

— Elle a une clé. Elle pourra sortir sans problème.

— C'est pratique.

Il sourit.

— En effet.

Que me voulait-il ? Il avait renvoyé son dîner, et à présent nous étions seuls. Je tentai d'oublier la panique que ce scénario m'inspirait.

Il ne le savait peut-être pas encore, mais il allait plonger ses crocs en moi dans les dix prochaines minutes.

— Vous avez l'air absolument terrorisée, Jillian, commenta-t-il en se relevant souplement.

Il marcha dans ma direction, et je reculai précipitamment. Son sourire s'élargit alors qu'il me dépassait pour s'arrêter devant une table chargée d'une bouteille de vin, de raisin, de fraises ainsi que d'un assortiment de fromages. Il déboucha la bouteille et remplit deux verres.

— Tenez.

Je ne bougeai pas pour prendre le verre qu'il me tendait.

— C'est un très grand cru, je vous le promets, poursuivit-il.

— Je n'ai pas soif.

— Avez-vous faim ?

— Non.

— J'ai du mal à le croire. Il s'est écoulé un moment depuis qu'on vous a amenée ici. (Il plissa les yeux.) Prenez ce verre, Jillian.

Même sans élever la voix, il était intimidant ; son ton suggérait une violence contenue, et une force sinistre. Il était de nouveau en train de jouer avec moi. Je n'aimais pas cela du tout.

Cependant, si j'étais désagréable, il ne tomberait pas dans mon piège. Je devais être aimable si je voulais qu'il me morde. Ce qui signifiait que je devais me montrer coopérative. Pour l'instant.

Je saisis le verre et bus un peu de vin. Ensuite, je mangeai deux fraises et un morceau de fromage. La sensation de la nourriture dans mon estomac vide me donna envie de vomir.

— Vous voyez ? C'est bien mieux. (Matthias empoigna son propre verre et le porta à ses lèvres, savourant le liquide bordeaux.) Mangez un peu plus.

Je me resservis en fromage tandis qu'il m'observait avec attention, comme si j'étais une petite souris prise à son piège.

— Vous voulez me poser des questions sur ce que je suis, pas vrai ? interrogea-t-il. Je vois bien que vous ignorez tout de ce monde et que vous êtes dévorée par la curiosité. Je vous en prie, demandez-moi tout qu'il vous plaira.

— Vous allez me tuer ?

Sans surprise, c'est la première chose qui me vint à l'esprit.

— Je n'ai pas encore décidé.

— Vous n'avez pas hésité à laisser Colin mourir.

Je ramenai mes cheveux sur mon épaule droite et y passai mes doigts dans un geste nerveux. À sa grimace, je devinai qu'une bouffée de mon odeur lui était parvenue, le frappant avec la même efficacité qu'une batte de base-ball.

Bien. Il pouvait continuer à penser que j'avais peur qu'il me tue. Bon, c'était le cas, évidemment. Dans une situation comme celle-ci, la peur était naturelle. Mais elle n'était rien en regard de ma détermination à atteindre mon objectif.

Ses doigts se crispèrent sur son verre. Il paraissait devoir faire un effort pour se maîtriser. Ses yeux devinrent noirs un court instant avant de reprendre leur étrange teinte gris pâle.

— Colin était un de mes plus proches conseillers, mais j'ai appris récemment qu'il avait trahi ma confiance. Il complotait dans mon dos pour me renverser.

— Alors j'imagine qu'il a mérité son sort.

Il m'examina.

— Vous vous sentez coupable de ce qui est arrivé, n'est-ce pas ?

— Non, répondis-je en serrant les lèvres.

— Je crois que si. Vous n'êtes pas une tueuse. Donc Noah ne m'avait pas menti : vous ne faites pas partie de mes ennemis. Vous n'êtes qu'un pion utilisé par ceux qui souhaitent me détruire.

— Je ne sais pas ce que vous voulez m'entendre dire.

— Eh bien, je ne serais pas contre la vérité.

Il but une nouvelle gorgée de vin, puis se dirigea vers l'autre côté du lit.

Je ne doutais pas un instant que je devais le craindre. Son apparence séduisante était trompeuse. Heureusement, savoir ce qu'il avait fait à la mère de Declan m'empêchait d'être aveuglée par sa prestance.

Il ne semblait pas avoir envie de couvrir son torse mince et puissant ; celui-ci était cependant moins musclé que celui de Declan. Le dhampire pesait probablement une vingtaine de kilos de plus que son père, le roi vampire.

Je ne voulais pas penser à Declan en ce moment. Cela ne servait qu'à me serrer la gorge jusqu'à ce que je sois incapable d'avaler ma salive. Je devais rester concentrée. Sinon, le courage risquait de me déserter complètement.

— Expliquez-moi exactement ce qu'ils vous ont demandé, reprit Matthias. Ce que Monica Gray vous a dit de faire.

Je passai la langue sur mes lèvres desséchées.

— Comment cela fonctionne-t-il, au juste ? Je réponds à vos questions et vous m'offrez une mort rapide et indolore ?

Il grimaça.

— J'essaie de comprendre où vous vous êtes formé une aussi piètre opinion de moi. Tâchez de vous souvenir que Monica Gray poursuit ses propres objectifs. Et qu'elle n'hésite pas à avoir recours au mensonge pour parvenir à ses fins.

— Donc vous êtes en train de me dire que vous êtes quelqu'un de bien, et que je n'ai aucune raison d'avoir peur de vous ? Que toutes les rumeurs qui courent sur votre compte ont pour seul but de noircir votre réputation ?

— Bon, je n'irai peut-être pas jusque-là. Je suis sûr qu'une bonne partie de ce qu'elle vous a raconté était la vérité. Je ne prétends pas être l'ami de tous les humains.

Je continuai à boire en essayant d'avoir l'air à l'aise, mais j'étais persuadée que je ne faisais pas illusion.

— Qu'est-ce que vous voulez ?

Avec désinvolture, il passa la main dans ses cheveux couleur d'ambre.

— Beaucoup de choses.

— Vous savez qui je suis et ce dont je suis capable. Et maintenant, quelle est la suite du programme ?

— Excellente question.

Il termina son verre de vin et revint s'en verser un second, puis remarqua la curiosité dans mon regard.

— Je peux boire autre chose que du sang. Et je peux aussi manger si je le souhaite. Avec quelques efforts, la plupart des miens pourraient vivre au milieu des humains très facilement. Certains le font déjà.

— Alors pourquoi rester sous terre ?

— Allons, allons. Pas de triche. Vous n'avez jamais répondu à ma question. Quelle était votre mission ?

— Vous ne le savez pas ?

Il secoua la tête.

— Votre ami Noah ne m'a pas tout raconté. Il rechigne à me livrer tous les secrets du programme Belladone. Il n'a partagé qu'une petite partie de la vérité avec moi ; mais cela suffisait. J'imagine que même si vous vous êtes retrouvée mêlée aux projets de Monica par erreur, ils ont voulu vous utiliser malgré tout. Vous présenter à moi comme on offre un steak à un lion affamé. Mais ils oublient que je ne meurs pas vraiment de faim ici.

Donc Noah ne lui avait pas tout dit. Cependant, je ne savais pas exactement ce qu'il avait mentionné à Matthias. Celui-ci était-il au courant qu'on avait envoyé une espionne infiltrer son clan ? Et que Declan était un dhampire… et son fils ? Lorsqu'il m'avait confirmé sa mort, il avait eu l'air de s'en foutre royalement. Peut-être qu'il ne s'intéressait à personne d'autre qu'à lui-même. En tout cas, Noah l'avait informé que la Belladone dans mon sang était destinée à le tuer. Mais il n'y avait pas cru. Il avait eu besoin d'avoir la preuve sous les yeux.

S'il avait connu toutes les réponses, il n'aurait sans doute pas été en train de me poser ces questions. Il m'aurait déjà exécutée.

Ça me donnait un angle d'attaque. Une petite lueur d'espoir que je pourrais mener ma mission à bien.

— Je ne voulais pas être mêlée à tout ça, repris-je. Vraiment. Ce n'est qu'une erreur monumentale.

— Ont-ils pensé que vous pourriez entrer dans mon royaume sans que je le sache ? En vous présentant spontanément comme serve de sang, peut-être ? Cela arrive souvent. Vous croyez que la femme qui était là tout à l'heure a été arrachée à sa vie au milieu de la nuit et que je la force à me laisser boire à son cou ? (Il secoua la tête.) Elle était consentante, au cas où ce ne soit pas complètement évident. En fait, elle a l'habitude de me supplier de la voir.

J'avais envie de lui décocher un regard assassin, mais, au lieu de cela, je repris une gorgée de vin pour dissimuler mon expression renfrognée.

— Oui, c'est exactement ce qu'ils espéraient. Mais, ils ne m'ont pas expliqué précisément comment j'étais censée m'introduire ici.

Je préférais éviter de mentionner qu'une espionne se trouvait déjà sur place s'il n'était pas encore au courant. Je ne voulais pas que quelqu'un d'autre perde la vie ce soir.

— Vous en avez parlé avec Monica.

Je hochai la tête.

— Elle souhaite me voir mort depuis très longtemps, commenta-t-il.

— Elle n'est pas votre plus grande fan, en effet.

Il arbora un sourire sardonique.

— Dites-moi, elle continue ses expériences pour essayer de créer l'hybride parfait ?

Noah avait aussi négligé d'informer le roi vampire des derniers développements dans ce domaine.

Mes doigts se crispèrent sur mon verre.

— Je ne vois pas de quoi vous parlez.

— Elle est effrayante, avec ses théories à la Frankenstein comme quoi les vampires et les humains pourraient produire des êtres qui représenteraient la prochaine étape de l'évolution de l'homme. Les « dhampires ». (Il pencha la tête, et son sourire glacial s'élargit.) Vous savez, Jillian, vous devriez éviter de jouer au poker. Vous n'êtes pas très douée pour le bluff. M'est avis que vous voyez exactement de quoi je parle. Vous avez sans doute même aperçu l'un de ces spécimens, pas vrai ?

C'était inutile d'essayer de le nier. Et, de toute manière, à quoi cela aurait-il servi ?

— En effet.

— Et à quoi ressemblait-il ? (Il ne me laissa même pas le temps de répondre avant de poursuivre.) Une créature monstrueuse, qui n'avait rien ni d'un humain ni d'un vampire ? Une abomination que l'on n'aurait jamais dû autoriser à exister ?

— Vous avez déjà du en voir. J'ai du mal à croire que vous vous contentiez de mordre les femmes qui se pressent à moitié nues dans votre chambre à coucher. Il doit y avoir quelques accidents de temps à autre.

Il pinça les lèvres.

— C'est très rare, mais ça arrive, en effet. Et dès que nous sommes au courant, le fœtus est immédiatement avorté.

Je grimaçai de dégoût.

— Vous trouvez ça cruel ? demanda-t-il. La cruauté consisterait à laisser naître ces créatures. Un bébé dhampire a déjà des griffes, qu'il utilise pour s'extraire de l'utérus de sa mère. Même les nouveau-nés sont dangereux.

— Donc il n'y a qu'une seule sorte de dhampires ? questionnai-je en feignant l'ignorance.

— Non, il y a aussi ceux qui ressemblent à des humains, mais possèdent la force, l'agilité et les facultés de guérison des vampires. Ceux-là peuvent sortir à la lumière du soleil et survivre sans se nourrir de sang humain.

— Vous n'en avez jamais vu ?

— Si, bien sûr. Je me souviens très bien d'une femelle il y a quelques décennies. Une enfant qui n'avait pas un an.

Elle était certainement comme Declan. Je dressai l'oreille.

— Que lui est-il arrivé ?

— On l'a éventrée au cours d'un rituel pour qu'un ancien roi puisse boire son sang. Celui-ci était censé être chargé d'une magie très puissante qui devait lui conférer l'immortalité.

J'eus un haut-le-cœur.

— Ce roi… il est mort maintenant, j'espère ?

— Non, mais il a été emprisonné pour ses péchés.

— Kristoff.

Je me souvenais du nom que le docteur Gray avait prononcé. Il s'agissait du roi bienveillant qui avait empêché les débordements jusqu'au moment où Matthias était arrivé et avait tout gâché avec sa soif de pouvoir.

Un roi bienveillant qui assassinait des enfants pour boire leur sang ?

Matthias me lança un regard acéré.

— Monica a beaucoup d'histoires à raconter, pas vrai ?

— Elle… elle a dit que Kristoff était un roi juste et que vous… que vous l'aviez renversé.

Il resta silencieux un moment, puis partit d'un grand éclat de rire qui résonna comme un coup de tonnerre dans la pièce.

— Pourquoi ne suis-je pas surpris ? Cela a-t-il aidé à vous convaincre que sacrifier votre vie pour prendre la mienne était une noble cause ? Que vous alliez permettre le retour du bon roi ?

— Vous avez enfermé Kristoff quelque part ?

Son air d'amusement disparut.

— Il ne recouvrera jamais sa liberté. Jamais.

— Si… si votre décision est aussi irrévocable, alors pourquoi ne pas simplement le tuer ?

Le regard qu'il me lança me fit l'effet d'une gifle.

— Le sort que je réserve à mes prisonniers ne vous concerne pas.

Il se tut un moment, puis reprit la parole.

— Dites-moi, Jillian. L'homme qui vous accompagnait dans la voiture. Ce tueur de vampires, Declan Reyes. Vous étiez amoureuse de lui ?

Je ne m'attendais pas à cette question, et encore moins que Matthias me la pose de manière aussi directe. En entendant le prénom de Declan, mon cœur se serra.

— Je ne le connaissais que depuis quelques jours.

Matthias s'approcha et me versa de nouveau du vin. Cette fois, au lieu de le boire, je reposai mon verre sur la table, à côté de la bouteille à moitié vide.

— Il a éliminé de nombreux vampires au cours des ans, reprit Matthias. C'était le tueur le plus craint depuis des décennies. Il a permis de réduire le nombre de rebelles qui s'échappaient dans le monde des humains.

Je déglutis avec difficulté.

— Vous aussi, vous les appelez des « rebelles » ?

— C'est ce qu'ils sont. Les sujets qui m'ont prêté allégeance sont les bienvenus dans mon royaume, qui leur offre un environnement sûr et des serfs de sang dévoués. S'ils décident de bafouer mes lois en partant, j'envoie des serfs pour les ramener, et ils doivent alors affronter leur châtiment. En général, les tueurs se chargent de ceux qui restent. Cependant, ils ne sont pas capables de différencier les vrais rebelles des vampires qui vivent en surface mais ne font de mal à personne. C'est le problème avec les assassins comme votre Declan, qui tirent d'abord et posent les questions ensuite.

Je grimaçai.

— Ce n'était pas « mon » Declan.

— Il était monstrueux, hein ?

— Non, il n'avait rien d'un monstre.

Il m'observa attentivement.

— Vous teniez à lui.

Je battis des paupières pour chasser les larmes qui menaçaient de se mettre à couler. Puis, sans un mot, je hochai la tête.

— Quel dommage qu'il ne soit plus parmi nous. (Malgré les efforts que cela lui demandait, il s'avança et enroula une mèche de mes cheveux autour de son index.) Pour qu'il ait gagné l'affection d'une femme comme vous, il devait être plus intéressant que je ne le pensais.

Chacun des muscles de mon corps se raidit à l'idée que ce monstre était si proche de moi. Malgré mon envie de m'enfuir, je me forçai à rester immobile.

—Attention, l'avertis-je. Si vous vous approchez trop, vous risquez de vouloir me goûter.

En réalité, je comptais bien dessus.

—Oui, c'est vrai. (Il serrait les dents.) De nombreuses personnes ont essayé d'attenter à ma vie, mais je suis extrêmement difficile à tuer. Peut-être que j'ai commencé à surestimer ma puissance. Votre présence ici est un bon rappel de ma vulnérabilité.

—Pourquoi m'avez-vous fait venir maintenant ? Pour m'éliminer ?

—Quand j'ai demandé qu'on vous amène ici, je n'avais pas encore décidé de ce que je voulais faire.

Il passa la main dans mes cheveux, et j'observai les veines autour de ses yeux et de sa bouche alors qu'elles apparaissaient très brièvement sous sa peau.

—Et maintenant ? Vous avez pris votre décision ?

—J'ai décidé de ne pas vous tuer. Pas pour l'instant.

—« Pas pour l'instant », répétai-je.

Il esquissa un début de sourire.

—Je crois ce que Noah m'a dit : que vous n'êtes qu'une innocente qui a été entraînée dans les plans machiavéliques de Monica. Je ne peux pas vous le reprocher. Pas complètement, en tout cas.

—Alors qu'est-ce que vous voulez ? D'autres réponses ?

—Non. (Il secoua la tête.) Je veux que vous m'aidiez.

Je tressaillis lorsqu'il posa la main sur mon épaule dénudée, juste à la lisière de ma robe blanche. Sa peau était fraîche et lisse, comme un oreiller de soie sur une joue brûlante lors d'une nuit d'été.

—Comment ça ?

—Je souhaite améliorer ma résistance.

Ses lèvres s'entrouvrirent, et je vis la pointe de ses canines aiguisées.

—Je ne comprends pas.

— Depuis que je vous ai rencontrée, je ne rêve que d'une chose : plonger mes crocs dans votre cou pour boire votre sang. Je n'ai jamais connu un désir aussi intense. La Belladone est un piège on ne peut plus efficace. Elle attire la victime en charmant ses sens. J'ai énormément de mal à y résister. (Son sourire s'élargit.) Et je trouve ça très excitant.

— Alors vous avez un gros problème.

— En effet. Mais j'aime essayer de résoudre les problèmes que l'on me présente. (Il fit glisser sa main le long de mon bras.) Il est rare que je fasse l'amour sans me nourrir en même temps. Les deux sensations mêlées sont absolument grisantes.

Un frisson de dégoût me parcourut.

— Je ne sais pas grand-chose sur les vampires, mais je savais déjà ça.

— On dit que Gandhi a partagé sa couche avec des femmes nues pour mettre son vœu de chasteté à l'épreuve. Il a placé la tentation juste à portée de la main, sous la forme de peaux soyeuses et de corps souples, mais il n'a jamais succombé à ses instincts les plus bas. Cela n'a servi qu'à raffermir sa foi.

Je déglutis avec nervosité.

— Désolée, mais je ne vois pas vraiment le rapport.

— Si je parviens à maîtriser ma soif avec vous, alors j'aurai réussi à me prouver que je suis bien destiné à régner et que mes opposants ont tort.

Je sentis la panique m'envahir. J'essayai de reculer, mais il m'empoigna le bras. Sa force suffisait à m'empêcher de remuer.

— Regardez-moi, Jillian.

Son ton tranchant aurait dû me mettre en garde, mais j'obéis. À l'instant où je croisai son regard, la panique disparut. L'inquiétude s'envola. Je cessai de penser à Declan.

Mes idées s'éclaircirent, et un agréable sentiment de calme m'envahit.

— C'est bien mieux, susurra Matthias. (Il posa une main sur ma poitrine.) Votre rythme cardiaque revient à la normale. Vous n'avez rien à craindre.

— Qu… qu'est-ce qui se passe ?

J'avais du mal à articuler, comme si j'avais bu quelques verres de trop.

— Les vampires d'un certain âge sont plus ou moins capables de contrôler l'esprit des humains. Lorsque nous nous nourrissons, nous pouvons chasser votre peur ; nous pouvons même faire en sorte que vous éprouviez du plaisir.

— Quand Colin m'avait sous son emprise, je n'arrivais pas à parler.

— Il apprenait encore à maîtriser cette faculté. Vous pouvez converser avec moi, cela va de soi. Je ne vous contrôle pas aussi étroitement que je le pourrais. Ce n'est pas la peine que vous vous perdiez complètement. (Il observa mon visage.) Vous vous sentez mieux ?

Je soupirai, un peu hors d'haleine.

— Oui.

— Plus calme.

Je hochai la tête. C'était vrai, après tout. Je me sentais légère, comme si tous mes soucis s'étaient envolés. Et lorsque Matthias me toucha, caressant ma clavicule du bout des doigts, je n'éprouvai pas autant de dégoût que j'aurais dû.

— Vous me trouvez séduisant ? demanda-t-il.

— Oui.

Il esquissa un bref sourire avant de retrouver son sérieux.

— J'éprouve les plus grandes difficultés à résister à votre parfum. Mais c'est bien là tout l'intérêt de cet exercice. Je dois résister. (Il leva un sourcil alors qu'il posait les yeux sur ma gorge.) Et si j'échoue, alors cela voudra dire que tel était mon destin.

— Mordez-moi, murmurai-je.

— C'est exactement ce que je vais essayer d'éviter. (Il me prit le menton entre ses doigts et me regarda droit dans les yeux.) Non, Jillian. Je ne vais pas vous mordre. Je vais vous faire l'amour. Et vous allez aimer ça.

Chapitre 20

Ces mots auraient dû m'emplir d'effroi, mais ce ne fut pas le cas. Je savais que c'était parce que Matthias m'avait sous son emprise. Il manipulait mes émotions et me privait de mon bon sens.

Mais il avait dit que son influence n'était que légère. Je pouvais résister ; je devais lutter.

— Vous ne voulez pas vraiment faire ça, plaidai-je.

— Oh que si ! Et même si vous étiez venue ici sans me raconter d'histoires et que la Belladone n'avait pas coulé dans vos veines, je vous aurais prise comme amante malgré tout.

J'étais incapable de détacher mon regard de ses yeux gris magnétiques.

— Vous avez beaucoup de maîtresses ?

— Elles sont très nombreuses.

— Le docteur Gray m'avait prévenue que les femmes humaines étaient votre faiblesse.

La manipulation mentale me déliait bien trop la langue, comme si j'avais bu toute la bouteille au lieu d'un simple verre.

Il sourit.

— Je ne me limite pas aux femmes, mais elles ont ma préférence. Monica est très bien renseignée. Quel dommage que ce ne soit pas suffisant pour me tuer.

Je pris une profonde inspiration en sentant sa main glisser le long de mon dos.

— Enlevez cette robe, lança-t-il. Et allongez-vous sur le lit.

Au lieu du dégoût, je sentis l'aiguillon du désir au creux de mon ventre. Le sentiment était mêlé de honte, mais malheureusement cela ne suffisait pas à me sortir de ma torpeur. J'étais sous l'emprise de Matthias. C'était comme si je me regardais de loin et ne pouvais m'empêcher d'obéir à ses ordres.

S'il disait vrai et que son influence n'était que légère, je n'avais vraiment pas envie de découvrir l'étendue de son pouvoir.

Je dénouai le lien autour de ma taille et, après un mouvement d'épaules, la robe glissa pour former une flaque de tissu soyeux au sol. Matthias m'inspecta, ses yeux s'arrêtant sur mes ecchymoses ; depuis que j'étais devenue un rat de labo pour un programme de recherche financé par le gouvernement, ma vie avait été quelque peu chaotique.

Comme il me l'avait ordonné, je reculai jusqu'à sentir le lit derrière moi, puis m'étendis sur les draps de soie rouges et posai la tête sur un grand oreiller moelleux.

— Très bien, ronronna-t-il. Vous êtes superbe, Jillian.

Mes amis m'appellent Jill, pensai-je machinalement. Mais Matthias n'en faisait pas partie, et ce ne serait jamais le cas. C'était un monstre, un violeur, un meurtrier qui voulait soumettre les humains. Il me tenait en son pouvoir et manipulait mon comportement et mes émotions.

Je le détestais.

Mais un voile de sérénité étouffait ces pensées. Elles étaient trop lointaines pour briser l'enchantement.

Après avoir déboutonné son pantalon et l'avoir enlevé en quelques gestes fluides, Matthias se tint nu dans la pénombre.

Je savais que j'aurais dû ressentir de la peur et du dégoût, mais alors qu'il s'approchait du lit, je ne pus m'empêcher d'éprouver pour lui un désir malsain – contre nature, même.

— Voilà qui est mieux, reprit-il. Si quelqu'un doit s'inquiéter, c'est plutôt moi. Si je perds mon sang-froid et que je vous mords, je risque de mourir. Aussi simplement que ça. Quatre cents ans de vie qui s'éteindraient aussi sûrement qu'une bougie qu'on souffle lorsque vient la nuit.

Il monta sur le lit et avança vers moi, tel un prédateur. Dans ses yeux, je voyais la lueur de détermination disparaître par instants alors qu'il luttait sans cesse pour contenir ses appétits.

Il pouvait perdre cette bataille. Il pouvait me mordre. La partie n'était pas terminée.

— Oui, dit-il en caressant mes cuisses, mes hanches, mon ventre. Vous êtes à la fois splendide et mortelle... mais si désirable.

Il déposa un léger baiser sur un bleu que j'avais à l'épaule. Le contact de ses lèvres froides aurait dû me révulser, mais au lieu de cela je lâchai un petit cri de plaisir.

Les fausses émotions qu'il me faisait ressentir étaient incroyablement puissantes.

— C'est vous qui créez mes réactions de toutes pièces, murmurai-je en essayant désespérément de lutter contre son emprise. C'est répugnant.

Je devais retrouver cette part de moi qui était encore capable de commander mon corps.

— « Répugnant »... (Il approcha son visage du mien et s'allongea sur moi.) Le monde compte tant de choses répugnantes. Je ne crois pas que ceci en fasse partie.

Je m'apprêtais à le contredire, mais il couvrit ma bouche de la sienne.

— Embrassez-moi, murmura-t-il contre mes lèvres lorsqu'il vit que je ne lui rendais pas son baiser.

— Non.

Il écrasa de nouveau sa bouche contre la mienne pour essayer de me forcer à réagir. Lorsqu'il recula, ses yeux étaient complètement noirs, et les veines bleu foncé qui parcouraient son visage étaient très visibles. Le souffle court, il dut lâcher un long soupir avant que les signes de sa soif disparaissent.

— Si tentante, répéta-t-il. Tout en vous m'appelle. Rien ne m'a jamais autant effrayé.

— Alors arrêtez.

Non, je ne pouvais pas lui dire cela. J'aurais dû l'encourager. Le pousser jusqu'au point de rupture.

— Pas encore.

Il effleura ma gorge de ses lèvres, puis passa sa langue fraîche tout le long de mon buste, jusqu'à mon nombril. Il empoigna mes seins et me tordit les tétons, et je gémis tandis que mon corps réagissait malgré moi. Puis il posa les mains sur mes cuisses et les écarta.

Même si je voulais qu'il me morde à n'importe quel prix, j'avais encore envie de résister. Mais, pour l'heure, je n'étais plus capable de lutter. Il me dominait complètement.

Lorsque je sentis de nouveau sa langue sur moi, je lâchai un cri. Au lieu de me débattre ou de le repousser, je tendis le bras pour saisir ses cheveux alors qu'il commençait à me lécher lentement.

J'étais écœurée par la facilité avec laquelle j'acceptais l'excitation qu'il me faisait ressentir.

Lorsqu'il remonta jusqu'à ma bouche en déposant des baisers tout le long de mon buste, je n'arrivais plus à respirer. J'étais à deux doigts de perdre l'esprit tant les sensations qu'il m'avait fait éprouver me terrifiaient et m'excitaient à la fois. Malgré ce qu'il était, malgré tout ce que je savais sur lui, il avait atteint son but : je le désirais.

Mais quand je le sentis contre moi, long et dur, je rassemblai tout ce qui me restait de courage et l'attrapai par les épaules.

— Non, Matthias, l'implorai-je. Je vous en prie.

— Vous avez envie de moi.

— Uniquement parce que vous êtes capable de me dicter ce que je ressens.

— Votre amant est mort. Vous n'avez pas de raison de vouloir lui rester fidèle.

En l'entendant évoquer Declan, je remuai faiblement pour essayer de le repousser, mais ce désir artificiel m'empêchait de lutter véritablement.

Il grogna tandis qu'il effleurait ma gorge de ses lèvres.

— J'ai envie de vous mordre pendant que je vous fais l'amour. Je serais presque prêt à en payer le prix.

Il n'avait plus qu'à avancer un peu, et il serait en moi. Mes jambes étaient écartées, et ses mains étaient placées au creux de mes genoux tandis qu'il frottait le bout de sa verge turgescente contre moi.

Et en cet instant, je le désirais. Chacune des fibres de mon être voulait qu'il me possède. Mais je savais que ce que je ressentais n'était pas réel. C'était impossible.

— Si vous n'aviez pas pris le contrôle de mes émotions et de mon corps, je n'aurais jamais accepté de coucher avec vous. C'est un viol. Si vous continuez, vous serez en train de me violer.

— Mais vous êtes excitée. Vous me voulez en vous, je le sais, haleta-t-il contre mon oreille d'un ton affligé.

Cette petite expérience semblait lui procurer plus de souffrance que de plaisir.

Il m'empoigna plus solidement et m'écarta encore les jambes alors qu'il commençait à me pénétrer. Ma tête retomba contre l'oreiller, et j'enfonçai mes ongles dans ses épaules.

Mais alors, sans prévenir, il s'arrêta. Il avait une expression tourmentée sur le visage, comme s'il avait enfin fini par comprendre ce que je lui avais dit.

— Je ne suis pas un violeur, Jillian, lâcha-t-il d'une voix rauque.

— Ce… ce n'est pas ce que j'ai entendu.

Il plissa les yeux.

— Vous avez dû mal entendre. Je n'ai jamais pris une femme contre sa volonté.

— Et comment vous appelez ce qui vient de se passer ?

Il se renfrogna.

— Vous étiez consentante. Les corps ne mentent pas. Votre corps ne ment pas.

Sans un mot de plus, il s'écarta et descendit du lit, puis ramassa son pantalon et se rhabilla.

— Mon influence était simplement destinée à vous détendre, à dissiper votre peur et à augmenter votre plaisir. C'est tout.

Il me prit le menton entre ses doigts. Cette fois, le geste n'était pas aussi doux que la précédente.

— Regardez-moi.

J'obéis. Un instant plus tard, le désir et le calme disparurent, et mon stress et ma peur s'abattirent de nouveau sur moi. Je saisis précipitamment les draps pour me couvrir.

Il s'était arrêté. Il aurait pu terminer très facilement le travail sans que je proteste davantage. Bon sang, il avait failli.

— Qui vous a dit que j'étais un violeur ? demanda-t-il d'un ton brusque. Monica Gray ?

Peut-être qu'il avait changé. Peut-être que trente ans plus tôt il se maîtrisait moins bien, et que depuis il avait compris qu'il ne pouvait pas se comporter ainsi. À présent, il savait que les femmes voulaient coucher avec lui sans qu'il ait besoin de les y forcer.

— Non. Declan.

— Je suppose que lui n'a pas eu besoin de vous prendre de force.

Je tressaillis, mais ne répondis pas. Ce qui s'était passé entre Declan et moi ne le concernait pas.

— Mais il vous a menti, poursuivit Matthias. Et je veux connaître la source de ces rumeurs.

— Il s'agit de sa mère.

— Sa mère, répéta-t-il d'un ton sceptique.

Il ignorait tout du passé de Declan. Noah ne lui avait rien dit.

— Vous l'avez violée, il y a vingt-neuf ans de cela. Et vous l'avez presque vidée de son sang. Elle était si grièvement blessée qu'elle est tombée dans le coma, mais pas avant d'avoir raconté ce qui lui était arrivé.

Il me dévisagea.

— C'est impossible.

— C'est la vérité.

— Non. C'est impossible, parce que je sais que je n'ai jamais fait une chose pareille. (Ses yeux luisaient de rage.) Peut-être que j'ai couché avec elle. Il s'agissait peut-être d'une serve de sang. Mais il a dû se passer autre chose pour qu'elle ait inventé tous ces mensonges à mon sujet.

J'étais surprise de son indignation.

— Elle était enceinte. Elle est décédée après la naissance de Declan.

Il me regarda droit dans les yeux.

— Et la rumeur veut que je sois le père ? Après ce prétendu viol ? C'est un dhampire ?

Je hochai la tête.

Matthias resta silencieux un long moment. Ensuite, il ordonna :

— Habillez-vous.

Il ramassa la robe blanche sur le sol et me la lança. Cependant, il n'eut pas la courtoisie de se détourner pendant que je la passai.

Je lui jetai un regard noir. Il n'avait rien d'un gentleman.

— Vous me détestez, pas vrai ? reprit-il.

— Et dire que je déployais tant d'efforts pour le cacher.

— Je vous promets une chose, Jillian. Un jour prochain, vous reviendrez me voir.

Il avança jusqu'à ce que son visage ne soit plus qu'à quelques centimètres du mien. Je ne bougeai pas.

— Et je n'aurai pas besoin de manipuler vos émotions. Vous me supplierez de vous sauter.

Je le giflai aussi fort que je pus.

Cela ne servit qu'à lui arracher un sourire.

— Que vous le croyiez ou non, je ne suis pas un violeur, mais j'apprécie que mes maîtresses aient du répondant.

— Vous êtes répugnant.

— Je suis sûr que votre dhampire était bien mieux élevé, hein ?

Je retins un sanglot.

— Venez avec moi.

Sans un regard en arrière pour s'assurer que je le suivais, il quitta la chambre et se dirigea vers l'entrée de ses appartements. Là, il sortit une clé de sa poche et ouvrit la porte.

Un homme patientait dans le couloir, une expression sévère sur le visage. En m'apercevant, il recula avec un mélange d'horreur et de dégoût tandis que ses yeux devenaient noirs et que sa lèvre supérieure se retroussait, laissant voir ses canines acérées.

— Donc c'est vrai, cracha-t-il.

— Qu'est-ce que tu veux, Samuel ? demanda Matthias d'un ton sec. Je n'ai pas de temps à t'accorder aujourd'hui.

— Tu n'as pas de temps, répéta Samuel d'un air moqueur. Je sais combien tu es occupé, majesté. Débordé par ta vie de jouissance, avec une nouvelle pute ; et elle est empoisonnée, cette fois. Ton égoïsme a battu un nouveau record aujourd'hui, et ce n'est pas passé inaperçu. (Il me jeta un coup d'œil.) Je sais ce qu'elle est. Nous le savons tous. Et le fait que tu l'autorises à vivre est impardonnable.

Matthias lui lança un regard menaçant.

— Ce ne sont pas tes affaires.

— Ce ne sont pas mes affaires qu'au lieu de briser le cou de cette femme qui représente un péril réel pour les vampires, tu décides de prendre du bon temps avec elle, risquant non seulement la vie de tes sujets, mais aussi la tienne ? Par pur caprice ? Et j'ai entendu parler du sort que tu avais réservé à Colin.

Malgré l'accusation, Matthias resta impassible.

— Écarte-toi. C'est un ordre.

— C'est terminé, poursuivit Samuel, les traits crispés. Tu n'es pas digne de nous gouverner, et cette situation… (il me jeta un nouveau coup d'œil) ne fait que le confirmer. Nous souhaitons que Kristoff soit libéré et remonte sur le trône.

Matthias plissa les yeux.

— Tu souhaites l'impossible. Laisse-nous passer, et j'oublierai ce moment d'égarement.

— Tu dois la tuer, insista Samuel. Fais-le, et nous serons peut-être plus cléments lorsque Kristoff reprendra sa place.

Karen s'était approchée. Matthias lui lança un regard rapide.

— Ramène Jillian à sa chambre. Et assure-toi que personne ne la touche.

Karen inclina la tête.

— Oui, Matthias.

— Je viendrai vous retrouver sans tarder, me dit-il en se tournant brièvement vers moi. Mais je dois d'abord m'occuper de ceci.

Karen m'attrapa le poignet et m'entraîna dans le couloir. En regardant par-dessus mon épaule, je vis que Matthias et Samuel continuaient leur passe d'armes.

— Quel est le problème ?

— Les vampires sont prêts à se révolter, répondit Karen. Ça couvait depuis un moment. Matthias n'y a pas prêté beaucoup d'attention ; il pensait qu'il ne se passerait rien. Mais ta présence a enflammé la situation en quelques heures à peine.

— Moi ?

Une fois arrivée à ma chambre, elle ouvrit la porte et me poussa à l'intérieur sans ménagement. J'étais à cran, et je craignais de perdre mon sang-froid à tout instant. Pire : je sentais toujours les mains et la bouche de Matthias sur moi, comme s'il m'avait marquée au fer rouge, exactement comme Declan avant lui.

Était-il possible qu'il ne soit pas le monstre qu'on m'avait décrit ? Le docteur Gray s'était chargée de brosser ce portrait peu flatteur, et j'avais déjà pu observer qu'elle était loin d'être complètement fiable. Mais pourquoi la mère de Declan aurait-elle inventé toute cette histoire ?

Karen croisa les bras.

— Ton sang peut tuer un vampire après une seule gorgée, et pourtant Matthias insiste pour te garder en vie. Inutile de dire que cette décision n'est pas très appréciée.

— Je ne veux blesser personne.

— Il t'a sautée ?

Je clignai des yeux.

— Quoi ?

Elle me lança un regard noir.

— Tu as couché avec lui ? Il est évident que c'était ce qu'il avait en tête.

J'en eus l'estomac retourné.

— Non.

J'avais l'impression de mentir. Ce n'était pas parce qu'il n'était pas allé jusqu'au bout que ça ne comptait pas.

Elle marcha jusqu'au lit, un air furieux sur le visage.

— Si tu crois qu'il va renoncer à ses autres maîtresses pour toi, tu te fourres le doigt dans l'œil. Il en a des dizaines. Je suis surprise que sa queue ait le temps de sécher entre deux coups.

Je me sentis rougir en l'entendant parler de manière aussi crue.

— On dirait que tu es jalouse.

— Sûrement pas.

— Ne t'inquiète pas. Je n'ai pas l'intention de commencer une relation avec un violeur. Je place la barre un peu plus haut que ça.

Elle s'esclaffa. Elle semblait se moquer de moi.

— Tu ne penses pas réellement que Matthias a besoin de violer qui que ce soit, si ?

— Il a utilisé son don de manipulation mentale pour me contrôler.

— Et ça a marché ?

Je pinçai les lèvres et lui décochai un regard assassin.

— Je n'arrive pas à croire à quel point tu es faible, lâcha-t-elle en secouant la tête.

— Et tu n'es qu'une sale pute. Tu ferais mieux d'oublier cet enfoiré qui se tape tout ce qui bouge. Il est clair qu'il n'en a rien à foutre de toi.

— Il a été fidèle, pendant une brève période, à une serve de sang humaine qui avait ses faveurs. Elle s'appelait Catherine. Mais elle s'est enfuie il y a six mois, et son précieux ego en a pris un coup. Depuis, ce n'est qu'un défilé de blondasses ; il essaie de la remplacer, sans grand succès.

— Comme c'est romantique. Et donc, tu es déçue qu'il ne t'ait pas trouvée plus que ça à son goût ?

Elle m'observa en silence avant de reprendre la parole.

— Tu n'as pas la moindre idée de qui je suis, hein ?

Je secouai la tête.

— Non. Je devrais ?

Elle plissa les yeux.

— La Belladone qui coule dans tes veines m'était destinée.

Je mis un moment à comprendre ce qu'elle voulait dire. Quand la vérité finit par m'apparaître, je ne pus m'empêcher d'éprouver un grand choc.

— Donc c'est bien toi. Tu es la taupe dont le docteur Gray m'a parlé. Mais je croyais… Je… je suis surprise.

J'avais eu raison. J'avais douté de ma première intuition, mais Karen venait de confirmer qu'elle était bien l'espionne qu'on avait envoyée infiltrer le repaire de Matthias. Pourtant, son talon en argent avait failli être fatal à Declan quelques jours plus tôt. Un agent du gouvernement aurait-il vraiment fait une chose pareille ? Tuer un membre de sa propre équipe, alors qu'ils étaient censés travailler main dans la main à éliminer les méchants ? En même temps… bon sang, si elle essayait de s'intégrer dans le clan de Matthias, c'était du très bon boulot.

Elle hocha la tête.

— J'étais la taupe.

— Tu l'étais ? Comment ça ?

Son visage se crispa légèrement.

— Le docteur Gray croit que je travaille toujours pour elle. Elle se trompe. Je ne travaille que pour une seule personne.

Je me sentis pâlir.

— Toi-même.

Elle afficha un mince sourire.

— C'est le chaos ici, au-delà de tout ce que le docteur Gray avait prévu. Le mécontentement gronde depuis des années, et à présent les vampires sont prêts à se soulever. Ils sont divisés en deux camps de forces à peu près égales : certains soutiennent encore Matthias, mais d'autres souhaitent le retour de Kristoff. Tu as entendu Samuel.

— Ils n'ont qu'à tenir des élections.

— Ça ne fonctionne pas comme ça ici. De nombreux vampires veulent tuer Matthias pour qu'il ne se dresse pas en travers de leur chemin. D'autres comptent trouver l'endroit où il a emprisonné Kristoff et le rétablir dans ses fonctions.

— Je ne comprends pas pourquoi Matthias ne l'a pas exécuté dès le départ au lieu de se contenter de l'emprisonner.

— Matthias estime que rester en vie et souffrir pendant des décennies – pour l'éternité, même – est un châtiment bien meilleur que la mort. C'est aussi simple que ça. Il sait se montrer très cruel.

Je frissonnai. Oui, c'était sans doute logique si on se mettait dans la peau d'un sadique.

— D'après ce que tout le monde m'a dit, à l'exception de Matthias lui-même, bien sûr, Kristoff était un meilleur roi.

— Ça dépend de ce que tu appelles « meilleur », je suppose. Kristoff était brutal et violent. Il aurait voulu déclarer la guerre aux humains il y a des années, mais Matthias l'a arrêté avant qu'il ne soit trop tard.

J'étais perdue.

— Pourquoi le docteur Gray prétendrait-elle que c'est l'inverse qui s'est produit ?

— Je ne sais pas. Mais c'est le cas, en effet.

— Et les plans de Kristoff conviennent aux autres vampires ?

Une expression amusée sur le visage, elle continua à me livrer les secrets de ce monde souterrain.

— La plupart d'entre eux préféreraient passer à l'action plutôt que rester enfermés dans cette cage dorée que leur offre Matthias : ils ont accès à tous les serfs de sang qu'ils veulent et mènent des vies confortables, mais leur liberté est très limitée. Matthias envoie des tueurs à la poursuite de ceux qui osent se rebeller contre lui. Certains sont exécutés en surface, et les autres sont ramenés ici pour qu'il puisse leur arracher le cœur en personne. Les vampires n'ont pas envie de subir ce genre de tyrannie.

Cette image mentale me donna la nausée.

— Donc tu es venue ici pour t'intégrer au clan, et ensuite tu allais recevoir l'injection de Belladone, puis revenir tuer Matthias ?

— C'était le plan.

— Et ça ne te gênait pas que ce soit du poison ?

— J'étais prête à donner ma vie pour détruire Matthias. Au départ, du moins.

— Et tu étais sa maîtresse.

— Pendant une courte période seulement. Ensuite, il m'a assigné d'autres tâches. Je fais partie des tueurs qu'il envoie traquer les rebelles.

Eh bien, cela expliquait ses talons en argent.

— Et maintenant, tu ne veux plus l'assassiner parce que tu es tombée amoureuse de lui, c'est ça ?

Elle pinça les lèvres.

— Matthias m'a promis de m'engendrer. En me transformant en vampire, j'obtiendrai immortalité, jeunesse éternelle et force sans égale. Mais cette promesse date d'une année, et je suis toujours humaine. J'en ai assez d'attendre. Kristoff, lui, va vouloir créer une armée de vampires ; il ne pourra pas refuser ma proposition.

Je grimaçai de dégoût.

— Quelle loyauté. Je suis certaine que le docteur Gray serait ravie de ta décision.

— Tu as visité son petit labo, pas vrai ? Le père de ton ex croit qu'il est aux commandes, mais c'est son bébé. (Elle sourit.) Et c'est le cas de le dire, vu ses dernières expériences.

— J'ai vu un des dhampires qu'ils détenaient dans une cellule. Un véritable monstre.

— Eh oui… Et le docteur Gray a mis en place une vraie usine à bébés.

Je serrai les dents à cette simple pensée.

— Pourquoi risquerait-elle la vie de ces femmes ?

Karen me contempla comme si j'étais une idiote.

— Parce qu'elle considère que ses recherches sont plus importantes que quelques vies. Son dernier sujet a justement accouché hier soir. Elle m'a appelée spécialement pour m'en informer – elle croit que je travaille toujours pour elle. C'est là qu'elle m'a expliqué ton rôle dans cette histoire. Je n'aurais jamais deviné ton petit secret l'autre jour. En même temps, je n'ai pas l'odorat d'un vampire.

Karen était peut-être une vipère, mais c'était une bonne actrice. Le docteur Gray ne m'avait paru ni stupide ni naïve.

— Un autre dhampire, murmurai-je.

— C'est une petite fille normale.

Un enfant dhampire normal. Les vœux du docteur Gray avaient été exaucés.

— Pas la peine de m'inviter au baptême, merci, commentai-je d'un ton pince-sans-rire.

— C'est dommage. Après tout, tu connais le papa.

— Hein ?

Je remarquai le couteau qu'elle avait sorti d'une gaine à sa ceinture – celui-là même qu'elle avait plaqué contre ma gorge un peu plus tôt. La lame étincelait dans la pénombre. Avec son manche en ivoire, c'était la réplique exacte de celui qu'elle m'avait donné pour que je tue Declan ; en cet instant, je regrettais vraiment de ne plus l'avoir.

— Catherine est la mère de l'enfant qui vient de naître.

Je pris une profonde inspiration.

— Donc le père… c'est Matthias ?

— Excellente déduction, bravo. Catherine savait que Matthias lui demanderait d'avorter. J'ai prévenu le docteur Gray qu'elle s'était enfuie, et on l'a amenée à Silver Ridge.

— Tu es trop sympa.

— Je fais ce que je peux.

— Pourquoi est-ce que tu me racontes ça ?

C'est vrai, pourquoi m'avait-elle confié tous ces secrets ? À présent, j'en savais bien trop sur elle. Et l'arme qu'elle tenait à la main me suggérait que j'étais dans une situation périlleuse.

— Je suppose que j'avais juste besoin d'une copine à qui parler. (Elle sourit.) Ça fait du bien de bavarder un peu.

Je lançai de nouveau un coup d'œil au couteau.

— Matthias t'a ordonné de ne pas me toucher.

— Tu sais, si on m'avait injecté la Belladone, je l'aurais vraiment tué. Et si j'en ai l'occasion, je n'hésiterai pas à lui planter cette lame en argent dans le cœur pour prouver à Kristoff que je suis digne de le servir. Mais d'abord… (elle avança) commençons par toi.

Chapitre 21

Je reculai précipitamment et regardai autour de moi à la recherche d'une arme. Je ne trouvai qu'une lampe près de mon lit, que j'empoignai.

— Matthias aurait dû te mordre, reprit Karen. Mais il semble qu'il ait réussi à résister. Tant pis. Nous devrons simplement l'éliminer d'une autre manière.

Elle s'approcha de moi sans hésiter; comme Declan, c'était une tueuse professionnelle. Je parvins à lui assener un bon coup avec la lampe, mais cela ne l'arrêta pas. Elle esquiva mon attaque suivante et m'entailla le bras de sa lame.

— En fait, le couteau, ce n'est pas une bonne idée, lâcha-t-elle en le rangeant. Si tu saignes trop, les vampires vont accourir, ameutés par l'odeur.

Après m'avoir arraché la lampe, elle m'empoigna, referma ses mains sur ma gorge et commença à serrer.

Je rassemblai toute l'énergie qui me restait et la martelai de coups de poing pour essayer de me libérer. Même si elle portait des talons hauts, nous étions à peu près de la même taille. Elle réagit en me poussant jusqu'à ce que je heurte le mur avec violence; j'en eus le souffle coupé.

— Arrête de résister, lança-t-elle. Tu me fais perdre mon temps.

Au bout d'un moment, mes bras retombèrent mollement à mes côtés. Je n'avais plus la force de lutter pour ma vie. Je commençai à voir flou, et un voile noir envahit mon champ de vision.

— Karen. (La voix calme de Matthias s'éleva dans l'entrée de la pièce.) Que se passe-t-il ?

Les yeux écarquillés, elle tourna la tête vers lui.

— Son sang va t'être fatal. C'est mon devoir de te protéger.

— Lâche-la immédiatement.

Un air de résignation sur le visage, elle obéit. Je glissai au sol en toussant tandis que je cherchais à reprendre ma respiration.

Matthias ne me regarda pas. Il était entièrement concentré sur Karen.

— Tu la tuerais pour me protéger ? lui demanda-t-il.

— Bien sûr.

— J'en ai terminé avec Samuel. Il ne créera plus de problèmes.

Karen se raidit.

— Tu l'as éliminé.

— Comme je l'ai dit, il ne créera plus de problèmes.

— Il n'aurait pas dû te dire de telles choses. C'était un manque de respect.

— Tu parles de ses menaces ? De son insistance pour que je délivre Kristoff de l'endroit où je l'ai enfermé il y a vingt-neuf ans ? De la révolte qui se prépare ? Ces choses-là ?

— Euh… oui, c'est ça.

— Tu as mentionné que Catherine était enceinte lorsqu'elle est partie.

Sa voix était si calme qu'elle me donnait froid dans le dos. Devant l'ahurissement de Karen, il poursuivit :

— Tu sais que mon ouïe est suffisamment fine pour entendre à travers les portes. Cependant, il est regrettable que mon odorat n'ait pas été assez sensible pour repérer un changement hormonal chez Catherine lorsqu'elle était encore ici. Si cela avait été le cas, les choses ne se seraient pas passées ainsi. Elle devait en être au tout début de sa grossesse quand elle m'a quitté.

Karen expira avec difficulté.

— J'aurais dû t'en parler, mais elle m'a fait promettre que je ne dirais rien.

— Et pourtant, tu en as informé Monica Gray. Pour qui tu travailles. J'ai aussi entendu ça. C'est à toi que Monica voulait injecter la Belladone, et non à Jillian. (Elle ouvrit la bouche, mais il leva la main pour lui intimer le silence.) Le sérum s'est retrouvé dans ses veines complètement par hasard.

— J'ai changé d'avis. J'ai appris à te respecter, et je n'ai pas pu me résoudre à mettre ce plan à exécution.

— Tu m'as demandé de t'accueillir dans mon lit. Tu voulais être ma serve de sang. Et quand je ne t'ai pas trouvée à mon goût, tu l'as mal pris. Est-ce que ça t'a donné l'impression d'être une ratée, Karen ? Est-ce ta jalousie quand je t'ai écartée pour Catherine qui t'a conduite à conspirer contre moi avec Colin, Samuel et les autres, ou était-ce simplement parce que j'ai refusé de t'offrir la vie éternelle en te transformant en vampire ?

— Matthias…

— Contente-toi de me répondre. Tu les aurais laissés m'assassiner ? Ou tu t'en serais chargée toi-même ? Tu ne peux pas mentir. Je te l'interdis.

Il la regardait droit dans les yeux, et je songeai qu'il contrôlait sans doute son esprit pour la forcer à dire la vérité. Pourtant, s'il avait écouté notre conversation, il la connaissait déjà.

— Oui, répliqua-t-elle. Je t'aurais tué, espèce de sale connard égoïste.

Elle esquissa un geste pour s'emparer du couteau à sa ceinture mais, avant même qu'elle ait pu le toucher, Matthias lui prit délicatement le visage entre ses mains et, d'un mouvement brusque, il lui brisa la nuque.

Elle s'écroula comme une masse.

Matthias posa ses étranges yeux gris sur moi.

— Je n'aime pas les traîtres.

Mon cœur battait la chamade tandis que mon regard passait du roi vampire à la femme effondrée sur le sol.

— Je viens de vous sauver la vie, lança-t-il. Ne l'oubliez pas.

J'acquiesçai. J'avais l'impression qu'on m'avait écrasé le larynx, et je ne voyais toujours pas net. La peur que j'avais éprouvée alors que Karen essayait de me tuer ne semblait pas pressée de s'en aller.

— Elle a dit que le bébé était né, pas vrai ? demanda Matthias.

Je tentai d'avaler ma salive. C'était douloureux.

— Oui.

Rien dans son expression n'indiquait ce qu'il pensait du fait qu'il était désormais père.

— Une fille, murmura-t-il.

Je me contentai de hocher la tête.

Il me tendit la main.

— Vous devez venir avec moi tout de suite.

Je le considérai avec méfiance.

— Où ?

— Je dois vous emmener voir quelqu'un.

La dernière fois qu'on m'avait dit une chose pareille, je m'étais retrouvée enfermée avec un vampire affamé. Mais, à présent, c'était le vampire qui m'ordonnait de le suivre. Un vampire qui m'inspirait des sentiments très contradictoires. C'était un meurtrier. Il m'avait convaincue de coucher avec lui grâce à ses dons de manipulation mentale – enfin, presque. J'avais juré de le tuer, même si je devais mourir en accomplissant ma mission.

Et il venait de me sauver la vie.

Je me sentais encore plus perdue qu'avant.

Je pris la main qu'il me tendait et il m'aida à me relever. Ensuite, il écarta mes cheveux pour examiner ma gorge là où Karen avait essayé de m'étrangler. Nos regards se croisèrent.

— Vous supportez facilement d'être aussi proche de moi, à présent ? demandai-je.

— En réalité, c'est toujours très pénible. (Il leva un sourcil.) Mais je fais illusion, n'est-ce pas ?

— C'est très convaincant.

— Et pourtant, ma capacité à résister à la Belladone ne va impressionner personne ici. Il semblerait que ma cote de popularité ait chuté encore plus que je ne le croyais. Je risque de devoir élire domicile ailleurs le temps de décider de ma stratégie. Maintenant, suivez-moi.

Au lieu de chercher à me tirer par le bras, il partit devant, me laissant marcher toute seule. Ce qui signifiait que j'avais le choix entre rester là et tenir compagnie au cadavre de Karen ou lui emboîter le pas.

Je choisis la seconde option.

Les couloirs donnaient vraiment l'impression que nous nous trouvions dans un hôtel souterrain. Ils étaient décorés avec la même débauche de luxe que les chambres, et les murs étaient peints d'une couleur bordeaux qui me rappelait mon sang altéré par la Belladone, tandis que les plinthes et les encadrements de porte étaient dorés. C'était vraiment un palace.

Je pénétrai à la suite de Matthias dans une salle immense. Plusieurs colonnes grecques imposantes soutenaient le plafond, d'où pendait un lustre énorme dix mètres au-dessus de nos têtes. De grandes bibliothèques étaient alignées le long d'un des murs.

— Vous lisez beaucoup ? demandai-je machinalement pendant que nous passions devant.

Il hocha la tête.

— Je collectionne les livres sur la magie.

— La magie ?

— J'ai été ami avec Houdini pendant de nombreuses années. Il a éveillé mon intérêt pour le monde de la magie. (Il esquissa un sourire.) Je lui ai proposé de le transformer en vampire, mais il a refusé. Il pensait qu'il pouvait devenir immortel autrement. Il pourrait très bien être parvenu à ses fins, pour autant que je sache.

— Il est mort.

— C'est ce que tout le monde croit. Mais c'était le plus grand maître de l'évasion que cette terre ait jamais porté, donc je ne suis pas complètement convaincu qu'il ait disparu à jamais.

— Où est-ce que vous m'emmenez, Matthias ?

— Nous allons demander à quelqu'un de nous aider.

— De nous aider à quoi ?

— Je dois me rendre à la surface, répondit-il d'un air tendu.

Je mis quelques instants à comprendre ce qu'il voulait dire.

— Le bébé. Vous comptez aller le chercher, c'est ça ?

— En effet.

— Pourquoi ? Catherine s'est enfuie loin de vous. Son message était plutôt clair, non ?

— Peu importe l'avis de Catherine. Maintenant que je suis au courant de l'existence de ma fille, je ne lui tournerai pas le dos.

— Le docteur Gray s'en occupera.

Ses yeux brillèrent de colère.

— Vous ne connaissez pas du tout Monica Gray. Elle a consacré sa vie à persuader les gens que je suis un monstre. Mais c'est elle le monstre, qu'elle s'en rende compte ou non. Je vous ai parlé de Kristoff et de cette jeune dhampire, n'est-ce pas ?

J'avais essayé de toutes mes forces d'oublier cette histoire horrible.

— Oui.

— Kristoff appartenait à une société secrète de vampires : les Amarantos. Ses membres étaient convaincus que le sang d'une enfant dhampire leur conférerait l'immortalité. Les vampires peuvent vivre très longtemps sans succomber aux maux qui frappent les humains, mais ils sont vulnérables malgré tout. Kristoff croyait en l'efficacité de ce rituel, et il a travaillé très dur, avec de nombreuses femmes – consentantes ou non – pour obtenir un tel enfant. Lorsqu'il a enfin réussi, il a tué sa fille et bu son sang ; et il a forcé un autre vampire à en faire autant.

Il termina sa phrase d'une voix étranglée par l'émotion. Son tourment était visible dans ses yeux alors qu'il évoquait cette scène abominable.

— C'était vous, cet autre vampire, pas vrai ? demandai-je d'une voix tremblante.

— On m'a maintenu en place pendant qu'il me forçait à boire.

Il détourna le regard et se tut.

Je frissonnai.

— Donc c'est vrai ? Vous êtes complètement immortel ?

— Je l'ignore. Tout ce que je sais, c'est qu'on a pris la vie d'un enfant innocent. Je savais déjà que Kristoff était mauvais, mais je ne l'avais jamais vu par moi-même. Ses partisans croyaient tout ce qu'il leur racontait. Ils guettent depuis des années l'occasion de le délivrer pour en faire de nouveau leur roi. Ils pensent que je suis un hédoniste qui ne s'intéresse pas à son peuple, mais ils se trompent. Je dois me nourrir d'énergie sexuelle autant que de sang ; sans cela, je perds mes forces. Kristoff est exactement comme moi.

J'étais perdue.

— Tous les vampires se nourrissent de sexe ?

— Non. Pas les plus jeunes. Mais ce besoin augmente avec le temps, et affecte les sujets âgés, comme mon frère et moi.

— Attendez une seconde. Kristoff est votre frère ? m'exclamai-je, stupéfaite.

— Oui.

— Et vous l'avez jeté en prison pour qu'il ne puisse plus faire de mal à personne.

Son visage était blême, et il avait les traits tirés.

— Malgré ses actes, je ne pouvais pas le tuer. Mais je devais m'en occuper. Pour son rituel d'immortalité, la guilde Amarantos cherche à obtenir des femelles dhampires. On considère que le sang des mâles n'a pas les mêmes propriétés. Tout ce que je sais, c'est que ma fille est en grand danger. Je dois la protéger.

Ce fut à cet instant que tous mes doutes sur Matthias s'envolèrent. J'étais toujours aussi terrifiée, mais l'opinion que j'avais eue de lui jusque-là – fondée sur la certitude qu'il n'était qu'un violeur qui aimait maltraiter les femmes – ne comptait plus.

Il n'avait pas violé la mère de Declan. On avait menti à ce dernier pendant toutes ces années. On lui avait raconté des histoires pour qu'il déteste un homme qu'il n'avait jamais rencontré, dans l'unique but de créer l'arme ultime qui éliminerait le vampire qu'il tenait pour responsable de la mort de sa mère.

— Vous allez m'aider ? me demanda Matthias.

— Oui.

C'était un tout petit mot pour décrire la force de ma conviction. Monica Gray savait-elle à quel point il était dangereux d'accueillir un bébé dhampire – surtout une fille ? Les vampires essaieraient de la reprendre. Ils la tueraient et boiraient son sang en espérant que cela les rendrait indestructibles.

Cette petite fille était mon exact opposé. Mon sang pouvait infliger la mort en un instant. Le sien donnait la vie éternelle.

En chemin, nous croisâmes plusieurs personnes, mais Matthias ne leur prêta aucune attention. Cependant, ce n'était pas réciproque. Tous ceux que nous rencontrions nous observaient avec curiosité. Sur les visages, je lus de la méfiance, de la peur et une grande colère lorsque les vampires me voyaient marcher librement au côté de leur roi actuel en dépit de la menace que je représentais.

Je suivis Matthias hors de la grande salle remplie de bibliothèques, puis dans un escalier qui nous mena encore plus loin sous la terre. Soudain, au détour d'un couloir, nous tombâmes nez à nez avec deux hommes qui nous barraient le chemin.

Je fus choquée de reconnaître Davis. Il tenait un couteau à la main.

— Matthias, lança-t-il. J'ai bien peur de ne pas pouvoir te laisser passer.

— C'est elle ? demanda l'autre. La femme dont le sang est empoisonné ?

Il avait du mal à respirer, et ses yeux, qui avaient déjà viré au noir, montraient qu'il s'agissait d'un vampire.

— Oui, c'est elle, confirma Matthias.

— Putain, pourquoi tu ne l'as pas encore éliminée ? s'exclama Davis. Fais-le, et tu pourras peut-être t'en sortir vivant. Si tu nous dis où tu as enfermé Kristoff, je n'aurai pas besoin de te tuer.

— Vous ne trouverez jamais mon frère, répondit calmement Matthias.

— Tu te trompes. Et lorsqu'il sera de nouveau au pouvoir, il accordera l'immortalité aux serfs de sang, et nous l'aiderons à envahir la terre pour obtenir ce que nous voulons des humains. Son heure est venue.

— Écartez-vous.

— Non.

— Regarde-moi, ordonna-t-il à Davis.

— Pour que tu puisses faire un de tes tours de magie et m'imposer ta volonté ? Non, merci. C'est terminé.

Matthias lança un coup d'œil au vampire, qui me contemplait comme si j'étais une glace qu'il mourait d'envie de lécher.

— Je l'ai goûtée, lui dit Matthias. Je n'ai pas pu résister. Tu vois les traces de morsure sur sa gorge ? C'est là que je l'ai marquée. Mais il ne s'est rien passé. Ce n'était qu'une ruse de nos ennemis pour nous inspirer la crainte.

— Tu mens, répliqua l'homme.

— Non. Le goût de son sang est aussi enivrant que son odeur. Malgré ma puissance, même moi j'ai cédé à cette tentation.

— Attends, non…, réagit Davis. Ce n'est pas Matthias qui…

Mais avant qu'il ait pu terminer sa phrase, le vampire m'avait empoignée ; il était loin de pouvoir se maîtriser aussi bien que Matthias. Il repoussa ma tête sur le côté et plongea ses canines dans mon cou avec avidité.

Il n'eut pas recours à la manipulation mentale pour m'apaiser, et une douleur vive me saisit aussitôt. Les larmes me montèrent aux yeux, mais je ne pouvais pas me débattre, car la morsure m'avait paralysée.

— Oh oui, gémit-il contre ma gorge. Si délicieux…

J'observai Davis, qui s'était élancé sur Matthias, un couteau à la main. C'était un tueur professionnel et un combattant aguerri, mais il n'était pas de taille à lutter contre le roi. Celui-ci le désarma avec facilité, puis lui trancha la carotide d'un mouvement si vif que je le distinguai à peine. Les yeux écarquillés par la surprise alors qu'il comprenait qu'il allait mourir, Davis leva les bras pour essayer d'arrêter l'hémorragie, puis finit par s'effondrer.

Le vampire me lâcha. Mon sang sombre dégoulinait le long de son menton et coulait sur le sol.

Quand je pus bouger de nouveau, je refermai une main sur le côté de ma gorge meurtrie.

— Tu avais raison, lança Matthias à mon agresseur en essuyant la lame du couteau sur son pantalon noir. Je mentais. J'espère que tu as apprécié le goût de la mort.

Le vampire se mit à hurler alors que les flammes commençaient à consumer son corps. Puis on ne l'entendit plus, et un instant plus tard il explosa dans un nuage de cendres incandescentes.

Je fusillai Matthias du regard. Il avait l'air étonnamment joyeux, compte tenu de ce qui venait de se produire.

— Ça vous amuse ? tempêtai-je. Il m'a mordue, à cause de vous.

— Vous allez cicatriser. Lui, non.

— Je ne vois toujours pas ce qu'il y a de drôle.

— C'est quand on a le moins de raisons de se réjouir qu'il faut rire à gorge déployée.

Il se prenait pour Confucius, ma parole.

— Vous êtes cinglé, vous le savez ?

— Allez. Nous sommes presque arrivés.

— Pourquoi vous n'avez pas de gardes du corps, bon sang ?

— Vous venez de les rencontrer.

Sans un mot de plus, il se détourna et s'éloigna d'un pas vif. Je le suivis dans un escalier, où il descendit de nouveau d'un étage avant de s'engager dans un couloir mal éclairé.

Les bras croisés, un homme montait la garde devant une porte. Je n'aperçus personne d'autre.

— Je dois le voir, annonça Matthias.

— On m'a enjoint de ne plus reconnaître ton autorité. (Il décroisa les bras et serra les poings le long du corps.) Je suis désolé, mais je ne peux pas obéir à tes ordres.

— Dans ce cas, je suis désolé, moi aussi, répliqua Matthias avant de lui enfoncer la lame en argent dans la poitrine.

Ses yeux s'écarquillèrent avant de se remplir de flammes, et il explosa dans un nuage de cendres.

Ce devait être encore un vampire. De loin, ils étaient étonnamment difficiles à reconnaître.

Lorsque je me fus remise du choc, j'empoignai le bras de Matthias.

— Qui est dans cette salle ? demandai-je.

— C'est là que nous amenons les prisonniers.

— Karen m'a raconté comment vous tuez les vampires rebelles. Elle mentait ?

Il me lança un regard pénétrant.

— Vous voudriez que je dise « oui » ?

— Je veux juste la vérité.

Il contempla la porte.

— Je suis le roi, donc c'est moi qu'ils trahissent en quittant le clan. Par conséquent, je me charge des exécutions, en effet, comme Karen vous l'a expliqué.

J'eus envie de vomir.

— Et vous leur arrachez le cœur à mains nues ?

— Quelquefois.

Je frissonnai.

— C'est barbare.

— Je suis très habile de mes mains, et je peux en faire de nombreuses choses bien moins barbares, dit-il avec un sourire en coin. Comme vous le savez désormais.

Je croisai les bras en un geste défensif.

— Je préfère oublier ça.

— Tout ce que je veux, c'est que vous admettiez que le désir que vous avez ressenti pour moi n'était pas entièrement de mon fait. Pouvez-vous m'accorder cela ?

Nous n'avions pas de temps à perdre. Pourquoi me parlait-il de ça maintenant ?

— Allez, Jillian. Vous avez eu envie de moi. Et c'est encore le cas. Reconnaissez-le.

Il n'allait pas me laisser tranquille tant que je ne lui aurais pas répondu.

Je mordillai ma lèvre inférieure.

— Non. C'est faux.

— Je vous le répète : ne jouez jamais au poker. C'est trop facile de repérer quand vous bluffez.

Il ramassa le trousseau de clés au sol, où seul un petit tas de cendre rappelait qu'un garde s'était tenu devant nous quelques instants plus tôt, puis fit basculer la porte sur ses gonds.

Je poussai un cri étranglé.

Un homme se trouvait dans la pièce, les mains enchaînées au-dessus de la tête : Declan.

Chapitre 22

La lumière vive qui envahit la pièce parut gêner Declan. Puis une expression incrédule se peignit sur son visage lorsqu'il me vit.

— Jill… mon Dieu, c'est toi.

J'étais si abasourdie que, pendant un moment, je restai coite. Mais ensuite je me précipitai jusqu'à lui. Il avait du sang séché sur le visage, mais je n'aperçus aucune coupure ; ses blessures avaient déjà dû cicatriser. Il avait le torse nu, et j'y remarquai aussi des traînées rougeâtres, preuve qu'il avait reçu d'autres coups.

Mais il était vivant.

— Declan.

Je tendis une main tremblante et lui touchai la joue avec précaution. Le soulagement m'envahit à l'idée qu'il était toujours en vie. Puis je lançai un regard furieux à Matthias par-dessus mon épaule.

— Qu'est-ce que vous lui avez fait, nom d'un chien ?

— La même chose qu'à tous nos ennemis : nous l'avons emprisonné pour l'interroger. Mais on m'a dit qu'il avait refusé de parler.

— Vous m'avez raconté qu'il était mort.

— C'est Karen qui vous a raconté ça.

— Vous avez confirmé sa version.

Il n'avait pas l'air troublé.

— J'avais besoin de toute votre attention, Jillian. Si vous aviez su que votre amant était encore en vie, vous auriez été bien plus distraite.

— Relâchez-le.

— Pas tout de suite.

J'examinai de nouveau Declan. On l'avait enchaîné comme un animal. Et dire que pendant tout ce temps j'avais cru qu'il était mort dans notre accident de voiture et que j'avais essayé de toutes mes forces d'accepter sa disparition.

« *Il a souffert pendant presque douze heures en criant ton nom, mais tu n'es jamais venue.* »

Karen avait dû trouver ça très drôle.

Je n'étais pas de nature rancunière, mais j'étais bien contente que Matthias lui ait réglé son compte.

— Moi aussi, ils m'ont dit que tu étais morte, soupira Declan, un air de détresse sur le visage. L'accident. Je me suis réveillé ici, et tu n'étais pas là. Ils m'ont raconté que tu avais traversé le pare-brise et que tu étais morte sur le coup.

— Ce ne sont que des menteurs.

— C'est ce que je vois.

Je terminai d'examiner son corps, et fus soulagée de ne pas trouver de blessures sérieuses. Je m'arrêtai un instant pour lui caresser le visage ; j'avais encore du mal à croire qu'il était vivant et que je pouvais le toucher. En voyant que son bandeau avait glissé sur le côté, je le remis en place.

Il me remercia, puis darda un regard féroce sur Matthias.

— Tu es qui, toi ?

— Je suis surpris que tu ne connaisses pas la réponse à cette question.

Matthias entra dans la pièce et vint se placer à côté de moi devant Declan. Il contempla le visage couturé de cicatrices du dhampire avant de reprendre la parole :

— Je suis Matthias.

Les chaînes de Declan produisirent un violent bruit de ferraille quand il essaya de s'élancer en avant, fou de rage.

— Je vais te tuer !

Matthias l'observa un long moment.

— Laisse-moi deviner. Parce que j'ai violé ta mère ?

— Espèce de connard de suceur de sang, tu me dégoûtes. Je vais te faire la peau.

— Non, tu ne vas pas me toucher. Tu es enchaîné. Je te tiens à ma merci.

— Tout va bien, murmurai-je à Declan en lui posant une main sur la poitrine, comme pour le protéger du roi vampire.

Il me regarda, perdu.

— Putain, c'est quoi, ce délire, Jill ? Qu'est-ce qui s'est passé pendant mon absence ?

— Excellente question, répliqua Matthias. Mais nous n'avons pas de temps à perdre avec ces petits jeux. Tu dois m'écouter, dhampire, et plutôt deux fois qu'une.

— Jill, lâcha Declan d'une voix rauque. Tu dois partir. Va-t'en. Maintenant.

— Pas encore.

Je lançai un coup d'œil nerveux vers la porte ouverte, m'attendant à voir une dizaine de vampires remontés arriver à tout instant, puis me tournai vers Matthias :

— Dépêchez-vous, s'il vous plaît.

Matthias m'écarta et il saisit le visage de Declan, le forçant à le regarder dans les yeux.

— Tout ce qu'on t'a raconté sur moi n'était qu'un mensonge. Je n'ai pas violé ta mère. Tu n'es pas mon fils. J'ai de nombreux défauts, mais je ne suis pas un violeur.

— Tu mens.

Declan essaya de se libérer, mais Matthias le tenait fermement en place.

— C'est la vérité. Monica Gray n'a sans doute aidé ta mère que pour pouvoir disposer d'un enfant dhampire pour ses recherches.

— Ce n'est pas le docteur Gray qui m'a élevé.

— Mais elle t'a confié à quelqu'un qui pouvait s'en charger, pas vrai ? Quelqu'un de proche, qui était capable de garder un secret ? Et depuis, elle a continué ses expériences sur les hybrides, au détriment de plusieurs vies humaines.

— Ces femmes sont venues la trouver pour qu'elle les aide.

— Et quelle aide elle leur a apportée ! Elle leur a permis de mener leurs grossesses à terme, tout ça pour que les dhampires déchiquettent leurs corps fragiles en naissant. Une simple échographie aurait suffi à voir qu'il s'agissait du mauvais type de dhampire. Elle aurait pu avorter ces monstres quand il était encore temps de sauver les mères, mais elle ne l'a pas fait.

Declan resta de marbre.

— Ça ne change rien à tes crimes. Je sais ce qu'on m'a dit.

— Je ne suis pas ton père. On t'a raconté des mensonges pour que tu me détestes. Monica Gray complote contre moi depuis presque trente ans. Le développement de la Belladone n'est que la dernière d'une longue série de tentatives.

— Elle veut détruire tous les vampires, pas seulement toi.

— C'est ce qu'elle prétend. (Matthias se mit à arpenter la petite salle obscure.) Mais je ne suis pas entièrement convaincu que ce soit vrai.

— C'est quelqu'un de bien, insista Declan.

Je m'autorisai enfin à exprimer mes doutes :

— Je n'en suis pas si sûre. C'est elle qui m'a donné l'agent synthétisant au lieu de l'antidote, tu te souviens ? Elle se foutait pas mal que je vive ou que je meure. Tu en étais conscient aussi, sinon tu n'aurais jamais essayé de m'emmener loin de ce labo.

Declan eut l'air troublé en m'entendant lui rappeler ce qui s'était passé à Silver Ridge.

— À ma connaissance, tu es le seul dhampire de ton âge, reprit Matthias. Mais un autre bébé vient de naître. Une petite fille. Ma… fille. (Après avoir prononcé ce mot, il hésita un instant avant de poursuivre.) Elle aussi est tombée entre les mains de Monica. Mais des vampires redoutables et avides de pouvoir pensent que le sang d'une enfant dhampire femelle permet d'obtenir l'immortalité. S'ils découvrent l'existence de ma fille, ils l'enlèveront et la sacrifieront pour boire son sang.

Declan secoua la tête.

— Tu racontes n'importe quoi.

— Je ne mens pas.

Des rides creusaient le front de Declan. Il commençait à prendre les paroles de Matthias au sérieux.

Il se tourna vers moi ; à présent, le doute avait envahi son visage.

— Je le crois, déclarai-je. Au début, j'avais des doutes, mais son histoire tient debout. Je pense qu'il dit la vérité, et que nous devons l'aider.

Son œil lança des éclairs, et j'y lus la douleur.

— Il m'a enchaîné et m'a fait torturer pendant plus d'une journée en me laissant croire que tu étais morte.

— Tu es un ennemi, rétorqua Matthias. Nous n'avons pas pour habitude d'accueillir les ennemis à bras ouverts dans mon royaume. Tu as tué de nombreux vampires de mon clan, en te basant uniquement sur les préjugés qui t'ont été inculqués depuis ta naissance. Ici, tout le monde connaît ton nom. Cependant, j'ignorais que tu étais un dhampire. (Il secoua la tête.) Tes cicatrices…

— Quoi, mes cicatrices ? rugit Declan.

— Si je ne cicatrisais pas comme je le fais, je te ressemblerais énormément, avec tous les combats que j'ai livrés.

— Mais, heureusement pour toi, tu guéris facilement. Ce serait dommage d'abîmer ton visage royal, gronda Declan en lui lançant un regard noir. Honnêtement, je ne sais pas que croire.

— Ce n'est pas grave si tu ne crois pas tout ce que je viens de te raconter. La seule chose qui compte, c'est que nous retrouvions ma fille et sa mère le plus rapidement possible. Avant qu'il ne soit trop tard.

— Carson n'accepterait jamais d'être mêlé à des histoires de ce genre, objecta Declan.

— Peut-être qu'il n'est pas au courant, avançai-je.

Mais je n'en étais pas entièrement convaincue.

Matthias leva la main et détacha les chaînes de Declan à l'aide des clés du garde qu'il avait tué dans le couloir. Les bras de Declan retombèrent lourdement à ses côtés, et il s'affaissa contre moi. Son corps était noué par la tension et par la colère qu'il contenait à grand-peine.

— Ça va aller ? m'inquiétai-je en lui caressant de nouveau le visage.

Il me regarda d'un air farouche.

— Ils m'ont dit que tu étais morte. Et je les ai crus.

— Je sais. Mais je suis vivante.

— Ton sang…

— Il est toujours fatal aux vampires, répondit Matthias. Tout le monde ici a insisté pour que je la tue, mais je m'en suis abstenu. Considère cela comme une autre preuve de mes intentions honorables. Il semble que cette décision ait déclenché une rébellion qui ne pouvait pas plus mal tomber.

— Tu peux marcher ? demandai-je.

Declan hocha la tête.

— Oui.

— Vous voyez, Jillian ? me lança Matthias. Je vous aide à sauver votre dhampire, et vous m'aidez à sauver la mienne. Ça vous paraît équitable ?

Il avait l'air serein, mais je savais que ce n'était qu'une façade. Devoir assumer une responsabilité imprévue au moment précis où les sujets sur qui il régnait depuis trente ans décidaient de l'évincer… devait certainement lui peser.

Cependant, j'avais bien remarqué qu'il avait essayé de me faire avouer que je le désirais juste avant de me révéler que Declan était encore en vie. Cela l'amusait de jouer avec mes émotions.

Matthias n'était pas un chic type qui m'avait aidée à délivrer Declan par pure bonté d'âme. C'était lui qui avait ordonné qu'on enchaîne Declan et qu'on le torture. C'était un opportuniste et un manipulateur. Malgré tout cela, je ne doutais pas de sa sincérité lorsqu'il disait qu'il voulait sauver sa fille avant que quelque chose de vraiment horrible lui arrive.

Après être resté entravé si longtemps, Declan avait du mal à se tenir debout. Lorsqu'il vacilla moins sur ses jambes, il avança vers Matthias et attrapa le devant de sa chemise, approchant le visage de celui du roi.

— Si je découvre que tu m'as menti, je t'arracherai le cœur de mes propres mains.

— C'est noté, répondit Matthias sans se départir de son calme.

Declan le lâcha, puis se détourna et observa mon expression. Ensuite, il me palpa le cou avec délicatesse, là où deux vampires m'avaient mordue et où on distinguait également les marques laissées par Karen lorsqu'elle avait essayé de m'étrangler. J'étais toujours étonnée que quelqu'un qui avait l'air aussi dangereux que Declan puisse être aussi doux.

— Il t'a blessée ?

— Non, répondis-je, la gorge serrée. En réalité, il m'a sauvé la vie.

— Et tu crois ce qu'il nous raconte.

Je hochai la tête.

— Oui.

— Nous devons partir tout de suite, avant qu'on nous arrête, lança Matthias d'un ton qui me mit les nerfs à vif. Il vaudrait mieux que je ne me montre pas le temps que les esprits se calment. Je peux rester à la surface ; je connais des endroits où personne ne pourra me trouver.

— Parce que si tes sujets te trouvent…, débuta Declan.

— Ils me tueront. Ou, du moins, ils essaieront.

— Tu n'as pas l'air très inquiet.

— Je préfère me concentrer sur un problème à la fois. Et, pour l'instant, l'objectif est de retrouver ma fille. (Son sourire disparut, et une lueur de désespoir vacilla dans son regard.) Tu vas m'aider ?

Declan contempla le vampire qui se tenait devant lui. À première vue, on aurait pu penser qu'avec sa musculature plus développée, il ressortirait vainqueur d'un combat à mort avec Matthias. Pourtant, je n'aurais pas parié ma chemise sur sa victoire. Matthias était âgé et très puissant, et je l'avais vu tuer sans le moindre remords. Ils étaient très différents, mais tout aussi dangereux l'un que l'autre.

— Moi aussi, je veux des réponses, dit Declan. Donc je vais t'aider, oui.

— Alors suis-moi. (Tournant les talons, Matthias quitta la pièce et s'engagea à grands pas dans le couloir.) Il est presque 3 heures du matin. Le jour va se lever bientôt. Nous devons en avoir fini avant.

Je me souvins des explications de Declan sur les vampires et leur réaction à la lumière du soleil. La légende disait qu'elle leur était fatale, mais en réalité elle les rendait aveugles. Sous la terre, le soleil ne brillait pas, ce qui faisait toute la valeur de ce repaire. D'autant que, d'après ce que j'avais vu du royaume de Matthias, il avait dépensé sans compter pour l'aménager.

Arrivé à une grande porte métallique, il saisit une série de chiffres sur un petit clavier numérique.

— Cet ascenseur va nous emmener à la surface, expliqua-t-il. À l'heure actuelle, des gardes doivent être postés devant toutes les autres sorties pour m'empêcher de m'échapper. Mais je suis fermement convaincu qu'il faut toujours avoir un plan de secours, précisément pour les cas de ce genre.

Declan restait muet. Il observait avec méfiance l'homme dont il avait cru toute sa vie qu'il était son père. Je n'avais pas la moindre idée de ce qu'il pouvait bien penser. Puis il se tourna vers moi, et son visage se détendit un peu.

Des larmes me piquaient les yeux.

— Je suis si heureuse que tu ne sois pas mort.

Il me serra plus fort.

— C'est réciproque.

— Comme c'est mignon, lâcha Matthias d'un ton ironique tandis qu'il nous contemplait, adossé au fond de l'ascenseur qui commençait à s'élever. Vous savez, si tout se termine comme nous l'espérons, on pourrait bien s'amuser ensemble, tous les trois.

Je lui lançai un regard noir, mais ne répondis pas.

La manière dont il me dévisageait me mettait mal à l'aise. Comme s'il pouvait lire dans mes pensées. Comme s'il était persuadé que je ne pourrais pas oublier les moments que nous avions passés ensemble. Il était convaincu qu'il m'attirait. Mais c'est lui qui m'avait fait éprouver ces sentiments. Cela n'avait rien eu de réel.

Je détournai le regard la première.

— Je ne comprends pas comment tu supportes de te trouver à côté de Jill, reprit Declan en choisissant de ne pas prêter attention à cette offre si généreuse d'un ménage à trois. Son sang ne t'affecte pas ?

— Si, bien sûr. Mais je connaissais déjà l'existence du poison avant son arrivée. J'étais prêt à résister à ses nombreux… charmes.

Declan fronça les sourcils.

— Comment étais-tu au courant ?

— Noah, crachai-je. Il a tenu Matthias informé tout ce temps. C'est grâce à lui qu'il a su qu'on avait quitté Silver Ridge.

Le prénom du jeune assistant de laboratoire me laissait un goût amer dans la bouche.

Le choc et la fureur se peignirent sur le visage de Declan.

— C'est impossible.

— Ne sois pas fâché contre Noah, intervint Matthias. Mes hommes l'ont capturé peu après qu'il a commencé à travailler pour Carson Reyes, et je lui ai fait comprendre de manière très claire qu'il avait intérêt à me tenir informé des avancées de ses recherches. Je n'ai jamais eu complètement confiance en lui ; c'est pour ça que j'ai voulu vérifier les effets du sérum avant de croire tout ce qu'il m'avait raconté à son propos. En revanche, Noah ne s'est pas fait prier pour me parler de Jillian depuis son arrivée dans votre petite ville en début de semaine. Je suis au regret de t'annoncer qu'il est très critique à l'égard du programme de recherche de Monica Gray.

Declan avait l'air stupéfait. On aurait dit que le ciel venait de lui tomber sur la tête.

— Et Karen, la serve de sang qui t'a attaqué à la station-service l'autre jour, repris-je. C'était elle qui était censée recevoir l'injection de Belladone. Mais elle a changé de camp en cours de route. Et elle a essayé de me tuer.

Declan fronça les sourcils.

— Et maintenant, où est-elle ?

— Morte. Matthias… il l'a arrêtée alors qu'elle allait m'étrangler.

Declan resta silencieux un moment, réfléchissant à ce que je venais de dire. Puis il se tourna vers le vampire.

— Tu serais prêt à sauver une femme qui pourrait causer ta perte ?

Matthias sourit.

— J'imagine que je suis simplement incapable de résister au doux parfum d'une demoiselle en détresse. C'est ma faiblesse.

L'ascenseur s'immobilisa brutalement : nous étions arrivés. Les portes s'ouvrirent sur une grotte. La température y était bien plus élevée que dans le repaire de Matthias. Karen n'avait pas parlé d'une cage dorée sans raison. La fraîcheur des souterrains du palace de Matthias était peut-être due à la climatisation, mais elle était infiniment plus agréable que cette atmosphère naturelle étouffante.

Sans nous attendre, Matthias sortit de la grotte et s'avança dans le désert. Au-dessus de nos têtes, le ciel nocturne évoquait une toile de velours noir parsemée d'étoiles sur laquelle se détachait un croissant de lune.

Deux cents mètres plus loin, Matthias s'arrêta devant deux formes couvertes par des bâches marron. Il enleva l'une d'elles et révéla un 4 × 4.

— Vous savez faire démarrer une voiture sans les clés ? demanda-t-il. Je n'ai pas pu les prendre avant de partir, évidemment.

— Je m'en occupe.

Declan se mit au travail.

Je sentis de nouveau le regard insistant de Matthias sur moi ; le vampire me mettait terriblement mal à l'aise. Il n'était même pas proche de moi ; il s'était placé à quatre mètres de distance pour être moins sensible à mon odeur. Mais j'avais l'impression qu'il n'était qu'à trente centimètres.

Quelques minutes plus tard, le moteur se mit à rugir : Declan avait trafiqué les branchements sous le tableau de bord. Il savait s'y prendre, question vol de voitures.

Matthias s'avança et m'ouvrit la portière du côté passager.

— Après vous, Jillian.

Alors que je m'apprêtais à monter, il enroula son bras autour de ma taille et me serra contre lui pour pouvoir murmurer à mon oreille :

— N'oubliez pas ma promesse. Ceci ne change rien.

Je le repoussai et montai dans la voiture. Il claqua la portière derrière moi.

Sa promesse. Je voulais faire comme si je ne voyais pas de quoi il parlait, mais c'était faux. Il ne m'avait promis qu'une seule chose depuis que nous nous étions rencontrés.

« *Un jour prochain, vous reviendrez me voir, et je n'aurai pas besoin de manipuler vos émotions. Vous me supplierez de vous sauter.* »

Ce souvenir était une distraction dont je me serais bien passée.

Mes priorités avaient changé. Avant, je ne me souciais que de mon sort : je voulais trouver un antidote au poison qui courait dans mes veines. Pour autant que je le sache, il risquait encore de me tuer, même si la douleur paralysante ne m'avait pas reprise depuis que j'avais failli mourir après avoir reçu l'injection d'agent synthétisant. Mon sang n'était plus le même. J'ignorais si je pouvais y remédier ou s'il était trop tard. Resterais-je ainsi jusqu'à mon dernier souffle ?

Et je pouvais très bien le rendre aujourd'hui. J'avais l'impression d'avoir flirté avec la mort depuis le moment où j'avais quitté mon bureau ce mardi ; à présent, cette mission d'intérim à répondre au téléphone me semblait à des années-lumière. À l'instant fatidique où j'avais rencontré Carl Anderson, le xénochimiste, et Declan Reyes, le tueur dhampire, mon existence avait changé à jamais, et depuis je n'avais pas cessé de m'inquiéter pour ma vie et mon avenir.

Mais, à présent, je me faisais du souci pour quelqu'un dont j'ignorais tout seulement quelques heures auparavant. Un bébé qui venait juste de naître et dont la vie était véritablement menacée.

Tandis que nous traversions le désert et rejoignions enfin la route asphaltée qui allait nous ramener à Silver Ridge, je compris que malgré l'identité de son père et les obstacles qui risquaient de se dresser sur notre chemin, je serais prête à donner ma vie pour sauver celle de ce bébé.

C'était plutôt drôle, en fait. Je n'avais jamais vraiment été du genre maternelle.

CHAPITRE 23

À notre arrivée chez Carson, quelqu'un nous attendait dans l'ombre : Noah, qui se tordait les mains avec nervosité en nous regardant approcher.

— Je l'ai prévenu que nous étions en route, dit Matthias. Il peut nous aider.

Après avoir allongé le pas pour nous distancer, Declan empoigna Noah et le poussa contre un mur.

— Tu travaillais avec Matthias pendant tout ce temps ? gronda-t-il. Et tu me l'as caché ?

— Dec… je peux tout t'expliquer…, commença Noah.

— C'est notre ennemi.

— Vous pourrez régler vos comptes plus tard. On n'a pas beaucoup de temps, lâchai-je d'un ton brusque.

— Qu'est-ce que Matthias t'a promis pour que tu nous trahisses ? questionna Declan sans lâcher son ancien ami. Il t'a dit qu'il te transformerait en vampire ? Qu'il t'accorderait la vie éternelle ? (Il le secoua.) C'est ça, hein ? Bon sang, tu n'as donc rien appris depuis que tu as commencé à travailler sur ce projet ?

— Hé, vas-y doucement. Tu vas le blesser.

Je lui saisis le bras jusqu'à ce qu'il se tourne vers moi et que son visage se détende un instant.

— On aurait pu mourir tous les deux à cause de ses embrouilles, gronda-t-il en crispant de nouveau la mâchoire.

— Je sais. Je n'essaie pas de lui trouver des excuses, mais c'est du passé maintenant.

Declan jeta un dernier coup d'œil à Noah avant de desserrer enfin son étreinte.

— Cette conversation n'est pas terminée.

Noah me lança un regard inquiet. S'il espérait que j'allais lui ouvrir grands les bras et lui offrir mon pardon, il se trompait.

— Noah, repris-je, tu n'avais pas tout raconté à Matthias, pas vrai ? Il ignorait que Declan était un dhampire et qu'il était censé être son fils.

Noah secoua la tête.

— Matthias voulait connaître les plans du docteur Gray. C'est tout. Je lui ai parlé de la Belladone et de ta situation, mais mis à part ça je ne suis pas entré dans les détails.

Je le contemplai d'un air sévère.

— Merci, c'est trop sympa.

— Tout ce que tu savais aurait pu m'aider énormément, Noah, intervint Matthias. Nous devrons discuter de tes limitations plus tard.

Il n'avait pas élevé la voix, mais son message était sans équivoque. Noah tressaillit. À présent, il avait un vampire furieux contre lui parce qu'il n'en avait pas assez dit, et un dhampire furieux parce qu'il en avait trop dit.

— Oui... euh... plus tard. (Noah s'éclaircit la voix.) En parlant de la Belladone... ça va mieux, Jill ? La dernière fois que je t'ai vue, tu étais aux portes de la mort.

Je grimaçai en y repensant.

— Personne n'a ouvert quand j'ai sonné. Je respire encore. Pour l'instant, du moins.

— Depuis votre départ, j'ai lu une tonne d'autres fichiers, révéla Noah. J'ai exploré tous les dossiers top-secrets. Maintenant, je sais encore plus de trucs que je ne suis pas censé savoir.

— Tu sais où on retient ma fille ? demanda Matthias d'un air tendu.

Noah hocha vigoureusement la tête.

— Le docteur Gray a installé une nursery en bas.

— Et Catherine ? Sa mère ?

Noah pinça les lèvres, et il secoua la tête une fois.

— Elle est décédée juste après la naissance du bébé. Je suis désolé.

Pendant un instant, le chagrin envahit le visage de Matthias.

— Elle n'aurait jamais dû s'enfuir.

Je fus parcourue d'un frisson.

— Je suis vraiment désolée, Matthias. (Je me tournai vers Noah.) Mais le bébé va bien ?

— Oui. Elle est en train de dormir comme un… eh bien, comme un bébé. Par contre, tout à l'heure, un autre bébé dhampire enfermé dans une cellule du sous-sol a arraché quelques doigts à l'un des gardiens. Le type a eu de la chance que ça s'arrête là, dit Noah avec une grimace. D'habitude, quand un nouveau-né goûte du sang humain, c'est une condamnation à mort immédiate ; parfois, cette seule odeur suffit à les rendre fous.

— Comme c'est charmant, commentai-je avec un frisson.

— Mais votre fille…, reprit-il en se tournant vers Matthias. Eh bien, elle n'est pas du tout comme ça. Pas de dents pointues. Juste des petites gencives. Et des couches. Et, euh…

— Allons-y, l'interrompit Declan.

Il saisit une série de chiffres sur un clavier numérique pour déverrouiller la porte. Pendant une fraction de seconde, je m'attendis à entendre une alarme se déclencher, mais rien ne se produisit ; je le suivis dans le couloir.

— Dec, chuchota Noah. Je dois te dire un truc. Quelque chose que j'ai découvert en fouillant dans les fichiers.

— Quoi ? aboya Declan en lui lançant un regard noir.

— C'est sur ta mère.

Declan s'immobilisa.

— Quoi, ma mère ?

Noah avait l'air d'avoir vieilli de vingt ans depuis la dernière fois que je l'avais vu. Il semblait écrasé sous le poids de tout ce qu'il avait appris – sans compter qu'il avait aussi dû servir d'espion à Matthias sur son temps libre.

— J'ai trouvé des fichiers qui avaient l'air d'avoir été falsifiés. Ils portaient sur ton père, euh, tu sais qui… (il indiqua Matthias d'un geste du menton) et ce qu'il était censé avoir fait à ta mère avant qu'on la découvre et qu'on l'hospitalise jusqu'à la fin de sa grossesse.

— Matthias n'est pas le père de Declan, intervins-je.

— C'est juste. Cette mention a été ajoutée plus tard sur le document. Une femme du nom de Chloé était listée comme mère.

— C'est un mensonge. Je ne fréquentais aucune Chloé à cette époque. (Matthias me lança un coup d'œil.) Ce n'est pas parce que j'ai eu beaucoup de liaisons que j'oublie les noms de mes partenaires.

Seigneur, combien de femmes – et d'hommes – avait-il accueillies dans son lit au cours de sa vie ? Des milliers ? Des dizaines de milliers ? Plus ?

— Vous ne vous souvenez pas de Chloé parce qu'elle n'existe pas. Ce n'était qu'un pseudonyme pour dissimuler la véritable identité de la mère. (Noah déglutit.) Monica.

Quand je compris ce qu'il venait de dire, je m'exclamai :

— Tu ne prétends tout de même pas que le docteur Gray…

— … est la vraie mère de Declan, termina Noah. Si. C'est ce qui était écrit, et je suis certain qu'elle croit que ces fichiers ont été détruits.

Debout dans l'entrée de cette maison où il vivait depuis six ans, Declan resta silencieux un long moment.

— Ce n'est pas possible. Ma mère est morte. Le docteur Gray est en vie.

— La naissance d'un dhampire n'entraîne pas forcément la mort de la mère. Ce n'est le cas que lorsque l'enfant est un monstre. (Noah grimaça.) Dans les fichiers, j'ai trouvé des photos de cadavres. Sauf si *Alien* repasse à la télé, je ne tiens pas à revoir ce genre d'atrocités de sitôt.

— Mais pourtant, Catherine est morte.

Matthias prononçait le nom de la mère de son enfant d'une voix empreinte d'émotion.

Noah se racla la gorge avec nervosité.

— Je… je ne crois pas qu'elle soit morte en couches.

Matthias pinça les lèvres.

— Monica va devoir répondre de ses crimes.

On avait tué Catherine après son accouchement ? Que fabriquait le docteur Gray ? Elle avait consacré sa vie à aider les autres grâce à ses recherches. Avait-elle à présent recours au meurtre pour atteindre ses objectifs ?

J'attrapai la main de Declan et me tournai vers lui.

— L'identité de ta mère n'a pas d'importance.

— Bien sûr que si, rétorqua-t-il à mi-voix. Si Monica Gray est vraiment ma mère, pourquoi ont-ils inventé ces mensonges qui m'ont hanté toute ma vie ? Pourquoi m'ont-ils raconté que ma mère était décédée en me mettant au monde, ou qu'on l'avait violée puis abandonnée à demi morte ? Je côtoie le docteur Gray depuis que je suis enfant, et c'est tout juste si elle m'a parlé, mis à part pour me critiquer. Et maintenant, je découvre que c'est ma mère ? Carson ne m'en a jamais soufflé un mot.

— Peut-être qu'il ne connaissait pas la vérité.

Quel genre d'homme aurait laissé son prétendu fils adoptif croire une histoire aussi horrible toute sa vie ?

Les derniers jours n'avaient pas été faciles pour Declan, et il n'avait même pas son sérum pour atténuer ses émotions. Son désarroi me fendait le cœur, mais j'ignorais comment l'aider à affronter ces épreuves.

Au bout d'un moment, il secoua la tête comme pour s'éclaircir les idées.

— On doit continuer à avancer, lança-t-il.

Il reprit sa route jusqu'à ce que nous parvenions enfin à l'escalier, et descendit tandis que nous le suivions en file indienne. En bas, le couloir était éteint.

— La nursery est de ce côté, chuchota Noah. Je ne suis pas un grand fan des enlèvements, mais, dans ce cas précis, je crois que ça se justifie. Je viens de lire des fichiers sur une société secrète de vampires avec laquelle le docteur Gray collabore. Le bébé n'est pas en sécurité ici.

— Je le savais, cracha Matthias, qui s'était maîtrisé jusque-là, alors que la fureur envahissait son visage. Voilà pourquoi elle mène ces recherches sur les dhampires. Elle essaie de fournir du sang à la guilde Amarantos pour leurs rituels d'immortalité. Et maintenant, elle tient ma fille.

Je me tournai vers Declan, qui semblait perdu. Puis son expression se durcit, et il déclara :

— Nous devons sauver cette enfant. La question ne se pose pas.

Je hochai la tête, le cœur gonflé d'orgueil. Il était prêt à mettre ses propres préjugés de côté pour faire ce qu'il fallait, alors qu'aider Matthias était contraire à tout ce qu'on lui avait inculqué. S'il avait continué à prendre son sérum, il n'aurait jamais été capable de voir que c'était la chose à faire.

Mais si Noah disait vrai et que le docteur Gray travaillait avec la guilde Amarantos, alors pourquoi avait-elle créé un poison destiné à tuer les vampires ?

Je me souvenais de ce long couloir : il menait à la salle dans laquelle on m'avait enfermée avec Tobias pour découvrir si mon sang lui serait fatal, comme les scientifiques le soupçonnaient. Sentant qu'on m'observait, je m'arrêtai devant l'une des portes. Par la petite lucarne, j'aperçus le visage blanc et les grands yeux noirs d'un dhampire qui se tenait juste derrière et nous regardait passer.

— C'est le bébé dont tu parlais, Noah ? demandai-je en sentant un frisson me parcourir devant le regard mort de la créature. Celui qui a arraché des doigts à un gardien ?

Noah se tourna vers la cellule que je lui indiquais.

— Oui, c'est lui. Mignon, hein ?

— Horrible, tu veux dire.

— Elle a installé ma fille dans cette zone, avec cette chose juste à côté ? s'exclama Matthias d'un ton révolté.

En voyant mon expression, il grimaça.

— Qu'est-ce qui vous fait sourire ?

Malgré mon angoisse, j'étais effectivement en train de lui sourire.

— Je vous imagine déjà en papa poule.

Son regard sévère s'adoucit.

— Ma fille ne manquera jamais de rien.

— Essayez quand même d'attendre quelques années avant de lui offrir un poney, d'accord ? Pas la peine d'en faire une pourrie-gâtée.

— C'est ici, murmura Noah au bout d'une dizaine de mètres. (Puis il se figea.) Merde. Quelqu'un arrive.

Je m'immobilisai, le souffle court.

Un gardien déboucha de l'angle et avança vers nous, un gobelet de café à la main. Il n'eut pas l'air de s'inquiéter en découvrant Declan et Noah.

— Ne dites à personne que j'ai quitté mon poste une minute, lança-t-il. J'avais besoin de caféine. La nuit a été dure.

— Tu m'étonnes, approuva Noah d'une voix anxieuse.

— Tu surveilles le nouveau bébé dhampire ? s'enquit Declan.

— Les deux. Mais quand ils pleurent, l'un des deux reçoit un biberon, et l'autre… une fléchette tranquillisante, termina-t-il en riant.

Declan lui décocha un coup de poing au visage, et le café s'envola. Le gardien s'ébroua, puis tendit la main pour s'emparer de son arme, mais Declan attrapa le devant de sa chemise et l'envoya tête la première contre le mur en béton. L'homme s'effondra au sol, inconscient.

Declan me lança un coup d'œil.

— Je ne l'ai jamais aimé. Il n'en fout pas une.

— Vous connaissez le code de sécurité ? questionna Matthias.

— Oui.

Noah dut enjamber le corps du gardien pour saisir une série de chiffres sur le clavier. La porte s'ouvrit, et Matthias entra dans une petite salle aux murs blancs. Le cœur battant la chamade, je le suivis tandis qu'il se dirigeait droit vers le berceau.

Il se pencha et en sortit un ours en peluche.

— Où est le bébé ? demandai-je, envahie d'un sentiment de panique.

Il me regarda d'un air à peine étonné.

— C'était un piège.

— C'est impossible, répondis-je en secouant la tête.

— Ils étaient au courant de notre venue.

Je me tournai vers Noah, qui se tenait à l'entrée de la pièce. Il avait l'air profondément troublé.

— Je n'ai rien dit. Je le jure. Elle était là tout à l'heure. J'ignore où ils l'ont emmenée. (Il se tourna pour regarder quelque chose dans le couloir, puis leva les mains.) Non… attendez, s'il vous plaît. Je dois…

J'entendis un coup de feu, et Noah recula en chancelant, les yeux écarquillés. À présent, une tache rouge s'étendait sur son tee-shirt blanc. Le souffle court, il tomba à genoux, puis s'effondra au sol.

— Noah ! hurlai-je, submergée de terreur. Declan !

Mais Declan ne chercha pas à se mettre à l'abri. Il avait le regard rivé sur le nouvel arrivant. Il était blanc de colère, et il serrait les poings de toutes ses forces.

— C'est quoi, ce bordel ? s'écria-t-il.

— Declan. (Carson apparut devant la porte.) Garde ton calme.

— Pourquoi tu as tiré sur Noah ? Il n'était pas armé.

— C'est un traître qui travaille pour les vampires. Il vole nos secrets et tient les suceurs de sang informés de nos moindres mouvements. Il ne mérite pas notre clémence.

Je me précipitai vers l'entrée, mais Matthias posa une main sur mon épaule pour m'empêcher de sortir dans le couloir.

— Faites quelque chose, le suppliai-je.

Il secoua la tête.

— D'abord, je dois découvrir où se trouve ma fille.

Carson m'aperçut, et il écarquilla les yeux de surprise.

— Vous êtes toujours en vie. L'agent synthétisant a fonctionné.

— Vous m'aviez dit que c'était l'antidote, répliquai-je en sentant une bouffée de colère me revenir à ce souvenir.

— Nous n'avons pas eu le choix, répondit-il d'un air tendu. Vous aviez refusé de nous aider. Parfois, il faut prendre des décisions difficiles dans l'intérêt général.

— « L'intérêt général » ? répéta Declan. C'est comme ça que tu appelles ça ?

— Bien sûr.

On sentait que Carson croyait en ce qu'il racontait et qu'il voulait désespérément nous convaincre.

— J'ai agi uniquement pour protéger les humains de la menace vampire, reprit-il. Tu le sais.

— C'est ce que je croyais.

— Ne va pas te mettre à douter de moi maintenant, mon fils.

— « Mon fils », répéta Declan d'un ton amer.

Il s'éloigna de quelques pas, puis revint se placer en face de Carson. Je m'approchai pour mieux voir la scène.

— Tu me considères vraiment comme ton fils ? demanda-t-il.

— Oui, bien sûr.

— C'est la vérité ? Le docteur Gray est ma vraie mère ?

Carson parut surpris ; puis il lança un regard sévère à Noah, toujours étendu au sol et qui respirait avec difficulté. Pâle comme un linge, celui-ci pressait une main contre sa blessure pour essayer de stopper l'hémorragie. Je voulais me précipiter à son secours, mais Matthias n'avait pas desserré son étreinte.

— Peu importe qui tu es et d'où tu viens. Tu es mon fils, et ton rôle dans cette mission est capital. Ne te laisse pas influencer par les opinions de quelques étrangers.

— Ce n'est pas mon père biologique, lança Declan en montrant Matthias du doigt. Ce n'était qu'un mensonge que tu m'as répété depuis ma naissance pour que je le déteste. Pour que je suive tous tes ordres et que j'assassine des vampires sans jamais poser de questions.

Carson serra les dents.

— Tu ne prends plus ton sérum, pas vrai ?

— C'est si facile à voir ?

— Oui. Tu n'as pas les idées claires, et tes décisions s'en ressentent. À commencer par le fait d'amener ce vampire… (il cracha le mot comme s'il s'agissait d'une insulte) dans mon laboratoire. Le nouveau sérum que je développais pour toi est enfin prêt. Nous ne l'avons pas encore testé, mais je suis convaincu qu'il permettra d'éviter les incidents de ce genre à l'avenir. Combien de temps s'est écoulé depuis ta dernière injection ?

Declan me lança un bref coup d'œil avant de répondre à son père adoptif.

— Je ne prends plus le sérum. Et je ne prendrai pas non plus ce nouveau produit.

— Declan, tu ne sais pas ce que tu racontes. Tu dois le prendre, ou tu vas commencer à ressembler davantage aux autres dhampires. Tes désirs vont te dominer.

— J'ai passé presque trois jours sans sérum, et je me sens parfaitement bien.

— C'est faux. Je vois bien que tu es proche du point de rupture. (Carson secoua la tête.) Je sais que c'est difficile à accepter, mais le sérum est vital pour toi. Il canalise ta violence et permet d'éviter que tu blesses des innocents.

Je le foudroyai du regard.

— Au moins une fois dans sa vie, foutez-lui la paix, d'accord ?

Carson plissa les yeux.

— Cela n'a rien à voir avec vous.

Mon mépris pour l'homme qui avait essayé de gommer la vraie personnalité de Declan l'emporta sur ma peur à l'idée qu'il nous avait coincés alors que nous tentions d'enlever la fille de Matthias.

— Vous lui avez lavé le cerveau toutes ces années pour qu'il s'injecte ce sérum dans le seul but de faire de lui votre marionnette. Eh bien, c'est terminé. À partir de maintenant, il va prendre ses propres décisions.

— Je crains que ce ne soit pas possible. Ma priorité absolue consiste à protéger la vie humaine. Et, pour cela, je dois m'assurer que Declan ne représente pas une menace.

— Vous ne lui avez même pas accordé une chance de faire ses preuves.

— Il y a quelques décennies, un dhampire semblable à Declan a tué de très nombreux innocents. C'était la créature la plus dangereuse que nous ayons connue. Pour finir, il a fallu l'abattre comme un chien enragé. Si nous lui avions administré le sérum – de gré ou de force –, de nombreuses vies auraient été épargnées. Croyez-moi, Jillian. Je sais ce qui est le mieux pour Declan. Je l'ai toujours su.

— Vous êtes le plus mauvais père que la terre ait jamais porté.

— Je vous remercie de votre opinion, répondit-il avec raideur avant d'adresser un signe de tête à un gardien qui venait d'apparaître à l'autre bout du couloir.

Pivotant sur lui-même, Declan se rua sur le nouveau venu. Mais au bout de quelques mètres, j'entendis un grognement, et il s'immobilisa devant la porte de la cellule où le dhampire était emprisonné. Ensuite, il arracha une petite fléchette de son épaule avant de balancer son poing au visage de l'homme, qui s'effondra.

Declan lança un regard vers Carson.

—Putain, c'était quoi, ça?

—Un tranquillisant, répondit Carson en s'approchant de lui. Pour me permettre de faire mon travail.

Le souffle court, Declan tomba à genoux, puis à quatre pattes.

—Non, Carson, je t'en prie.

Je voulus courir vers lui, mais Matthias me retint.

—Carson est armé, me rappela-t-il.

—Je dois aider Declan.

—Vous ne pouvez rien faire.

—Non, mais vous, si. On pourra sauver votre fille plus tard. Pourquoi vous n'essayez pas de l'aider?

Son expression était indéchiffrable.

—Je ne peux pas.

—Vous ne pouvez pas? C'est plutôt que vous ne voulez pas.

Je tentai de me libérer, mais sa main était serrée sur mon poignet; je faillis me briser le bras en essayant de lutter pour rejoindre Declan. Pour finir, je ne pus qu'assister à la scène, impuissante.

Carson fit un signe de tête à quelqu'un qui était arrivé dans le dos de Declan. Un homme vêtu d'une blouse blanche. Il s'approcha, une seringue remplie d'un liquide vert pâle à la main. Exactement comme Anderson.

—Non! hurlai-je.

—Allez-y, lança Carson d'un ton sec.

L'inconnu planta l'aiguille dans le cou de Declan.

Chapitre 24

Carson s'accroupit devant Declan.

— Grâce à ce nouveau sérum, tu te maîtriseras de nouveau. Et ses effets seront permanents. Tu n'auras plus besoin de te piquer toutes les trois heures : cette injection suffisait. (Il hocha la tête, comme pour se persuader qu'il avait pris la bonne décision.) Tu me remercieras quand tu te sentiras mieux. Quand tu seras redevenu toi-même.

— Va te faire foutre, gronda Declan.

Mais ensuite, sa respiration haletante commença à se calmer. Il regarda dans ma direction, et je vis son visage déformé par la colère se vider de toute expression. Quelques instants plus tard, le tranquillisant finit d'opérer et il s'effondra au sol, endormi.

La fureur qui venait de l'abandonner s'empara de moi. Je tremblais de rage tant les actes de Carson me révoltaient. Il refusait que son fils ait une volonté propre. Declan devrait se contenter d'être le soldat parfait et obéir à tous les ordres que l'homme qui lui servait de père lui donnerait. Aujourd'hui, et pour toujours.

— Espèce de salaud, explosai-je. Comment vous avez osé lui faire ça ?

— Je tiens trop à Declan pour prendre le risque de le perdre, répliqua-t-il. Sans le sérum, il est dangereux, qu'il soit prêt à le reconnaître ou non. Mais maintenant tout va bien.

— Tout ne va pas bien. Putain, c'est tout le contraire de « bien » !

— C'est fait ? s'enquit quelqu'un qui arrivait dans le couloir.

C'était le docteur Gray. Je sentis Matthias se raidir à côté de moi. J'étais furieuse contre lui : pourquoi n'avait-il pas levé le petit doigt pour aider Declan ? C'était un roi vampire avec des dons de manipulation mentale, et il n'avait pas bougé d'un millimètre.

— Je vais la tuer, gronda-t-il à voix basse.

Il réagissait enfin. Je commençais à me demander s'il était tombé dans le coma.

Mais ensuite, il laissa échapper une exclamation de surprise étouffée lorsque le docteur Gray apparut devant nous, flanquée d'un homme massif qui brandissait un Taser : dans ses bras, elle tenait un bébé enveloppé dans une fine couverture rose.

La fille de Matthias était entre les griffes de son ennemie.

— Oui, c'est fait, répondit Carson au docteur Gray.

Elle parlait sans doute de Declan et de son nouveau sérum aux effets permanents. Je jetai un regard inquiet vers son corps immobile. Malgré mon envie d'aller le voir, je ne bougeai pas.

Alerté par le bruit, Carson se tourna vers la cellule qui contenait le dhampire : le monstre semblait s'être lancé contre la porte. Il jura à voix basse.

— Nous l'avons énervé.

— Occupez-vous-en, ordonna le docteur Gray d'un ton sec. Maintenant. Nous n'avons plus de temps à perdre.

— « Occupez-vous-en », répéta Carson. Maintenant ?

— Oui, maintenant. Tuez-le. Abrégez ses souffrances. Nous réessaierons plus tard. J'ai la situation en main.

Elle enjamba le corps de Noah et passa à côté de Matthias et moi. Elle n'avait même pas tourné la tête vers l'endroit où Declan était étendu aux pieds de Carson. Je lançai un dernier coup d'œil à celui-ci, puis reportai mon attention sur Matthias, dont le visage était crispé alors qu'il regardait avec colère la femme qui avait volé son enfant et qui se tenait à présent à moins d'un mètre de lui.

— N'est-elle pas magnifique ? roucoula-t-elle en contemplant le bébé avant de le poser délicatement dans son berceau.

— Qu'est-ce que tu as fait, Monica ? s'exclama-t-il.

— Il y a bien longtemps que je ne t'avais pas revu en personne, Matthias. Tu as fait profil bas, pas vrai ? (Elle me jeta un coup d'œil.) Jillian ne t'affecte pas du tout ?

— Regarde-moi, Monica.

Elle sourit.

— Pour que tu essaies de me manipuler ? Sûrement pas. Je ne regarderai jamais un vampire comme toi dans les yeux.

La peur m'envahit en revoyant cette femme que j'avais réellement appréciée, jusqu'à ce qu'elle se débrouille pour que je m'injecte l'agent synthétisant malgré moi. Jusqu'à ce que je découvre qu'à l'insu de tous, elle avait depuis le début poursuivi ses propres objectifs. Jusqu'à ce que j'apprenne qu'elle était la vraie mère de Declan et que non seulement elle le lui avait caché, mais elle avait permis qu'on l'utilise comme une arme contre les vampires.

Je la détestais.

Elle n'avait pas l'air de s'inquiéter de la proximité de Matthias, qui avait serré les poings et dont les lèvres retroussées révélaient les canines pointues.

Je pensais qu'il allait tendre le bras et lui briser la nuque comme il l'avait fait avec Karen. Mais il ne bougea pas. Qu'attendait-il donc ?

Peut-être savait-il qu'elle n'était pas aussi sans défense qu'elle en avait l'air. Il pouvait la tuer, bien sûr, mais il devait tenir compte des gardiens. Des systèmes de sécurité. J'ignorais quelles autres mesures ils avaient mises en place, mais j'imaginais qu'ils n'avaient pas lésiné sur les moyens pour protéger cette petite communauté de chercheurs du clan de vampires qui ne se trouvait qu'à quelques kilomètres.

Mais je n'en avais pas la certitude. Et ne pas savoir ce qui allait se passer à présent était un vrai supplice.

Carson n'entra pas dans la pièce. Il allait obéir aux ordres du docteur Gray et abattre le dhampire. Dans le couloir, le silence était assourdissant.

De l'endroit où je me tenais, je ne pouvais pas voir Declan. Mais j'apercevais Noah. Et du sang. Beaucoup de sang.

Je ne savais pas quoi dire ou faire pour améliorer la situation.

C'était trop tard pour que ça s'améliore. À présent, je pouvais simplement espérer que les choses n'empirent pas.

Le docteur Gray m'observa avec intérêt.

— Seigneur. La Belladone a vraiment pris possession de votre corps, hein ? Le poison est si étroitement lié à vos cellules sanguines qu'il a changé jusqu'aux pigments de vos cheveux et de vos yeux. C'est fascinant.

— Je vais devoir renouveler toute ma garde-robe à cause de vous.

Elle sourit.

— Ça vous va mieux. En blonde, vous étiez bien trop transparente ; vous aviez l'air inoffensive. Cela dit, c'était une bonne couverture.

Je serrai les poings.

— L'agent synthétisant que vous m'avez donné a failli me tuer.

— C'était la seule solution.

J'avais déjà entendu des excuses plus convaincantes sortir de la bouche de mes nièces.

— Il n'a même pas eu le résultat que vous espériez, répliquai-je. Matthias ne m'a pas mordue.

— Va voir ta fille, lança-t-elle au roi vampire sans plus m'écouter. Je sais que tu veux admirer son visage, même si ce n'est que pour quelques instants.

Il ne bougea pas.

— Qu'est-ce que tu as fait à Catherine ?

— Vers la fin, elle était très en colère contre moi lorsqu'elle a appris que je garderais le bébé. C'est triste, vraiment. À son arrivée ici, elle était prête à m'aider. Elle était persuadée que tu n'étais qu'une créature qu'on devait détruire. Une querelle d'amoureux, je présume ?

— Elle m'a trouvé au lit avec quelqu'un d'autre et n'a pas apprécié. Mais mes désirs doivent être assouvis, ou le prix à payer serait bien plus lourd qu'une simple dispute avec une femme jalouse.

Matthias avait l'air sûr de lui, pourtant on entendait le regret dans sa voix.

— Mmm. En tout cas, elle n'a pas été exécutée, si c'est ce que tu penses. Un gardien l'a abattue quand elle a tenté de s'enfuir avec le bébé. Nous n'avons pas eu le choix.

— Espèce de harpie sans cœur.

— Je n'ai pas pressé la détente, Matthias.

— C'est tout comme.

— Tu veux me trancher la gorge, hein ? demanda-t-elle. Vas-y, essaie. Ta fille et toi serez morts avant même qu'une goutte de mon sang ait touché le sol. Et tu en es conscient, pas vrai ?

Des menaces en l'air ? Ou une promesse ?

Je l'ignorais. Mais Matthias ne bougeait pas, et il la connaissait depuis très longtemps. Il savait de quoi elle était capable. Si même un roi vampire connu pour arracher à mains nues les cœurs de ceux qui le trahissaient n'osait pas agir, cela augurait mal de nos chances de nous en sortir tous vivants.

Je lançai un nouveau coup d'œil à Noah et vis qu'à présent ses yeux étaient vitreux et qu'il respirait avec difficulté. Il avait perdu beaucoup de sang ; à côté de lui, la flaque était si grande que je sentis un nouvel élan de panique m'envahir.

— Noah a besoin de soins, lâchai-je d'une voix étranglée. S'il vous plaît.

Le docteur Gray secoua la tête.

— Il a choisi son sort lorsqu'il a décidé d'aider Matthias. Le chemin s'arrête là pour lui. Laissez-le souffrir. C'est un ordre.

Elle s'adressait au gardien qui était resté dans le couloir et qui venait de lui lancer un regard interrogateur.

Il ne bougea pas. Son visage n'exprimait rien d'autre que la soumission.

Quand Declan se réveillerait, serait-il toujours de notre côté ? Ou le sérum l'aurait-il transformé de nouveau en un être qui ne savait rien faire d'autre qu'obéir ? Et pourquoi Carson était-il si long à revenir ? Était-il vraiment nécessaire qu'il s'occupe du dhampire tout de suite ?

Le docteur Gray lança un coup d'œil au berceau.

— Cette enfant est vraiment un miracle. Tu peux être fier de toi, Matthias.

— Tu dois me remettre ma fille et me laisser partir en paix, répliqua-t-il. Ce n'est pas la peine de continuer à faire couler le sang. Et crois-moi, si tu n'arrêtes pas immédiatement, il continuera à couler.

— Comment vous sentez-vous, Jillian ? me demanda le docteur Gray en reportant son attention sur moi pour éviter de répondre au roi vampire. Maintenant que la Belladone a terminé de fusionner avec votre sang ?

— Je me sens énervée, grondai-je. Et je suis polie.

— Physiquement, je veux dire. Pas de fièvre ? De douleurs aux articulations, ou ailleurs ? Avez-vous eu de nouveau des nausées ?

— Non.

— Cela pourrait encore se produire. Les effets de l'agent synthétisant risquent de ne pas être permanents. Quand vos cellules sanguines commenceront à se dissocier du sérum, cela pourrait entraîner des complications… sérieuses.

Un frisson me parcourut.

— Du genre ?

— Il est très probable que vous finissiez par en mourir. Pour l'instant, vous vous sentez bien, mais ne criez pas victoire trop tôt. La Belladone n'avait jamais été testée avant de vous être injectée. Nous ignorons toujours son impact sur le corps humain. Je suppose que ce n'est qu'une question de temps avant que les molécules commencent à se décomposer. Ce poison est suffisamment puissant pour tuer un vampire ; je n'ose imaginer ses effets sur un humain après une période d'exposition prolongée.

Mon cœur battait à tout rompre.

— Vous essayez de me faire peur.

— J'ai réussi ?

— Oui. Mais comme je sais que vous mentez comme vous respirez, j'ai vraiment du mal à croire ce que vous racontez en ce moment.

Elle me regarda avec un sourire patient. Elle ne semblait pas perturbée pour un sou de se retrouver entre un homme à l'agonie dans l'entrée de la pièce, un roi vampire immobile comme une statue mais qui paraissait vouloir la décapiter sur place et une humaine empoisonnée qui aurait souhaité se trouver à des milliers de kilomètres de là.

— Je vous dis la vérité. Mais je peux vous aider en vous administrant des doses régulières de l'agent synthétisant et en surveillant de près vos fonctions vitales.

— Et qu'est-ce que vous allez me demander en échange ?

— De travailler pour moi comme tueuse : vous n'aurez même pas besoin d'apprendre à manier une autre arme que votre corps. Les vampires seront attirés par vous comme des abeilles par du pollen. (Elle jeta un coup d'œil à ma gorge blessée.) Ce n'est pas parce que Matthias peut résister à l'attrait de la Belladone que les autres aussi en seront capables.

— C'est le sort que tu réservais à Karen ? demanda Matthias.

— C'est exact.

— Karen est morte.

Le docteur Gray n'eut pas l'air surprise.

— Ça ne m'étonne pas. Karen était une combattante de premier ordre, mais elle manquait de jugement.

— Vous n'êtes vraiment qu'une garce sans cœur, lâchai-je.

Elle sourit.

— Les femmes de pouvoir se font souvent traiter de garces par ceux que ça dépasse.

— Et tu as fait tout ça pour tuer les vampires ? questionna Matthias.

— Bien sûr.

— Si c'est vrai, alors pourquoi tu travailles avec la guilde Amarantos ? insista-t-il. Tu es un de leurs membres humains, n'est-ce pas ?

Elle lui lança un regard acéré.

— Qui t'a raconté ça ?

Je commençais à comprendre pourquoi Matthias ne bougeait pas. Même s'il s'inquiétait pour la vie de sa fille, il n'hésitait jamais à employer la violence lorsque c'était nécessaire. Et lorsque ça ne l'était pas aussi, d'ailleurs. Mais, à présent, il voulait des réponses – des réponses capitales, qui l'emportaient sur ses intérêts personnels. Des réponses que le docteur Gray ne pourrait pas lui fournir s'il la tuait.

— Les humains peuvent rejoindre les rangs de la guilde, mais uniquement s'ils sont proches de membres haut placés, reprit-il. Tu essaies depuis des années de créer une femelle dhampire dans le but de leur offrir le sang dont ils ont besoin pour leurs rituels d'immortalité, pas vrai ? Et ils se sont montrés très patients avec toi.

— Il est important de se faire des amis puissants. Et lorsqu'on y parvient, on est prêt à tout pour les aider. Comme moi avec ton frère.

— Quoi, mon frère ? gronda-t-il.

— Tu as volé sa couronne.

— C'était un monstre qui devait être stoppé. (Matthias prit une profonde inspiration.) Attends une minute. C'est lui, pas vrai ? C'est grâce à Kristoff que tu as rejoint la guilde Amarantos.

Elle acquiesça avec un sourire mélancolique.

— Maintenant que tu as été chassé, il reprendra la place qui lui est due.

Je l'observai attentivement : ses expressions, ses mouvements, la joie et la détermination qui illuminaient son visage quand elle parlait de Kristoff... Lorsque les pièces du puzzle s'emboîtèrent, je retins un cri.

— Kristoff..., lâchai-je. C'est... c'est lui le vrai père de Declan, n'est-ce pas ?

— En effet, répondit-elle après un court silence.

— Il vous a violée ?

Je me sentais plus ou moins prête à excuser les actes d'une femme qu'on avait maltraitée. Elle n'était peut-être pas devenue un monstre assoiffé de pouvoir sans raison. Mais mon accès de compassion fut de courte durée.

Elle laissa échapper un rire grinçant.

— Bien sûr que non. C'était mon amant. Je lui ai offert mon sang, et il m'a promis qu'il me donnerait tout ce que je désirais en retour, y compris l'immortalité. Mais ensuite Matthias l'a emprisonné, et je n'ai pas réussi à le retrouver. Kristoff mérite de redevenir roi. Et il va remonter sur le trône. J'y veillerai personnellement.

Matthias la contempla d'un air ébahi pendant un long moment, avant d'exploser de rire.

— Oh, Monica, tu es trop mignonne. Et que crois-tu qu'il va se passer si Kristoff est libéré après trente ans d'emprisonnement et qu'il retrouve son pouvoir d'antan ? Tu penses qu'il va te reprendre pour maîtresse ? Désolé de te l'annoncer, mais tu as le visage et le corps d'une sexagénaire. J'ai bien peur que tu ne sois plus à son goût. À trente ans, tu étais déjà trop vieille pour lui. Et même s'il t'accordait l'immortalité, tu resterais à jamais cette sorcière décrépite.

Le docteur Gray se rembrunit et elle serra les poings avec colère.

— Il me récompensera pour mon dévouement. Surtout quand je lui offrirai ta fille pour l'aider à retrouver sa puissance.

Cela suffit à faire voler en éclats le calme apparent de Matthias. Jusque-là, il s'était maîtrisé, mais cette fois la scientifique était allée trop loin.

Il se rua sur elle, l'empoigna par le col et la poussa brutalement contre le mur.

— Je te tuerai avant.

Le gardien se précipita dans la pièce et dégaina un Taser. Matthias relâcha son étreinte et trébucha en arrière, puis s'effondra avec des convulsions tandis que l'électricité parcourait son corps. Après s'être écartée, le docteur Gray rajusta sa tenue et se ressaisit.

Je n'arrivais pas à comprendre comment il avait pu se laisser arrêter si facilement. Que se passait-il donc ?

La scientifique me lança un coup d'œil et sourit devant mon air perdu.

— Les cellules des dhampires se trouvent à cet étage. C'est aussi ici que nous amenons tous nos prisonniers vampires. Les murs sont renforcés avec de l'argent. C'est particulièrement efficace sur les vampires… Ça les affaiblit. Matthias ne souhaitait peut-être pas que vous sachiez qu'ici, il est aussi faible qu'un humain. Pour le moment, ses pouvoirs sont inexistants.

Des murs en argent. J'examinai les surfaces brillantes que j'avais à peine remarquées depuis que nous étions entrés dans la maison. Voilà pourquoi le roi vampire n'avait pas bougé. Parce qu'il ne pouvait rien faire sans risquer sa vie et celle de sa fille.

J'échangeai un regard avec Matthias. Il se détourna le premier, puis reprit la parole :

— Ça suffit, Monica.

— Oui, je suis d'accord, approuva-t-elle. J'étais prête à t'offrir une mort douce. Regarde Jillian. Elle est charmante, non ? Ce n'est pas elle que j'avais prévu d'utiliser contre toi, mais elle aurait rempli sa fonction malgré tout. Après tout, quand on a un joli minois et une silhouette de rêve, pas besoin de force ou de talent pour convaincre un vampire de faire de vous son quatre-heures. Mais tu as refusé mon cadeau.

Matthias se releva avec effort.

— Bien sûr que oui : c'était un cadeau empoisonné. Je n'avais pas envie de mourir.

Le docteur Gray croisa les bras.

— C'est une bonne chose que tu n'aies pas goûté son sang. Je suis heureuse que tu sois encore en vie.

Dérouté, Matthias pencha la tête sur le côté. Vu le contexte, cette soudaine déclaration d'amour était un peu bizarre.

— Tu cherches à te faire pardonner ? Il est un peu tard pour ça, j'en ai peur.

— Tu as créé un spécimen de femelle dhampire parfait. Cela signifie que tu as quelque chose de spécial.

Elle s'approcha de lui et fit glisser son doigt le long de son torse, jusqu'à refermer la main sur le renflement de son pantalon.

— Je peux t'utiliser pour mes recherches sur la production d'hybrides. Je pense qu'en moins d'une année, je réussirai à obtenir toutes les réponses dont j'ai besoin. Et ensuite, je t'emprisonnerai comme tu l'as fait avec Kristoff, et nous te laisserons moisir dans un cachot aux murs en argent, sans sexe ni sang pour te nourrir. Trente ans de solitude devraient suffire à te rendre complètement fou, tu ne crois pas ?

Pourquoi Declan mettait-il aussi longtemps à se réveiller ? Et où était passé Carson ? Pourquoi n'était-il pas au côté de sa copine de labo ? Je me demandais ce que le père et le fils diraient s'ils entendaient les plans du docteur Gray. Tous ses travaux des trente dernières années n'avaient eu qu'un seul but : tuer Matthias pour que Kristoff remonte sur le trône.

Sa loyauté envers l'ancien roi était complètement insensée.

— Je tiens la vie de ta fille entre mes mains, et tu en es conscient. (Elle décrivit un lent cercle autour de Matthias.) Maintenant que tu es privé de tes pouvoirs, tu sais ce que Kristoff a ressenti alors que tu étais en train de le juger. Ton propre frère. Peut-être que tu aurais dû le tuer quand tu en as eu l'occasion.

Matthias serra les dents.

— J'ai essayé. Il refusait de mourir.

— Le rituel Amarantos, murmura-t-elle. Tu veux dire qu'il a fonctionné ?

— Tout ce que je sais, c'est que lorsque je lui ai plongé une dague en argent dans le cœur, ça l'a simplement ralenti.

Je pris une profonde inspiration. Le rituel d'immortalité. Kristoff avait bu le sang de cette enfant dhampire. Mais Matthias aussi. L'ancien roi était-il immortel ? L'étaient-ils tous les deux ?

— C'est une très bonne nouvelle, déclara le docteur Gray. Je suis certaine que, lorsqu'on le libérera, il retrouvera vite sa puissance.

Elle expira, et on aurait dit un soupir de soulagement. Avait-elle craint que Kristoff ait disparu à jamais ? Eu peur de s'être raccrochée à une chimère toutes ces années ?

— Maintenant, poursuivit-elle, tu vas nous accompagner et nous allons te trouver une jolie paire de menottes en argent. Tu comprends bien pourquoi nous devons prendre nos précautions. Mais je pense que tu feras un parfait étalon. Grâce à toi, je pourrai créer de nombreux dhampires pour la guilde.

— Je ne serai l'esclave de personne. Je suis roi.

— Tu étais roi.

Il resta silencieux un moment. Son visage était impénétrable. Puis il demanda :

— Tu veux bien que je dise au revoir à Jillian avant de te suivre ?

Elle hocha la tête.

— Comme c'est romantique. Si je n'avais pas eu besoin d'elle ailleurs, j'aurais pu en faire ma première mère porteuse pour ta progéniture.

Matthias se tourna vers moi et franchit la distance qui nous séparait en deux enjambées. À présent, son regard pénétrant était dépourvu de tout humour.

J'avais envie de lui marteler le torse de mes poings pour le réveiller de cette stupeur dans laquelle il semblait être tombé. Ces murs en argent n'auraient pas dû suffire à l'arrêter. C'était un vampire. Le docteur Gray n'était qu'une humaine. Pourquoi n'essayait-il pas de lutter ? Il allait accepter la défaite sans opposer la moindre résistance ; pourquoi ? Parce qu'il craignait de ne pas être capable de protéger sa fille ?

Je secouai la tête, le cœur serré alors que mes derniers espoirs s'envolaient.

— Ça ne peut pas se terminer comme ça, lâchai-je.

Battez-vous, pensai-je en jetant un coup d'œil vers le gardien massif armé du Taser. *Faites quelque chose. N'abandonnez pas la partie.*

— Vous devez me promettre de vous occuper de ma fille, me dit Matthias à voix basse en lançant un regard vers le berceau. Veillez à ce que rien ne lui arrive.

J'ignorais comment je pouvais lui promettre une telle chose, mais je savais que je n'avais pas le choix.

— Oui, bien sûr. C'est promis. Mais, Matthias, vous devez…

Il me prit les mains.

— Je ne voulais pas que ça se termine comme ça si j'avais une autre option, mais je fais toujours en sorte d'avoir un plan B. L'avenir prouvera que j'ai eu raison. Et plutôt deux fois qu'une.

Il lança un nouveau coup d'œil en direction du berceau et contempla le bébé, qu'il n'avait pas encore pu observer de près.

— Elle est magnifique, n'est-ce pas ?

— Oui.

— Vous l'êtes aussi, Jillian.

Il esquissa un sourire. Puis il se pencha en avant et me murmura quelque chose à l'oreille.

Je fronçai les sourcils.

— Qu'est-ce que vous…

Mais avant que j'aie pu terminer ma phrase, il approcha sa bouche de ma gorge, et je sentis une brûlure cuisante alors qu'il plongeait ses canines dans ma chair.

Chapitre 25

— Non! Matthias, non!

J'essayai de le repousser pour l'empêcher de me mordre, mais il était trop tard. Son venin m'avait paralysée. Mon sang jaillit dans sa bouche, et il se dépêcha de le boire avec avidité avant que le gardien le force à reculer. Je sentis que la blessure continuait à saigner.

Matthias avait bu si précipitamment que le liquide sombre dégoulinait le long de sa lèvre et sur son menton. Il s'essuya, puis considéra le sang sur ses doigts.

— Il est exactement comme je l'avais imaginé, dit-il en croisant mon regard. Délicieux.

Avant que j'aie pu répondre quoi que ce soit, crier, hurler, Matthias commença à se tordre de douleur. Des flammes s'emparèrent de son corps et le consumèrent en quelques instants, et il disparut dans un nuage de cendres.

Je ne parvenais plus à respirer.

— Matthias! m'écriai-je.

Mais il était trop tard. Il n'était plus là. Mais… Non. Son… son frère l'avait forcé à boire le sang du dhampire lors du rituel d'immortalité. Et pourtant, il venait de succomber au poison. Il était mort.

L'argent qui nous entourait avait-il suffi à neutraliser les effets du rituel?

Le docteur Gray jura avant de se tourner vers moi, un air furieux sur le visage.

— Vous l'avez tué.

J'étais sous le choc. Je ne parvenais pas à croire ce qui venait de se passer en quelques secondes à peine. Matthias savait ce qui arriverait s'il me mordait, et pourtant il n'avait pas hésité. Pourquoi ? Pour éviter que le docteur Gray le soumette ? Il ne voulait pas qu'elle l'utilise pour ses expériences sur les dhampires. Je ne pouvais pas le lui reprocher, mais pourquoi devait-il mourir ? Il y avait certainement une autre solution. Il aurait pu l'arrêter. La tuer. J'étais sûre qu'il en était capable.

Mais il n'en avait rien fait.

Il m'avait dit qu'il avait vécu quatre cents ans, et à présent il était mort. Et c'était à cause de mon sang.

— C'est ce que vous vouliez, lâchai-je d'une voix étranglée. Matthias est mort à cause de votre précieux poison. Cette saloperie de Belladone.

Elle me donna une gifle si violente que mes oreilles se mirent à bourdonner tandis que la douleur explosait dans ma joue gauche. Mais ensuite, elle parut recouvrer son sang-froid petit à petit.

— Matthias devait mourir. Tout comme lui, dit-elle en désignant Noah d'un geste du menton. Je le savais, et pourtant j'ai essayé de résister alors que le plan était déjà en marche. Mais, au final, tout s'est déroulé comme il le fallait. C'est le destin, vous ne voyez pas ?

Les larmes me brûlaient les yeux.

— Je ne vois qu'une femme qui a pris de très mauvaises décisions au cours des trente dernières années.

Elle se tourna de nouveau vers moi.

— Non. Je suis une guerrière. Et vous aussi.

— Une guerrière ?

— Oui. Comme les Amazones.

Elle passa les doigts sur ma gorge. J'étais encore tétanisée par le choc. Elle me sourit en commençant à se peindre le nez et le front à l'aide de mon sang empoisonné, tel un chef tribal.

— Il est fascinant que les humains ne puissent pas sentir la même chose que les vampires dans votre sang. C'est dû à des phéromones surnaturelles toutes particulières.

Le spectacle de cette femme qui parlait si calmement tout en se parant de peintures de guerre me rendait malade.

— Comment je devrais l'appeler, à votre avis ? demanda-t-elle en regardant le bébé dans son berceau.

La fille de Matthias ouvrit les yeux. Ceux-ci étaient gris, mais un peu plus foncés que ceux de son père. Ensuite, elle grimaça et se mit à pleurer.

À ce moment, on entendit un fracas horrible, comme un bruit de métal tordu, suivi d'un cri – une voix masculine.

Un instant plus tard, l'alarme se déclencha.

— Carson ! s'exclama le docteur Gray tandis qu'une lueur inquiète s'allumait dans ses yeux. Mais enfin, qu'est-ce qu'il fabrique ?

Elle saisit la manche de ma robe et m'entraîna dans le couloir, laissant le corps inerte de Noah derrière nous. Je vis que le gardien que Declan avait assommé à notre arrivée avait disparu ; il s'était probablement enfui lorsqu'il avait repris connaissance. Je ne pouvais guère le lui reprocher. Dès que je franchis la porte, je pris la mesure du problème et lâchai un cri étranglé.

Étendu par terre à une dizaine de mètres, Carson pressait les mains sur sa gorge ouverte dont le sang jaillissait à flots. L'homme qui avait injecté le nouveau sérum à Declan était couché non loin, dans une mare de sang. Declan était enfin réveillé ; il se tenait penché sur le corps de son père, un couteau à la main. Il avait une longue blessure à l'avant-bras.

En découvrant ce tableau, mon cœur se serra et le souffle vint à me manquer.

Pendant quelques instants, je pensai qu'il était responsable – qu'il avait poignardé les deux hommes. Mais la lame du couteau était propre.

Il leva la tête, et nos regards se croisèrent.

— Reste où tu es, cria-t-il de manière que je l'entende malgré l'alarme. Ne t'approche pas.

La porte de la cellule de l'autre dhampire avait été arrachée de ses gonds, et il était à présent à l'autre bout du couloir.

— Merde. Je lui ai dit de le liquider. On l'a fait des dizaines de fois, marmonna le docteur Gray. Mais Carson préfère les endormir avant, pour les tuer sans cruauté. Sauf que maintenant... (Elle jura à voix basse.) Quel imbécile !

Voilà à quoi avaient mené ses ordres. Carson avait essayé d'obéir tout en traitant le dhampire avec humanité, mais cela n'avait servi qu'à fournir au monstre une occasion d'attaquer. De griffer et de frapper. De tuer.

Declan bondit sur la créature, mais celle-ci le repoussa sans effort, et il atterrit contre le mur avant de s'effondrer au sol. Il ne se relevait pas. Son tee-shirt était déchiré, et je lâchai un petit cri en apercevant une blessure impressionnante sur son ventre. Le dhampire avança, les griffes dégoulinant de sang. Celui de Declan. Celui de Carson.

Il allait l'achever.

— Declan ! Non ! hurlai-je.

Le monstre tourna brusquement la tête vers moi avant de humer l'air. Il sentit mon odeur. Cela suffit pour attirer son attention, et il s'approcha lentement. Je voulus m'enfuir, mais le docteur Gray m'enfonça ses ongles dans le bras.

— Ne bougez pas, ordonna-t-elle. Restez parfaitement immobile.

Le garde du corps personnel de Gray courut vers le dhampire, serrant toujours le Taser qu'il avait utilisé pour stopper Matthias un peu plus tôt. La créature lui trancha la gorge d'un coup de griffes, et il s'écroula. Les murs en argent n'avaient pas l'air de la ralentir. Je préférais ne pas imaginer ce qu'elle serait capable de faire une fois dehors.

Je me tournai vers Noah, qui se trouvait à présent entre le dhampire et nous. Son sang formait une flaque sur le carrelage lisse, mais il était toujours en vie : sa poitrine se soulevait, et alors que le monstre approchait, il tenta de reculer en rampant. Le mouvement attira l'attention de la créature, et ses yeux se posèrent sur Noah.

— Saaaannnnng, lâcha-t-elle d'une voix rauque.

— Noah, chuchotai-je. Non.

Je ne pouvais pas laisser le dhampire le mettre en charpie. Il était incapable de se défendre.

— Non ! criai-je de nouveau. Par ici, espèce de monstre ! Regarde-moi ! Mon sang est bien meilleur !

— Mais qu'est-ce que vous foutez, putain ? gronda le docteur Gray.

Bonne question. Pour sauver Declan et Noah, qui étaient tous deux en mauvaise posture, j'avais forcé la créature à changer de cap pour se diriger droit sur moi.

À croire que j'avais décidé de mourir, au bout du compte. C'était amusant, quand on pensait que j'avais précisément essayé d'éviter cette issue depuis le début de toute cette histoire.

Et le plus drôle, c'était que j'étais certaine qu'il s'agissait de la bonne décision. Le dhampire me mordrait, boirait mon sang, me tuerait… et je le tuerais aussi.

Ainsi soit-il.

La fille de Matthias vivrait, Declan aussi, et j'espérais du fond du cœur que Noah survivrait malgré la balle qu'il avait reçue dans la poitrine.

C'était le destin. Tous les événements de ces derniers jours avaient conspiré pour m'amener ici en cet instant précis.

On m'avait demandé de tuer le roi vampire, et je l'avais fait, même si les choses ne s'étaient pas déroulées comme je l'avais prévu.

Et, à présent, j'allais éliminer un dhampire qui voulait égorger les personnes que j'avais appris à aimer.

Je n'avais pas besoin d'une arme. C'était moi, l'arme. Que ça me plaise ou non.

Pourtant, alors que le monstre approchait, je ne pus m'empêcher de sentir ma détermination vaciller, telle la flamme d'une bougie au cœur d'une tempête.

Le docteur Gray me serrait le bras.

— Imbécile, cracha-t-elle. Vous avez tout gâché.

Oui. J'avais plus ou moins compris. Mais, pour l'heure, j'avais d'autres soucis en tête que sa déception à l'idée qu'elle ne pourrait pas m'utiliser comme tueuse personnelle.

À présent, le dhampire était tout proche et m'étudiait attentivement. Il lécha ses lèvres blanches, puis tendit une main griffue vers moi. Pendant que je me préparais à l'affronter, à l'autre bout du long couloir, Declan, qui était en train de se relever avec effort, s'aperçut que la créature était à quelques pas de moi. Je n'arrivais pas à déchiffrer son expression, mais il serrait le couteau de toutes ses forces.

Reste où tu es, suppliai-je en silence. *Je ne veux pas que tu meures aussi.*

Ensuite, une pensée affreuse me traversa l'esprit. Et si le monstre me tuait, mais que mon sang ne l'affectait pas ? La Belladone était fatale aux vampires, mais un dhampire n'était qu'à moitié vampire. Et alors il continuerait à frapper, invincible, et il massacrerait tous les autres.

Non. Ça devait fonctionner. Mon sacrifice ne pouvait pas être vain. *S'il vous plaît.*

— Ça suffit, intima le docteur Gray d'un ton ferme à la créature curieuse. (Celle-ci s'était approchée au point que je sentais son souffle chaud sur ma peau.) Méchant garçon. Tu vas retourner dans ta cellule et être bien sage.

Était-elle arrogante au point de croire qu'elle pouvait raisonner ce truc ? Si oui, elle était encore plus cinglée que je ne le pensais.

— Saaannng, répéta le monstre de sa voix stridente.

— Oui, répondit-elle. Du sang. Celui de Jillian sent bon, hein ? Mais tu ne peux pas en avoir.

Le regard du dhampire se posa sur elle, comme s'il était fasciné par le son de sa voix.

— Monnniccaaa.

Elle écarquilla très légèrement les yeux.

— Oui. Tu connais mon prénom. Comme c'est… émouvant.

Il leva une main pâle et décharnée pour toucher le visage de la scientifique.

L'espace d'un instant, elle sembla triompher. Mais ensuite une lueur de peur apparut dans son regard.

— Monnniccaaa, répéta le dhampire en s'approchant encore plus près avant de lui lécher la joue. Saaannng.

Soudain, je compris ce qui était en train de se passer. Mon sang… il se trouvait sur son visage. Elle l'avait utilisé pour dessiner ses peintures de guerre. Il y en avait plus sur sa peau que sur la mienne.

— Jillian, dit-elle d'un ton brusque. Distrayez-le. Maintenant.

En y réfléchissant, je n'en avais pas très envie. Je reculai aussi lentement et discrètement que possible en direction de Noah.

— Jillian, aboya-t-elle. Qu'est-ce que vous fichez ?

— Je vous laisse à vos recherches. Après tout, elles sont plus importantes que la vie d'une femme quelconque, pas vrai ?

— Attends, lança-t-elle au dhampire qui léchait à présent le sang sur son visage, tel un chiot sorti tout droit d'un film d'horreur. Non ! Lâche-moi, ou je…

Elle ne put terminer sa phrase. Le monstre referma sa bouche remplie de dents acérées comme des lames de rasoir sur sa gorge, et j'entendis un son atroce alors qu'il déchiquetait sa chair et lui broyait les os. Je trébuchai en arrière, terrifiée, avant de me laisser tomber au sol pour protéger la forme immobile de Noah du carnage.

La créature était si occupée à se nourrir qu'elle ne remarqua pas que Declan approchait en silence. Il réussit à lui planter son couteau dans le dos, assez profondément pour lui transpercer le cœur. Le dhampire poussa un hurlement, puis s'abattit sur le docteur Gray.

Je me précipitai dans la chambre pour m'assurer que la fille de Matthias allait bien. Ses petits yeux gris étaient toujours emplis de larmes, mais elle n'était pas blessée. Je la pris délicatement dans mes bras et la serrai contre ma poitrine avant de ressortir dans le couloir.

Declan marcha jusqu'au corps de Carson et contempla en silence les yeux vitreux de son père adoptif. Je le rejoignis.

— Declan…, commençai-je d'une voix essoufflée. Je suis vraiment désolée.

Il se tourna vers moi, le regard vide.

— Merci.

— Est-ce que tu te sens…

— Je me sens bien, m'interrompit-il.

Je voulais le toucher, le réconforter, mais il ne m'en laissa pas le temps et s'éloigna.

— Je dois m'occuper de ça, lâcha-t-il en lançant un coup d'œil vers ce qui restait du docteur Gray. Je n'ai même pas eu l'occasion de lui demander pourquoi elle ne m'avait jamais avoué la vérité. Qu'elle était ma mère, et qu'elle m'avait menti au sujet de mon père.

J'eus envie de lui dire que Kristoff était son vrai père, mais je m'en abstins. Ce n'était pas le moment pour une révélation de cette ampleur. Il s'était passé trop de choses. Je ne voulais pas le faire souffrir davantage.

— Je suis désolée, lâchai-je.

Son regard vide se posa sur Noah.

— Il a besoin d'aide.

— Declan…

Je changeai le bébé de bras pour pouvoir tendre la main vers lui, mais ne réussis pas à le toucher.

— Je suis content que tu ne sois pas morte, dit-il avant de s'éloigner d'un pas rapide et décidé.

Mon cœur se brisa en mille morceaux en voyant qu'il était aussi glacial que lorsque je l'avais rencontré pour la première fois.

Je serrai le bébé contre moi jusqu'à ce qu'elle cesse de pleurer. Ensuite, j'attendis avec Noah que les secours arrivent, apportant une civière pour lui et des housses mortuaires pour le docteur Gray, Carson et les gardiens.

C'était à cause de mon sang sur sa peau que la scientifique avait paru si appétissante au dhampire qui lui avait déchiqueté la gorge. Elle n'aurait pas fait mieux si elle s'était accroché une cible sur le visage.

Elle avait voulu que je sème la mort sur mon passage. Elle n'avait simplement pas prévu qu'elle compterait parmi les victimes.

C'était approprié, d'une certaine manière.

— J'ai l'impression qu'on m'est passé dessus avec un rouleau compresseur, grogna Noah huit heures plus tard alors que j'entrais dans sa chambre d'hôpital.

— À te voir, on pourrait s'y tromper, effectivement, confirmai-je.

— Merci beaucoup.

Je souris pour la première fois depuis une éternité.

— Je ne crois pas que Carson voulait te tuer. Il aurait visé la tête.

— Tu manques singulièrement de tact, tu le sais ? Je ne te conseille pas de te reconvertir en infirmière.

— Tu vas te remettre rapidement, Noah.

— Plaise au ciel qu'il en soit ainsi.

— Tu es croyant ?

— Non. J'aime bien cette expression, c'est tout.

Il déglutit puis joua avec son goutte-à-goutte d'un geste nerveux tandis que le médecin sortait après avoir vérifié ses pansements.

— Jill, écoute-moi…

— Qu'est-ce qu'il y a ?

Il m'attrapa la main et la serra.

— Tu n'es pas en sécurité ici.

Mon cœur se mit à battre plus vite.

— Comment ça ? Monica Gray est morte, et Carson aussi.

— Ça ne change rien. Tu dois partir. Prends ma voiture. Les clés sont sous le siège du conducteur. Vas-y, et ne te retourne pas.

— Pourquoi ?

Il me faisait peur. Je croyais avoir déjà eu mon quota de frayeurs pour la journée, mais apparemment je me trompais.

— Où est le bébé ? demanda-t-il.

— Dans la nursery. Ils en ont installé une nouvelle au sous-sol. Sans monstre dans la pièce d'à côté, cette fois.

Il hocha la tête.

— Carson a essayé de ne pas ébruiter ton implication dans ce projet, donc tout le monde ne sait pas qui tu es. La plupart des gardiens pensent que tu étais la nouvelle assistante du docteur Gray et que tu t'occupais des bébés dhampires. Enfin, ils pensent ça parce que c'est ce que je leur ai dit, ajouta-t-il avec un sourire un coin.

— Alors où est le problème ?

— Il y a quelques personnes qui connaissent ton identité et qui sont au courant qu'on t'a injecté la Belladone – les deux envoyés du gouvernement qui ont observé l'expérience de l'autre jour, par exemple. Et bon nombre d'entre eux partagent les idées délirantes du docteur Gray. Ils vont vouloir t'utiliser comme arme pour tuer certains vampires, avec ou sans ton accord. Comme je l'ai dit, j'ai lu les fichiers. Dès que je serai en état de sortir de ce lit, je décolle aussi, et je ne compte pas revenir. J'en sais beaucoup trop sur tout ce programme.

Il avait raison. Ma situation n'avait pas changé. La Belladone coulait toujours dans mes veines. On risquait de vouloir me retenir contre ma volonté.

— Et Declan ?

Noah secoua la tête.

— Il a reçu ce nouveau sérum que Carson avait développé pour lui, et les effets sont permanents. Il a grandi ici ; c'est sa vie. Il continuera à obéir aux ordres qu'on lui donne, comme le dhampire bien dressé qu'il est.

— Mais… il n'est plus le même. Il ne peut plus être le même.

Dans ma voix, le désespoir était perceptible.

— Je n'en suis pas si sûr.

Je n'avais pas reparlé à Declan depuis que j'avais laissé le bain de sang du sous-sol derrière moi. J'avais essayé de le chercher, mais de toute évidence il ne souhaitait pas être trouvé. Ou pas par moi, en tout cas.

J'y réfléchis un moment avant de reprendre la parole.

— Je vais devoir emmener le bébé. J'ai promis à Matthias que je veillerais à sa sécurité.

Noah hocha la tête.

— Bien sûr. Mais vas-y. Tu perds du temps, là.

Je lui adressai un faible sourire.

— La balle dans ta poitrine ne t'empêche pas de jouer les Monsieur-je-sais-tout.

— Les médecins ont extrait la balle. (Il grimaça de douleur.) Mais le souvenir demeure.

— Mais… attends une minute. Le docteur Gray m'a dit que si je n'avais pas accès à un traitement, l'agent synthétisant finirait par me tuer.

— Je vais me renseigner. Essaie de ne pas t'inquiéter à l'avance. Tiens, voilà mon adresse e-mail. (Il me fourra un petit bout de papier dans la main.) Contacte-moi quand tu pourras. Maintenant, fiche le camp avant qu'il ne soit trop tard. Et ne retourne pas à San Diego : on risquerait de te reconnaître.

— Oui, mon capitaine.

Je me penchai en avant et lui déposai un baiser sur la joue. Ensuite, je partis récupérer le bébé, sur lequel veillaient deux gardiens qui croyaient que j'étais l'assistante du docteur Gray. Je leur dis que j'allais emmener la petite fille prendre l'air, et ils me laissèrent sortir sans poser de questions.

Chassant mes derniers doutes, je m'éloignai.

Le docteur Gray m'avait annoncé que la Belladone allait sûrement m'être fatale. Que j'avais besoin qu'elle m'administre des doses régulières d'agent synthétisant pour rester en vie. Bien sûr, elle avait affirmé cela pour que je me tienne tranquille et que je me résigne à jouer les tueuses de vampires pour elle.

Mais, honnêtement, j'avais plutôt tendance à la croire.

Je ne pouvais pas dire que j'étais triste de son décès. Sa loyauté envers Kristoff avait été le moteur de toutes ses actions depuis trente ans. Combien de femmes étaient mortes en couches, terrifiées jusqu'à leur dernier souffle par les créatures qui leur labouraient le ventre de leurs griffes pour en sortir ? Et le docteur Gray n'avait pas levé le petit doigt pour les aider.

Tandis que je me dépêchais de rejoindre la Mustang de Noah, je serrais la fille de Matthias entre mes bras en regrettant de ne pas avoir de porte-bébé pour pouvoir la transporter en toute sécurité.

Il était presque midi. Anderson m'avait injecté la Belladone exactement quatre jours plus tôt.

Quatre jours à lutter pour ma survie. Et, apparemment, ce n'était pas terminé.

Je devais mettre les voiles. Mais j'ignorais où j'allais me rendre, seule avec un nouveau-né. Je n'avais pas l'équipement nécessaire pour m'occuper d'elle, j'étais la pire des baby-sitters et je n'avais aucun instinct maternel. Mais je savais que la question ne se posait pas. Je protégerais cette enfant coûte que coûte.

La tentation était grande de rentrer dans la maison et de me contenter d'attendre en croisant les doigts, mais je passai outre.

Noah avait raison. Si le docteur Gray avait encore des alliés sur place, je n'étais pas en sécurité. Et cette petite fille non plus.

— Tu fais quoi, là ? m'interpella quelqu'un d'une voix grave.

Je me figeai.

C'était Declan. Il m'avait suivie.

Je me tournai vers lui, un air déterminé sur le visage.

— Je m'en vais.

— Vraiment ?

— Oui.

— Tu retournes à San Diego ?

— Non, je… je ne sais pas encore où je vais.

Je déglutis avec difficulté.

Il jeta un coup d'œil vers la maison.

— Ils veulent que tu restes. Ils vont effectuer d'autres tests avec ton sang. Tu fais partie de ce programme de recherche maintenant, que ça te plaise ou non.

Je secouai la tête.

— Je ne peux pas rester.

Son œil se posa sur la petite fille dans mes bras.

— Ils sont au courant que tu emmènes le bébé ?

— Laisse-moi partir, Declan. S'il te plaît. C'est trop dangereux ici. J'ai promis à Matthias que je m'occuperais d'elle, et elle n'est pas en sécurité à Silver Ridge. N'essaie pas de me retenir.

Il me contempla un long moment de ce regard vide si familier et que j'avais fini par haïr.

— Je n'essaie pas de te retenir.

— Non ?

— Non.

— Alors qu'est-ce que tu fais là ?

— Ça ne se voit pas ? demanda-t-il. Je viens avec toi.

J'écarquillai les yeux de surprise.

— Qu'est-ce que tu racontes ?

Il jeta de nouveau un coup d'œil autour de lui, et cette fois je remarquai qu'il semblait sur ses gardes.

— Monte dans la voiture avant que quelqu'un nous aperçoive.

Sans essayer d'argumenter, j'obéis, gardant la petite fille sur mes genoux puisqu'il n'y avait pas d'autre endroit où l'asseoir. Declan s'installa au volant et ramassa les clés sous le siège, comme s'il avait su où les trouver.

— Noah t'a..., commençai-je.

— Oui. Il m'a parlé.

— Mais il a dit que tu étais... que... mais le sérum...

J'étais si déstabilisée que je ne trouvais plus mes mots.

— Je ne comprends pas, conclus-je.

— Tu crois vraiment que le sérum change quoi que ce soit ? questionna-t-il d'un ton sec en refermant sa portière avant de glisser la clé dans le contact. Il endort mes émotions – et pas qu'un peu –, mais je connais toujours la différence entre le bien et le mal. Et il n'efface pas mes souvenirs. Ils ne peuvent pas me forcer à faire des choses que je désapprouve. Et, avec ou sans ce nouveau sérum, je sais ce que je veux. (Il lâcha un petit rire dépourvu d'humour.) Même si je risque de devoir attendre longtemps avant de l'obtenir.

— Qu'est-ce que tu veux ? demandai-je.

— Toi, dit-il simplement. Et je veux que tu sois en sécurité. C'est ma faute si tu t'es retrouvée mêlée à cette histoire. Je dois au moins m'assurer qu'il ne t'arrive rien.

J'étais stupéfaite.

— Declan...

— Mais je comprendrai si tu veux te débarrasser de moi à la première occasion.

— Bien sûr que non.

Les larmes me montèrent aux yeux tandis que je me laissais envahir par le soulagement et le bonheur – le soulagement qu'il soit là, avec moi, et le bonheur parce que jamais dans mes rêves les plus fous je n'aurais osé l'espérer.

— Je croyais que tu étais parti. Que ce nouveau sérum t'avait emporté à jamais.

— Je ne suis parti nulle part. Mais ce sérum représente toujours un sérieux problème. Je veux être avec toi, mais, à l'heure actuelle, ce n'est pas possible pour moi. J'ignore quand ça le redeviendra.

Le souvenir du moment que nous avions passé ensemble me revint en mémoire, frappant de netteté. Tant que le sérum serait dans son organisme, cela ne se reproduirait pas. Carson avait dit que les effets étaient permanents, mais je ne voulais pas y croire.

— Fais-moi confiance. Je peux être très patiente.

Je me penchai vers lui et l'embrassai, mais il ne me rendit pas mon baiser. Cela me rappela Matthias. J'avais refusé de l'embrasser, moi aussi, mais ce n'avait pas été parce que mes émotions étaient muselées.

Declan démarra et sortit du parking. Dans mes bras, je sentais la chaleur du bébé, si petit, mais si plein de vie.

— Pour un dhampire, elle n'a pas l'air si attirée que ça par mon odeur, commentai-je.

— Elle a bien de la chance. (Declan me lança un nouveau coup d'œil.) On va devoir s'arrêter faire des courses. Acheter du lait maternisé, des couches, etc.

Je grimaçai.

— Je vais devoir changer des couches… Ce n'était pas vraiment dans mes plans. En même temps, rien de ce qui vient de m'arriver ne l'était, hein ?

— Tu vas très bien t'en sortir. Et on va garder un œil sur la situation de loin. J'appellerai Noah dans deux ou trois jours. Je lui ai fait promettre de s'occuper de Molly.

Je souris à l'idée qu'il s'était assuré que quelqu'un prendrait soin de son chat.

— Tu vois ? Tu es toujours un grand sentimental.

Il leva un sourcil.

— Ceux à qui j'ai choisi de tenir peuvent compter sur moi. Ça ne fait pas de moi un sentimental.

— Si tu le dis.

— Nous devrons aussi nous tenir au courant des actions des vampires, pour savoir quand ils parviendront à trouver Kristoff et à le libérer. Maintenant que Matthias est mort, ce n'est plus qu'une question de temps.

Un frisson d'effroi me parcourut.

— Tu crois ?

— Oui. Et on surveillera aussi de près l'évolution de ta santé. Si la Belladone te rend de nouveau malade…

— Qu'est-ce qu'on fera ?

— On s'en occupera.

Je me laissai aller à sourire en l'entendant si sûr de lui.

— Pour un tueur dhampire sans émotion qui se retrouve avec un bébé dans les pattes, je te trouve plutôt optimiste.

Il leva un sourcil, mais garda son œil rivé sur la route.

— J'essaie.

Ce n'était pas terminé, je le savais. J'étais hantée par l'image de Matthias lorsqu'il s'était tenu devant moi, les lèvres couvertes de mon sang, avant d'exploser dans un nuage de cendres.

Mais une autre chose me hantait aussi, d'une manière complètement différente : ce qu'il avait dit avant de planter ses crocs dans ma chair. Je grimaçai en touchant les blessures à ma gorge.

« *Je vous retrouverai.* »

C'était ce qu'il m'avait murmuré après m'avoir fait promettre de prendre soin de sa fille.

Pas vraiment les dernières paroles qu'on attendrait de la part d'un homme qui s'apprête à mourir.

Je ne pouvais m'empêcher de repenser à ses étagères garnies de livres sur la magie et à son amitié avec le grand illusionniste Houdini, qui avait été le maître incontesté de l'évasion.

Je me souvenais aussi de son dégoût lorsqu'il m'avait raconté comment son frère l'avait forcé à boire le sang d'une enfant dhampire au cours d'un rituel Amarantos.

L'immortalité, songeai-je tandis que Declan nous emmenait vers le soleil qui commençait à apparaître à l'est. La véritable immortalité.

Elle valait peut-être bien la peine de mourir.

EN AVANT-PREMIÈRE

Découvrez la suite des aventures
de Jill et Declan

(version non corrigée)

Traduit de l'anglais (États-Unis) par Zeynep Diker

Bientôt disponible chez Milady

Chapitre premier

Rapace. L'endroit portait bien son nom.

J'étais arrivée devant le bar mal famé de North Hollywood une demi-heure auparavant. Un ami m'avait envoyé un e-mail dans la journée pour me demander de l'y rejoindre le soir même à 22 heures, car il avait « quelque chose de très important à me dire ». Alors, j'étais venue, de mon plein gré, et j'étais fin prête à discuter.

Mais à 22 h 30, il n'était toujours pas là. Et je commençais à m'inquiéter.

Et s'il était mort ? me souffla une petite voix.

À cette pensée, mon cœur se serra. Non. Il était trop intelligent. Trop futé. Trop jeune et sûr de lui. Je refusais de croire qu'il avait pu se faire tuer. Ce soir, il allait peut-être me fournir l'information qui me permettrait de retrouver une vie normale.

Où es-tu, Noah ?

Je reportai mon attention sur un type blond dans un pardessus en cuir qui se dirigeait vers la minuscule piste de danse. Le morceau de heavy metal qui résonnait dans les haut-parleurs entravait ma concentration. La peau du type était si pâle qu'elle luisait presque dans la pénombre, l'empêchant de se fondre dans la foule. Il observa un moment les quelques danseurs et s'arrêta sur une petite rouquine vêtue d'une minijupe en cuir ultracourte.

Lorsqu'il sourit, j'entrevis ses crocs étincelants sous sa lèvre supérieure.

Elle remarqua son regard et lui sourit en retour, en secouant sa généreuse poitrine dans sa direction. Le signal universel employé par les filles faciles pour dire : « Viens me choper, voyou ».

Elle ne se doutait pas que ce voyou était un vampire.

— Bordel ! maugréai-je dans ma barbe. Comment peut-on être aussi stupide !

Deux semaines plus tôt, je ne croyais pas à l'existence des vampires. Mais ils existaient bel et bien. Certains préféraient se tenir à distance des humains, mais d'autres, comme celui-là, ne pensaient qu'à assouvir leur faim.

La rouquine allait y passer.

Je n'étais pas médium. Je ne possédais aucun pouvoir surnaturel, pas de force surhumaine ni de capacités paranormales, mais je savais qu'elle allait mourir. Je l'avais lu dans les yeux pâles du vampire lorsqu'il avait jeté un regard suffisant à son acolyte qui attendait, lui aussi, sur le bord de la piste.

Je n'avais aucune envie de m'en mêler. J'avais déjà mon lot de problèmes, merci bien ! Et puis, sans vouloir donner dans le préjugé, les filles, à l'évidence seules et vulnérables, qui fréquentaient ce genre de bouge finissaient toujours par s'attirer des ennuis. Si elle n'était pas en mesure de se protéger, si personne ne pouvait veiller sur elle, alors je craignais pour son avenir.

Pour autant, je ne comptais pas laisser ce monstre en faire son en-cas nocturne.

Je balayai la salle du regard à la recherche de Noah, puis glissai du tabouret pour me diriger vers la sortie en me faufilant à travers la foule peu accueillante. Le vampire et la rouquine dansaient ensemble à présent, en quelque sorte. Il pressa les doigts sur ses fesses, sous sa minijupe, et la plaqua contre lui tout en posant les lèvres sur sa gorge. Une scène sensuelle, romantique même, mais je savais qu'il n'en était rien. Ou du moins, que ça ne durerait pas longtemps.

Je me figeai lorsqu'une idée terrible me traversa l'esprit. Il comptait la mordre devant tout le monde.

Je voulais m'en aller, faire comme si je n'avais rien vu, quitter ce club et recontacter Noah plus tard, mais je ne pouvais pas. Je n'étais pas le genre de femme facile à attendrir et désireuse d'aider les plus faibles, mais si je me trouvais face à un problème qu'il m'était possible de résoudre, alors je me devais d'agir. Ma conscience m'y obligeait.

— Je n'en ai vraiment aucune envie, murmurai-je pour moi-même.

Mais je le fis quand même.

Je m'approchai du vampire à pas forcés, assez pour l'effleurer. Il perçut aussitôt mon odeur et relâcha sa captive.

Je continuai de marcher. Nul besoin de regarder par-dessus mon épaule pour savoir qu'il me suivait. Il était le chat, et moi la souris. Peu importe mon apparence, mes formes fluettes, ou la longueur de mes jambes. J'étais irrésistible.

Et croyez-moi, la vanité n'a rien à voir là-dedans. Plus que tout, j'aurais souhaité ne pas exercer une telle fascination sur les suceurs de sang.

Je sortis du club. Malgré la chaude caresse de la brise sur ma peau nue, je frissonnai. J'accélérai, sans prêter attention aux battements rapides de mon cœur, et me dirigeai vers le parking derrière la boîte de nuit.

— Hé poupée ! lança le vampire dans mon dos. Comment tu t'appelles ?

Je m'efforçai de lui couler un regard empreint de fausse pudeur.

— Désolée, je ne parle pas aux étrangers.

— Oh, allez ! Fais pas ta mijaurée !

Il s'approcha de moi, et ôta une longue mèche noire de mon front avant de l'enrouler doucement autour de ses doigts. Il la souleva vers lui afin de mieux en humer le parfum et ses yeux devinrent noirs sous l'effet du désir et de la faim.

— Tu sens trop bon ! Où tu cours comme ça, ma jolie ?

Je frémis.

— Je rentre à mon hôtel.

— On peut te tenir compagnie.

Il jeta un coup d'œil à son ami. Cheveux noirs, teint cireux, un mince sourire sur son visage émacié. Il sortit ses crocs comme s'il se fichait qu'on voie le monstre tapi derrière ce masque humain.

J'avais seulement voulu appâter le vampire pour épargner la fille. Pas ce qui allait suivre, mais ça allait de pair. Je m'efforçai de garder mon calme.

— Je ne veux pas qu'on me tienne compagnie. Laissez-moi tranquille.

— Et si ça ne nous dit rien ?

— Alors, vous êtes dans un sacré pétrin.

Il arbora un sourire mauvais et huma mon odeur à pleins poumons. De fines veines noires saillirent le long de sa mâchoire jusqu'à son cou. Chaque vampire avait une façon bien à lui de montrer sa faim, c'était un peu sa signature. En plus de leurs crocs, c'était ce qui les rendait si différents des humains. Le noir de ses pupilles recouvrait à présent le gris pâle de ses iris.

Soudain, il m'attrapa par la gorge. Je m'agrippai à son bras tandis qu'il me traînait jusqu'à une ruelle, puis d'un geste brusque il me poussa vers son ami.

— Tiens la pétasse immobile, éructa-t-il.

J'essayai de me débattre. J'avais espéré de tout mon cœur ne pas en arriver là, mais j'avais surestimé la capacité d'un vampire affamé à se maîtriser. La peur m'envahit lorsqu'il retroussa les lèvres pour exposer ses canines.

— Non, attendez ! Mon sang…

Mais il ne me laissa pas le temps de terminer ma phrase. Il tourna ma tête de côté avec une telle violence qu'il aurait pu me briser la nuque. Je hoquetai de douleur quand il enfonça ses dents dans la chair tendre de ma gorge.

Son acolyte s'était emparé de mon sein gauche et le pressait si fort que les larmes me montèrent aux yeux.

— Un vrai régal ! grommela le vampire blond sans cesser d'aspirer mon sang.

Quelques instants plus tard, il haleta et se retira, son regard empreint de surprise alors qu'il remarquait le léger arrière-goût de mon sang si délicieux.

— Que se passe-t-il ? demanda son ami.

— Je n'en sais rien.

Il ouvrit la bouche, se toucha les lèvres et observa ses doigts recouverts d'un liquide rouge foncé inhabituel. Il fronça les sourcils, perplexe, avant de s'éloigner de moi en titubant.

Lorsqu'il se mit à hurler, des flammes jaillirent de sa bouche. En l'espace de quelques secondes, il ne restait de Vampire assoiffé numéro 1 qu'une pluie de cendres rougeoyantes. Belle image pour une carte de vœux infernale !

L'effet paralysant de la morsure disparut, et je pressai la main sur mon cou pour stopper l'hémorragie. Je me sentais faible, et mes jambes flageolaient. Je devais lutter pour ne pas tomber. Vampire numéro 2 se tourna vers moi, l'air choqué. La faim se lisait sur ses pommettes creusées, son teint blafard sillonné de veines violacées, et ses yeux noirs comme la mort.

— Tu es celle dont tout le monde parle, n'est-ce pas ? Ton sang est un poison pour nous.

Sa voix n'était qu'un murmure, mais ses poings et sa mâchoire étaient serrés. La colère et la peine se reflétaient sur son visage lorsqu'il s'approcha de moi sans attendre ma réponse.

Il n'allait pas me mordre. Il allait me tuer comme j'avais tué son ami.

Alors qu'il m'effleurait la gorge, quelqu'un l'attrapa, lui fit faire volte-face, et lui envoya son poing droit couvert de cicatrices dans le menton, le propulsant au loin.

— Ne t'avise pas de la toucher, connard ! gronda l'homme.

Il posa le regard sur moi, s'attardant un quart de seconde sur ma blessure, avant de reporter son attention sur le vampire.

Je m'adossai au mur froid alors que ce dernier recouvrait vite ses forces et se jetait sur son assaillant. Je perçus un éclair argenté, trop rapide pour que je le voie vraiment. La lame s'enfonça dans la poitrine du vampire jusqu'à la garde. Il tenta de l'ôter, mais le temps lui manqua. Ses mains et le reste de son corps s'enflammèrent, et il disparut, lui aussi, dans une explosion de cendres.

Le poignard retomba sur la chaussée, l'homme s'accroupit pour le récupérer et le glissa dans son fourreau. Puis, il darda sur moi son œil droit, empreint de fureur. Un bandeau noir masquait le gauche qu'il avait perdu il y a longtemps lors d'un combat au cours duquel il s'était moins bien débrouillé.

Je remarquai alors que je retenais mon souffle. Je finis par expirer et recommençai à respirer non sans fébrilité.

Il mesurait plus de 1 mètre 80, tout en muscles, et était couvert de cicatrices, y compris sur le visage. Elles sillonnaient le contour de son œil et lui barraient le côté gauche, de la joue jusqu'au cou. Ses cheveux noirs étaient coupés court, presque rasés. Ce n'était pas le genre d'homme qu'on voulait croiser dans une ruelle sombre. Pas si vous teniez à votre vie. Declan Reyes était vraiment effrayant.

Mon héros.

Je m'autorisai enfin à me détendre un peu et essuyai mes larmes.

Il s'approcha et d'un geste brusque repoussa les mèches de ma nuque.

— Laisse-moi regarder.

J'ôtai à contrecœur la main de la morsure.

— Bon sang, Jill ! (Il pinça les lèvres.) Qu'avais-tu dans la tête au juste ? T'as envie de mourir ou quoi ?

— Ils allaient tuer une fille dans le bar. Devant tout le monde !

— Alors tu as décidé de te sacrifier pour elle ?

— J'ai pensé pouvoir les distraire sans me faire mordre. Il faut croire que je me suis trompée.

— Où est Noah ?

Il sortit un mouchoir propre de sa poche et le pressa contre mon cou.

— Il ne s'est pas encore pointé.

— Dans ce cas, tu n'aurais pas dû l'attendre.

Il jeta un coup d'œil à la boîte de nuit.

— Tu dois arrêter de chercher à protéger les autres à tout bout de champ et veiller à ta propre sécurité.

Declan avait tendance à me voir bien plus altruiste que je ne l'étais en réalité.

— Tu aurais préféré que je ne fasse rien alors qu'ils lui déchiquetaient la gorge ?

— À l'avenir, viens me trouver avant de te prendre pour un charmeur de serpents.

Il me caressa la joue avec tendresse.

— Tu vas bien ?

— Ça ira.

Je sondai son visage balafré afin d'y déceler une quelconque émotion, colère, peur, agacement peut-être, en vain.

— Il faut rentrer, dit-il.

— Mais, Noah…

— N'est pas là. Il a dû avoir un empêchement. On attendra qu'il nous contacte à nouveau.

— Tu ne crois pas qu'on devrait patienter encore un peu ?

— Non. Il vaut mieux arrêter les frais et réessayer plus tard.

Une profonde déception prit le dessus sur le mince espoir que je m'étais permis d'entretenir. Declan avait décidé d'attendre dehors quand nous étions arrivés peu avant

22 heures, car son allure d'ange exterminateur aurait attiré les regards même dans l'un des bars les moins chics de Los Angeles. Et d'ailleurs, en tant que tueur de vampires, cette appellation était méritée.

Declan était un dhampire : mère humaine, père vampire. Même s'il tenait sa force inouïe de cette double nature, il n'égalait pas un vampire. Il guérissait plus vite qu'un humain, mais chaque fois qu'il écopait d'une blessure, il en gardait une trace, stigmate de l'horreur qu'il avait vécue.

C'était Declan qui m'avait arrachée, à grand fracas, à mon existence normale deux semaines plus tôt. J'avais plutôt l'impression que deux ans s'étaient écoulés depuis, car je me sentais vraiment différente. En réalité, j'avais changé. Le sérum Belladone qu'on m'avait injecté m'avait coloré les yeux et les cheveux en noir. À cause de ce poison, tout vampire qui buvait mon sang périssait dans les flammes et la douleur.

Declan s'arrêta à quelques mètres de moi et me jeta un coup d'œil.

— Tu viens ?

Quand je m'approchai de lui, il tourna la tête de sorte à dissimuler ses cicatrices, à l'abri de l'éclairage du lampadaire. La face intacte de son visage représentait celui qu'il aurait pu être dans une autre vie : un beau jeune homme de vingt-huit ans, un brin bourru. On avait le même âge. Et des existences très différentes.

Je voulus le toucher, mais me retins.

— Ne te cache pas de moi.

— Je ne me cache pas.

— Tu m'as demandé comment je me sentais, alors laisse-moi en faire de même. Comment te sens-tu, toi ?

Il crispa la mâchoire.

— Je vais bien.

— Le nouveau sérum…

— Fonctionne bien. Bien mieux que l'ancien.

Mieux. Je n'aurais pas choisi ce terme pour décrire la substance expérimentale qu'on lui avait administrée une semaine plus tôt.

Achevé d'imprimer en septembre 2012
Par CPI Brodard & Taupin - La Flèche (France)
N° d'impression : 70298
Dépôt légal : octobre 2012
Imprimé en France
81120844-1